도
서
출
판

Sun Young Publishing Co.

선영사
Sun Young Publishing Co.

해설 小說 李善鍾
소설 金禾洙
재미있고 알기 쉽게 풀이한
주역 원전

소설 주역 ③

도서출판 선영사

차 례

천지비괘(天地否卦)・7
지산겸괘(地山謙卦)・56
뇌지예괘(雷地豫卦)・112
택뢰수괘(澤雷隨卦)・174

「주역」원문 해설／편저자 이선종

1 건(乾) [乾爲天]・241
2 곤(坤) [坤爲地]・264
3 둔(屯) [水雷屯]・284
4 몽(蒙) [山水蒙]・298
5 수(需) [水天需]・310
6 송(訟) [天水訟]・322
7 사(師) [地水師]・335
8 비(比) [水地比]・347
9 소축(小畜) [風天小畜]・360
10 리(履) [天澤履]・373
11 태(泰) [地天泰]・386
12 비(否) [天地否]・399

천지비괘 (天地否卦)

── 위에는 하늘, 아래는 땅, 즉 소인(小人)인 음이
아래에서 득세하고 군자인 양이 쫓겨가고 있으므로 비라고 함

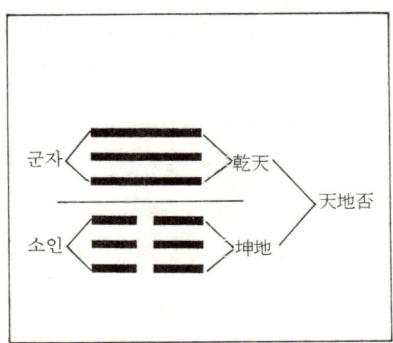

　문왕은 일전에 지천태괘를 푸느라 원기를 소멸당하고 더불어 피로가 누적되어 다시 기를 충전하고 심기를 일전시키느라 몇 날을 잘 쉬었다. 문왕은 쉬면서, 동산의 짐승들은 월동을 잘 나고 있는지, 또 종묘 공사는 잘 되어 가고 있는지, 그리고 천하는 제대로 통치돼 가고 있는지 등에 대해 다시 한 번 점검하였다. 그것은 국부로서──물론 아들 무왕이 있긴 하지만──천하 국가의 원로로서 천하가 겨울을 나고 있는 것에 대해 무관심할 수가 없었기 때문이다.
　나라를 사랑하는 데에 있어 어찌 너와 내가 따로 있을 수 있겠는가. 군신민(君臣民)이 오로지 일치된 마음으로 나라를 사랑하는 것만이 부국을 이룰 수 있는 지름길인 것이다. 초겨울의 첫 점검에 이어 이처럼 깊은 겨울에 다시 한 번 주위를 점검해 보는 것은 한 나라의 국부로서 당연히 해야 할 임무가 아니겠

는가.
 그러면서도 항시 문왕의 머리속에는 배움에 대한 열의와 욕망이 끊이질 않았다. 훌륭한 태공 여상노사가 주나라 왕가에 모셔져 있었기에 문왕은 그가 소유하고 있는 지적인 면을 모두 배워 국가 발전의 원동력으로 이동시켜야겠다는 생각이 가슴속에 묻혀져 있었다. 배움 앞에 어찌 남녀노소와 존비귀천이 있고 때와 장소의 구분이 필요하랴. 문왕은 가능한 한 조금이라도 더 배우고 싶은 마음 간절하여 대상괘를 건져내기 전에 먼저 태공을 모시고 수강부터 받기로 하였다. 그래서 문왕은 조찬을 서둘러 먹고 바삐 경연당으로 향하였다.
 문왕이 경연당에 당도했을 때 거기에는 무왕과 주공, 그리고 여상노사가 임석해 있었다. 그리고 차를 내기 위해 문청도 끼여 있었다. 문청이 이들에게 차를 내기 위해 분주히 움직이고 있는 동안 이쪽의 천하 달인들은 수강 준비를 하고 있었다.
 바깥 날씨가 차가웠기 때문에 방 안에는 벌건 불씨가 담긴 큰 화로가 놓여 있었다. 또 태공노사의 강의를 일언반구도 빠뜨리지 않고 초록하기 위해 지필묵도 준비되어 있었다.
 문청이 차를 내왔다. 문청의 자태는 겨울 여자 같지 않게 너무나 화려하고 예뻤다. 과연 새로 피어나는 주나라 왕실의 생동하는 꽃이었다.
 문왕은 문청의 아름다움을 곁눈질로 흘끗 바라보면서 자신의 후궁며느리로서 손색이 없겠다는 생각을 해 보았다.
 태공노사 역시 문청을 바라보는 눈빛은 문왕과 비슷했다. 이 세상에도 저렇게 예쁜 여자가 존재하고 있었구나 하고 마음속으로 감탄을 금치 못하였다.
 무왕은 문청이 내온 차를 임석인들에게 권하였다.
 "아바마마, 그리고 태공노사님, 차를 드시옵지요. 아우 주

천지비괘(天地否卦)

공, 자네도 들게나. 이 음다(飮茶)가 끝나는 대로 여상노사께 질문을 드리도록 하겠습니다."
"그렇게 하옵소서, 폐하!"
음다가 끝나자 문청은 찻잔을 거두어 갔다.
"그러면 아바마마께옵서 먼저 질문을 해 주시옵소서. 아무래도 첫 질문이 훌륭해야 그에 따른 명철한 답변과 강의가 나올 것 같사옵니다, 아바마마!"
"그럼 이 짐이 먼저 여상노사께 질문을 드리겠소이다. 군주가 어진 사람을 구해 쓰는 일에 힘을 기울이지만 뜻한 대로 그 성과가 나타나지 않고 오히려 세상이 점점 난세가 되어 마침내 위급하고 망함의 재앙을 불러오게 되는 것은 왜 그렇습니까?"
"예, 폐하! 어진 사람을 구했다 할지라도 들어 써 주지 않는다면 이는 어진 이를 들어 쓰겠다는 명분만 있을 뿐 실지가 없는 것이옵니다."
"그렇다면 그 잘못이 어디에 있는지 원인 규명을 해 주십시오."
"예, 폐하! 군주가 여론에만 의존하여 사람을 안이하게 채용하기 때문에 진정한 현자를 얻지 못하여 그렇사옵니다."
"그러면 어떻게 해야만 진실로 어진 사람을 들어 쓸 수 있는지 여상노사께서 자세히 말씀해 주십시오."
"그러하겠사옵니다, 폐하! 군주가 세속 사람들이 칭송하는 사람을 어진 인물로 여기고 세속 사람들이 헐뜯는 사람을 어질지 못한 자로 받아들인다면, 세상에서 무리(衆)를 많이 가지고 있는 사람이 인정을 받아서 진출하게 되고 무리가 적은 사람은 아무리 현자라 해도 등용이 되지 않을 것이옵니다. 사특하고 악한 자들이 무리를 이루어 어진 이를 압박하고 가리워 버린다면 충신은 죄없이 죽음을 당하게 되고 군주 자신은 실지가 없는 빈 허예(虛譽)만으로 높은 지위를 차지하고 있는 게 되옵니다. 그렇기 때문에 세상의 혼란이 더욱 심해져 나라가 위태롭게 되어 종극에는 망하는 사태에까지 이르게 되는 것이옵니다, 폐하!"

"그렇다면 여상노사님, 현명한 인물을 기용하려면 어떻게 해야 합니까?"

"예, 폐하! 장수나 재상의 지위에 있는 사람들에게 직무를 분담해 주어 각 부서마다 적당한 인재를 가리고 뽑아서 책임을 지우는 것이옵니다. 그러고 나서 군주는 그 관명(官名)과 직무에 따라 성적을 평가하고 재능을 시험해 보아서 직책과 실적이 일치되고 있다면 어진 이를 기용했다고 볼 수 있겠사옵니다, 폐하!"

"그럼 상벌에 관해 질문을 드리도록 하겠습니다, 여사노사님!"

"그렇게 하시옵소서, 폐하!"

"예, 여상노사님. 은상(恩賞)을 베푸는 것은 선행을 권장하려는 의도가 들어 있는 것이며, 형벌을 가하는 것은 악행을 징계하는 본을 보여 주기 위함이 아니겠습니까? 이 짐은 한 사람에게 상을 줌으로써 많은 사람들로 하여금 선행이 뭐라는 것을 알게 하여 이를 권장하고, 한 사람에게 벌을 줌으로써 많은 사람들로 하여금 죄라는 것이 뭐라는 것을 알게 하고 싶은데 어떻게 하면 그 효과가 극대화될는지요?"

"예, 폐하! 대저 은상을 베푸는 데는 실제로 공로가 있는 자에게 응분의 대가가 돌아가야 하옵니다. 상이란 반드시 믿음이 있는 것이어야 하옵지요. 사람들이 듣고 보고 하는 앞에서 공로 있는 자에게 상이 주어지고 죄 지은 자에게 가차없이 벌이 가하여진다면, 직접 보거나 들을 수 없는 먼 곳에 있는 사람들

천지비괘(天地否卦) 11

까지도 모르는 사이에 감화를 받게 되어 스스로 악을 중단하고 선을 지향할 것이옵니다. 성실의 덕이란 천지간에 사무치고 더불어 신명(神明)에 통하는 것이옵니다. 진실로 추호의 사심이 없이 성의로써 상벌을 베풀 때 알지 못하는 사이에 사람의 마음에 통하게 되는 것이옵니다, 폐하!"

　이렇게 문왕의 질문과 태공의 답변이 계속 이어졌다. 오늘은 천하를 움직이는 군주가 인재를 등용하는 방법과 상벌 등에 관해 집중적으로 문답이 오갔다. 질문의 내용도 좋았고 답변 또한 정곡을 빗나가지 않고 그대로 들어맞아 명쾌하였다. 따라서 분위기도 과열되어 점입가경으로 빠져들고 있었다.

　이번에는 무왕이 질문을 던졌다. 아버지 문왕의 질문과 그 흐름을 약간 달리함으로써 다양한 지식을 취득하고 싶었던 것이다.

　"여상노사님, 군사를 쓰는 용병(用兵)의 도에 대해 묻고자 합니다."

　"예, 무왕폐하! 용병의 길이란 다원적(多元的)이어서는 아니 되옵니다. 지극히 일원적(一元的)이며 절대적이어야 하옵니다. 마치 한 사람의 몸이 자유자재로 움직이듯이 일원적으로 통일되어 있어야만 어떤 변화에도 대응할 수 있사오며 자유롭게 행동할 수 있는 것이옵니다.

　옛날 황제(皇帝)께서도 '일(一)이란 길의 계단이며 신(神)의 지혜에 가까운 것이다'라는 명언을 남기셨사옵니다. 또 용병에는 기회를 선택하지 않으면 아니 되옵고 세(勢)를 타지 않으면 아니 되옵니다. 그러하옵기에 옛날의 어진 임금들께서는 부득이한 경우를 제외하고는 군사를 흉기라 해서 함부로 사용하지 않았던 것이옵니다.

　은나라의 패망주 주(紂)는 당장에 나라가 무사하다고 하여 장차 닥쳐 올 나라의 위기에 대해선 예측하지 못하고 있었사옵니다. 그리하여 매일같이 향락만 일삼으며, 멀지않아 나라에 닥칠 재앙과 요얼에 대한 대비를 못 하고 있었사옵니다. 현재의 안일함이 영속될 것이라는 생각은 아주 잘못된 것이옵니다. 언젠가는 어려운 날이 닥치리라 생각하고 항시 그에 대한 경계를 게을리하지 말아야 오래 존재하고 번영하는 것이옵니다.

 즐거움에 있어서도 마찬가지이옵니다. 코 앞의 향락에만 빠질 것이 아니라 멀지않아 곧 재앙이 닥쳐 오리라 생각해서 이를 자제하고 경계를 게을리하지 않아야만 그 즐거움이 오래 갈 수 있는 것이옵니다. 현명하신 무왕폐하께옵서는 항시 이 같은 근본적인 치국 문제에 대해 힘을 쓰고 계시오니 주나라의 앞날은 근심할 것이 없을 것이옵니다, 폐하!"

 "그렇게 칭찬해 주시니 고맙습니다. 그럼 노사께 또 한 가지 질문을 드리겠습니다. 적군과 아군이 서로 마주쳐 있을 때, 적군도 공격해 들어오지 못하고, 아군 또한 적군의 진지로 쳐들어가지 못하고 있다고 칩시다. 제각기 방비를 견고하게 해서 그 어느 쪽도 감히 먼저 공격해 들어가지 못하고 있는 것이지요. 적군을 치고 싶은 마음이야 꿀떡 같지만 유리한 기회가 포착되지 않을 이런 경우에는 어떻게 하면 좋겠습니까?"

 "예, 무왕폐하! 겉으로는 적군에게 어지러운 것처럼 보이면서 내부로는 일사불란하게 무장을 하는 것이옵니다. 예를 들어, 겉으로는 식량이 떨어져 굶주리고 있는 것처럼 보이면서 실제로는 군량미를 풍부하게 비축해 두는 것이옵니다.

 이처럼 실제로는 정병(精兵)이면서도 겉으로는 약졸(弱卒)처럼 보이게 하여 적군으로 하여금 아군을 얕잡아 보게 하여 자만심을 길러 주는 동시에 경각심을 줄이게 만들어 주는 것이옵니다.

또 군대를 집합시켰다 분산시켰다 하면서 적군으로 하여금 아군이 공격의 기회를 엿보고 있다는 사실을 눈치채지 못하도록 분위기를 만들어 가야 하옵니다. 그리고 안으로는 보유(保壘)를 높이 하고 몰래 정예의 병사를 숨겨서 대기시키는 것이옵니다. 그러고 나서 만일 적군의 서쪽 진영을 격파할 생각이라면 반대로 동쪽을 습격하는 것이옵니다. 이렇게 되면 적은 반드시 병력을 동쪽으로 이동시킬 것이니 그 틈을 타서 본디 노렸던 서쪽을 집중 공격하는 것이옵니다, 무왕폐하!"
　"좋습니다, 여상노사님! 또 다음 질문을 드리겠습니다. 적군이 만일 동정을 모두 파악하여 아군의 계획을 이미 알아 버렸다면 그땐 어떻게 해야 합니까?"
　"예, 무왕폐하! 그럴 경우엔 우리 아군도 적군의 동태를 사전에 철저히 정찰해 두었다가 그들이 비밀리에 공격해 들어올 때 아군의 작전을 재빨리 바꿔 그들의 전술을 역이용하는 것이옵니다. 미처 적이 생각지 못하고 있는 곳을 급습해 들어가는 것이옵지요. 그렇게 되면 반드시 승리를 거둘 수 있을 것이옵니다, 무왕폐하!"
　"좋습니다, 여상노사님의 강의가! 앞으로 있을지도 모를 전쟁에 대비해서 참고로 삼겠습니다."
　두 사람간에 오가는 질문과 강의를 말없이 지켜보고 있던 문왕이 나서며 입을 열었다.
　"오늘은 강의가 좀 길고 다양했습니다. 이 짐의 질문에 이어 무왕의 질문까지 뒤따르다 보니 노사께서 약간 번거로우셨을 줄 압니다."
　"아니옵니다. 두 분께옵서 그렇게 물어 주시오니 오히려 참으로 기분이 흥감했사옵니다. 오늘 답변이 제대로 됐는지 두렵사옵니다."

"제대로 되다마다요. 오늘 강의는 참으로 좋았습니다. 알맹이들로 꽉꽉 들어찬 훌륭한 답변들이었습니다. 자, 그럼 차나 한 잔씩 들고 오늘 강의를 종강토록 하겠습니다."

문왕이 종강을 선언하자 무왕이 동생 주공을 바라보며 물었다.

"주공은 오늘 강의를 모두 초록해 두었는가?"

"예, 폐하! 나중에 조용히 읽어 보옵소서."

"그래, 그러니 현철한 나의 아우가 아니겠나! 수고했네, 주공!"

아들 무왕이 주공을 칭찬하자 문왕도 한 마디 거들었다.

"항시 이 아버지와 형의 그늘에서 묵묵히 자신의 할 일만 다하고 있는 우리 주공은 참으로 우리 주나라의 보배이고, 또 천하의 보배이며 만고 역사 속의 보배로다!"

"아니옵니다, 아바마마! 그저 소자의 소임을 다했을 뿐이옵니다."

"자, 차가 나오고 있구나. 우리 한 잔씩 듭시다."

문청이 차를 내오자 문왕이 차를 권하였다.

"폐하, 차 맛이 너무 좋사옵니다."

여상노사가 찻잔을 들어 음미하면서 은근히 문청의 차 솜씨를 칭찬하였다.

"그렇소이까? 맛있게 드시고 일어섭시다."

문왕의 말이었다.

"예, 폐하! 폐하께옵서 또 다시 괘상을 건져내시자면 수고가 이어지겠사옵니다."

"오늘은 좀 쉬었다가 내일 새벽에나 작괘의 책동을 해 볼 계획입니다."

이렇게 하여 강담이 모두 끝나자 세 사람은 자리를 털고 일어섰다.
 빈 경연당 방에는 혜란의 향기와 차향만이 감도는데 문청은 뒷설거지를 하느라 혼자 남아 분주하기만 하였다.

 다음날 새벽, 저 멀리 민가에서 새벽을 여는 첫닭 울음 소리가 들려 왔다. 문왕은 그 첫닭 울음 소리와 함께 기상하여 세수와 세안을 하고 머리도 빗고 일과의 시작을 정성으로 맞았다. 문왕은 향을 사르고 주변을 정리하였다. 촛불의 빛을 받아 문갑 위에 얹혀져 있던 혜란의 그림자가 저쪽 벽에 산영(散影)되어 훌륭한 영상 처리로 분위기를 휘어잡고 있었다. 문왕은 한동안 그 영상을 바라보며 빛과 물체, 그리고 그림자가 연출하는 묘리에 대해 흥미를 느껴 보았다.
 '빛은 양이고 물체는 존재이며 그림자는 음이라. 존재는 음과 양을 나누게 하고 또 인식하면서 서로의 조화를 이루어 주는 법. 존재의 혜란에서 보면 빛과 그림자는 좌우에 있는 것이어서 새의 두 날개처럼, 수레의 양쪽 바퀴처럼 균형을 잡아 준다는 뜻이로고! 이 삼자(빛, 물체, 그림자)의 관계를 천지인과 상중하, 그리고 진선미로 나누어 소상괘에다 맞추어 보면 〈괘상 1〉과 같게 되지. 이를 다시 〈괘상 2〉로 옮겨 그들의 성분

眞·上·天 ▬▬	빛(촛불)	과거 ← ▬▬	촛불(양)
善·中·人 ▬▬	존재(혜란)	현재 ← ▬▬	혜란(양)
美·下·地 ▬▬	그림자(난 그림자)	미래 ← ▬▬	그림자(음)
〈괘상 1〉		〈괘상 2〉	

을 음양에다 맞추어 보면 또 이렇게도 나타낼 수 있겠구나! 낮의 햇빛은 양의 빛이며 밤의 달빛이나 불빛은 음의 빛이지. 그리고 그림자도 낮의 것은 양이며 밤의 것은 음이지.
 그러면 그림자와 그늘간에는 어떠한 차이가 있는지 생각해

보지 않을 수 없구나! 그늘은 빛의 광도와 이동에 따라서 그 위치와 모양, 그리고 크기가 달라지는 것이며, 그림자란 빛과 물체를 움직이지 아니하면 언제나 그대로 영상되는 것이지. 다시 말해, 낮의 햇빛을 받고 나타나는 나무 그늘은 해의 방향과 흐르는 위치와 선(線)에 따라 짧아지거나 길어지며, 또 열어지

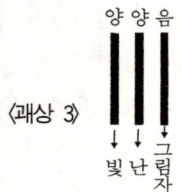

〈괘상 3〉

거나 짙어질 수 있고, 또 시원해지거나 추워질 수 있는 데 반해 밤의 촉광을 받고 나타나는 그림자는 그런 변화가 없다고 볼 수 있지! 언뜻 생각하기에 그림자와 그늘은 별 차이가 없는 것처럼 보이지만, 음에서 또 음이 나와 갈라지고 양에서 또 양이 나와 나누어지는 묘리, 바로 이것이 역의 이치가 아니겠는가. 마치 음인 엄마로 인해 딸이 태어나고 양인 아버지로 인해 아들이 태어나는 원리와 같은 것이지.

또 음에서 양과 음이 같이 나올 수도 있으며, 양에서도 음과 양이 공존공출(共存共出)할 수 있는 것이지. 혜란 하나를 분석해 봐도 거기에는 음양의 조화가 들어 있지. 난 잎 자체는 양이지만 그가 품고 있는 수분은 음이지. 또 꽃은 양이며 잎새는 음이지. 그렇다면 향기는 뭘까? 그것은 양에 속하는 것이지. 양의 성분은 발산하고 증발하는, 즉 휘발성의 위력이 음보다 강하니까 그렇지. 이렇게 보면 우리 삶의 주위에 있는 모든 것 가운데 그 어느 하나라도 과학과 무관치 않은 것이 없으니 모든 것이 생활과학이며 또 천연과학이로다!'

천지비괘(天地否卦) 17

문왕은 새벽에 기상하여 혜란의 그림자를 바라보며 별의별 생각을 다 해 보았다.
잠시 후에 문왕은 산(算)대를 서궤 위에 부어 놓고 대상괘를 건지기 위해 주책을 부리기 시작했다. 삼변이 끝날 때마다 하얀 견사 위에는 효가 하나씩 더해져 갔다. 첫 효는 음이 나와 초육이 되었고 둘째 효도 음이어서 육이가 되었다. 그리고 셋째 효도 역시 음이 나와 육삼이 되었다. 이렇게 하여 하나의 도상괘인 곤지(坤地)괘가 나와서 아랫괘이자 내괘로서 자리를 잡았다.
이제는 윗괘인 외괘로 올라가기 시작했다. 그 위에 양효인 구오가 보태졌고 거기에 또다시 양효인 상구가 나와서 건천(乾天)괘로 한 조를 이루었다.
이리하여 상하내외가 중첩되어 천지비(天地否)라는 대상괘가 탄생하였다.

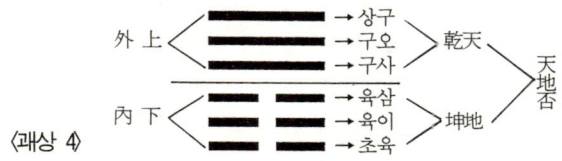

〈괘상 ④〉

한 괘가 모두 갖추어지자 문왕이 조용히 입을 열었다.
'천지가 합해진 비(否)괘로구나! 아랫것이 곤지요 윗것이 건천이라! 해서 천지비괘가 되었구나. 오늘 새벽에 분만시킨 괘상은 저번에 분만시켰던 괘상과는 정반대로 되었구나. 그때 것은 윗괘가 모두 순음이고 아랫것이 모두 순양인 지천태괘였었는데, 오늘 것은 정반대로 윗것이 모두 순양이고 아랫것이 모두 순음으로 이루어졌구나. 거참, 묘한 일이로고! 세상의 이치나 주역의 이치가 이처럼 정반대로 바뀔 수도 있는 것이렷다!

 이 조직의 성분을 분석해 보니, 음인 소인들이 밑에서 득세를 하여 위로 밀어 붙이므로 양인 군자들이 밀려서 쫓겨나는 판세로다. 예로부터 세상에는 언제나 소인들이 득세하고 대인 군자들은 뒷전에 물러나 있었지. 오백여 년 내지 천여 년 만에 한 번씩 대인 군자들이 나타나 양으로서 득세를 했고, 그러기 전까지는 소인배들이 세력을 장악하여 설치고 판을 쳤던 것이렷다!

 우리 주국이 은나라를 정벌하기 전까지만 해도 얼마나 많은 소인배, 탐관오리, 매관매직하는 자들이 종횡무진으로 설쳐 왔었던가! 바로 그런 암울하고 무명(無明)한 세상이 이 천지비괘에 해당하는 것이지! 백성들이 경작해 놓은 곡식을——국법으로 정한 조세 기준을 무시한 채——가렴주구로써 착취하여 백성들의 피를 빨아 먹는 흡혈귀로 살았던 것이지! 권세를 쥔 자는 누구나 사치와 낭비를 일삼으며 방자하고 방만함이 말할 수 없이 심했으니 말이다.

 그러한 세상이 극에 달하다 보니 하늘은 보다 못해 나 같은 자를 이 땅에 보내시어 천하를 바로 잡게 한 것이지. 그리고 또 아들 무왕에게까지 연달아 천명을 주시어 내가 못다한 숙원을 그로 하여금 완성시키게 하고 있지 않은가?

 천명이란 어질고 선한 쪽으로 내려지는 법이며, 되려고 하는 자의 편에 서게 되어 있는 법! 다시 말해서 하늘은 만백성의 편에 서 계시지. 따라서 백성들의 고통을 덜어 주고 동시에 즐거움을 선사하는 그런 군주와 통치자 쪽에 서 주시는 법이지.

 언젠가는 또 이런 천지비괘와 같은 세상이 반드시 올 것이다. 천지비 같은 세상이 있음으로써 지천태괘와 같은 세상이 훨씬 돋보이고 반사이득과 반대급부를 보상받을 수 있기 때문이지. 마치 선과 악이 함께 존재함으로써 선이 더욱 좋아 보이는 것과 같은 이치이지. 만약 악이 없다면 무엇에 기준하여 선이 좋게 보일 수 있단 말인가. 해서 항시 모든 것이 공존함으로써 잘난 자가 득을 보게 되어 있지. 그러니까 매사에 있어서 세상에서 현명한 선택이 뒤따라야 평생 이로운 것임인저!'

 문왕은 이런저런 생각을 하며 혼자서 장시간을 중얼거렸다. 그러다 보니 어느 새 날이 새어 창호문이 훤하였다. 긴긴 겨울 밤인지라 새벽이 되어 날이 밝기까지엔 상당한 시간이 흘렀건만 너무 괘에 심취되다 보니 긴 시간이 문왕에게는 짧게만 느껴졌다. 희열과 몰두에 사무치다 보면 천 년 세월도 순간적인 것으로 느껴지는 반면, 권태와 지리멸렬에 시달리다 보면 하루가 천 년처럼 길게 느껴지는 것이다. 문왕도 점점 주역의 문리에 익어 가고 또 심취되어 어느덧 스무남은 괘에까지 파고 들어가다 보니 그 진선진미한 깊은 뜻을 체득하게 된 것이었다. 그러니 지루와 권태로움이 있을 수 없었고 애오라지 흘러가는 시간이 자못 안타까울 따름이었다.

 죽향도 일찍 일어나 나름대로의 일과를 짜고 있었다. 혼자서 뭔가를 열심히 생각하며 혼잣말로 중얼거렸다. 오늘 문왕이 풀어 나갈 괘상의 뒷바라지를 어떻게 효과있게 해 드릴까 하는 생각에서였다. 그 대인들은 언제 부를 것이며, 또 이 엄동설한에 무슨 차와 간식을 내어서 그들의 구미를 돋구어 드릴까 하는 이런저런 일들을 선후(先後)가 맞게 정리해 보는 것이었다.

 아침 조반을 마친 문왕은 혼자서 차를 마셔 가며 괘상을 다시 한 번 들여다 보았다. 대인들을 부르기 전에 자신이 한번 더 괘상에 대해 확실하게 파악을 하고 나서 임하는 것이 좋겠다 싶어서였다. 그래야만 괘를 풀어 나가다 말문이 막히질 않고 조리정연히, 마치 패옥을 실에 꿰놓은 것처럼 영롱하게 연출해 낼 수 있기 때문이었다.

문왕은 다시 한 번 괘상을 들여다 보며 생각을 정리하고 나서 죽향을 불렀다.

"죽향이, 기자공과 사편공을 들라 이르게."

"예, 폐하! 그렇잖아도 어명이 계실 줄 미리 알고 마음속으로 기다리고 있었사옵니다."

"허허, 그랬는가? 그래, 어서 부르도록 하게."

"예, 폐하!"

죽향이 두 대인의 방으로 연결된 줄을 당겨 문왕의 부름을 알렸다.

잠시 후에 두 대인이 입전하여 문안인사를 올렸다.

"폐하, 작야 동안 옥체보존에 만중만안하셨사온지요?"

"그렇소이다. 두 공들께서도 편안하셨는지요?"

"그렇사옵니다, 폐하! 오늘도 괘상 풀이로 일정을 잡으셨사온지요?"

"그렇소이다, 공들."

두 대인은 국궁삼배를 하고 조용히 다가와 서궤 앞에 앉았다.

문왕이 그들에게 대상괘가 찍힌 견사를 밀어내며 보여 주자 두 대인은 괘상을 보기 위해 엉덩이걸음으로 걸어서 바짝 밀착하였다.

"두 공들, 오늘 괘상은 천지비괘요. 소인이 아래에서 득세를 하고 대인 군자가 위에서 쫓겨나는 그런 괘상이오."

"그러하옵군요, 폐하! 괘상이 담고 있는 뜻이 썩 좋은 것은 아니옵지만, 세상에는 이 괘상과 같은 경우가 많이 있어 왔고 또 미래에도 많이 있을 것이므로 잘 나온 괘상이라 하겠사옵니다, 폐하!"
 "폐하, 이 사편이 보옵건대 하늘이 위에 있고 땅이 아래에 있사옵니다. 따라서 이런 형상에서는 하늘과 땅이 너무 떨어져 있어 서로 만날 수 없으므로 막힌 비(否)괘가 된 것이라 보옵니다, 폐하!"
 "그렇게도 볼 수 있군요. 잘 보셨소이다, 사편공!"
 "이 신이 말씀드린 것이 옥에 티가 되지나 않을지 심히 염려스럽사옵니다, 폐하!"
 "무슨 말씀이오, 옥에 티라니? 옥에 은쟁반을 받쳐 준 기분이오!"
 "황공하옵니다, 폐하!"
 "사편공, 이 괘를 일 년 열 두 달 중의 한 달에 비유하라면 칠월에 해당한다고 하겠소이다. 칠월이 되면 이미 땅 속에서 음의 기운인 차가운 지기(地氣)가 올라오지 않소? 그래서 그렇게 본 것이지요. 처서가 되면 나무 그늘이 맑아지고 습기가 걷히지 않습니까?"
 "그렇사옵니다, 폐하! 그리고 보니 이 천지비괘를 칠월에 비유하심이 매우 설득력이 있사옵니다."
 "고맙소, 사편공께서 그렇게 봐 주시니 말이오.
 현재 이 비는 '막혀 있으니 사람이 나아갈 수 없게 되어 있다'고 하겠소이다.
 구체적인 이유를 들라면 '하늘과 땅이 교감하는 덕택으로 만물은 그 중간에서 살아갈 수 있는 것이지요. 하늘·사람·땅, 이들 삼재(三才) 가운데서 사람이 최고로 신령스러운고로 만물의 최고 우두머리가 된 것이지요. 무릇 천지에서 발생되는 것은 다 사람을 위한 것이지요. 만일 천지가 교감하지 않는다면 만물이 탄생할 수 없는 것이지요. 이렇게 되면 인도(人道)가 없게 되는고로 이 비괘는 사람의 나아갈 도가 아닌 것이지요. 사 그라지고 길어지고 닫혀지고 열려짐, 즉 소장합벽(消長闔闢)이 서로로 인하여 쉬지 않고 반복되는 것이지요.

태평성대가 궁극에 이르면 기우는 세상이 돌아오게 되고, 막힌 비(否)의 세상이 종극에 이르면 회복되는 것이니 이것이 곧 무상(無常；그대로 유지되지 못함)이지요. 이러한 것이 불변의 이치이거늘 사람의 도가 어찌 영원함이 있겠소이까? 막힌 지 오래이면 태평세상이 돌아오게 되어 있는 것이지요. 이렇게 막힌 세상에 당하였을 적에는 희망을 가지고 기다려 보는 것이 또 삶의 지혜라고 보는 겁니다. 그런 의미에서 이 비괘는 새로운 제 이(二)의 희망을 갖게 하는 것이므로 전혀 불필요한 것은 아니라고 봅니다.”

"잘 보셨사옵니다, 폐하! 이 우주 공간의 질서와 형상을 보더라도, 계절적으로는 막힌 겨울이 있고 형상적으로는 산과 물이 있어서 넘고 건넘을 가로막아 주고 있지 않사옵니까? 이런 것이 바로 이 주역의 천지비괘에 해당한다고 볼 수 있겠사옵니다.”

"사편공의 해설이 더욱 훌륭합니다! 그렇게 보니 모든 것이 다 상대적으로 공존하므로 우주 질서가 바로 잡혀 가는 것이라 하겠소이다!”

"그렇사옵니다, 폐하! 그러면 폐하께옵서 이 비괘의 원론을 설명해 주시옵소서!”

"그렇게 합시다, 사편공. 옆에 계신 기자공께서도 심심하실 터이니 이렇게 서두에서 맴돌 것이 아니라 빨리 문을 열고 본론으로 진입하겠소이다.”

"폐하! 이 기자는 심심치 않사옵니다. 폐하와 사편공의 오가는 대화를 듣고 있는 것이 훨씬 더 좋사옵니다. 듣는 것이 곧

천지비괘(天地否卦) 23

배우는 것이 아니겠사옵니까?"
 "겸손의 말씀입니다, 기자공! 자, 그러면 원론으로 들어갑니다.
 '군자가 이렇게 막힌 세상에서 고집을 부리면 불리하니, 그 이유인즉 대인 군자들이 물러가고 소인배들이 득세를 해서 자리를 포진하고 있어서 그렇소이다.'
 다시 말하자면, 난세에는 군자의 고집이 통하지 않아요. 그러니 이럴 때에는 숨어 살거나 묵묵히 있는 것이 유리한 것이지요."
 "그렇사옵니다, 폐하! 이 기자가 헤아려 봐도 그렇사옵니다. 어지러운 바람이 불어닥치면 이를 피해 엎드리든지 숨어야 하는 것이 군자이며 현자이옵지요. 단, 난세라 해도 거기에 군자가 현혹되거나 당혹해 할 이유는 없사옵니다. 그저 의도적으로 져 주는 척하는 것일 뿐이옵지요."
 "보충설명이 좋습니다, 기자공!
 대저, '위와 아래가 교통하고 강함과 부드러움이 화회(和會; 조화롭게 만남)함이 군자의 도이니라(上下交通 剛柔和會 君子之道 也).'
 막힌 비(否)의 세상이 되면 이와는 정반대가 되는고로 군자가 주관을 지키면 불리하게 됩니다. 막힌 세상에서는 행하지 않는 것이 군자의 정도(正道)이지요. 이렇게 다시 정리를 해 보는 것도 괜찮지 않소이까, 기자공?"
 "좋사옵니다. 그렇게 간략하게 언급하시오니 말씀이옵니다, 폐하!"
 "그러면 이번에는 기자공께서 이 천지비괘의 총체적 분위기를 도출해 내 주시지요."
 "예, 폐하! 설득력이 있을지 모르겠사오나 한번 해 보겠사옵니다. 만약 부족하다싶으시오면 폐하께옵서 다시 보충해 주시옵소서.

'사람의 도가 아니어서 군자가 주관을 지키면 불리하게 되옵고, 또 큰 군자와 도인이 물러나고 작은 소인배들이 득실거리게 되면 천지가 교통되지 않아 만물이 불통되오며, 상하가 교감되지 않아 천하에는 나라가 있을 수 없사옵니다. 안에는 음들이 있고 밖에는 양들이 있으며, 안은 부드럽고 밖은 강하며, 안에는 소인이 있고 밖에는 군자들이 있으니 소인의 도가 자라나고 군자의 도는 사그라져 가고 있다'고 하겠사옵니다."

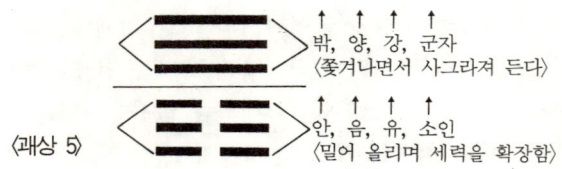

〈괘상 5〉

"잘 보셨습니다, 기자공. 그렇게 투명하고 선명하게 설명해 주시니 이 비괘를 파악하는 데 큰 도움이 될 것 같습니다. 먼 훗날 사람들도 이같이 기자공의 훌륭한 점을 높이 칭송할 것입니다."

"좋게 봐 주셔서 감사하옵니다, 폐하! 이 신은 그저 괘상의 분위기대로만 말씀드렸을 뿐이옵니다, 폐하!"

'부천지지기(夫天地之氣)가 불교즉만물 무생생성지리(不交則 萬物 無生生成之理)하고
　　상하지의불교즉 천하무방국지도(上下之義不交則 天下無邦國 之道)하니
　　건방국(建邦國)하여 소이위치야(所以爲治也)라

상시정이치민(上施政以治民)하고
민대군이종명(民戴君而從命)이라
상하상교 소이치안야(上下相交 所以治安也)언마는
금상하불교 시천하무방국지도야(今上下不交 施天下無邦國之道也)라
음유재내(陰柔在內)하고
양강재외(陽剛在外)라
군자왕거어외(君子往居於外)하고
소인내처어내(小人來處於內)하니
소인도장(小人道長)하며
군자도소지시야(君子道消之時也)라.
(대저 천지의 기가 교감되지 아니하면 만물이 생성의 이치가
없고 상하의 정의가 교통되지 아니하면 천하에는 나라의 도가
없어지니 나라를 세워서 다스리게 되었느니라
위에서는 정치를 베풀어 국민을 다스리고
국민은 임금을 떠받들고 명령을 좇느니라
상하가 서로 교화(交和)되어 치안(治安)이 되는지라
지금 —— 이 천지비괘처럼 —— 상하가 교화되지 아니하면
천하는 도가 없는 법이라
음유한 것들은 안에 있고
양강한 것들이 밖에 있도다.
군자는 쫓겨나서 밖에 살고
소인이 쳐들어와서 안에 있으니
소인의 도는 길게 뻗치는데
군자의 도는 소멸되어 가도다)'

"자, 다음은 우리 사편공이 약간 각도를 달리하여 한번 조명

해 보십시오."

"그렇게 하겠사옵니다, 폐하!
'하늘과 땅이 교감되지 아니함이 비(否)니 군자는 이런 점을 법 삼아서 덕을 검소히 하고 곤란함을 피해서 영화나 녹을 누리려고 해서는 아니 되옵니다(天地不交否니 君子 以하여 儉德避難하여 不可以榮祿이니라).'

'하늘과 땅이 교감되지 않는다' 함은, 하늘에서는 적당한 시기에 우로(雨露)가 내리고 땅에서는 지기(地氣)가 옥윤(沃潤)하여서 만물을 육성케 해 주어야 하는데 그렇지 못한 경우를 두고 하는 뜻 아니겠사옵니까?

이런 시기에 군자는 덕을 남발하지 말아야 하옵니다. 덕을 베푼다 해도 먹혀들지 않을 것이기 때문에 덕을 검소하게 아껴 쓰는 것이옵지요. 아울러 어려운 일을 자처하면 아니 되옵니다. 이러한 난세에는 반드시 몸을 숨기고 살아야지, 봉급을 받아 먹을 생각에 벼슬을 하겠다고 여기저기 기웃거리다가는 끝내 재앙을 면치 못하게 될 것이옵니다, 폐하!"

"잘 보았소이다, 사편공. 훌륭한 견해라 하겠소이다. 앞으로 계속 열강해 주시길 바라오."

"잘 해 보겠사옵니다, 폐하!"

"자, 다음엔 이 천지비 조직의 첫 상면자인 초육을 만나 보도록 합시다, 두 공들!

'잔디 뿌리를 뽑으려 하나 그 뿌리들끼리 얽혀 고집을 부리

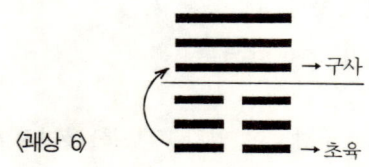

〈괘상 6〉

고 있으니 길(吉)해서 형통할 것이니라.'
 이 천지비의 초육은 앞서 풀었던 지천태괘의 초구효와 비슷한 뜻을 담고 있어요. 앞서 풀었던 그 태괘에서는 양들이 무리를 이루고 있었고 이 비괘에서는 음들이 무리를 이루어 위로 상진해 가고 있어요. 때문에 짐이 잔디뿌리로 비유시켜 본 것입니다.
 이 초육은 자기 나름대로 주관이라고 할까 고집이라고 할까, 좌우지간 그런 뭐가 있어요. 때문에 길함과 형통함을 가져올 것이라고 본 것입니다. 상하 관계를 보면, 초육의 음은 위의 양인 구사와 좋은 분홍빛 분위기를 유지하고 있습니다. 기름은 기름끼리 모이고 얼음은 얼음끼리 모이듯이 이 초육이 바로 가까운 하부 조직의 음들과 이웃해 있으므로 괜찮다고 본 것입니다. 약자끼리는 뭉쳐야만 서로 힘이 되는 것이지요."
 "그렇사옵니다, 폐하! 이를 두고 유유상종이라 하옵지요. 이렇게 끼리끼리 놀고 있지만 저 위에 있는 양들이 관심을 가져 주고 있으니 뒤가 든든하옵지요."

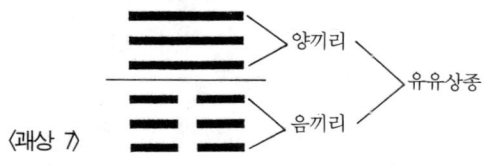

〈괘상 7〉

 "그렇다고 봐야지요. 이처럼 항시 기자공이 한 마디 거들어 주면 짐의 강담이 더욱 돋보이게 된다니까요."
 "감사하옵니다, 폐하!"
 "그러면 이번에는 기자공께서 형상학적인 측면에서 한번 조명해 보십시오."
 "예, 폐하! '잔디 뿌리처럼 얽혀 있음으로써 길하다'고 하

옵신 부분에 대해 언급하옵자면, 이 초육의 뜻은 어디까지나
'임금에게 있다'고 보겠사옵니다. 왜냐하면, 원래 약자는 강자
에게로 통합되게 되어 있기 때문이옵지요. 이것이 약자의 습성

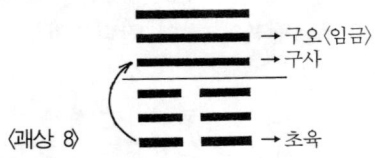
〈괘상 8〉

이옵지요. 우리 얼굴의 일부분인 턱을 보더라도 아래턱이 위로
올라붙지 않았사옵니까? 세상 이치가 바로 그런 것이옵지요.
우선은 구사와 관계를 맺었지만 결국은 임금 곁으로 가게 되어
있사옵니다. 처음부터 바로 임금 곁에 간다는 것은 무리이기
때문에 한 단계 구사를 거친 뒤에 거기서 한번 더 도약하는 것
이라고 보면 되겠사옵니다."
 "잘 보셨소이다, 기자공. 약자와 하자(下者)의 습성을 그토록
세세하게 설명해 주시니 훨씬 더 이해가 빨리 되는군요. 다음
은 우리 사편공이 한 마디 거들지 않겠습니까?"
 "거들어야 하옵지요. 이 천지비 조직의 구성원인 초육은 맨
밑에 있으면서 좋은 관계를 맺어 가고 있사옵니다. 다시 말씀
드리옵자면, 이 초육은 기층(基層)을 잘 잡아 주고 있사옵니다.
탑은 맨밑의 기단(基壇)이 튼튼하고 견고해야 하지 않사옵니
까? 그래야 위로 올라가는 탑신(塔身)들이 안전한 것이옵지요.

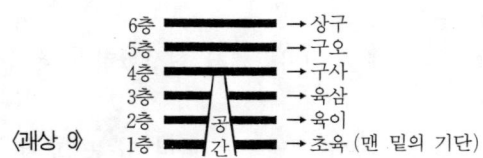
〈괘상 9〉

천지비괘(天地否卦)

　이와 같이 여기에서의 초육이 바로 그렇사옵니다. 〈괘상 9〉를 보옵시면 금방 납득이 되실 것이옵니다. 일층부터 삼층까지는 내부가 비어 있는 음들로써 층을 쌓아 가다가 사층부터는 위가 좁아지므로 가운데에 공간을 두지 않고 쌓아 올렸사옵니다.
　또 이렇게도 볼 수 있사옵니다. 아래 일층부터 삼층까지는 거대한 탑신을 두 개로 맞물려 쌓고, 사층부터는 점차로 좁아져야 하므로 하나로 된 원석을 차곡차곡 괴어 올라가고 있다고 말씀이옵니다. 〈괘상 10〉을 참조하옵시면 되겠사옵니다, 폐하!"

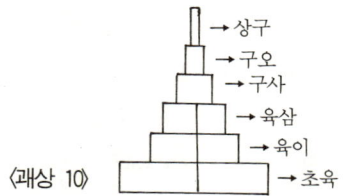

〈괘상 10〉

　"어허, 그것 참! 사편공의 강의를 들으니 탑을 쌓는 공법에 대해서도 알게 되었구려! 탑을 쌓을 적에만 그럴 것이 아니라 누대를 지을 적에도 그러한 공법을 사용하면 좋겠소이다."
　"물론이옵니다, 폐하! 그 법이 또 사람 사는 법이 아니겠사옵니까? 이처럼 뭐든지 기초가 튼튼해야 하옵지요. 또 나이를 몇백 살씩 먹은 고목들도 보면 밑둥치는 텅텅 비어 있고 올라갈수록 구멍이 없어지지 않사옵니까? 그 원리가 바로 이 천지비괘의 형상과 상통한다 하겠사옵니다. 〈괘상 11〉에서 보는 바와 같이 초육은 고목의 뿌리 부분에 해당한다고 하겠사옵니다.
　여기에 또 하나 생각지 않을 수 없는 것은, 이러한 고목이 오래되면 될수록 구멍이 위로 높이 파고들어서 결국은 가지가 부러지고 잎새가 모두 말라 비틀어져 떨어지면서 최후를 마치게 되옵지요.

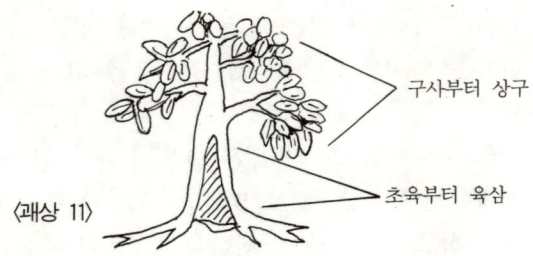

〈괘상 11〉

구사부터 상구

초육부터 육삼

이 천지비의 조직도 이와 같사옵니다. 지금 속이 텅텅 빈 소인배들이 아래로부터 득세를 해서 올라가고 있지 않사옵니까? 결국 이런 국가와 조직은 와해되어 망하게 되옵지요. 소인들이란 철학도 지식도 예의도 염치도 궁핍하여 그야말로 속이 텅텅 빈 깡통들이옵지요. 다만 있다고 해 봐야 속에 똥이나 가득 차 있고 주머니에 돈이나 꽉꽉 들어차 있을 뿐이옵지요.

세상을 움직이는 데 똥과 돈만으로는 아니 되옵지요. 지식, 철학, 예의, 염치, 도덕, 가치관, 희망, 미래성 등이 교향곡처럼 화음을 이룰 때 건강하고 건전한 국가와 조직이 되는 것이라 보옵니다.

그럼 결론을 짓겠사옵니다. 초육 하나만 독립시켜 떼어 놓고 보면 현재로서는 하자와 결점이 노출되지 않고 있사옵니다, 폐하!"

"그야말로 광장설(廣長說)이군요. 각양각색의 비유가 자못 설득력을 제공하고 있소이다. 유익한 강담이었습니다, 사편공!"

"좋게 여겨 주옵시니 그저 황공할 따름이옵니다, 폐하!"

"자, 다음은 육이를 찾아가 봅시다.

'육이가 위에 있는 구오의 뜻을 기리고 포용하고 있도다. 따라서 소인은 길하고 대인의 경우엔 막혀 있으니 형통할 것이

로다!'

 무슨 뜻이냐 하면, 육이는 음으로서, 또 소인으로서 하부 조직의 중앙에 위치하고 있어요. 그러면서 상부 조직에 있는 구오의 뜻을 이어받아 순종하고 있습니다. 따라서 구오로부터 포용되고 있으니 길할 것이라고 한 것이지요.

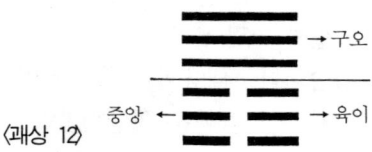

〈괘상 12〉

 똑같은 상황에서 대인이 이러한 경우에 처해 있다고 가정해 볼 때 한 번쯤 의심해 볼 필요가 있다고 봅니다. 이렇게 세상이 막혀 있을 때에 대인이 가장 깊숙한 중앙에 볼모로 잡혀 있거나 연금되어 있다고 칩시다. 참으로 답답하고 갑갑할 것입니다. 대인이란 소인과 달라서 막힌 세상에 처해 있을 경우, 도(道)로써 자처하게 되지요. 따라서 자신을 굽히고 도(道)를 굽히려 들지 않지요. 그러하니 어찌 위를 따르겠소이까? 오직 그 막힌 상황에서 자신을 지키고 있을 뿐이지요. 막힌 세상에서 발광을 하거나 조급증을 내어 파닥거리면 성말라서 제풀에 죽게 되지요. 그러니 막힌 세상이 당도하였을 적에는 조용히 때가 올 때까지 기다리면 형통을 얻게 되는 거지요. 비유하자면, 밤에 불 켜진 방 안에 있다가 갑자기 깜깜한 밖으로 나가면 눈앞이 캄캄하여 분간할 수 없게 되지 않소이까? 이러한 경우를 당하게 되면 한동안 가만히 서서 기다리고 있어야 합니다. 그러면 잠시 후엔 길이 보이고 물체가 보이지요. 이와 같은 이치라고 볼 수 있겠습니다. 이런 경우를 두고 암중모색(暗中摸索)이라고 하지요. 지자라면, 또 현자라면, 어렵고 막힘에 처해 있을 적에는 이처럼 암중모색을 해야 형통함이 있게 되는 것입니다."

"폐하의 강설이 점점 편하고 수월하오며, 또 용이(容易)하옵니다. 또한 그쪽으로 말씀드리옵자면 용의주도(用意周到)하시옵니다."

"허허, 그렇소이까? 이 짐은 그렇게 용의주도하다고까지는 보지 않는데, 이 짐이 벌써 그런 넓은 세계에까지 도달했단 말이지요? 아무튼 고맙습니다. 내용이 그렇게까지 되어 가고 있다니 말입니다. 자, 다음엔 육이를 형상학적인 측면에서 기자공이 한번 강설해 보시지요."

"예, 폐하! 이 육이의 형상적 차원은 이렇사옵니다. 아까 폐하께옵서 '대인은 막혀 있는 상황에 처해 있지만 결국 형통할 것이라'고 말씀하옵신 부분에 대해 논급해 올리겠사옵니다. 대인은 정절(正節)을 지킴으로써 소인배들과 섞여서 무리짓지 아니하는 주관이 있어서 그렇사옵니다. 그야말로 화이부동(和而不同)하고 표연불군(飄然不群)하는 것이옵니다.

대인이 소인과 다른 점은 바로 이런 것이옵지요. 그리고 하늘은 대인의 편에 서지 소인의 편에 성원을 보내지 않사옵니다. 때문에 대인은 곤궁해도 참으면서 정절을 지키는 것이라 하겠사옵니다. 그러다 보면 멀리로는 하늘의 도움과 가까이로는 자신의 입지(立志)로 인해 형통을 얻게 된다고 하겠사옵니다."

"간단하면서도 그 내용이 명명백백하군요. 그야말로 어두절미한 가운데 토막이로군요. 잘 됐습니다. 이렇게 모두의 강설이 좋고 보니 나중에 이 주역을 책으로 엮어 펴내면 이를 사서 읽어 보는 자가 폭발할 지경에 이를 것 같군요. 책이 날개 돋힌 듯이 팔려 나가 이 호경 땅의 종이가 남아나지 않을 것 같은 예감이 들기도 합니다, 하하하……."
 "폐하! 웃으실 일이 아닌 줄 아옵니다. 이 사편공이 생각해 봐도 진짜 그럴 것 같사옵니다. 한번 두고 보시옵소서, 폐하!"
 "좋소. 백성들에게 많이 읽혀지면 좋은 일이 아니겠소? 백성들이 이 주역을 읽고 철학과 지식이 풍부해져 세상 이치에 밝게 산다면 그것도 하나의 공을 남기는 것이 되지 않겠소이까? 자! 그건 그렇고, 다음은 우리 사편공의 견해를 들어 봅시다. 열심히 해 주십시오."
 "예, 폐하! 이 천지비 조직의 육이는 하부 조직의 중앙에 위치하고 있으면서 정통성과 합법성을 얻고 있사옵니다. 그리고 조직이 중립적으로 처신하고 있어서 주위로부터 폭넓은 지지를 받고 있기도 하옵니다. 육의 음이 이의 음에 와 있고, 또 상중하 중 중앙에 와 있어서 그렇사옵니다.
 이렇게 육이가 음으로서 갖출 수 있는 제반 조건을 다 갖추고 있다 보니 상부의 국가 권력 기관에서 욕심을 내고 데려가려고 하기도 하옵니다. 결국 음성적 재야 조직이란 정당하게 크게 되면 국가 권력에 동화(同和)되게 되어 있지 않사옵니까? 육이는 이 조직으로 인해 출세도 하고, 또 자신의 입지를 굳혀 막강한 조직의 총수 내지 대부(代父)가 되어 있다고 보겠사옵니다. 곤지(坤地) 조직의 중앙에서 총수가 되어 재야권을 휩쓸고 있으므로 어느 계기가 되면 재조(在朝)의 핵심 인물로 부상되기도 할 것이옵니다.
 이러한 음성적 하부 조직도 크게 두 가지로 나누어 볼 수 있사옵니다. 하나는 재조로 가기 위한 재야권이 있고, 다른 하나는 공권력과 국가 권력의 사각지대에서 음성적으로 활동하면서 이익을 취하는 집단이 있사옵니다. 이들로부터 국가 권력이나 공권력이 모든 정보를 제공받고 빼내어 사식화에서 공식화하고, 또 음성적에서 양성적으로 전환하여 통치의 지침과 수단으로 이용하기도 하옵니다.

이런 과정에서 국록을 먹는 자들이 그들과 결탁하여 그들의 비호 세력으로 군림하면서 부정하게 돈을 얻어 쓰기도 하옵지요. 흔히 이런 경우를 두고 악어와 악어새의 관계라고도 하옵니다.

백성이 조정에다 내는 것을 조세(租稅)라고 하지 않사옵니까? 상인이 음성적으로 관청에 내는 것은 상납이라고 하옵지요. 그러니까 돈깨나 만지는 사람은 세금을 내는 데가 많사옵니다. 조정에 조세 내랴, 비밀리에 정기적으로 상납하랴, 또 이런저런 사회 곳곳에서 찾아와 손을 벌리기도 하옵지요. 그런가 하면 집단간의 대소사(大小事)에 세금 내야지요. 이래저래 돈쟁이는 골치 아프게 되어 있사옵니다.

결론적으로, 이 육이는 현재 재야 집단의 총두목으로 활약하는데, 어떤 계기가 되면 상부의 건천(乾天) 조직을 밀어내고 천하를 통일하고 장악할 그런 야망을 품고 있다고 하겠사옵니다. 아니면 음성 집단에 그대로 남아서 용이 되지 못한 이무기처럼 군림하게 될지도 모를 일이옵니다. 큰 일이란 항시 천의(天意)에 따르는 것이니까 말씀이옵니다."

"사편공!"

"예, 폐하!"

"세상에서 제일 큰 조직이 국가 조직이고 그 다음이 재야 조직이 아니겠소? 또 항시 문제를 안고 폭발할 수 있는 큰 조직이 불량배 집단이고요. 논리적으로는 이 세 조직이 공존해서는 안 되지만 현실적으로는 항시 알게 모르게 공존해 온 것이 아니겠소? 앞으로도 계속 공존할 것이고 말입니다."

"그렇다고 봐야 하겠사옵지요. 결국 세상이란 조직끼리 싸우

는 것이옵니다. 그 세 조직 중 약한 조직은 무너지고 강한 조직
만이 실세를 잡는 것이옵지요."
"육이는 이 정도에서 그치고 다음엔 육삼 효로 넘어갑시다."
"그렇게 하시옵소서, 폐하!"
"이 육삼은 '포용되어 부끄럽다'고 하겠소이다.

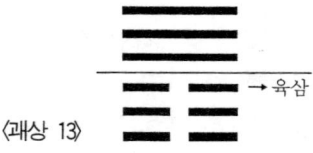

〈괘상 13〉 →육삼

왜 이런 판단을 내리느냐 하면, 육의 음이 삼의 양이 살고 있
는 데 와서 그것도 비의 조직 중심에서 버티고 있어요. 또 어
색하게 접목되어 육삼이라는 명패를 걸게 되었습니다. 육삼은
이를 부끄럽게 생각하고 있지요. 다시 말해서, 삼의 양이 육의
음에 포용되어서 뭔가 석연치 않고 불편하며 떳떳하지 못한
고로 부끄럽다는 뜻입니다. 이 부끄러움을 대인은 국가와 민족
을 건지고 구제하는 데 사용하지만, 소인은 넘치는 생각과 닥
치는 대로의 행동, 그리고 방만과 방자로 일을 저질러 자주 물
의를 빚게 되지요. 이런 경우에서 대인과 소인은 엄격히 구분
되는 것이지요."
"그렇사옵니다, 폐하! 이 기자가 평소에 생각해 오던 일 가
운데 한 가지인 것 같사옵니다. 저희 은나라가 망하게 된 동기
와, 망하고 난 후에 또 이 기자가 이렇게 주나라 왕실에 와서
녹봉을 받아 먹고 있는 것 등이 왠지 마음 한구석에는 개운치
않사옵니다."
"그렇게 생각할 수도 있다고 봅니다. 그러나 기자공, 그 일은
이미 역사의 장 속으로 넘어간 것이 아니겠습니까? 그리고 또

공이 이렇게 우리 주나라 왕실에서 높은 지식을 풀어 주시는 것은 이대로의 현실이고요. 천하 만사 모두가 정도의 차이일 뿐 다 약간씩은 이 천지비의 육삼처럼 떳떳지 못함이 있는 것 아니겠습니까?"

"그렇게 포용해 주시오니 감사하옵니다, 폐하!"

"모두 지나간 일이니 너무 과거사에 매이지 마시고 지금 벌어진 이 현실로 돌아와서 형상학적인 측면을 다루어 주십시오, 기자공!"

"예, 폐하! '포용되어 부끄럽다'고 하신 그 부분을 언급하옵자면, 육삼은 현재 '그 위치가 부당(不當)해서 그렇다'고 보옵니다. 간단히 이유를 설명드리옵자면, 음유한 것이 막힌 비(否)의 조직에 끼여 들어 왔고 자리가 부중부정(不中不正)하기 때문에 그렇다고 여겨지옵니다. 이는 바른 도가 아니기에 그러하옵지요.

다시 가다듬어 말씀드리옵자면, 그 자리에 있어서는 안 될 자가 있는 경우에 계속 부끄러운 일이 불거져 나오게 되고, 또 자신의 양심에도 계속 충격을 주게 되옵지요. 탁한 시대와 세상에 탁한 자가 앉아 있으면 별로 부끄러운 일이 없지만, 맑은 시대와 세상에 탁한 자가 앉아서 영화를 누리려 할 때는 계속 수치스러운 일이 노출되어 나오게 되는 것이옵니다. 그래서 군자는 시대의 흐름을 빨리 읽어서 처신을 민감하게 하는 법도를 배워야 한다고 보옵니다."

"그렇소이다, 기자공! 공이 그렇게 형상학적으로 말씀하실 때마다 꼭 이 짐이 말한 원론이 한결 더 부드러워지고 또 살아나게 되니 참으로 좋소이다. 자, 다음은 우리 사편공이 이 육삼을 한번 조명해 주십시오."

"예, 폐하! 사편의 견해를 밝히겠사옵니다. 육의 음에 삼의 양이 접목되어 반음반양의 인격체가 아니옵니까? 이현령비현령으로 그 용도에 따라 모양새를 달리하는 이중인격체이옵지요. 어떤 의미에서 볼 때 이런 자가 세상을 훨씬 수월하고 용의주도하게 살아간다고도 하겠사옵니다.

반면에 단점이라면, 남 보기에 '끼'가 있어 보여서 매력적으로 보이긴 하지만 줏대가 없어 보이며 우유부단하게 처신하는 경우가 많사옵니다. '끼' 자체가 꼭 단점이랄 수는 없겠지만, 그러나 이 끼가 들어서 단점이 되는 경우가 많사옵니다. 여자에게 끼가 있으면 남이 보기엔 좋아 보이지만 남편이 보기에는 정말 신경쓰이는 일이고, 반대로 남자에게 끼가 있으면 돈이 헤프게 되어 있고 줏대가 약해 큰 일을 못하게 되옵지요. 이런 경우가 바로 반음반양인 이 육삼 같은 자에 해당된다 하겠사옵니다.

이 육삼을 우리 인체 구조에다 비유하옵자면 허리와 배에 해당하옵니다. 허리는 뒤에 있으니 음이고, 배는 앞에 있으니 양

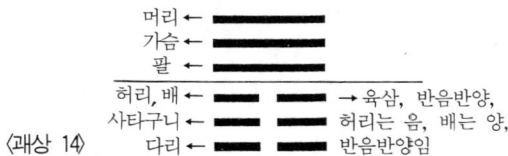
〈괘상 14〉

이지 않사옵니까? 뱃속에는 살아가는 데 없어서는 안 될 음식물을 저장해 둘 수 있는 기관이 들어 있고, 또 외형상으로는 배꼽이 있어서 어머니 태중에 있을 적에 숨쉴 수 있었던 것이옵지요.

허리는 아래로 대퇴부를 거느리고 있고 위로 등과 목을 연결하여 두상을 떠받들어 주고 있사옵지요. 한 마디로 신체의 요충지이옵지요. 이 긴 인체의 대로(大路)는 수많은 마디로써 연

결되어 있사옵지요. 그 마디마디엔 완충작용을 하는 원반이 끼여 있어서 위아래의 충격을 흡수하고 있사옵니다. 허리를 중추(中樞)라고도 하지 않사옵니까? 때문에 여기에 이상이 생기면 온 사지(四肢)가 맥을 추지 못하게 되는 것이옵니다. 그래서 사람들은 이 육삼에 해당하는 허리와 배를 소중히 여기는 것이 아니겠사옵니까?

또 이 육삼을 반음반양의 산에다 비유해 보면 다음의 두 괘상과 같사옵니다. 〈괘상 15〉의 경우 앞쪽은 양이고 뒷쪽은 음이며, 〈괘상 16〉의 경우 앞쪽은 순양으로 볕이 종일 들며 뒷쪽은

그늘 반 볕 반이 드는 그런 산이옵지요. 이런 두 경우의 산에다 과수원을 만든다든지 차(茶)밭을 일구게 되면, 다시 말씀드려 그 토양에 맞는 품종을 심으면 성과를 올릴 수 있겠사옵니다.

또 인생에다 비유하오면, 〈괘상 17, 18〉에서 보옵시는 바와 같

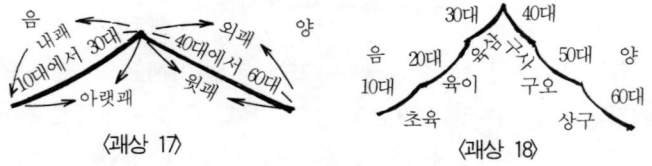

이 한 살에서 삼십대까지는 음에 해당하오며, 사십대에서 육십대까지는 양에 해당하옵니다. 왜 이렇게 보느냐 하면, 한 살에서 서른 살까지는 부모 그늘에 있다가 사회 그늘에서 지내기 때문에 음이라 한 것이옵고, 서른에서 예순에 이르기까지는 가

정을 차리고 독자적인 삶을 살 수 있고 또 사회적으로도 재량권을 가질 수 있는 시기이므로 양에 비유한 것이옵니다.

이렇게 놓고 볼 때 인생이란 반은 음이고 반은 양이라 할 수 있사옵지요. 따라서 음일 적에 그 음으로서 충진(忠盡)하고 양일 적에 그 양으로서 성숙하면 후회없는 삶을 마칠 수 있겠사옵니다. 대체로 자리를 잘 잡지 못하는 자들은 이러한 구분에서 제대로 실력을 발휘하지 못해서 그렇사옵니다.

일생을 항시 음으로서 남의 밑에나 사회의 그늘에서 지내는 이가 있는가 하면, 또 일찍 햇볕이 드는 곳을 차지하여 긴 세월을 양으로서 지내는 이도 많이 있사옵지요. 가령, 약관의 나이에 소년 등과(登科)하여 출세의 길에 오르는 경우가 이에 해당한다 하겠사옵니다. 이 육삼이 이와 같은 상황을 잘 파악하여 그 시기에 맞게 살아가면 괜찮은 삶을 살 수 있을 것이옵니다, 폐하!"

"수고했소이다, 사편공. 다음엔 구사로 넘어 갑니다.

'이 구사는 천명을 받으면 허물이 없어서 짝들이 복을 찾아 붙을 것이니라.'

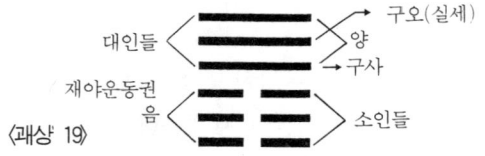

(괘상 19)

왜 이런 판단을 내리느냐 하면, 이 구사가 소인들이 득실거리던 하부 조직을 벗어나서 대인 군자들이 모여 있는 윗동네로 진입해 왔지 않습니까? 특히나 실세인 구오가 있는 바로 밑에까지 근접해 들어왔어요. 이때에 천명, 즉 어명을 받게 되면 그전에 약간 묻어 있었던 허물이 덮이거나 떨어져 나가고 새 사람이 되는 것입니다. 그러니까 재야권에 있을 때 묻어 있고 따라다녔던 허물들이 재조권으로 들어오면서 거의 불식되어진 것이지요. 이렇게 되면 재야 운동권에 함께 몸 담고 있었던 동료들도 덩달아 복을 받을 수 있게 되는 것이지요."

"잘 보셨사옵니다, 폐하! 이 천지비의 조직에서 구사는 임금 곁으로 가 당상관(堂上官)이 되면서 운명이 바뀐 것이옵니다. 그러니까 운동권에서 재조권으로 바뀌어 큰 벼슬까지 얻게 된 셈이옵니다, 폐하!"

"그렇소이다, 기자공! 그러면 기자공이 형상학적인 측면에서 한번 다루어 주십시오."

"예, 폐하! 그리하겠사옵니다. 아까 폐하께옵서 '천명을 받으면 허물이 없을 것이라'고 언급하옵신 부분에 대해서 형상학적 주해를 붙이자면 이렇사옵니다. 그 가장 주된 이유는 '뜻을 얻어서 실행하고 있기 때문'이라고 하겠사옵니다. 다시 말씀드리옵자면, 사람이 뜻을 얻으면 그전의 허물이 다 덮이거나 깎여 나가게 마련 아니옵니까? 그래서 사람들은 출세하려고 하고 돈 벌려고 하는 것이라고 보옵니다. 이 구사는 이제 '과거를 묻지 마시오, 과거는 흘러갔소이다'라는 쾌재를 부르는 입장이 되었사옵니다."

"잘 보셨고, 또 표현이 온당하고 좋습니다, 기자공! 다음은 사편공의 그 식견을 한번 들어 보겠습니다."

"예, 폐하! 이 신이 보는 견해는 이렇사옵니다. 구사는 아래 조직에 있는 음들에 의해 밖으로 밀리면서 그 세력을 잃어 가고 있사옵니다. 이는 마치 초가을이 시작되면서 더운 기운이 쇠퇴하고 냉기류가 득세하는 것과 같다고 하겠사옵니다.

또 시대의 변화적 차원에서 말씀드리옵자면, 질서와 양심 위주의 도덕정치 시대가 몰락하고 붕괴되어 가면서 그 하부기층

천지비괘(天地否卦) 41

에서 탐관오리들이 매관매직을 일삼고, 관공서의 각 부서마다 에서 이권 개입이 극성을 치면서 뇌물과 돈을 다투어 얻어 먹어 국가가 부패해 가고 있는 그런 상황이옵니다. 이렇게 시대가 변해 가는 것이 바로 이 천지비가 담고 있는 시대의 정황(情況)이오며, 또 이 구사가 그런 전환기에 처해 있다 하겠사옵니다.

인생에 비유하옵자면, 맛이 들고 철이 들어 막 사람의 꼴을 갖춘 사십대에 해당하옵니다. 반면에 잃은 것이 있다면 싱싱하고 풋풋한 그런 청취(靑臭)이옵지요. 마치 과실이 맛이 들고 단 냄새를 풍기면서 싱싱함을 상실해 가는 그런 반추(反推)의 한계를 보는 것과 같다고 하겠사옵니다. 계절에 있어서의 초가을, 인생에 있어서의 사십대, 과실에 있어서의 단 맛, 바로 이런 시점이 이 천지비 조직의 구사와 그 사정이 합일된다고 하겠사옵니다.

사업적인 측면에서 한번 맞추어 보면, 하부 조직의 하청업자나 대리점들이 담합을 하여 본사에 불이익을 끼치는 그런 하극상의 압력이 반역(反逆)되고 역류(逆流)되는 기이 현상을 맞고 있는 입장이라 하겠사옵니다. 그렇다고 해서 금방 망하는 것은 아니겠사옵니다마는 이런 절름발이 현상이 계속되다 보면 결국에 대국이 망하고 소국이 망하는 그런 꼴이 된다고 하겠사옵니다. 국가 기관이 원심력과 구심점을 잃어 통치 능력에 차질을 빚고 있는 그런 상황이 바로 이 천지비 조직에서 구사가 처해 있는 입장인 것이옵니다.

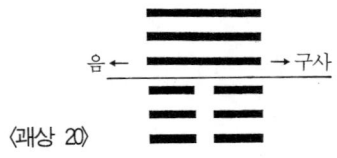

〈괘상 20〉

음양 문제로 돌려서 말씀드리옵자면, 구는 양인데 사는 음이지 않사옵니까? 음의 사가 살고 있는 동네에 구의 양이 찾아와 덮쳤사옵지요. 그래서 음이 양으로 변환되어 구사라는 이름을 얻은 것이옵니다. 세상에는 이런 경우가 더러 있다고 보옵니다. 상권도 별로 없는 사각지대 비슷한 곳이었는데 느닷없이 양의 성질을 가진 야전군 부대가 그곳에 들어온다든지, 아니면 관청이 그곳으로 옮겨와 활기를 찾은 경우와 같다고 하겠사옵니다. 그러니까 잘된 셈이옵지요. 음지가 양지로 바뀌어 신상권이 형성됨으로써 그 지역 주민들이 먹고 살기가 훨씬 좋아진 그런 판국이옵니다.

또 이렇게도 볼 수 있사옵니다. 정자나무 그늘과 햇볕의 경우를 두고 분석해 보면, 정자나무에 쨍쨍 내려쬐는 햇볕은 강한 양이고 그로 인해 생기는 정자나무 그늘은 분명히 음이옵지요. 그러나 정자나무 그늘을 필요로 하는 여름 사람들에게는 그 그늘이 양이고 햇볕은 음이라 하겠사옵니다. 왜냐하면, 한여름의 정자나무 그늘이란 사람에게 얼마나 시원한 이로움을 주옵니까? 사람들은 한여름의 땡볕은 피하고 싶어 하옵지요.

이처럼 음양의 관계는 경우와 때에 따라 달리 인식되옵지요. 햇볕은 정자나무라는 물체를 매개체로 하여 시원한 그림자를 만드는 원인을 제공해 주옵지요. 따라서 여름날의 정자나무 그늘은 사람들로 하여금 땀을 말릴 수 있게 하고 낮잠을 청할 수 있게 하는 좋은 장소이므로, 즉 사람에게 이로움을 주므로 양으로 펼쳐지는 것이옵지요. 또 반대로 겨울의 그늘은 분명히 음이옵고 햇볕은 양이 된다고 보겠사옵니다. 이것이 일반론적 인식이옵지요.

이 일반론적인 상식을 뒤집어서, 전술한 바와 같이 여름의 그늘이 양으로 변한 경우를 어떤 가정에다 옮겨 설명해 보옵자면 이렇사옵니다. 일반적으로는 한 가정에서 아버지가 양이고 어머니가 음이 되지만, 아버지가 부양 기능을 잃어서 어머니가 자식들을 부양하고 있다면 분명히 어머니가 양이 되옵지요. 바로 이러한 변화와 같사옵니다.
 이런 상황을 구사에다 연관지어 보면, 사의 음이 구의 양으로 인해 그 모양새와 이름이 양으로 바뀐 것과 같은 이치이옵니다, 폐하!"
 "수고했소이다, 사편공! 다양한 비유와 상대적 대두가 퍽 마음을 시원하게 하고 또 깊이를 더해 주었습니다. 다음은 구오의 모든 것을 분해해 봅시다.
 '구오는 천지비가 끝나는 즈음에 왔는지라 대인의 길함이니 그 망할 것이다. 그 망할 것이다라고 외어 대야 뽕나무 뿌리처럼 얽매어져 여물게 되리라.'
 무슨 뜻이냐 하면, 구오는 양강한 기질로 중정의 덕을 가지고 실세인 존위의 자리에 와 있어요. 그 위력으로써 세상이 꽉 막혀 있는 비(否)의 문제를 정지시키고 휴식시키며 또 개통시키게 되지요. 이처럼 대인의 위력을 발휘할 수 있으므로 길한 것입니다. 중요한 것은 언제 어느 때나 방심하면 '망할 것이므로 항시 마음속에 망할 것이다'를 되뇌이며 그에 대한 두려움과 조바심을 가지고 있어야 망하지 않게 되는 것이지요. 이렇게 해야만이 뽕나무 뿌리처럼 단단하고 견고하게 결속력을 갖게 되어 다시는 망하지 않을 것이라고 본 것이지요.
 따라서 군자는 지금 당장 편안하다고 해서 위험이 닥치지 않으리라고 생각해서는 아니 되며, 현재는 존재하고 있지만 언젠가는 없어지게 되는 날이 올 것이라는 정신을 잊지 말아야 하며, 다스려진 세상이지만 난세가 온다는 것을 잊어서는 안 되는 것이지요. 그럼으로써 몸이 편하고 국가가 보전되는 것이 아니겠소이까? 구오의 뜻이 약간 어려운 감이 없지는 않으나 뒤의 해석을 재삼 음독(吟讀)하면 금방 이해가 될 것입니다."

"그렇사옵니다, 폐하! 사실 이 기자도 처음에는 좀 얼른 이해가 가지 않았었사옵니다."

"그랬을 거요, 기자공! 자, 다음은 기자공이 이 구오를 두고 형상학적인 측면에서 언급해 주면 좋겠습니다."

"그러하겠사옵니다, 폐하! 폐하께옵서 원론에서 '대인은 길할 것이다'고 말씀하옵신 데 대해서 언급하옵자면, 이 구오의 대인은 '지위가 정당성과 중정성을 획득하고 있어서 그렇다'고

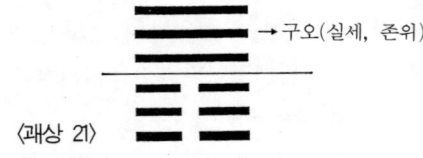

〈괘상 21〉

하겠사옵니다. 구체적으로 말씀드리옵자면, 이 구오의 대인은 지극히 높고 바른 위치를 얻었으므로 능히 천하의 막혀 있는 민심을 터 줄 수 있사옵니다. 때문에 길한 것이옵지요. 만일 그럴 수 있는 지위에 있지 아니한즉·비록 그 도가 있다손 쳐도 장차 어찌할 도리가 없는 것 아니겠사옵니까? 따라서 지위와 덕을 동시에 가지고 있는 성인의 그 위력과 행위를 일러 대보(大寶), 즉 큰 보배라고 하옵지요."

"잘 보셨소, 기자공! 그렇지요. 소인들이 헝클어 놓은 국가의 부정부패를 대인이 아니고서야 누가 풀며 바로잡겠소이까? 소인들이란 마치 개똥벌레들이 먹이를 놓고 동서남북 원근각방에서 달려들 듯이 서로 조금이라도 더 뜯어 먹으려고 야단들이지요.

소인과 대인의 차이는 간단합니다. 소인은 정의롭지 못한 재

물과 권세를 자꾸 더 많이 갖고 더 오래 지속시키기 위해 못된 짓을 총동원하지만, 대인은 정의롭지 아니한 재물과 권세 보기를 한낱 뜬구름과 같이 허무하게 보지요. 사실이 그렇고요."

"그렇사옵니다, 폐하! 왜 소인들은 지위와 나이의 고하를 막론하고 재물과 명예에 그렇게 집착하고 애착을 가지는지 모르겠사옵니다."

"그러니까 소인배들이지요, 기자공! 소인이란 지위가 높고 나이가 많다고 제외되는 것은 절대로 아니지요. 그와는 아무 상관없이 소인은 존재하는 것입니다. 여름 밤의 어리석은 불나방을 한번 보십시오. 큰 나방 작은 나방 할 것 없이 불빛만 보면 찾아와 날뛰다가 급기야는 불에 타 죽지 않소이까? 마찬가지로 국가 권력이나 시류에 편승하여 땅이나 재물을 정의롭지 못하게 소유한 권력층 소인배들은 현실의 준엄한 심판을 받고, 또 역사 속의 패륜아로 전락되고 말지 않던가요?"

"그렇사옵니다, 폐하! 소인들의 근성이란 바로 그 어리석은 불나방과 개똥벌레와 조금도 다를 바 없겠사옵니다."

"그렇소이다, 기자공! 자, 다음은 우리 사편공께서 한 마디 거들어야지요."

"예, 폐하! 이 구오는 큰 덕을 가지고 높은 자리에 앉아 있으면서 막힌 세상을 시원하게 뚫어 주고 있사옵니다. 마치 여름을 재촉하는 비가 내린 다음날 아침의 그 신록의 싱그러움처럼 쾌청하고 상쾌하게 세상을 정화해 주고 있사옵니다. 여름비가 지나간 뒤의 청산을 바라보노라면 비가 얼마나 큰 위력을 가지고 있는지를 실감하게 되옵니다. 비가 아니고서야 그 무엇이 그렇게 천랑기청(天朗氣淸)케 하며 혜풍화창(惠風和暢)케 할 수 있겠사옵니까? 마찬가지로 구오 같은 대인의 힘과 덕이 아니고서야 어찌 막힌 세상을 뚫고 터 주겠사옵니까? 우후청산

(雨後靑山)처럼 말씀이옵니다. 대인의 덕화(德化)란 강도도 높아야 하겠지만 무엇보다도 시원하고 온화하여야 하옵지요. 이런 견지에서 이 천지비의 구오는 참으로 훌륭한 성군이라 하겠사옵니다.

다음엔 구오의 구조에 대해 말씀드리겠사옵니다. 이번에는 이 구오를 인체의 내부 구조에다 접목시켜 보겠사옵니다. 〈괘상 22〉를 한번 보시옵소서. 인체 내부의 오장육부 중 육부에만

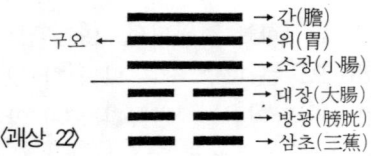
〈괘상 22〉

국한시켜 비유해 본 것이옵니다. 현재 이 조직에서 볼 때 구오는 위(胃)에 해당하옵니다. 이 위는 쉬운 말로 밥통이 아니옵니까? 여기에 탈이 나면 얼굴빛이 노랗게 변하고 늘 속이 껄끄러워 끼륵끼륵 트림을 하면서 지내게 되옵지요. 만약에 여기에 암이라도 생기는 날에는 생명에 치명타를 가하는 중요한 기관이옵니다. 건강한 사람은 그 어느 부분보다도 이 위가 튼튼하옵지요. 그래서 소화를 잘 시키옵니다. 사람이 사는 것은 뱃속의 똥 힘으로 사는 것인데 소화가 잘 안 되면 똥에 탈이 생겨 설사라든지 내부 계통에 일대 반란이 일어나게 되옵니다. 이런 반란과 내란을 막아 주는 곳이 바로 이 위의 기능이옵지요. 따라서 인체 내부의 실세이며 존위의 자리에 있다고 하겠사옵니다, 폐하!"

"사편공은 의원을 해도 되겠군요, 하하하……. 그런데 그 초 육에 해당하는 삼초(三焦)가 뭡니까? 알고 싶소이다."

"예, 폐하! 삼초에는 상초(上焦)·중초(中焦)·하초(下焦)가

있사옵니다. 상초는 심장 아래에, 중초는 위 속에, 하초는 방광에 위치하고 있사옵지요. 이 세 곳은 모두 수분(水分)의 배설을 맡아서 하는 곳이옵니다. 흔히 남자가 양기와 정력이 떨어지면 하초에 땀이 난다고 하옵지요. 바로 거기에서 너무 수분이 많이 배출되어 불알 밑에서 끈끈하게 땀이 나는 것처럼 느껴지는 것이옵니다."

"그렇군요, 사편공! 이 짐이 언제부턴가 하초에서 땀이 나기 시작했는데 듣고 보니 바로 그래서 그랬었군요!"

"폐하, 그러나 걱정하지 마시옵소서. 그것은 병이 아니옵니다. 보신제 한 제만 지어 드시오면 금새 딸각 그치면서 그곳이 보송보송해지실 것이옵니다."

"그렇다면 안심입니다. 아까 그 얘기를 듣는 순간 가슴이 철렁 내려앉는 것 같았소이다, 허허."

"조금도 염려 마시옵소서. 나중에 어의(御醫)를 불러 진맥을 받으시고 약을 지어 드시오면 되겠사옵니다."

"그러면 됐소. 안심이 됩니다, 사편공!"

문왕은 하초에 땀이 나는 것이 정력과 양기의 감소에서 오는 현상이라 하니 놀라지 않을 수 없었다. 그 이유는 천하의 가인 죽향을 곁에 두고 있었기 때문이었다. 죽향은 이제 남자의 맛을 제대로 아는 삼십대 중년 여인이 되어 있었기 때문에 자신의 정력과 양기가 쇠퇴하면 큰일이라는 생각에서였다.

여자가 남자를 따라 사는 주된 이유는 힘과 양기 그리고 돈과 권세 때문인데 만일 남자에게 이런 것들이 없다면 과연 세상에서 몇 여자나 남자를 따라 살겠는가? 반대로 남자가 여자를 데리고 사는 이유는 순종하고 부드럽고 몸 틈새가 있어서 그러하다. 만약 그런 것들이 없다면 누가 신경쓰고 돈 쓰면서 여자를 입히고 먹이고 사랑해 주겠는가?

"자, 다음은 이 괘에서 마지막으로 기다리고 있는 상구를 찾아가 분해해 봅시다.

'상구는 막혀 있음이 기울어졌으니 먼저 막혔다가 나중엔 기쁠 것이로다.'

이해하기가 약간 어려울 것 같으니 구체적으로 설명을 가해 보겠소이다.

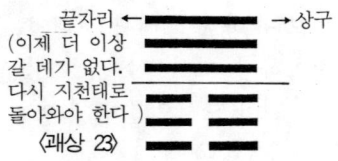
〈괘상 23〉

이 상구는 천지비 조직의 맨위에 와 있어요. 사물의 이치는 뭐든지 종극에 가면 반드시 돌아오게 되어 있지요. 때문에 지천태 조직이 극에 이르러서 이 천지비 조직으로 자연스럽게 바뀌었어요. 또 이 천지비의 조직이 기울게 되면 지천태의 조직으로 환원하는 것입니다. 그러니까 세상 이치란 비(否)와 태(泰)가 벌이는 장난이고 반복 순환이 아니겠소? 소인들이 득세해서 꽉 막힌 비의 세상을 만든 뒤엔 반드시 대인들이 나타나서 자리를 잡고 살기 편한 태의 세상으로 가꾸는, 즉 상호 순환을 한다는 뜻이에요.

그래서 지금 이 상구는 바로 태평성대가 다시 올 조짐을 안고 기울고 있는 것입니다. 때문에 '먼저 통하지 않고 막혀 있다

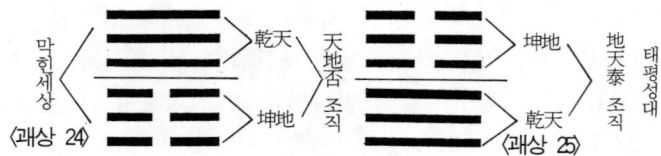
〈괘상 24〉 〈괘상 25〉

가 나중에 대인들이 나타나 좋은 세상으로 만들고 나면 기쁨이 도래한다'고 한 것입니다. 여기 〈괘상 24, 25〉를 참고해 보면 비와 태의 장난임을 얼른 납득할 수 있을 겁니다. 또 〈괘상 26〉을

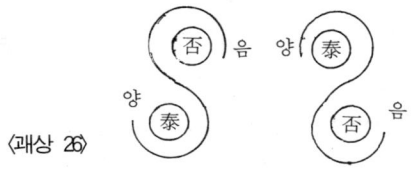

〈괘상 26〉

봐도 비와 태가 마치 승강기처럼 올라갔다 내려갔다 반복하지 않습니까?"

"폐하께옵서 괘상과 도상을 그려 대비시켜 주시오니 훨씬 이해가 잘 되옵니다. 그런데 폐하께옵서 너무 그렇게 설명을 소상하게 해 주시오니 이 기자와 사편공은 할일이 없게 되었사옵니다, 하하하……."

"그렇소이까, 하하하……."

그렇다. 주제발표자가 너무 상대방의 발표 영역까지 침범하게 되면 토론회가 균형을 잃게 되는 것이다. 토론이란 상호간에 문제를 촉발시키고 유인하고 도출해 내면서 이루어지는 것이기 때문이다.

"자, 다음엔 기자공의 그 도상학적이고 형상학적인 문제를 야기시켜 보십시오."

"그러하겠사옵니다, 폐하! 아까 폐하께옵서 '이 천지비 조직의 마지막 남은 상구가 자신의 수명과 임무를 마감하고 있으니 이는 기울고 있는 징후라'고 말씀하지 않으셨사옵니까? 그 부분에 대해서 주석을 달자면, '이런 경우에 어찌 그 꽉 막힌 세상이 오래 가리요?'라고 하겠사옵니다.

세상의 이치란 막히면 반드시 뚫리게 되어 있사옵니다. 차면

기울고, 기울면 다시 차듯이 말씀이옵니다. 세상의 이치란 물을 퍼내는 두레박과 같사옵지요. 물을 담아 올리면 동이에 붓게 되고 그 다음엔 빈 두레박을 우물로 곤두박질시켜 또다시 물을 담게 되지 않사옵니까? 이와 같이 이 천지비의 상구도 이미 끝자리에 있으므로 이런 상황이 절대 오래 가지는 않사옵지요. 멀지않아 다시 좋은 세상으로 돌아오게 되어 있사옵니다. 만일 그렇지 않다면 주역의 이치가 잘못된 것이오며 세상의 이치 또한 엉터리라고 말할 수 있겠사옵니다."

"그렇지요, 기자공. 이는 마치 여인네들이나 아이들이 즐기는 널뛰기와도 같은 것이지요. 이쪽이 올라가면 저쪽이 내려가고, 또 저쪽이 올라가면 이쪽이 내려가는 그런 반복 놀이와도 같은 것이지요. 자, 다음엔 우리 사편공이 이 조직의 마지막 남은 상구의 세계를 한번 분석해 보십시오."

"예, 폐하! 이 신은 상구를 이렇게 보고 있사옵니다. 이 상구는 지는 해이며 기우는 달로서 이미 그 위력과 존재의 한계를 거의 다 잃어 가고 있사옵니다. 그래서 이제 순환과 영측(盈昃; 차고 기움)의 법칙을 따라 순응하며 조락하고 있사옵니다. 일면 비극적이고 애수적이지만, 반면에 또 너무 멋있게도 느껴진다고 하겠사옵니다. 그 이유는 자연의 질서에 따라 주는 그 순응성이 세련돼 있기 때문이옵니다. 마치 가을 산야에서 추풍을 타고 떨어지는 낙엽과도 같이 보이기 때문이옵니다. 봄 동산에 돋아나는 초원의 아름다움도 대단하지만 가을 동산을 물들이는 그 낙엽의 산조(散調) 또한 아름답다 못해 황홀까지 하지 않사옵니까? 이런 차원에서 이 상구를 아름답다고 말씀드린 것이옵니다.

또 가을의 정원에 잘 익은 과실들과도 같다고 하겠사옵니다. 늦가을의 과실이란 땅으로 떨어지게 마련이옵지요. 그 떨어진 과실의 씨알은 낙엽 속에 묻혔다가 다시 봄이 되면 어김없이 새순으로 터져나올 것을 전제하고 낙과(落果)되는 것이 아니겠사옵니까?

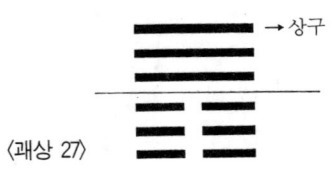

〈괘상 27〉

음양 조화의 문제로 옮겨 설명드리옵자면 이렇사옵니다. 상구는 육의 음에 구의 양이 쳐들어와 그 모양새와 이름을 바꾸어 놓았사옵니다. 때문에 겉으로 보나 상구라는 이름으로 보나 완전히 양이옵니다. 실제로는 음인데도 양이고, 양이면서도 또 음인 그런 입장이옵니다. 예를 들면, 남편을 사별한 뒤에 자식을 키우며 가게를 꾸려 가는 그런 여자이자 엄마가 이런 경우에 해당한다고 하겠사옵니다.

또 아침나절에는 그늘이 끼여 있다가 한낮이 되면서부터 햇볕이 들어 양지로 변하는 그런 들녘이나 임야와 같다고도 하겠사옵니다.

또 대나무와 같다고도 하겠사옵니다. 대나무를 분석해 보면 속은 비어 있어서 음에 해당하지만 껍데기는 견고하여 양에 해당하지 않사옵니까? 그러니까 음양 합작의 식물이라 하겠사옵니다. 그리고 이 대나무는 늦봄에 죽순이 올라오게 되는데 그때 껍데기를 뒤집어 쓰고 음으로서 솟아나지 않사옵니까? 그러다가 점점 키가 커지고 몸통이 굵어지면서 가지가 돋고 그곳에 잎새가 붙으면서 양으로 변하게 되옵지요. 또 이 대나무는 일년 중 여름 동안에 키가 다 자라 가을과 함께 여물어지옵지요. 그리고 나서 겨울을 맞사옵지요. 그 다음 해부터는 키와 몸통이 더 이상 자라지 않고 그 체형만 계속 양강하고 견고하게 되어 가옵니다. 이 과정에서 처음 일 년은 음이옵고 그 다음 해부터는 양이라 할 수 있겠사옵니다.

 왜 이런 설명을 드리느냐 하오면, 다른 나무는 나이를 먹으면서 점점 체형이 자라 커져 가지만 대나무는 일년 중 봄·여름 사이에 자랄 대로 다 자라기 때문이옵니다. 때문에 태어난 일 년은 음이옵고 그 다음 해부터는 양이옵니다. 그리고 이 대나무는 일정한 간격을 두고 마디가 있어서 올라가다가 막히고 또 터졌다가 다시 막히고 하는 것이 계속 반복적으로 되어 있지 않사옵니까? 이 대나무의 체형과 생태계가 흡사 이 천지비 조직이 가지고 있는 분위기와 같사옵니다. 특히 그 중에서도 이 조직에 있어서 상구의 경우와 흡사하옵니다. 막힌 비(否)가 터져 나가면서 태(泰)를 잉태하고 태는 다시 비를 전제하고 있기 때문이옵니다, 폐하!"

 "비유를 잘 들면서 설명해 주시는군요. 과연 비유와 인용의 귀재이며 천재입니다그려, 사편공! 대나무를 두고 사람들은 지절의 상징적 존재로 내세우면서 군자라 부르기도 하지 않습니까? 그러고는 그 정신과 성격을 본받고자 하지요, 사편공."

 "그렇사옵니다, 폐하! 대나무처럼만 살면 인생은 아무런 후회와 허물이 없이 아름답고 절도있게 살아갈 수 있는 것이옵지요. 행동을 하는 최고로 귀한 존재라 자부하는 인간들이지만, 때로는 인간들이 저런 일개의 식물보다도 못한 행동을 하는 경우가 너무 많다고 보겠사옵니다, 폐하!"

 "그래서 그런 사람들을 두고 사람이라 아니 하고 금수(禽獸) 같은 자들이라고 부르는 것이 아니겠소이까, 사편공?"

 그렇다. 금수초목보다 못한 자가 어디 이 세상에 한둘이랴! 그래서 그런 자들을 가르치고 편달케 하기 위해 하늘은 치자(治

者)들을 이 세상에 내려 보내신 것이다. 이런 자들을 일러 세상 사람들은 성인군자 또는 현인군자라 부르고 있다.
 "두 공이여! 오늘 장시간 이 천지비의 조직과 그의 구성원들을 간파하여 풀어내느라 수고 많으셨습니다. 토론은 이것으로 마치고 마지막으로 차나 한 잔씩 들고 처소로 돌아가도록 합시다."
 "예, 폐하! 폐하께옵서도 대로(大勞)하셨사옵니다. 저희 두 신이 가고 나면 푹 쉬도록 하시옵소서!"
 죽향이 차를 들고 들어왔을 때 한혜(寒惠)들의 향기도 그녀의 치마폭에 감싸여 함께 따라 들어왔다. 죽향의 모습은 언제 봐도 싱그럽기만 하다. 난분에 피어 있는 한혜들의 화경과 꽃처럼 날씬하고 아름다우며 싱싱하다.
 두 신하는 그녀가 비록 임금의 마누라이긴 하였지만 한 번씩 흘끔흘끔 곁눈질하여 쳐다보는 것만으로도 기분이 만족스러웠다. 심장의 맥박 기능이 고조되고 활기를 찾는 듯한 기분을 느꼈다. 아름다운 여자가 풍기는 매력이란 그 어떤 것의 진선미보다 우선하며 압도하기 때문이리라.
 "차 맛이 어떻소, 두 공?"
 "이 엄동설한에 감기 퇴치와 예방에 참 좋겠사옵니다, 폐하!"
 기자가 답을 올리자 사편이 이에 동조하였다.
 "그렇사옵니다, 폐하!"
 "이 차는 저 남쪽에서 조공으로 바쳐 온 유자차입니다."
 "그렇사옵니다, 폐하! 겨울에 이 유자차에 벌꿀을 타서 먹으면 그보다 더 몸에 좋은 것이 없다고 들었사옵니다."
 "그렇소, 기자공. 지금 들고 계신 차에도 벌꿀이 들어 있지요."

"그렇게 느껴지옵니다, 폐하! 이제 차도 다 마셨고 하니 두 신들은 그만 물러 가겠사옵니다, 폐하!"
기자공의 말이었다.
"그렇게 하도록 하시지요. 며칠 지난 뒤에 다시 만나도록 하십시다. 그 시간을 위해서 실력 축적과 건강 관리에 신경쓰도록 하십시오, 공들!"
"황공하옵니다, 폐하! 폐하께옵서도 옥체보존에 유념하시옵소서!"
두 공은 이구동성으로 하직인사를 올리고 나서 뒷걸음질로 종종거리며 물러났다.
두 공이 돌아가고 나자 문왕은 혼자 남아 침궤에 몸을 기대고 휴식을 취하였다. 죽향은 찻잔을 거두어 가서 설거지를 하느라 바빴다. 휴식을 취하고 있는 문왕의 신경에 거슬릴까 봐 죽향은 조심조심 움직이고 있었다.
한 대상패인 천지비의 조직을 풀고 난 문왕은 피로가 엄습해와 이날은 그대로 푹 쉬기로 하였다.
창밖에서 첫 눈발이 바람에 흩날리고 있었다. 북풍을 타고 남쪽 방향으로 대각선을 그으며 날아 내리고 있었다.
"폐하, 지금 밖에선 첫눈이 내리고 있사옵니다! 기동하시어서 서설(瑞雪)이 내리는 풍광을 한번 보시옵소서!"
"그래? 어디 한번 보자꾸나."
문왕은 죽향이 약간 호들갑을 떨며 깨우는 바람에 일어나서 밖으로 나가 보았다. 고드름같이 길고 흰 수염을 훑어내리며 하강하는 백설들을 감상하는 문왕의 모습은 그야말로 설만궁중노신선(雪滿宮中老神仙)이었다.
"죽향이, 첫눈은 예로부터 서설(瑞雪)이라 하지 않았던가?"
"그렇사옵니다, 폐하! 이제 이 서설이 내리고 나면 본격적으로 겨울이 시작되겠지요, 폐하?"
 "그렇겠지. 참으로 하늘은 신비한 세계야! 이렇게 흰 분말 뭉치를 만들어서 뿌려 대는 것을 보면 말일세! 하늘이 아니고서야 이런 신비한 조화를 그 누가 부릴 수 있겠는가! 그래서 사람은 하늘 앞에 겸허하고 교만하지 않는 것이지!"
 "그렇사옵니다, 폐하! 그런데 이 신첩의 손이 시리옵니다. 한번 잡아 주시옵소서."
 "오냐, 그래! 그걸 이 짐이 잠시 잊고 있었구나, 허허허."
 문왕은 죽향의 손을 꼭 잡고 백설이 흩날리고 있는 속을 거닐며 설중진경(雪中眞景)을 만끽하였다. 나뭇가지에는 눈이 쌓이면서 도톰하게 부어오르고 있었고, 뜰 위에도 하얀 융단이 그 두께를 더해 가고 있었다.
 문왕과 죽향은 오랜만에 자연이 연출하는 신비의 진경을 바라보며 망중한을 즐기었다. 참으로 행복한 시간이며 다시 얻기 어려운 순간이었다. 하염없이 내리는 눈 속에 세상은 침몰되어 가고 있었다. 마치 세상은 사내의 넓은 품 안에 안긴 여인의 모습처럼 무기력하게 하늘의 조화에 몸을 내맡기고 있었다. 눈이 세상을 덮는 조화, 남자가 여자를 품는 사랑, 이것들이야말로 진선미의 최상작이 아니런가?

지산겸괘 (地山謙卦)

—— 익을수록 고개를 숙인다는 뜻이 담겨 있음

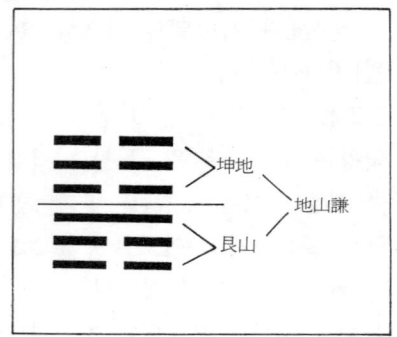

　일전에 내리던 첫눈이 연 이틀간을 계속해서 퍼부어 대더니 이제야 날이 들었다. 첫눈이 내리고 나면 언제나 며칠간은 다시 날씨가 푸근하고 따뜻하여져 수북이 쌓인 눈을 녹여 주곤 하는데, 이것이 바로 자연이 갖는 위대성인 것이다. 워낙 많은 양의 눈이 내려서인지 따뜻한 날씨로 인해 눈이 다소 녹기는 하였지만 그래도 곳곳의 음지에는 눈이 한 길 정도나 높이 쌓여 있었다. 사람이 다니는 길은 제설 작업을 하여 이미 마른 바닥으로 드러나 있었고, 뜰에는 군데군데 긁어 모아 놓은 눈더미로 산을 이루고 있었다.
　겨울이 뭐며 눈이 뭔가를 한눈에 보여 주는 엄동설한이었다. 온 천하가 눈으로 덮이자 백성들은 누구나 할 것 없이 밖으로 나오려 들지 않고 자기들의 집에서만 칩거를 하며 지냈다. 특별한 경우가 아니고서는 집안에 틀어 박혀 생활과 활동을 자제하고 있는 것이었다. 그야말로 은인자중의 생활이었다.

　호경 시가지의 중요한 대로는 우마차가 다닐 정도로만 제설되어 있었고, 급하지 않은 길이나 공한지에는 설탑(雪塔)이 되어 그대로 남아 있었다. 그런 상황에서도 생필품 가게는 문을 열어 띄엄띄엄 손님들이 오가며 이용하고 있었다.

　많은 호경 시민들은 기온이 올라가서 빨리 눈이 녹기만을 기다리고 있었다. 그래야만 상권이 살아나고 거래가 이루어지면서 세상이 경영되기 때문이었다.

　생각해 보면 이런 자연의 광경이란 한없이 아름답고 멋있는 것임에 틀림없다. 봄에는 천자만홍의 꽃과 파릇파릇한 새싹들이 산하를 장식하고, 여름에는 녹음방초가 천지간을 깊고 푸른 늪으로 만들고, 가을이 되면 다시 단풍이 홍홍작작(紅紅灼灼)으로 물들고, 겨울이 되면 이렇게 눈이 내려 모든 것을 덮어 주는 이 사계절의 연출이 각기 다르기 때문이다.

　겨울 하면 아무래도 하얀 눈이 떠오르고, 또 이 눈은 겨울을 대변해 주므로 눈의 예찬을 소홀히 할 수 없는 것이다. 눈은 '겨울이니까 일기가 내려가면서 그냥 오는 것이다'라든지, 또 막연히 '천기가 변화하는 과정의 산물'로만 볼 것이 아니다. 눈이 천상으로부터 지상에 날아내려 쌓일 때에는 그만한 책무와 사명감을 하늘로부터 부여받고 오는 것이다. 그 주된 책무는 여름 내내 극성을 부렸던 독충이나 잡충들을 기살(飢殺 ; 굶겨 죽임)시키거나 동살(凍殺 ; 얼려 죽임)시킴으로써 세상을 정화함에 있는 것이다. 만약에 겨울이 춥지 않고 눈이 오지 않는다고 가정할 때 사람들은 해충과 독충 때문에 좀처럼 견뎌내기가 힘들 것이다.

　이런 견지에서 볼 때 이 눈이란 사람과 자연에게는 무해하지만 독충과 해충에게 있어서는 살충제로 뿌려지는 엄격함이 있는 것이다. 이 같은 원리에 우리 인간들이 감탄하고 신통해 하지 않을 수 있겠는가!

어찌하여 하늘은 이 땅에 살충제를 뿌리면서 사람과 자연에게는 해를 입히지 않는 것인가? 이 원리는 바로 주역만이 풀 수 있는 음양의 이치인 것이다. 눈은 겨울에 오는 음물(陰物)이지만, 사람을 이롭게 하고 독충을 억제케 하는 차원에서 볼 때 사람에겐 양물(陽物)인 것이다. 그러나 이를 독충 쪽에서 볼 때 자기들을 못 살게 굴므로 지독한 음물이 되는 것이다. 그러니까 겨울이 음이고 또 눈이 음이지만, 사람을 도와주는 측면에서 분석해 볼 때 그들은 분명히 양이며 길(吉)한 것이다. 음을 음으로만 보면 지견(知見)이 열리지 않는다. 따라서 음인 것 가운데서 양을 가려내어 볼 수 있는 인식 전환이 세련되어야 한다.

이런 선상에서 보면 여름에 내리는 비 또한 마찬가지다. 농사 지을 시기에 —— 필요에 의해서 —— 내리는 비는 음으로 보면 안 된다. 성분학적으로 볼 때 물은 음이지만 농작물에 이로움을 준다는 측면으로 보면 그것은 양인 것이다.

불어 오는 바람을 보아도 그 속에는 음과 양이 들어 있다. 바람이란 그 흐름이 눈에 보이지는 않지만 나무잎새나 가벼운 물체의 움직임으로 보아 바람이 불고 있음을 알 수 있다. 눈에 보이지 않고 흐르는 기류는 음에 해당하지만 물체를 흔들리게 할 때의 바람은 양으로 나타나는 것이다. 그러니까 먼지를 일으킨다거나 물체를 움직이며 소리를 낼 때의 바람은 양인 것이다. 이 바람에도 미풍, 강풍, 태풍, 폭풍, 열풍, 한풍, 냉풍, 온풍 등 별의별 바람이 다 있다.

이것 말고 또 남녀가 정분을 일으켜 일어나는 바람이 있다. 이 바람은 애인이 보고 싶다고 생각할 때 하룻밤에도 천 리를 맨발로 달려가게 하는 무서운 힘을 발휘한다.

또 군자가 일으키는 덕풍(德風)이 있고 소인이 일으키는 사풍(邪風)도 있다. 군자의 덕풍은 사람을 감화시키고 대상을 아름답게 해 주지만 소인의 바람은 세상을 어지럽히고 추하게 만든다. 그래서 성인의 덕은 바람이고 소인의 덕은 풀이라 한다. 성인의 바람이 불어 지나가게 되면 소인들은 그 바람살에 쓰러져 다스려진다 하여 그렇게 비유한 것이다.

가을바람은 단풍을 물들이고 실과들을 숙살(熟殺)시키는 힘을 가지고 있으며, 겨울바람은 천지만물을 움츠러들게 하며, 봄바람은 만물을 소생시키고 피어나게 하며, 여름바람은 만물을 번성하고 무성하게 한다.

또 바다에서 부는 해풍이 있고 산에서 부는 산바람이 있으며, 들에서 부는 들바람이 있는가 하면 시장 골목에서 부는 물가(物價) 바람이 있다.

바닷바람은 수면의 파도를 일으키며, 또 돛단배의 돛에 닿아 배를 움직여 준다. 산바람은 솔잎 사이로 스쳐 가며 음악을 빚어내거나 또 나뭇가지 사이를 빠져 나가며 나무들을 살찌우게 한다. 뿐만 아니라 난향(蘭香)을 실어 보내며 사향노루의 향기도 이동시킨다. 들바람은 들녘을 스쳐 가며 곡식들을 익혀 주고 결실을 돕는다. 또 농군들의 이마에 맺힌 땀을 말려 주며 피로를 소멸시켜 주기도 한다. 시장에 부는 바람은 물가에 변동을 주고 민심의 신경을 예민하게 자극하며 시장 경제를 조장한다.

이렇게 분석해 볼 때 사람은 바람 없이 한 시도 살 수 없게 되어 있다. 그러므로 세상은 온통 바람의 향연일 수밖에 없다.

소리에도 음과 양이 있다. 사람의 네 가지 감정, 즉 희로애락에 따라 나오는 소리 중 희와 락에서 나오는 것은 양이며, 노와

애에서 나오는 것은 음이다. 희락의 소리는 즐거워서 자신과 남이 동시에 좋도록 하는 분위기를 연출하지만, 애로에서 나오는 소리는 불쾌하고 우울하여 나와 남이 모두 좋지 않게 분위기를 조장한다. 하지만 애로의 소리 가운데도 가변성이 있고 수시 변역성이 있다. 가령 초상난 상가에서 우는 울음 소리는 듣기가 좋은 양이며, 부모가 자식을 나무라고 선생이 제자를 꾸짖을 때 내는 성난 소리 또한 양성으로서 인간이 살아가는 데 있어서 꼭 필요한 것이다.

반면 희락의 소리는 양으로서 듣기가 좋은 것이지만, 이 양의 소리를 남의 상가에서나 궂은 일을 당했을 때에 내면 음으로 변역되어 좋지 않은 것이다. 또한 독서를 하는 소리나 음악 연주 소리, 그리고 세상을 다스리는 지도자의 소리는 양으로서 또 공(公)으로서 남에게 들려 줘도 괜찮은 것이지만, 피로하고 지쳐서 좀 휴식을 취하려는 자에게 있어서 그 소리는 공해가 되며 괴로운 음이 되는 것이다.

음탕한 소리는 세상을 어지럽히는 음의 소리지만 사랑하는 사람끼리에겐 더욱 더 감흥이 고조되어 장미빛 분위기로 물들인다.

그러니까 음탕한 음의 소리일지라도 자기 자리를 찾으면 양으로 바뀌어 빛을 내게 되는 것이다.

음악에도 음과 양이 있다. 이를 총합하여 십이율(十二律)이라 한다. 음의 소리가 담긴 것을 육려(六呂), 양의 소리가 담긴 것을 육률(六律)이라 하는데, 음의 육려에는 대려(大呂), 중려(仲呂), 남려(南呂), 응종(應鍾), 임종(林鍾), 협종(夾鍾)이 있고, 양의 육률에는 태주(太簇), 고선(姑洗), 황종(黃鍾), 이칙(夷則), 무역(無射), 유빈(蕤賓)이 있다. 이러한 육려와 육률을 가지고 관현취타(管絃吹打)악을 조화롭게 연주하면서 한 악장을 이루어

내는 것이다.

　설야(雪夜)에는 달이 뜨지 않아도 밝은 것인데, 때가 동짓달 보름날 밤이고 보니 설색에 월색이 배가되어 황홀하고 찬란함이 절정을 이루고 있었다. 문왕은 창밖에서 나는 대나무숲들의 서걱거리는 이야기 소리에 귀를 기울이느라 잠을 설치고 있었다.
　빛나고 차가운 밤에 들려 오는 대나무들의 이야기는 듣는 이에 따라서 아악(雅樂)으로 들릴 수도 있고 한(恨)을 사르는 하소연으로 와 닿을 수도 있지만, 지금 문왕에게는 그 소리가 깊은 사색과 함께 새로운 괘상을 출현시키는 데 있어서 더없이 좋은 분위기로 와 닿았다. 더욱이 혜란의 향기가 명덕전에 가득히 고여 있어서 인조향을 피우지 않아도 괘상의 출현을 돕는 데 부족함이 없었다.
　문왕은 주랑(籌囊)을 상 위에 정성껏 올려 놓고 잠시 기도하는 자세로 눈을 내려감은 채 두 손을 합장하고 한동안 마음을 한 곳으로 모았다.
　잠시 후 그는 주랑의 산대들을 상 위에 쏟아 부었다. 깊고 고요한 밤에 쏟아지는 산대들의 소리가 잠시 적막을 긁었다. 문왕은 쏟아 놓은 산대들을 양손으로 나누어 잡고 조심스레 십팔변을 해 댔다. 세 번의 변화, 즉 삼변이 끝날 때마다 괘의 한 효 한 효가 찍혀서 불어나고 있었다. 초육효가 음효로서 맨밑에 기초를 잡고, 다음은 육이효가 역시 음효로서 중앙을, 그 다음은 양효인 구삼효가 나와서 하괘인 소상괘의 맨위에 얹혀졌다. 또 육사효가 음으로서 상괘의 맨밑에 자리를 쳐서 하괘를 이어 주고, 다음에도 역시 음효로서 육오효가 중앙에 포개지고, 다시 그 맨위에 상육호가 음효로서 마지막으로 더해졌다.

　문왕은 얼굴에 희색을 가득히 채우면서 줏가락을 거두어 주랑에 넣었다. 그리고 중얼거리기 시작했다.

　'상괘가 팔곤지(八坤地)요, 하괘가 칠간산(七艮山)이라! 지산겸(地山謙)이로구나! 괘 됨됨이를 분석해 보면, 땅은 위에 있고 산은 아래에 있으므로 땅 가운데에 산이 솟아 있는 것이로다. 땅의 본체는 본디 낮은 것이고 산은 고대(高大)의 물체이면서도 땅 밑에 있으니 그 형상이 겸손함과 같은 것이지. 다시

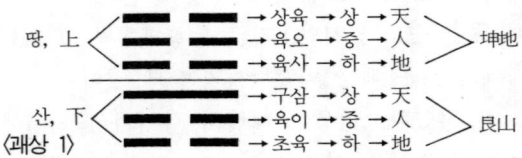

말해, 숭고한 덕을 가지고서도 오히려 낮추어서 아래에 있으므로 겸양의 뜻이 담겨 있는 것이다. 예컨대, 넓은 분지 같은 데에 다시 산이 솟아서 그 모습을 낮게 가지므로 겸손과 겸양의 뜻으로 보는 것이지. 이런 형상을 쉽게 다시 한 번 비유하자면, 벼이삭이 여물어 찰수록 고개를 잎새 밑으로 숨기는 것과 같은 것이다.'

　문왕은 몇 가지의 비유를 들어 가면서 지산겸의 조직에 대해 분석에 분석을 가해 보았다. 하나의 문제를 자기 스스로 찾아 내어 던져 놓고 나서 그것을 정밀분석하는 것은 마치 발명가가 어떤 실험물을 놓고 평소 갖고 있던 자기의 지식과 경험, 그리고 학문을 바탕으로 하여 임상실험을 거쳐 위대한 발명품을 만들어 내는 것과 같은 것이다.

　문왕은 다시 입을 떼어 좀더 깊이있는 곳으로 접근해 가기 시작했다.

'〈겸손하면 형통할 것이니 군자가 유종의 미를 가져올 것이리라!〉이 말이지. 구체적인 겸(謙)의 뜻은 형통함이 있는 도이니 그럴 수 있는 덕을 가지고도 자처하지 아니함을 일러 겸이라고 하지. 그 누구든지 겸손으로 자처하면 어디서 무엇을 하든지 형통하지 않으리요. 때문에 군자는 유종의 미를 거두게 된다는 것이지. 군자는 겸손에 뜻을 두어 이치에 통달하는고로 〈낙천적인 성격으로 다툼이 없는 법이지(樂天而不競)〉.

그리고 내심(內心)이 꽉 채워져 있는고로 물러가고 겸손하며, 자기를 자랑하거나 뽐내지 아니하지! 또 편안히 겸손을 실천하며 이 정신을 평생토록 바꿈이 없이 자신을 낮추니 남들로부터 이익과 존경을 받을 수밖에. 이처럼 자신을 어두운 곳에 간직하고 있으나 반대로 거기에서 발산되는 덕은 더욱 환하게 빛을 발하고 있으니 이를 두고 '군자가 갖는 유종의 미'라 하는 것이지!

반면에 소인들은 욕심이 많아서 반드시 이익 앞에서는 치열한 다툼을 하게 되며, 덕이 있으면 반드시 남에게 자랑하므로 비록 그가 애써 겸손을 사모하고는 있으나 안행(安行;편하게 행함)과 고수(固守;견고히 지킴)가 되지 않아 능히 유종의 미를 거둘 수 없지.

결론적으로 요약하자면, 겸손이란 소유하고 있으면서 자처하지 않는 것을 뜻하며, 안으로는 머무를 줄 알고 밖으로는 순응할 줄 아는 것이 또한 이 겸손의 뜻이지. 산은 지극히 높고 땅은 지극히 낮은 것이니 자연스레 그 아래에 머물므로 겸손의 형상이로다! 유종의 미란, 먼저 굽히고 나면 나중에 다시 허리를 펴게 됨을 뜻하지.'

문왕은 날이 새는 줄도 모르고 이렇게 사색에 사색, 산조에 산조, 산책에 산책을 이었다. 그러다 보니 어느덧 새벽의 첫닭 울음 소리가 저 멀리 민가에서 들려 왔다.

밤이란 만물을 잠들게 하는 숙면과 휴면(休眠)의 늪인 동시에 또 사색하고 사념하는 심원(深遠)한 명상의 세계가 되기도 한다. 특히 문왕처럼 작괘(作卦)를 하면서 세상의 갖가지 이치를 건져올리는 이에게는 밤이 최적의 시간인 것이다. 마치 어부가 조용하고 망망한 밤바다 위에서 밝은 불빛을 이용하여 어군(魚群)을 유혹해 내 많은 양의 물고기를 건져올리듯이.

문왕은 노안(老眼)에 고이는 피로도 모르고 노익장의 건강한 체력으로 버티며 이 괘의 본의에 접근해 가기 시작하였다.

'이 괘가 갖는 겸손함과 형통함은, 〈천도(天道)는 아래로 내려 교제하면서 광명해지고, 지도(地道)는 낮은 데 있으면서 위로 올라 교감하려고 하는구나!〉

다시 말하자면, 하늘의 도란 그 기운을 아래로 내리면서 교제하는고로 능히 만물을 화육(化育)시키고, 그 도는 광명(光明)한 것이렷다? 땅의 도란 그 위치를 낮추고 있지만 그 기운만은 위로 향하면서 하늘에 교감하고 있으니 하늘과 땅이란 각기 자체의 원소를 올리고 내림으로써 형통을 가져오는 것이지!'

그렇다. 하늘에서는 비와 이슬과 빛을 아래로 내려 주고, 또 땅에서는 자신의 지기(地氣)를 위로 발산하므로 그 중간에 처해 있는 만물들이 자라고 변화되어 가는 것이다. 바로 이 도가 겸양의 도이며 만물을 포근히 감싸 주는 법이다. 그리고 이 지산겸괘의 본의이자 대의인 것이다.

이처럼 하늘의 겸손이란 비와 이슬과 햇볕을 내림이니, 이 도를 사람이 실천하면 성인과 군자, 그리고 도인이 되는 것이다.

다시 문왕은 월색과 설색이 동시에 발산하는 새벽, 두 번째 닭 울음 소리가 새벽을 쪼개는 소리를 들으며 이 지산겸의 뜻을 노래로 불러 보았다.

'천도(天道)는 휴영이익겸(虧盈而益謙)하고
지도(地道)는 변영이유겸(變盈而流謙)하고
귀신은 해영이복겸(害盈而福謙)하고
인도는 오영이호겸(惡盈而好謙)하나니
겸(謙)은
존이광(尊而光)하고
비이불가유(卑而不可逾)니
군자지종야(君子之終也)라.
(천도는 꽉차 있음을 이지러지게 하면서 겸손하면 더해 주고
지도는 꽉차 있음을 변화시켜 겸손함이 흘러 가게 하고
귀신은 차 있는 자에게는 해로움을 주며 겸손한 자에게는 복을 주고
인도는 차 있는 자는 미워하며 겸손한 자는 좋아하나니
겸(謙)은 높고 광명한 것이고
낮아도 넘어나지 아니 하니
이것이 군자의 유종의 미일레라!)

노래란 운률이 맞고 또 상대적으로 대구(對句)로 이루어져야 하는데 문법의 구조가 맞는지 모르겠구나. 내일 이 괘를 풀 때 기자공에게 한번 물어봐야 되겠구나.'
문왕은 이렇게 자신이 읊조려 놓은 간단한 노래의 문장 구조와 문법에 이상이 있는지 없는지에 대해 이 계통의 대가인 기자공에게 물어봐야겠다고 마음먹었다. 기자공은 은나라의 빈 궁전 터를 돌아보며 맥수지가(麥秀之歌)를 불러 이미 문장력을 인정받고 있던 터였다. 그리고 그는 은나라에 봉직하고 있을

때에도 많은 운문시를 남겼었다. 때문에 문왕은 그에게 한번 보여 주고 싶었던 것이다.

하늘의 도란 해와 달이 차면 이지러지게 하는 것처럼 겸손한 자에게는 이익을 주므로 일월음양(日月陰陽)이라는 원리를 가지고 있다.

땅의 도는 지세(地勢)를 말하는 것이니 가득히 차면 기울게 하고 변화시켜 도리어 빠뜨리고, 낮은 곳에는 물을 대어 더욱 보태어 준다.

귀신의 도란 천지만물 조화(造化)의 자취이니 가득 찬 자는 해로움을 주고 겸손한 자에겐 복을 준다.

인도란 가득 찬 자를 미워하며 겸손한 자와는 더불어 하길 좋아한다.

겸손이란 사람의 지덕(至德 ; 지극한 덕)이기에 차는 것을 경계하고 겸손함을 권하는 것이다.

'아아, 워낙 월색과 설색의 반조와 상조(相助)로써 천지가 밝으니 날이 새는 건지 어떤 건지를 모르겠구나! 어쨌거나 오늘 새벽은 이 지산겸괘의 총체적 형상, 즉 그 됨됨이를 한번 분석해 보고 늦잠을 청할 수밖에 없겠구나!

《땅 가운데에 산이 있는 형상이 바로 겸손의 뜻을 담고 있는 이 지산겸괘인지라, 군자는 이런 점을 본받아서 많은 것을 모아 적은 것에 보태 주어 형평에 맞도록 평등히 베풀어 주어야 하느니라. (地中有山이 謙이미 君子 以하여 裒多益寡하여 稱物平施하느니라)》

바로 이것이 이 지산겸괘의 전체 분위기이지. 그러니까 땅의 본체는 낮은 것이고, 산은 높고 거대한 것이 아닌가? 땅 가운데 산이 우뚝 솟아 있으니 그 밖(산의 가장자리)은 낮고 안은 고대(高大)한 형상을 이루고 있도다! 고로 이 형상이 바로 겸손을 뜻하는 것이지. 이를 본받아 세상이 백성들에게 물질 분배를 잘 한다면 복된 천하국가를 만들 수 있고 빈익빈 부익부를 해체할 수도 있는 것이지!

 부다익과하여 칭물평시를 이루어야 함인저! 즉 많이 있는 부분의 재물을 모아서 부족한 곳에 나누어 주는 작업이 선행되어야 하는 것이렷다. 그렇다고 해서 어떤 법도나 기준도 없이 무조건 나누어 주어서는 절대로 안 되지. 사람의 능력과 사건의 상황 내지 경우에 맞도록 평등하게 베푸는 것이지. 다시 말하자면, 천재지변으로 말미암아 인재가 발생한 다급한 곳에 먼저 물자를 보내야 하며, 또 노약자나 고아들에게도 마찬가지로 우선 지급이 되어야 함을 의미하는 것이다. 급하지 않고 잘 지내는 곳에 물건을 더 줄 필요는 없는 일이지.'

 문왕이 이렇게 날이 다 샐 무렵까지 잠을 청하지 않고 지산겸의 됨됨이와 구성을 훑어보고 있으려니 졸음이 밀려와서 늦잠을 청하지 않을 수 없었다. 대상괘를 푸는 일은 다음날 오전으로 미루어 둘 수밖에 없었다. 그리고 오늘 오후에는 전과 다름없이 여상노사를 초청하여 경세철학과 치국철학을 묻고 배워야 한다.

 문왕은 이런저런 생각을 머리속에 담고 잠을 청했다. 밖에는 잔월(殘月;새벽달) 빛이 설색을 받아 아직도 휘영청 빛나고 있었다. 어느 새 단잠에 빠져든 문왕의 코고는 소리가 방 안을 울렸다.

 문왕은 정오가 되어서야 잠자리에서 일어나 세수와 세안, 그리고 양치질을 하고 의관을 단정히 차렸다. 그러자 잠시 후에 오찬이 들어왔다. 조반도 굶은 채 늦잠 아닌 낮잠을 잔 셈인지라 오찬은 더욱더 맛이 좋았다.

맛있게 오찬을 끝낸 문왕은 오찬상을 물리고 죽향이 내온 차를 들었다.

"폐하, 그렇게 밤을 낮 삼아 지내셔서 극히 피로하실 터인데 옥체는 어떠하시온지요?"

"그래, 괜찮네. 가끔 한 번씩 그렇게 역(逆)으로 몸을 시운전해 보는 것도 괜찮은 것이야. 늘 죽을 때까지 꼭 순행(順行)만 하는 것도 좋은 것은 아니지. 주역의 이치처럼 한 번씩 이렇게 변화를 주는 것도 좋은 것이지!"

"그렇긴 하옵니다만 이 신첩은 늘 걱정이 되옵니다. 이 신첩은 폐하만 믿고 살아가고 있사온데 만약 폐하께옵서 병이라도 나시오면 큰일이 아니옵니까?"

"뭐가 큰일인가? 아들을 다섯씩이나 낳아서 잘 길러 놓았는데……."

"아들은 아들이고 폐하는 폐하가 아니옵니까?"

"그래 알았네, 무슨 뜻인지. 지극하고 갸륵한 자네의 정성을 봐서라도 천수를 다할 걸세."

"폐하의 천수는 몇 세이시온지요?"

"이 짐의 천수는 백 열 살 정도이지. 이제 짐의 나이가 막 이순(耳順)을 지나 종심소욕불유거(從心所欲不逾矩; 칠십)로 가고 있지 않는가? 그러니 조금도 걱정할 게 없네, 허허허."

"그럼 안심이옵니다, 폐하! 그런데 폐하, 오찬을 너무 급하게 드시었사온데 혹시 탈이나 나지 않을까 염려가 지중이옵니다."

"탈은 무슨 탈? 아직까지 짐의 신체 기능은 양호하네! 짐의 건강에 대해선 자네가 잘 알고 있지 않은가?"

"예, 폐하! 알겠사옵니다. 차나 맛있게 드시옵소서. 달여 놨사옵니다."

"그래, 자네도 좀 같이 들게나."
"그리하겠사옵니다."
이렇게 두 내외는 오찬을 끝내고 마주앉아 다정하고 오붓하게 이런저런 얘기를 주고 받았다.
"죽향, 오후에는 여상노사를 모시고 치국평천하에 대한 강의를 들을 것이니, 그러기 전에 다리 운동도 할 겸 산책을 좀 해야겠네."
"예, 폐하! 간밤에 너무 장시간 앉아 계시느라 애쓰셨사옵니다. 햇살이 퍽 따사롭사오니 저쪽 종묘 공사장 쪽으로 가셔서 한번 둘러보시고 오시옵소서. 이 신첩도 함께 따르겠사옵니다."
"그래, 그렇게 하도록 하지. 마침 정오가 スィ나 햇볕도 따뜻하고 하니 말일세!"
죽향은 문왕의 뒤를 따라 산책길에 나섰다.
하얗게 반사되는 눈빛으로 인해 눈(眼)이 부셔 왔다. 두 사람은 햇빛을 막기 위해 손을 펴 눈 위에 대고 산보를 하였다. 여름 같았으면 부채라도 이마에 대고 햇빛을 가려 막겠지만, 때가 겨울인지라 지존하신 임금님이지만 부득이 반조되는 설색을 이렇게 손바닥으로 가릴 수밖에 없었다.
"죽향이, 몹시 눈이 부셔 오네그려, 눈(雪) 때문에……."
"그러하옵니다, 폐하! 방 안에만 계시다가 갑자기 밖으로 나서시니 그런 것 같사옵니다!"
"그런 것 같구먼. 일기가 차다 보니 아직도 많은 눈이 녹지 않고 그대로 쌓여 있구나."
"그렇사옵니다, 폐하! 손이 시려 오실 텐데 그만 손을 내리시고 소매에 꽂으시어 옥체를 보존하시옵소서!"
"정말 손이 시렵구먼. 눈빛을 막으려다 되려 손이 얼겠구나!"
 문왕과 죽향은 눈이 쌓인 궁중의 뜰을 걸어가며 겨울이 주는 짜릿하고 상큼한 맛을 느껴 보았다.
 잠시 후 그들은 종묘 공사 현장에 도착했다. 제법 공사가 잘 진척되고 있었다. 석주(石柱)는 용무늬가 새겨지면서 완성되어 가고 있었고, 주춧돌도 아랫부분은 팔각인데 윗부분은 연꽃무늬가 새겨져 이단으로 조각의 정교함이 나타나 있었다. 나무기둥, 대들보, 서까래 등도 정교하게 깎아져 놓여 있었다.
 문왕이 흐뭇한 표정을 지으며 공사 현장을 둘러보고 있을 때 공사의 총 도목수가 읍(揖)을 하고 총총히 걸어와 이들을 맞이하였다.
 "폐하, 일기도 차가운데 납셨사옵니까?"
 "그래, 날씨가 추워 방 안에만 있다 보니 공사가 어떻게 되어 가는지 궁금하여 잠시 둘러보고자 이렇게 나왔네."
 "저쪽 동편에 쌓아 놓은 것은 석주가 완성된 것이옵고, 서편에 쌓아 놓은 것은 나무기둥이오며, 그 옆에 있는 것들은 대들보와 서까래들이옵니다. 그리고 석물(石物)과 재목을 다듬는 일은 거의 다 되어 가고 있사옵니다. 앞으로 두어 달만 지나 내년 정월 그믐께쯤이면 상량식을 해도 되지 않을까 싶사옵니다, 폐하!"
 "그렇겠구먼. 그런데 기와는 어떻게 굽고 있는가?"
 "예, 폐하! 지금 열과 성을 다해 공장에서 굽고 있사옵니다."
 "기와란 숫기와와 암기와가 조화를 잘 이루어야 하네. 서로 속궁합과 겉궁합이 맞고 또 영구성이 있도록 질을 높여야 할 걸세."
 "폐하, 염려 놓으시옵소서! 명심하여 열심히 하겠사옵

니다."
 "그래, 한번 열심히 해 보게나!"
 문왕과의 대화가 오가고 있는지라 목공과 석공들은 망치질의 소리를 낮추어 쪼아 댔다.
 "이 짐이 여기에 오래 서 있으면 공사 진행에 방해가 될 것 같구나. 이제 그만 돌아갈 테니 수고들 하게나."
 "황공하옵니다, 폐하! 설중(雪中)의 험한 길이오니 조심하시어 들어가시옵소서!"
 "알았네, 그럼 애쓰시게."
 잠시 현장을 둘러본 문왕은 곧바로 명덕전으로 돌아왔다. 일기가 매서워서 코감기라도 걸리게 되면 곤란할 것이기 때문이었다.
 방에 들자 죽향이 겉옷을 받아 걸고 차를 내왔다.
 "폐하, 따뜻한 차부터 드시옵소서. 날씨가 따뜻하더니 시간이 지날수록 추위가 더하여지는 것 같사옵니다. 그러니 차를 드시옵고 체온을 높이시옵소서."
 "그래, 우선 차부터 한 잔 마셔야겠네."
 문왕은 눈을 지긋이 내려감은 채 차 맛을 음미하며 따뜻해 오는 차흥(茶興)의 여운을 넉넉히 느꼈다.
 "죽향, 행복이란 게 따로 없군그래. 엄동설한에 밖에 나갔다 들어와서 이렇게 따뜻한 차 한 잔 마시는 이 순간이 바로 행복한 순간이 아니겠나!"
 "그렇사옵니다. 예전에 누군가 이런 말을 했다지 않사옵니까? '빗속을 걸어가다가 빗줄기를 피해 처마 밑에 들른 순간에 행복을 느꼈다'고 하는 말 말씀이옵니다."
 "그 순간도 이에 못지않게 행복한 순간이었겠구먼! 참으로 좋은 얘기일세그려!"

이렇게 두 사람은 잠시 동안 차 한 잔에 행복론을 부여하며 화기돈독함을 일궈 내고 있었다.
"잠시 후 미시(未時 ; 오후 2시부터 4시 사이)에는 경연당에서 여상노사의 강의가 있으니 거기에 참석해야겠구나."
"참 그렇사옵군요. 조금만 더 계시옵다가 일어서시면 되겠사옵니다, 폐하."
"그래……."
미시가 갓 넘어서 문왕이 경연당에 들어서자 무왕과 주공, 그리고 여상노사가 미리 와 기다리고 있다가 모두들 일어서서 읍을 하며 맞이하였다.
서로 수인사를 하고 각자 자신들의 자리로 가서 앉았다.
문왕이 먼저 입을 떼어 개강의 서론을 설명하였다.
"오늘도 종전대로 문답식으로 할 것이니 여상노사께서 질의에 대한 고강(高講)을 들려 주십시오. 그리고 앞으로는 무왕이 질문을 드릴 겁니다."
"알겠사옵니다, 폐하! 그러면 무왕폐하께옵서 질문해 주시옵소서."
"예, 여상노사님! 오늘은 장수에 관련된 도를 물어보겠습니다. 장수를 임명하는 데 있어서 어떤 것으로써 기준을 삼아야 하는지 알고 싶습니다."
"예, 폐하! 장수란 몸에 갖추어야 할 다섯 가지 재질과, 반대로 경계해야 할 열 가지 허물이 있사옵니다."
"예, 여상노사님! 그 조목들을 세부적으로 설명해 주시지요."
"그러하겠사옵니다, 폐하! 다섯 가지 재질이란, 용(勇)·지(智)·인(仁)·신(信)·충(忠)이옵니다.
용기가 있은즉 적이 겁을 내어 달려들지 못하오며

지혜가 있은즉 계획이 정리되어 혼란이 없사오며
　어질면 군사를 사랑하고 또 백성에게는 은덕을 베풀며
　신용이 있으면 약속을 위배하지 않아서 군사들이 따라 주게 되며
　충성스러우면 성의를 다해 임금을 섬기고 두 마음을 갖지 않사옵니다."
　"좋습니다, 여상노사님! 다음은 열 가지 허물에 대해서 답해 주십시오."
　"예, 폐하!
　첫째는 지나치게 용감함을 내세워 생명을 경홀히 여기는 것이오며
　둘째는 성질이 급해서 너무 조급하고 방정스럽게 구는 것이오며
　셋째는 탐욕이 많아서 이재(利財)에 밝은 것이오며
　넷째는 마음이 어질어서 적을 차마 죽이지 못하는 것이오며
　다섯째는 지혜는 있지만 겁을 많이 내는 것이오며
　여섯째는 신의가 있는 것은 좋으나 남의 말을 지나치게 믿는 것이오며
　일곱째는 청렴결백한 것까지는 좋지만 국량이 좁아서 군사를 포용하지 못하는 것이오며
　여덟째는 지능은 뛰어나지만 긴장할 줄 몰라 기민(機敏 ; 민첩함)성이 없는 것이오며
　아홉째는 강직함이 지나쳐서 자기 능력만 믿고 남을 포용하지 못하는 것이오며
　열째는 마음이 나약해서 스스로 하지 못하고 남에게 일을 떼어 맡기기를 즐기는 성품이옵니다."
　"좋은 말씀이십니다, 여상노사님!"

"그럼 다음엔 그 열 가지 허물들을 풀어서 설명드리겠사옵니다, 폐하!"
"그러하십시오, 노사님."
"예, 폐하!
첫 번째 말씀드린 '용감해서 죽음을 가볍게 여기는 자'는 포악하여 무모한 도전 및 작전을 하다가 낭패를 당하게 되옵니다.
둘째, 성질이 급해서 빠르게 설치는 자는 상대가 그 약점을 알아채고 전쟁을 오래 끌고 가게 되옵니다. 이렇게 되면 성질 급한 자는 제풀에 꺾이고 마옵니다.
셋째, 탐욕이 가득하여 이익 챙기기를 좋아하는 자는 뇌물 공세에 약해서 금방 허물어지옵니다.
넷째, 어질어서 사람을 차마 죽이지 못하는 자는 애만 쓸 뿐 전공은 올리지 못하옵니다.
다섯째, 지혜는 있지만 겁을 많이 내는 자는 궁지에 말려들면 적에게 금방 투항해 가는 자이옵니다.
여섯째, 신의가 지나쳐 남의 말 믿기를 좋아하는 자는 속임수에 약하여 금방 남의 기만에 넘어가게 되옵니다.
일곱째, 청렴하고 깨끗하긴 한데 군사를 사랑할 줄 모르는 자는 모욕(侮辱)에 약해서 화닥거리게 되므로 적에게 금방 넘어가옵니다.
여덟째, 지혜로우면서도 마음이 늘어진 자는 기습 공격에 약해서 적에게 쉽게 쓰러지옵니다.
아홉째, 성품이 강직하여 자신이 하는 일만이 최고라고 믿는 자에게 일을 많이 시키면 역시 금방 쓰러지옵니다.
열째, 마음이 나약하여 스스로 하지 못하고 남에게 일을 떠맡기기를 좋아하는 자는 속임수에 약해서 감언이설에 금방 넘어가게 되옵니다.
 이러한 문제들이 있으면 장수로서는 부적격이라 하겠사옵니다."
 "참으로 좋으신 말씀입니다, 여상노사님."
 "황공하옵니다, 폐하! 그럼 이제 결론을 내리겠사옵니다. 군대란 나라의 큰일이옵니다. 한 나라가 존재하느냐 망하느냐 하는 것이 군대의 움직임 여하에 달려 있는 것이옵니다. 이처럼 장수는 한 나라의 존망을 좌우하는 중요한 위치에 있기에 옛 성왕들은 장수를 선발하는 데 있어 가장 신중을 기했던 것이옵니다. 따라서 한 나라의 임금이 장수를 임명함에는 지극히 신중을 기해야 하는 것이옵니다. 전쟁에서 적군과 아군이 동시에 승리를 거둘 수는 없는 것이옵지요. 따라서 둘 다 함께 패한다는 것도 있을 수 없사옵니다. 국경을 넘어 적진에 출병해 들어간 뒤 열흘 정도 이내에 적군을 격멸하지 못하면 반드시 아군이 패하게 되옵니다. 장수를 잃게 되는 것은 말할 것도 없사옵니다."
 "훌륭하신 강의입니다, 여상노사님!"
 "그럼, 오늘 강의는 이 정도로 하면 어떻겠사옵니까, 폐하?"
 "그리하십시오. 길고 많이 한다고 좋은 것은 아니지요. 짧고 간단해도 들어 있는 내용이 중요한 것 아니겠습니까, 여상노사님?"
 "그렇습니다, 여상노사! 이 노짐이 생각해도 그렇다고 봅니다. 약간의 아쉬움을 남겨 두고 후일의 고강을 기대하면서 이만 종강토록 하십시다."
 문왕도 한 마디 거들어 장단을 맞추었다.
 "좋으신 말씀이옵니다, 태황폐하!"

"여보게, 아우 주공. 오늘 강의 내용도 잘 초록하셨는가?"
"여부가 있겠사옵니까? 이 강담의 초록은 후일 훌륭한 명저로 남을 것이옵니다, 폐하!"
"그래, 매사엔 기록이 필요하지. 만약 기록이 없다면 다른 사람들이나 다음 세대 사람들이 어찌 이를 알 수 있겠나? 때문에 기록이란 참으로 중요한 대업이며 성업(盛業)인 것일세."
 주공은 문장과 기록에 뛰어난 솜씨가 있는지라 여상노사의 강담을 일언반구도 놓치지 않고 모두 채록하였다.
 강담이 모두 끝나자 무왕의 어하에서 잔손일을 맡아 보고 있는 궁녀 문청이 후련하고 시원한 몸매를 살랑거리며 차를 내어 왔다. 문청이 그들 앞에 나타나자 분위기가 금새 신선해졌다. 미인이 갖는 진선미의 위력이란 참으로 대단하여 남자들의 마음을 이처럼 청량하게 만드는 것이다.
 문청이 차반을 경상 위에 내려놓는 순간, 겉옷 속에서 율동하는 체형의 곡선은 가히 관능미의 완숙이라 할 수 있었다.
 "자, 차를 한 잔씩 듭시다. 오늘 강의해 주시느라 애쓰신 여상노사님, 목이 마르실 텐데 갈증을 푸십시오."
 문왕이 먼저 차를 권하자 여상이 찻잔을 받쳐 들어 한 목 축이고 나서 감탄하였다.
 "폐하! 차 맛이 참으로 훌륭하옵니다. 강담을 마치고 떨어붓는 한 잔의 차 맛이 선로(仙露; 신선이 따먹는다는 이슬)를 맛보는 것과도 같사옵니다."
 "차 맛도 맛이려니와 강담하시느라 목이 더더욱 건조해서 그럴 것입니다."
 "그런가 보옵니다, 태황폐하!"
 "여상노사님, 여담입니다만 우리 인체 중 삼분의 이가 수분으로 형성되어 있다고 하지 않습니까? 강담하시느라 그 적정

량의 수분이 빠져나갔을 테니 노사께서 이처럼 목이 타고 갈증이 나는 것은 당연할 수밖에요. 그럴 때 마시는 이 한 잔의 차 맛이야말로 기가 막힌 것이지요, 하하하……."

"그렇사옵니다, 태황폐하! 수분이란 음(陰)이지 않사옵니까? 이 음의 힘으로 인체가 움직여지고 생명을 유지하는 것을 보면, 음은 곧 활동할 수 있는 양(陽)을 만드는 중요한 힘을 가지고 있다고 하겠사옵니다. 그러니까 음인 물의 힘으로 바람과 열기가 만들어지는 것이옵지요. 그래서 바람은 생물들로 하여금 호흡케 하는 산소가 되고, 열기는 체온을 유지시켜 주어 몸을 따뜻하게 하옵지요. 이러한 원리로 사람이나 생물이 생존하는 것이 아니겠사옵니까?"

"그렇습니다, 여상노사님. 이 원리가 바로 전기(電氣)를 배출하는 힘이 되겠지요. 예컨대, 마른 하늘에 먹구름이 끼이고 소나기가 내리게 되면서 뇌성벽력이 치는 것이지요. 이때 전기가 형성되어 벼락이 떨어지고 하는 원리가 바로 음인 비, 즉 물에서 생기는 것이지요."

"그렇사옵니다, 태황폐하! 다시 말씀을 받아서 설명드리옵자면, 먹구름 위에는 맑은 하늘이 있고 또 뜨거운 태양이 있사옵지요. 그 아래에 갑자기 수분을 동반한 구름이 끼이게 되면 태양의 양기와 비의 음기가 서로 충돌하여 전기를 발생시키는 것이라 보옵니다."

"그렇지요. 하늘이 만들어 내는 산전(産電)의 원리, 이것이 곧 인체의 원리이고 동시에 자연의 원리이며 음양 조화의 원리가 아니겠소이까?"

"그렇사옵니다, 폐하! 겨울이 되면 비가 적게 오거나 오지 않아 뇌성벽력이 치지 않는 것이나, 남녀가 늙으면 핏기와 물기가 떨어져 애욕이 소멸되면서 사랑의 감정이 없어지는 거나 마찬가지라 하겠사옵니다, 폐하! 이렇게 보면 물은 생명의 원천이고 자연의 원천이며 또 사랑과 애욕의 원천이라 하겠사옵니다."
"정말 재미있는 시간이었습니다, 여담으로 주고 받는 이 시간이 말입니다. 그럼 이만 후일을 기약하며 모두들 자리에서 일어나십시다."
"그리하시지요, 태황폐하!"
문왕의 종강 선언으로 이날 오후의 강담이 모두 끝났다.

문왕은 명덕전으로 돌아와 석찬을 들고 일찍 잠자리에 들었다.
설월한풍이 치고 가는 소리가 엄삼한 겨울의 분위기를 제대로 살리고 있었다. 부엉새 우는 소리가 간간이 들리고 구만리 장천에 달빛을 이고 날아가는 기러기떼 소리도 들려 왔다. 부엉이와 기러기는 유독 겨울을 즐기며 또 밝은 달밤의 야경에 월경(月景)을 도와 우는 주특기를 가지고 있다.
죽향은 잠이 오지 않았다. 긴긴 겨울밤, 이처럼 달빛과 눈빛이 반조하는 휘황한 밤에 잠이 쉽게 온다면 어찌 젊음이랄 수 있으랴! 특히 여자는 음인지라 밤이 되면 야행성의 본능이 발동되고 엄습해 오는 춘정을 가누기가 힘든 것이다. 그렇다고 작패와 여상노사와의 강담으로 인해 고단하여서 깊이 단잠에 빠진 문왕을 집적거릴 수도 없었다. 밀려 오는 고독과 외로움에 못이겨 환하게 촛불을 켜 놓고 묵란을 치기도 하고 또 묵죽을 치기도 하였다.
죽향은 외로움이 엄습할 때마다 이런 행위로써 순간적 애욕을 잘 희석시키고 있었다. 이처럼 외로움에 걸려들지 않고 그대로 받아들여서 극복할 줄 아는 것이 삶의 지혜인 것이다.

백설 같은 용문(龍紋) 선지 위에 난향이 피어나고 죽엽이 펄 럭거리는 모습은 가히 일품이었다. 오랜만에 붓을 든 죽향은 도취되고 심취되어 묵란을 미친 듯이 쳐 댔다. 젊음이란 곧 동작이고 정지를 허용하지 않는다. 그런 발산으로 예술이 태어나고 창작이 산출되는 것이다.
  문왕은 이처럼 꽃 같은 여인이 젊음을 못이겨 다른 방법으로 과열을 자제하고 있는 줄도 모르고 계속해서 드르렁드르렁 코를 골며 잠에 침몰되어 있었다.
  죽향은 지루함이 밀려 오는지라 지필묵을 그대로 두고 문왕의 품에 안기어 눈을 감고 잠을 청해 보았다. 그러나 좀처럼 잠이 오지 않는다. 오히려 색정이 한 송이의 꽃으로 화해지기 시작했다. 죽향은 달아오르는 춘정을 더 이상 견딜 수 없는 듯 짚단에 싸 둔 구렁이처럼 서서히 몸을 꿈틀거리기 시작했다.
  잠시 후 바람 한 점 없는 깊은 무풍지대에서 서로의 반응이 일면서 이불이 들썩거리기 시작하였다. 그러다가 드디어는 마치 수증기의 폭발력을 참아내는 솥뚜껑과도 같은 진동과 요동이 일기 시작했다. 음과 양이 일으키는 산전(産電)의 힘에 의한 것이었다. 마치 대상괘에서 상괘와 하괘가 중첩되어 조화를 이루듯이 생명의 동작이 이어지고 있었다. 이처럼 이불 속에서 흐르는 고압전류나 먹구름 속에서 내려치는 뇌성벽력이나 모두 음양이 만나 함께 일으키는 절정의 기인 것이다.
  죽향의 일방적 도전으로 인해 한 판의 승부 게임이 시작된 것이다. 문왕의 의중에는 없었던 일이라 일방적인 죽향의 불계승으로 끝났다. 때문에 문왕은 남자로서 다소 찜찜한 여운이 남았다. 그러나 예쁘고 싱싱한 젊은 마누라로부터 감윤한 봄비처럼 접근당한 일이라 그 기분도 오래 가지 않았다. 문왕은 이런저런 생각을 펼치는 동안 잠이 완전히 걷혀서 마치 구름 한

점 없는 청천백일과 같은 기분이었다.
　죽향은 배불리 먹은 꽃사슴이 초원 위에 누워 있듯이 문왕의 품에서 미끄러져 나가 누워 있었다. 죽향의 토실토실한 살결에선 백설 같은 윤기가 흐르고 있었다.
　잠시 후 죽향의 성숙한 관능미를 홀겨보던 문왕은 왈칵 다시 색정이 돋아났다. 일을 본 지 얼마 아니 되건만 조금 전에 있었던 일이 삼삼하고 아리송하여 자제의 한계를 넘지 않을 수 없었다. 문왕은 마치 뱀이 개구리를 삼키듯이 죽향을 턱밑 가슴에다 쓸어 담았다. 죽향은 새우등처럼 체형을 오그라뜨리고 문왕의 품 속에 알몸을 맡겼다. 이번에는 문왕이 주도권을 잡아 반동과 추진을 제대로 구사하여 조금 전에 잃었던 남자의 체면을 되찾기 시작했다. 백전노장의 힘을 발휘하여 문왕은 노익장을 과시하고 있었다. 수미(首尾)간의 그 어느 한 곳도 배제되고 제외됨이 없이 성난 파도가 바위를 삼키듯이 죽향을 공격해 댔다. 그러나 품 속의 죽향은 부드러운 파도가 모래밭을 핥듯이 감미롭게 응대하며 더욱 깊게 파고 들었다.
　이처럼 서로는 입체 감각을 잘 살려 가며 걸작의 교감을 연출하고 있었다. 문왕의 노련한 애무에 까무라치다가 자즈라지는 소리를 기기괴괴하게 질러 대며 완전히 정신을 잃고 허공을 헤맸다. 참으로 인간만이 연출할 수 있는 궁극의 교감예술이라 해야 하리라! 이런 순간을 맛보기 위해서 남자는 돈, 권세, 명예를 거머쥐려고 온갖 짓을 다하고 여자는 관능미를 나타내려고 갖은 애를 다 쓰는 것이리라.
　동짓달 긴긴 밤의 잔월이 기우는 새벽녘, 명덕전의 침실도 열기가 식어 갔다. 다시 평온이 찾아와 새근거리는 호흡 소리만 들릴 뿐이었다. 창밖에 서 있는 대나무는 그림자를 만들어 창호문을 어른거리며 쓸고 있었다. 밤의 한계, 새벽의 한계가 짧아지면서 달은 서서히 서산으로 매몰되어 가고 어스름 남은 한자락의 어둠만이 주나라 궁전을 감싸고 있었다.

어느덧 햇빛이 명덕전 창호문을 쏘아 대며 침전의 낮은 침병(寢屛 ; 잠자리에 들 때 치는 병풍) 너머로 차 오르고 있었다. 문왕과 죽향은 잠을 걷고 일어났다. 간밤에 쌓은 방촌만리성(方寸萬里城)으로 인해 서로는 한결 개운하고 부드러운 기분으로 자리에서 일어났다.

"죽향이, 오늘 오후에는 엊그제 건져 놓았던 지산겸괘를 풀어야겠네. 앞머리 부분만 약간 풀다가 말았지. 오전에는 좀 쉬었다가 오후에 시작할 것이니 오찬이 끝나면 두 공들을 초치하도록 하게."

"예, 폐하! 유념해 두겠사옵니다."

이불 속을 빠져나온 두 사람은 오늘의 일과를 잡느라 분주하였다.

잠시 후 문왕은 아침 수라상을 받았다. 간밤에 힘쓴 덕택으로 조찬의 맛이 한결 더 좋았다. 조찬상에는 마즙과 산삼즙 등 고급 정력제 음식들이 등상(登床)되어 있어서 간밤에 배출시킨 정력을 보강하기에 족하였다. 수라상을 차리는 궁녀들은 지난밤에 문왕과 죽향이 자리에서 늦게 일어나면 으레 무슨 일이 있었구나 생각하고 모름지기 이러한 정력 보강 음식을 상에 올리는 것이 공식화되어 있었다.

죽향이 문왕에게 즙을 떠서 입 안에 넣어 주면서 애교를 떨어 댔다.

"폐하! 간밤에 소첩을 위해 힘써 주시느라 고생하셨음을 궁녀들도 알고 있는 것 같사옵니다."

"그야 당연하겠지. 그 사람들이야말로 눈치의 대가들이 아니던가?"
 두 사람은 간밤의 일을 서로 얘기하며 조찬을 끝냈다.
 조찬이 끝나자 죽향은 차를 준비하느라 바빴다. 차청 속에서 움직이는 죽향의 동작은 여념이 없었다.
 잠시 후에 죽향이 차를 담아내 왔다.
 "오늘 아침은 유달리 차 맛도 더 좋은 것 같구나! 심야의 교감이 잘 되면 이처럼 밥 맛, 차 맛이 다 좋은 것이지!"
 "기분이 좋으셨으니까 그러시옵지요, 폐하! 이제는 날이 밝았으니 간밤의 일일랑 접어 두시옵소서. 자꾸 말씀에 올리시오면 소첩 부끄럽사옵니다."
 "허허허, 알겠네. 이제 그만하지."
 죽향은 약간 쑥스러운 듯 얼굴을 돌렸다. 문왕도 이젠 지난 밤 일을 더 이상 입에 올리지 않았다. 세상만사란 분위기라는 것이 있는 것이다. 분위기가 바뀌면 아무리 좋았던 것도 싱거워지는 것이 삶의 원리다.
 죽향은 기분전환을 할 겸 슬(瑟)을 뜯기 시작했다. 슬의 현에서 울려 나오는 소리는 눈빛보다도 더 카랑하였다. 무념무상에서 연주되는 솜씨인지라 음률의 흐름도 산골 암벽을 타고 내리는 물소리처럼 청랑하고 쾌청하여 조찬 후의 일곡(一曲)은 진선진미하기만 하였다.
 문왕은 아무 생각없이 눈을 내려감은 채 죽향이 연주하는 슬 소리에 빠져들고 있었다. 음악이란 수면제와 촉면제적인 약성의 효과도 있는지라 문왕은 그대로 스르르 잠이 들어 버렸다. 게다가 아침에 땐 군불의 여운으로 실내의 온도마저 따뜻하니 식곤증이 아니 찾아올 수 없었으리라.
 문왕이 잠에 취하자 죽향은 슬 연주를 중단하고 조용히 사색에 젖었다. 앞으로의 자기 인생에 대한 여러 가지 성찰과 반조로 머리속이 꽉 메워져 있었다. 나름대로 자신의 인생을 구상하고 그려 보며 희망과 이상의 나래를 폈다 접었다 해 보고 있었다. 사람이기 때문에 사고의 능력과 명상의 여운이 있는 것이다. 그래서 '사람은 생각하는 갈대다'라고 외친 자도 있는 것이리라!

침궤에 기댄 채 잠이 든 문왕을 조용히 건너다보면서 죽향은 자신의 인생 역정에 관해 이해득실을 따져 보기도 하였다. 일개의 미천한 여자로서 천하의 최고 실권자인 폐하의 반려자로 변신되어 그간 누려 온 영화가 있었는가 하면, 반대로 자유도 없이 언제나 이렇게 궁중에 갇힌 몸이 되어 부자유한 구석도 있었다. 그러나 인생은 어차피 무(無)와 공(空)으로 돌아갈 것인데 영화가 무슨 의미가 있으며 또 천하게 사는 것이 무슨 불만이 있으랴! 인생이란 순간을 불태우다가 산화되어 가는 불나비인 것을!

문왕이 잠들어 있는 사이 죽향은 이처럼 잡다한 별의별 생각을 다 하며 오전 여가를 보내고 있었다. 노오랗게 익은 장판 바닥이 겨울 방의 정감을 잘 살려 주고 있었다. 문득 묻어 온 혜란의 향기가 코 끝을 치고 갔다.

오후가 되자 종전대로 기자공과 사편공이 나와서 임석했다. 문왕은 두 공에게 지산겸괘의 괘상을 펴 보이며 입을 열었다.
"자 두 공들, 괘상을 보시지요. 윗괘가 땅이요, 아랫괘가 산인 지산겸괘입니다."

"그러하옵군요, 폐하! 넓은 땅 속, 즉 지평선 속에 산이 솟아 있는 그런 형상이옵니다."
"그렇소이다. 잘 보시는군요, 기자공께서."
"황공하옵니다, 폐하!"
"폐하! 이 사편이 보옵건대 참으로 좋은 괘상이옵니다. 이 세상에 뭣이 좋다좋다 해도 겸손보다 더 좋은 것이 어디 있겠사옵니까? 겸손이란 교만과 방만의 반대어가 아니옵니까? 교만하면 잃고 겸손하면 얻어지는 것이 인생의 진리며, 또 이 지산겸괘의 대의라 하겠사옵니다."
"그렇소이다, 사편공!"
"폐하! 먼저 초육부터 시작해 보시옵소서."
"그럽시다, 기자공.
'맨아래에 있는 초육은 겸손하고 겸손한 군자이니 대천(大川)을 건널지라도 길할 것이라.'
무슨 뜻이냐 하면, '유순한 음으로서 괘상의 맨밑에 자리잡고 있으니 겸손하고 또 겸손한 것이지요. 이 같은 자가 바로 군자입니다. 스스로 지극히 겸손에 처함은 많은 사람들과 더불어 하는 철학입니다. 그러니 그 어떤 험난한 지경을 당한다 할지라도 대중의 힘으로 환해(患害; 근심과 해로움)를 막을 수 있지요. 그런데 하물며 평이(平易)하게 살아감에 있어서 어떻게 불길함이 따르리요?' 다시 요약하자면, 유순한 군자가 겸손을 미덕으로 하며 살아가는데 큰 어려움이 없는 것은 당연하고, 뿐만 아니라 길함이 있을 뿐인 것입니다."
"잘 보시옵고 설명 또한 훌륭하시옵니다, 폐하!"
"기자공의 찬사가 이 괘의 벽두부터 나오니 기분이 나쁘지 않소이다, 허허허."
문왕은 수염을 잡아 쓸어내리며 너털웃음을 뱉어 댔다.

"폐하! 그런데 대상괘의 조직에서 맨밑에 있는 초육이나 초구의 경우를 보는 관점에 인식의 전환이 필요하다고 보옵니다. 십팔변을 하여 괘상을 출연시킬 때, 맨처음 나오는 효가 음이면 초육이 되고 양이면 초구가 되지 않사옵니까? 초(初)를 어리고 맨아랫것으로 여겨 왔사온데 이 점이 석연치 않사옵니다.

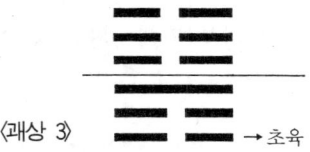

〈괘상 3〉 →초육

이 용어의 명칭과 의미 부여에 이의를 제기하는 바이옵니다. 무슨 뜻인고 하면, 사람의 경우 맨처음 태어나는 자를 남자일 때 형, 여자일 적에 누나라고 부르지 않사옵니까? 같은 맥락과 차원에서 괘상의 초구와 초육도 맏형이나 맏누나처럼 반드시 윗것으로 인식하고 불러야 하지 않을까 싶사옵니다."

"좋은 지적입니다, 기자공. 처음 태어났으니 반드시 형이 되어야 한다 이거지요?"

"그렇사옵니다, 폐하! 뒤에 태어나는 형이 어디 있겠사옵니까, 폐하. 예컨대, 중천건괘의 경우 '초구는 잠룡이니 쓰지 말라, 구이는 현룡이니 대인을 만나 봄이 이롭다' 등으로 풀이하지 않았사옵니까? 그러니까 여기에서 보면 초구는 아직 덜 되고 멀었다는 뜻이 들어 있사옵니다, 폐하!"

"옳으신 말씀입니다. 그러면 다음부터는 경우와 때에 따라 참고해서 불러 봅시다, 기자공, 그리고 사편공!"

"진일보하는 발상이시오며 과정이시옵니다, 폐하!"

"사편공의 뜻도 그렇다 이 말씀이지요?"

"물론이옵니다, 폐하! 괘상이 탄생하여 자리잡는 순서를 보면 맨밑의 초구나 초육에서부터 시작되는데 그 지위의 높고 낮음을 정할 적에는 맨위에서부터 내려오면서 정해지니 이 점이 모순이 아닐까 싶사옵니다!"

"그리하면 두 공, 공식적 명칭을 어떻게 불러야 할까요?"

"예, 폐하! 이 기자의 뜻으로는 초구일 경우에는 첫째 또는 맏형이라고 부르고 초육일 경우에는 큰누나 또는 첫 딸이라고 부르면 좋겠사옵니다. 〈괘상 5〉에서처럼 우선 저렇게 한번 정해 놓고 시작해 보옵소서."

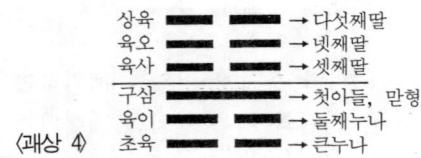

"그리합시다, 기자공. 그러면 이 지산겸 가족 가운데 첫 딸에 대해 형상적 의미를 부여해 보십시오."

"예, 폐하! 이 지산겸 가정에서 첫 딸의 됨됨이는 이렇사옵니다. 아까 폐하께옵서 '겸손하고 겸손한 군자라'고 보옵신 부분만 언급하옵자면, '자신을 낮추어 스스로를 잘 다스리고 있기 때문에' 그렇게 하신 것이라고 말씀드리겠사옵니다. 여태까지는 군자라는 명칭이 남자에게만 국한된 특수 명사였지만, 앞으로는 여자도 얼마든지 군자가 될 수 있으므로 따라서 군자라고 불러 주어야 인식의 주관이 바로 서겠사옵니다."

"그렇게 해 봅시다. 수시변역을 일으키는 것이 역의 이치이니까 이름에 구애받을 것은 없다고 봅니다, 기자공!"

"수용해 주셔서 감사하옵니다, 지존지덕하신 폐하!"

"형상적 의미를 조금만 더 부여해 보시지요, 기자공!"

"예, 폐하! 군자란 겸손하고 자신을 낮추는 행동을 덕목으로 삼고 항시 스스로를 다스려 가는 인격체이옵니다. 그래서 군자이옵지요. 이 지산겸 집안의 첫 딸은 군자로서 거의 결함이 없사옵니다. 이런 여자가 시집가면 훌륭한 어머니로서, 또 어진 아내로서 그야말로 군자다운 인격자가 되는 것이옵니다. 항시 참고 낮추고 용인하고 수용하므로 가정이 편하고 가족이 안락하게 되옵니다."

"잘 보았습니다. 다음은 사편공이 이 지산겸 가정의 첫 딸의 의미에 대해 분석해 주십시오."

"예, 폐하! 이 첫 딸은 이런 생각을 가지고 자라 왔다고 보옵니다. '나는 이 집안의 첫 딸로서, 이 집안의 살림 밑천으로서 밑에 있는 동생들을 위해 무엇을 어떻게 할 것인가를 잘 파악하고 알아서 행동해야지' 하고 상당한 고뇌를 하고 있지 않겠사옵니까? 바로 이 점이 첫 딸이며 군자다운 생각이옵지요. 아랫사람을 위해서 고뇌하고 가슴 아파하는 정신, 이 점에 찬사를 보내는 것이옵니다.

다음, 이 첫 딸의 능력과 활동적인 측면에 대해 연구해 보면 이렇사옵니다. 능력 면으로 보면, 겸손하고 안락한 가정에서 태어나 자랐으므로 상당한 저력과 미색을 겸비하고 있다고 보겠사옵니다. 사업을 하는 데 있어서는 고객과 손님 앞에 겸손과 아름다움이 최고의 미덕이 아니겠사옵니까? 때문에 큰 돈도 벌 수 있다고 확신하옵니다.

활동적인 면으로는 이렇사옵니다. 일이라는 양에 육이라는 음이 찾아가서 이루어진 반양반음의 정신적 신체적 소유자이옵니다. 그러니까 남자가 되려다 극적으로 여자로서 태어난 인격체이옵니다. 그러니 성질은 남자 같은 반면에 모양새는 완숙한 여자이옵니다. 이런 여자는 활동적이고 능동적이며 생동감이 넘쳐서 남과 더불어 교제하며 살아가는 직업을 갖게 되면 큰 성공을 할 그런 여자이옵니다.
 여자가 너무 여자 같아도 문제가 있다고 하겠사옵니다. 유약하고 겁약(怯弱)해서 현실성이 없기 때문이옵니다. 삶이란 곧 기(氣)이며 역(力)이온데 너무 양순하기만 하면 그런 기와 역이 어디서 나오겠사옵니까? 때문에 항시 반반 섞여 있는 그런 사람이 좋은 것이옵니다. 유약해 보이면서 실지로는 강한 그런 여자가 사실은 좋은 여자인 것이옵니다. 이런 장점을 가지고 있는 지산겸 가정의 첫 딸인 이 여자는 참으로 큰 여자가 될 것으로 확신하옵니다.

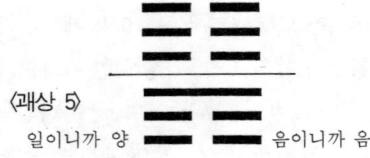

〈괘상 5〉
일이니까 양   음이니까 음

 어떤 경우에는 일국의 왕비가 되어 만백성의 국모로서 나라를 평화롭게 해 줄 그런 도량과 그릇을 가지고 있는 여자이기도 하옵니다. 한 가정에 있어서 어머니가 어질면 그 가정이 편안하듯이 일국의 국모가 관후(寬厚)하고 어질면 그 나라가 역시 안온(安溫)한 것이 아니겠사옵니까? 이처럼 음인 여자의 힘이란 실로 대단한 것이옵니다. 마치 땅이 비옥하고 두터우면 거기에서 자라나는 식물들이 번무(繁茂)하듯이, 한 나라의 국모나 한 가정의 어머니가 그러하면 역시 그 국가와 그 가정이 관유온유(寬裕溫柔 ; 너그럽고 넉넉하고 따사롭고 부드러움)하여 수복강녕(壽福康寧)을 누리게 되는 것은 기정사실이 아니겠사옵니까, 폐하?"
 "정연하고 의미심장한 발표이군요, 사편공!"
 이로써 지산겸의 첫 효이자 맏딸에 대한 분석이 모두 끝

지산겸괘(地山謙卦) 89

났다. 중요한 것은 '천하의 여자들 중 나는 과연 이 효에 담겨진 뜻과 정신에 얼마만큼 적용되는가'를 살펴볼 필요가 있다고 하겠다.
문왕이 다시 입을 열었다.
"다음엔 육이를 찾아갑시다.
'겸손하다고 소문이 자자하니 주관이 뚜렷하고 길하도다.'

〈괘상 ⑥〉

왜 이렇게 판단을 내리느냐 하면, 유순한 여자가 하부 조직의 중앙에 와 있는데, 동시에 겸덕(謙德 ; 겸손한 덕)도 중심에 가득 차 있어요. 그 모습이 밖으로 나타나면서 성음(聲音)과 안색(顏色)을 통하여 나오고 있지요. 그래서 겸덕이 소문났다고 하는 것입니다. 또 주관이 뚜렷하고 길하다그 한 것은 중심을 잘 잡고 있어서 그렇습니다.
다시 설명하자면, 육의 음이 이의 음에 와 있으니 정(正)이고, 또 하부 조직의 상중하 중 중앙에 와 있으니 중(中)이지요. 때문에 중정(中正)이란 표현을 써 주는 것이지요. 따라서 이 육이는 참으로 괜찮은 자입니다. 이런 육이 같은 여자는 세상에 그리 흔치 않지요."
"그렇사옵니다, 폐하! 현재 이 육이 같은 여자는 참으로 귀하옵지요.
화제를 잠시 바꾸어 중(中)과 정(正)을 또 이렇게도 설명드릴 수 있겠사옵니다. 시집 오기 전의 좋은 여건, 즉 친정에 있을 때를 정이라 한다면, 시집 와서 서방 모시고 자식 낳고 잘 살고 있을 때를 중이라 할 수 있겠사옵니다. 왜냐하면, 정이란 친정 부모 밑에서 바르게 자랐다는 뜻이옵고, 중이란 수직선상에서 볼 때 위로 시부모와 아래로 자식들의 중앙에 있으면서 다복하고 유복함을 누리고 있기 때문이옵니다."

"해석이 아주 좋습니다, 기자공. 해석하는 방법이 점차로 개발되고 있군요!"

"감사하옵니다, 폐하! 그렇게 잘 봐 주셔서 말씀이옵니다."

"그러면 내친 김에 이 육이의 모양새에 관해서도 언급해 주십시오, 기자공."

"그리하겠사옵니다, 폐하! '폐하께옵서 말씀하옵신 겸손하다고 소문이 나 있고, 뚜렷한 주관을 가지고 있으면서 길하다'는 뜻은 이렇사옵니다. 육이가 너무나도 중심을 잘 잡고 한 가정을 알뜰히 꾸려 나가고 있사옵니다. 사람이란 중심이 강하고 실(實)해야 되는 것 아니옵니까? 아무리 겉모습이 보기 좋은 자라도 중심이 자주 흔들리고 변동이 심하면 별볼일이 없사옵지요. 중심이 잡히지 않은 사람은 한쪽으로 짐을 실은 배와 같아서 약간의 바람이 불어와도 뒤집혀 버리게 되옵지요."

"그렇게 기자공의 설명이 들어가니 이 짐의 원론적인 것이 더욱 미화되어 살아납니다."

"감사하옵니다, 폐하!"

그렇다. 집을 짓는 데 있어서 기둥을 세우고 대들보를 걸고 서까래를 걸어서 지붕을 덮어 놓았다고 해서 집이 완성된 것은 아니다. 그 구조에다 실내 장식을 해야 집으로서의 모양새가 갖추어지고 또 사람이 살 수 있게 된다. 이처럼 강담이나 토론도 마찬가지다. 주제발표자가 원론을 내세우면 곁에 있는 박식한 학자들이 살을 붙이고 옷을 입히고 색칠을 가해야 완전한 작품으로 살아나는 것이다. 천하만사가 이 원리를 외면하거나

지산겸괘(地山謙卦) 91

벗어나게 되면 미완성품이 되어 맛이 없고 또 멋도 없다.
 또 다르게 표현하자면, 부모가 자식을 낳아서 좋은 선생한테 맡기면 그 선생은 그에게 교육과 훈도를 가해서 재목을 만드는 것과도 같다. 한 인간으로서 완성되어 사회나 국가 조직에서 쓰여질 수 있는 것이다. 이와 같이 토론이나 집이나 사람이나 간에 다 꾸미고 가공하며 다스리는 과정이 필요한 것이다.
 "자, 다음은 우리 사편공의 차례입니다. 좋은 강담을 개진해 주시오."
 "예, 폐하! 멋과 맛을 제대로 살려 내야 할 텐데 잘 될지 의문이옵니다. 그럼 한번 해 보겠사옵니다. 이 지산겸이라는 가정의 육이는 순음이고, 또 중정과 겸덕을 가지고 있는 복덩어리 여자이옵니다. 복이라는 것은 여러 가지 조건 중 어느 한 가지로만 편중되어 있으면 옳은 복이라 할 수 없사옵지요. 그야말로 복이란 구족(俱足 ; 고루 넉넉히 갖춤)함을 뜻하는 것이옵니다. 다시 말씀드리옵자면, 균형있게 분배를 받아야 옳은 복이라 하겠사옵니다.

〈괘상 7〉

 음양학적으로 볼 때 육이는 부드럽고 음수가 많아서 침실을 삼삼한 분위기로 만드는 데 천부적으로 뛰어난 여자이옵니다. 그 이유는 육의 음과 이의 음이 합쳐져서 완음(完陰)이 된 데다 중앙에까지 와 있으니 그렇사옵니다. 만약 이런 여자에게 한번 걸리게 되면 아무리 천만석꾼이라 할지라도 견디낼 수 없게 되옵니다. 결국 논밭까지 다 팔고 알거지가 되게 되어 있사옵니다. 대체로 돈쟁이들이 저런 여자에게 걸려서 끝내는 패가망신하게 되지 않사옵니까?

여자는 음이므로 물이 많아야 함은 재론할 여지가 없는 것이옵니다. 물논에는 물이 많고 저수지에도 물이 넉넉히 고여 있어야 농사를 잘 지을 수 있는 것과 똑같은 이치라고 보기 때문이옵니다. 잘나고 예쁘고 물 많은 여자인 이 육이는 인류의 여자 역사에 기록되어 길이 남을 만한 그런 여자라고 하겠사옵니다.

경영학적인 측면에서 보면 지산겸의 이 육이는 이렇사옵니다. 음이란 양의 기운을 소멸시키는 위력을 가지고 있는 것이 주특기가 아니옵니까? 만약 이 세상에 양의 기운만 있고 음의 기운이 없다면 세상은 정지되거나 과열되어 난리가 일어날 것이옵니다. 그러니 음을 이용하고 활용해서 양기를 저하시키거나 소멸시키는 그런 사업에 착수한다면 성공할 수 있다고 하겠사옵니다. 예컨대, 수박을 심어서 팔거나 또는 석빙고를 만들어 얼음을 제빙하여 판다든지 하면 좋은 기업으로 안착할 수 있을 것이옵니다. 또 여자 장사나 술 장사 같은 것을 차려서 양기 발동하는 사내들의 기분도 풀어 주고 돈도 버는 그런 상업이 괜찮다고 하겠사옵니다. 또 음을 막아서 편하게 하는 우산 장사, 반대로 양을 막아서 시원케 해 주는 양산 장사, 이런 것들 모두가 음을 이용하는 것이므로 괜찮다고 보옵니다.

또 음을 살려서 돈 버는 업종 중 가장 수익성이 높은 것은 집 장사라 하겠사옵니다. 집이란 낮에 활동하다가 밤에 들어가 쉬는 곳, 즉 음인 구멍이 아니옵니까? 구멍이나 집은 같은 개념이옵지요. 죽은 사람이 들어가는 곳을 '혈(穴)'이라 하고 산 사람이 쉬는 곳을 '집'이라 하옵지요. 어쨌거나 들어가서 쉬는 구멍은 편안하고 즐거우며 쾌적해야 하지 않겠사옵니까? 그러니 좋은 집, 즉 안락하게 주거할 수 있도록 만들어 파는 주택 장사, 이게 참으로 괜찮다고 하겠사옵니다. 인간의 문명 발달사를 살펴보면, 원시적이고 미개한 생활을 했던 시대일수록 양이 음을 지배했고 동시에 노동과 활동을 많이 했사옵니다. 때문에 양을 돕는 그런 장사가 잘 됐사옵지요.

반대로 세상이 현대화되고, 과학화되고, 문화화될수록 음은 양을 지배하고 부려먹게 되어 있사옵니다. 따라서 이때는 음을 보호해 주고, 또 음에게 멋을 내게 해 주는 그런 장사가 잘 되는 것이옵니다. 또 문명된 세상일수록 많은 양의 노동과 활동을 필요로 하지 않사옵니까? 적게 움직이고, 반면 소득이 많은 시대를 문명시대 또는 과학시대, 산업시대라고 하옵지요. 이런 때에는 노동도 활동도 편안한 곳에서 편하게 하게 되므로 질 좋은 주거 환경 장사가 가장 감각있고 현실성있고 수익성 높은 장사이옵니다. 사람들은 질 좋고 영양가 있는 것을 추구하게 되어 있고 안락하고 쾌적한 주거 환경 속에서 음양이 함께 즐기기를 원하므로 집 장사는 단연코 최고의 인기 장사가 될 수밖에 없사옵니다, 폐하!"

"수고했소, 사편공. 역시 변설가의 진면목을 보여 주는 것 같소이다. 그건 그렇고 우리 주나라 국책 사업에도 주택 정책에 더욱 많은 비중을 두어야겠군요."

"물론이옵니다, 폐하! 사람이 풍요를 누리게 되면 될수록 자연히 쾌적한 환경에서 향유를 누리고 싶은 것이옵지요. 문화 생활이란 바로 질 좋은 주거 환경에서부터 시작된다고 하겠사옵니다."

"좋소이다, 사편공. 집 장사는 들어가 쉬는 구멍을 만들어 파는 장사이니 엄격히 따지고 보면 음(陰) 장사이고, 그러면서도 사람 사는 사회를 아름답고 밝게 해 주는 좋은 점이라 하겠소이다, 사편공!"

"그렇사옵니다, 폐하!"

"오늘 이 지산겸괘의 육이를 분석하면서 좋은 정책의 입안을 찾아냈구려. 참으로 큰 소득이자 수확이라 하지 않을 수 없습니다."

"그렇다고 봐도 좋겠사옵니다, 폐하! 이 기자가 생각해도 사편공이 하신 그 토론의 개진이 참으로 좋사옵니다. 뭐든지 경제성과 문화성, 그리고 현실성이 따라야 하지 않겠사옵니까? 이 주역 풀이도 앞서 제시한 저 세 가지의 성격을 띠지 않고 진행된다면 주역을 위한 주역 토론밖에 더 되지 않사옵지요. 어디까지나 주역의 강담은 인류 문명을 밝혀 주고 생산성과 문화성을 창출하는 데 그 기본적 철학을 담고 있어야 한다고 보는 것이옵니다."

"좋습니다, 기자공! 이만 좋은 여운을 남기고 다음엔 대기하고 있는 구삼으로 넘어갑시다.

'구삼은 큰 공로가 있으면서도 겸손함을 보여 주고 있느니라. 군자는 유종의 미가 있으니 길하도다'(勞謙이니 君子有終이니 吉하니라).'

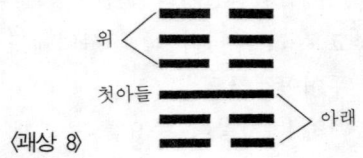
〈괘상 8〉

왜 이런 표현을 구삼에다 부여하느냐 하면, 구삼은 양으로서 강직한 덕을 가지고 아래 조직의 맨윗자리를 지키느라 노고가 많아요. 앞서 기자공이 제시한 논리에 따르자면, 이 구삼은 명색이 사내라고 위로 초육의 큰누나, 또 육이의 둘째를 모시고 그 체면과 할 일을 다하고 있지요. 딸 부잣집에 아들의 역할이란 지중지대하지 않던가요? 그러니 애를 많이 쓰면서도 공은 누나들에게로 돌리는 그런 겸손한 사내라 하겠소이다. 조정(朝廷)의 조직으로, 위로 천자와 정승을 모시고 봉직하는 경대부인 셈이지요. 이 경대부 역시도 국가의 중요하고 힘든 일은 혼자 도맡아 하고 공벌(功伐 ; 공로의 자랑)은 위로 상납하는 겸양지덕을 갖춘 벼슬아치이지요. 구삼 또한 이와 같다고 하겠소이다."
 "폐하! 천하국가가 잘 되려면 바로 이 구삼 같은 인재들이 많이 있어야 하지 않겠사옵니까?"
 "그렇소이다. 하지만 그런 인재가 흔치도 않을뿐더러, 또 군주도 그런 인재를 알아보고 등용해 써야 하는데 그게 그렇게 잘 안 되지요. 군주의 주변에는 그 어느 때를 막른하고 간신배, 탐관오리배, 부정비리배, 무사안일배 등의 유가 항시 엉겨 붙게 되어 있으니 구삼 같은 인재가 기용되기는 참으로 어려운 일이 아닐 수 없지요, 기자공!"
 "그렇사옵니다, 폐하!"
 그러나 현재 주나라의 무왕 주변에는 그렇질 않았다. 이렇게 훌륭한 인재들이 조정에 들어와 천하의 발전을 위해 몰두하고 있지 않은가? 언제까지 가려는지는 몰라도 좌우간 현재는 좋은 인재들로 조직을 이루고 있다. 어느 국가 어느 시대이건 나라의 운명은 인재의 등용에 달려 있는 것이다. 정치란 사람이 하는 것이지 금수가 하는 것이 아니기 때문이다. 따라서 정치는 훌륭한 자가 할수록 좋은 것임엔 말할 나위가 없다.
 "자, 다음엔 기자공이 이 구삼의 모양새에 대해서 간단하게 밝혀 주십시오."
 "예, 폐하!
 '애를 쓰면서도 이를 자랑하지 않고 겸손함을 미덕으로 여기는 이 구삼의 군자는 많은 사람들이 따라 주고 있다'고 하겠사

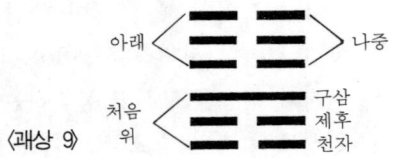

〈괘상 9〉

옵니다.
 앞서 약속드린 대로 논법과 명칭을 바꾸어서 설명해 보오면, 구삼은 초육에서 세 번째로 태어난 사내가 아니옵니까? 그러니 사실은 상부(上部)에 있는 처음 조직의 실세자라고 할 수 있겠사옵니다. 위로 천자와 제후가 있고 구삼 자신은 이인지하 만인지상(二人之下 萬人之上)인 정승이 아니옵니까? 그런 위치에서 이 구삼은 겸손하게 위의 두 어른을 잘 모시고 있사옵니다. 이 사실이 나라 안에 소문이 나서 많은 대중들이 그를 좋아하며 따라 주고 있사옵니다, 폐하!"
 "그렇게 위치를 바꾸어 설명해도 설득력이 있군요. 괜찮은 논법입니다그려! 변통의 정당성과 합리성, 그리고 논리성을 가장 많이 가진 것이 주역의 묘술이기 때문이지요, 기자공."
 "그렇사옵니다, 폐하!"
 그렇다. 꼭 고정관념적으로 세상을 바라보거나 어떤 문제를 풀어서 해답을 요구하려면 전후좌우 상하종횡이 경직되고 딱딱하여 유연성이 없는 것이다. 그렇게 되면 효과있는 설득력을 상실하는 것은 물론 오히려 부작용과 역반응이 일어나 전혀 그 문제의 해결에 접근하지 못하게 되는 것이다. 때문에 변화와 변역, 그리고 변혁 및 개혁이 필요한 것이다.
 "자, 다음엔 구삼의 견해를 사편공에게서 듣겠습니다."
 "예, 폐하! 이 지산겸 가정의 구삼은 이렇사옵니다. 자신을 제외한 나머지 모두 음들인 여자들로만 구성되어 있사오니 외로운 독신자이옵니다. 여자들만 득실거리는 집안에서 남자 혼자서 외톨이로 자랐으니 음에 눌려서 정상적으로 성장이 안 된 그런 입장이옵니다. 성장 과정에서부터 음과 양의 균형을 이루며 자라나야 인격과 심성이 제대로 형성되는 것이옵지요.

그의 성격을 두 가지로 집약하면 이렇사옵니다. 첫째는 여자들만 있다 보니 남자라는 특권의식 같은 것이 몸에 배여 독단적이고 비합리적인 처신을 일삼는 경우가 되겠고, 두 번째는 음들로부터 기를 빼앗겨서 무력증이나 소극적인 생각에 사로잡혀 있는 그런 운신을 하게 되는 경우가 되겠사옵니다. 때문에 사회적 적응을 하기 위해서는 상당한 교제술을 배우고 익혀야 하리라 보옵니다.

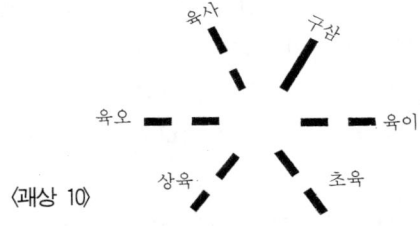

〈괘상 10〉

다음엔 경영적인 상황으로 옮겨 설명해 드리겠사옵니다. 〈괘상 11〉에서 볼 수 있듯이 아무리 사방팔방을 둘러 봐도 양이라고는 구삼 자신 혼자뿐이옵니다. 이런 경우에 좋은 상품만 가지고 있으면 완전 독과점으로 톡톡히 재미를 보게 되는 것이옵니다. 왜냐하면, 주위의 전부가 음으로서 구삼의 양에게 도움의 손길을 기다리고 있기 때문에 그렇사옵니다. 여기에서의 음이란 아직 자신들의 상품을 스스로 생산해 내지 못하고 구삼에게로부터 제품을 떼어다 파는 그런 입장이옵니다. 이 경우 구삼의 능력이란 마치 하늘에 떠 있는 태양이 그 빛을 온 사방에다 투사하는 것과 같은 존재라 하겠사옵니다.

난세(亂世)의 경우로 상황을 옮겨 설명하옵자면 이렇사옵
니다. 힘있는 자와 소인들이 득세한 곳으로 볼 때 이 구삼은 군
자이옵니다. 그러나 이미 세상은 풍진(風塵)과 홍진(紅塵)만이
일어 대는 난세가 되었는데 구삼이 아무리 군자다운 면모를 보
이려고 한들 먹혀들지를 않사옵니다. 〈괘상 12〉에서 보옵시는

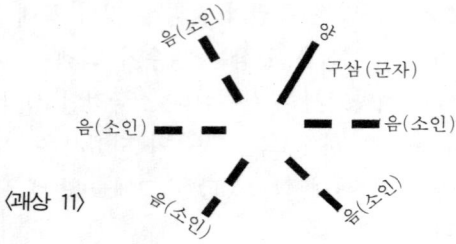

〈괘상 11〉

바와 같이 주위가 전부 음이옵니다. 이 소인들이 득세를 하여
판을 치고 있는데 구삼의 군자 혼자서만 아무리 옳은 소리로 절
규해 봐도 효과가 날 리 만무하옵지요. 이런 경우에도 참고 견
디며 자중하고 자애하며 지내야 하옵니다. 때가 오길 기다리면
서 말씀이옵니다. 겨울엔 초목이 휴면(休眠)에 들어가듯이 군자
도 난세에는 은일(隱逸)해 있어야 하옵니다, 폐하!"
 "사편공! 구삼을 그렇게 몇 가지 측면으로 비유해 보니 그
이동되는 상황마다 뜻이 깊군요."
 "폐하! 비유가 다양하게 대두되어야 하는데 그게 그리 쉽지
않사옵니다. 앞으로 고민이 되옵니다. 비유의 원천이 고갈되면
어쩌나 하고 말씀이옵니다."
 "그 정도로 여유있고 풍양하게 나오는데 아직 멀었을 것 같
소. 그리고 샘물이란 본래 퍼내도 자꾸 솟아나는 것이 아니겠
소? 지식의 샘도 마찬가지요. 용기를 내십시오, 사편공!"
 "예, 폐하! 그럼 열심히 해 보겠사옵니다."
 "그럼 용기를 갖고 다음엔 육사로 넘어가 봅시다."

지산겸괘(地山謙卦) 99

'육사, 이 친구는 겸손함을 발휘하여 이롭지 아니함이 없소이다(無不利撝謙이니라).'

무엇 때문에 이렇게 보느냐 하면, 이 육사는 이미 아랫동네(하부 조직)인 간산리(艮山里)를 떠나 윗동네인 곤지(坤地) 마을로 진입해 왔지요. 이 동네는 음들만이 있는 곳으로서 바로 양 밑에서 곤지 마을의 추장인 셈입니다. 따라서 겸손치 않을 수

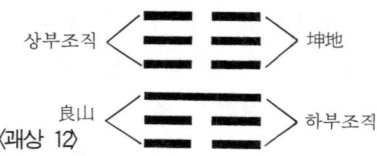

〈괘상 12〉

없게 되어 있어요. 주변을 둘러 보면 바로 아래 구삼은 큰 공을 세워서 간산 마을의 대표자입니다. 그러면서도 겸손을 발휘하고 있고, 또 본디 대표자 직분이란 비손(卑巽 ; 낮추고 겸손히 함)으로 사양하는 것이 당연지사며 도리이지 않겠습니까?

또 이렇게도 볼 수 있습니다. 이 육사는 음유한 인격체로서 정(正)은 얻었습니다. 다시 말해, 정당성을 확보해서 간산리에서 기틀을 다져 가고 있는 것입니다. 이 말은 육의 음이 사의 음 자리에 왔기 때문이지요. 그러나 아직 중(中)은 얻지 못하고 정(正)만 얻은 것입니다. 이 정도로 된 것만 해도 개인으로서는 최고의 영광을 누리는 것이라 해야겠지요."

"폐하, 폐하께옵서 이렇게 원론과 보충 설명까지 다 하셔서 이 기자공은 드릴 말씀이 별로 없사옵니다."

"그렇소이까? 미안하게 되었소이다, 하하하."

"아니옵니다. 폐하께옵서 그처럼 너무 논리를 밝게 펴시오니 경탄을 금할 수 없어 드리는 말씀이옵니다."

"그렇소이까? 하하하."
"말씀드리고 보니 황공하옵니다, 폐하!"
기자공은 다소 겸연쩍은 듯한 표정을 지으며 뒷머리를 긁적거려 댔다.
그렇다. 장시간 토론하고 연구하고 발표하다 보면 아무리 임금과 신하 사이라 할지라도 이렇게 서로 유연성을 보이고 또 그를 허용해 주어야 분위기가 살아나는 것이다. 단단한 대나무도 원체인 몸통만 단단할 뿐 잔가지나 잎사귀는 하늘거리며 유연성과 음악성을 보여 준다. 이 원리가 바로 사람 사는 원리며 주역의 원리며 군신간의 원리인 것이다.
"자, 다음은 존경해 마지않는 우리 기자공의 강담을 잠시 들어 봅시다."
"너무 과분한 칭찬이시옵니다, 지존지덕하신 폐하!"
"과분하시다니요? 짐이 평소 생각한 대로 불러 드린 것입니다, 기자공."
"기자공께서는 참으로 좋으시겠습니다. 우리 폐하께옵서 그렇게 극찬과 절찬을 아끼지 않으시오니 말씀입니다. 한 마디로 부럽습니다, 기자공!"
곁에 있던 사편도 한 술 떠서 분위기를 돋구었다. 이렇게 칭찬과 정감어린 대화가 한 번씩 섞여 나올 때마다 토론의 분위기는 훨씬 더 화기돈독해지곤 했다. 칭찬에는 약간 허풍기가 가미되어야 훨씬 더 재미있고 관계가 부드러워지는 것이다, 마치 음식에 조미료를 넣어야 맛이 나듯이. 천지간에 바람이 불어 줘야 만물이 생기를 찾아 활발해지듯이 사람 사는 사회 또한 풍을 멋있게만 치면 그야말로 생기가 도는 것이다. 바람이 음악적으로 대소강약을 연출하며 불 때 생물이 활기를 찾듯이 사람이 토해 내는 허풍도 음악적 성격을 띠고 친다면 사람 사

지산겸괘 (地山謙卦) 101

는 데 활력소가 될 것임에 틀림없다. 또한 실속까지 동반하게 된다.

"폐하! 그러면 이 신의 책임 부분인 형상학적 측면을 말씀 드리겠사옵니다. 아까 폐하께옵서 '겸손함을 발휘하니 이롭지 아니함이 없도다'라고 말씀하시지 않으셨사옵니까? 그 부분에 대해 언급하옵자면 '법칙을 어기지 않기 때문에 그렇다'라고 말씀드리겠사옵니다. 무릇 사람의 겸손이란 마땅한 바를 베푸는 것이온데 그 마땅함을 넘어나서는 아니 되옵지요. 법도와 법칙을 어기지 않는 그런 정신과 자세가 군자의 직분이고 도리라 하겠사옵니다. 이 육사는 이런 처신을 아주 잘 하고 있사옵니다. 바로 구삼 밑에서 직무를 수행하고 있으니 그렇사옵니다.

다음은 상황을 이동하여 설명드리겠사옵니다. 이 육사는 지산겸 가정의 셋째딸이 아니옵니까? 예전부터 '셋째딸은 물어보지도 않고 데려간다'고 했사옵지요. 또 '큰아들과 임금은 하늘이 낸다'고도 한 말이 있사옵니다. 어쨌거나 이 셋째딸은 딸

〈괘상 13〉

로서, 또 여자로서 갖추어야 할 조건과 덕목을 고루 갖춘 경우가 많사옵니다. 특히나 바로 이 육사란 처녀는 사의 음에 육의 음이 합해져서 이루어진 인격체이옵니다. 따라서 그 형성 자체가 순일하고 음유하여서 좋은 여자이옵니다. 게다가 그녀의 가정 환경이 겸손을 가풍으로 내세우는 그런 양가(良家)가 아니옵니까? 이런 집의 음유하고 순일한 셋째딸이다 보니 규수감으

로서, 더 나아가 미래의 어머니로서 아무런 손색이 없다고 할 수 있겠사옵니다."

"기자공, 강담 내용이 난향처럼 향기롭습니다. 그리고 언뜻 듣기에는 깊지 않은 것 같으면서도 그 속엔 더 큰 뜻이 함장되어 있습니다. 훌륭한 강의이자 논평이었습니다."

"그러면 이번엔 이 신 사편의 차례가 되었사오니 폐하의 안내 없이 곧바로 진행해 보겠사옵니다."

"그렇게 하세요. 가끔씩은 그렇게 자발적으로 참여하여 발표해야 훨씬 더 토론의 분위기가 부드러운 것이니 말이오."

"감사하옵니다, 폐하! 이 사편이 보는 육사는 이렇사옵니다. 육사는 이 지산겸 조직에서 하부 조직을 움직이는 핵심 인물이옵니다. 그러니까 현신(賢臣)이며 인신(仁臣)이라 할 수 있사옵니다. 그의 유순한 성격과 인품으로 이 조직의 주장 즉 구삼의 뜻을 따르며 잘 보필하고 있기 때문에 그렇사옵니다.

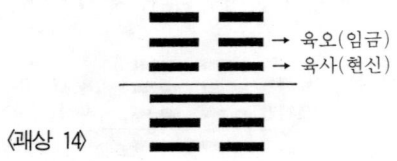

〈괘상 14〉

하자의 직분이란 본디 부드럽고 굽신거리며 또한 과단성이 있어야 하옵지요. 주장의 직분이란 버티고 추상 같고 결단과 용단성이 있어야 하옵고 말씀이옵니다. 이 육사는 하자가 갖추어야 할 그런 유연성과 굽신거림, 그리고 과단성을 모두 갖추고 있사옵니다. 그러니 위에 있는 구삼이 부려 먹기에는 그만이라고 하겠사옵니다. 육과 사, 즉 두 개의 음이 서로 만나 유연성, 순수성, 정당성을 가지고 있사옵니다. 이것들을 가지고 있다는 것은 출세의 첫째 조건을 갖추고 있는 것이 되오며, 입지(立志)의 인물이 되는 최우선의 덕목을 갖추고 있는 것이라 하겠사옵니다.

다음엔 본능적인 음양조화의 관계를 가지고 육사를 조명해 보겠사옵니다. 자기가 살고 있는 곤지 마을에 남자라고는 없사옵니다. 나이가 차서 시집은 가야겠는데 안타깝게도 상대가 없

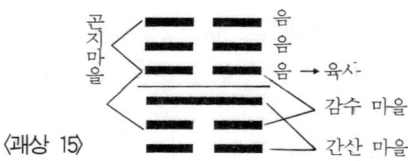

〈괘상 15〉

사옵니다. 그러니 부득이 저 아랫동네 간산리에 사는 구삼이라는 청년을 찾아가 그에게 추파를 던져 보는 것이옵니다. 나이도 자기보다 어린 연하의 남자이옵지요. 만일 이 구삼과 혼인이 성사되지 않는다면 평생을 처녀로 살든가 아니면 다시 다른 동네로 찾아가 신랑감을 구할 수밖에 없사옵니다.

그런데 이 구삼에겐 바로 아래에 육이와 초육이라는 여자가 둘이나 따라붙고 있지 않사옵니까? 그러니 구삼은 굳이 잘 알지도 못하는 그런 육사의 처녀와 백년가약을 약속할 필요가 없사옵지요. 확실한 여자가 둘이나 있는데 굳이 불확실한 여자를 택할 필요는 없기 때문이옵니다.

이런 경우에 육사는 고민이 안 될 수 없사옵니다. 그러나 고민한다고 일이 해결된다는 보장이 없으므로 용기와 힘, 그리고 좋은 조건을 제시함으로써 구삼의 마음을 자기 쪽으로 돌려놔야 하옵니다. 〈괘상 16〉과 같이 육사 자신이 육감수(六坎水)라는 조직을 새로 짜서 그를 자기 조직에 편입시키거나 흡수시켜 구삼과 밀착하는 방법도 있사옵지요. 그러니까 호랑이를 잡기

위해 호랑이 굴로 들어가는 것이옵지요. 다시 말씀드리옵자면, 마을의 구조를 재편하여 더욱 친근히 다가서는 것이옵니다. 이런 경우가 남녀간의 애정 관계에만 국한되는 것이 아니오라, 어떤 목적을 달성하기 위해서 이렇게 새로운 구도를 그려 보거나 만들어 내는 것도 좋은 방법이옵지요.

 이러한 방법을 흔히 흡수통합이니 힘과 조직의 재편이니 하옵니다. 반드시 정법만이 법은 아니지 않사옵니까? 임시방편법도 있고 권법(權法 ; 저울추처럼 경중과 비중에 따라 정하는 법)도 있으니까 말씀이옵니다. 이렇게 하는 것이 현실적으로 현명한 일이옵니다, 폐하!"

 그렇다. '목마른 사람이 먼저 샘을 판다'고 하는 말이 있듯이 구하려 하는 자가 먼저 자존심을 꺾고 져 주는 척하면서 들어가는 것이다. 세상 이치가 알고 보면 '지는 것이 이기는 것'이다. 이긴 자는 다시 적을 만나 애를 먹게 되어 있고, 진 자는 어떻게 해서든지 그 상대만 이겨내면 되는 것이다.

 시집가고 장가가는 것도 좋은 혼처를 놓치지 않으려면 지혜를 짜고 권모를 써야 한다. 권력 구조의 변동 상황처럼 말이다. 누가 먼저 교감을 하여 상대를 자기 쪽으로 유인(誘引)시키느냐에 따라서 성패가 좌우되는 것이다.

 "자, 다음엔 육오 저 양반을 한번 만나 봅시다. 그런데 이제부터는 종전의 분석식 방법을 피하고 직접 만나서 대화를 나누는 형식으로 접근해 봅시다."

 "그게 좋겠사옵니다, 폐하! 이 기자가 생각해 봐도 그 방법을 쓰면 지루하지 않을 것 같사옵니다. 그리고 이해도 더 빨리 될 것 같고 말씀이옵니다."

 "이 사편의 입장도 역시 동감이옵니다, 폐하!"

 "서로 뜻이 같으니 좋소이다. 그러면 한번 시도해 봅시다. 그럼 짐이 먼저, 이 짐도 되고 육오도 되면서 혼자 진행해 보도록 하겠소이다. 그리고 공들이 나서야 할 부분에서는 그때그때 맥을 이어 주기 바라오."

「계시오, 육오 양반?」
「뉘시오, 바깥양반은?」
「나는 주나라의 문왕이오.」
「아이구, 지존하신 문왕폐하께서 웬일로 이렇게 직접 찾아오셨습니까? 어서 들어오셔서 편히 앉으십시오.」
「하도 지산겸 국가는 통치가 잘 되고, 더욱이 겸치(謙治)주의로써 치국의 철학이념을 삼고 있다고 우리 주국에까지 칭송이 자자하게 들려 와서 그에 대한 이념을 한번 배워 볼까싶어 이렇게 찾아왔소이다그려.」
「부끄럽습니다, 문왕폐하! 오히려 이곳 우리 지산겸국에서 듣기로는 주국이 그렇게 덕치와 인치(仁治)주의로써 잘 다스려 가고 있다고 들었습니다만…….」
「감사합니다. 그렇게 좋게 여겨 주시니 말씀입니다. 그럼 같이 동행한 우리 주국의 석학 두 분을 소개해 드리겠습니다. 이쪽의 연세가 더 들어 보이는 분이 기자공이고, 이쪽 양반은 사편공이오. 두 분이 다 이 짐을 도와 큰 일을 하고 있어요. 해서 오늘 이렇게 동행하게 된 것이지요.」
「감사합니다. 여기까지 찾아 주셔서…….」
「문왕폐하를 모시옵고 이렇게 지산겸국의 육오 경(卿)을 만나게 되니 큰 영광이옵니다.」
기자공의 인사를 따라 사편도 인사를 드렸다.
두 사람의 인사가 끝나자 문왕은 본론으로 들어갔다.
「육오 경의 그 겸치주의 철학을 간단히 요약하면 어떤 것인지 알고 싶습니다.」

「예, 문왕폐하! 이 경은 이 지산겸국의 경대부로서 이런 철학을 가지고 있습니다. 이 짐은 자신이 부자라고 생각지 않습니다. 항상 국민이 부자면 이 국가 조직의 경들도 부자이고 국민이 가난하면 이 경들도 역시 가난하다고 생각하고 있지요. 국가와 국민, 그러니까 혼연일체사상을 통치철학으로 삼고 있습니다. 그러면서도 따르지 않고 부정과 비리를 저지르는 자에게는 반드시 침벌(侵伐)하고 있습니다. 이렇게 하니 이롭지 아니함이 없더군요(六五는 不富以其隣이니 利用侵伐이니 無不利하리라).」

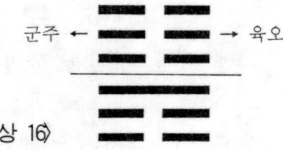
〈괘상 16〉

「참으로 훌륭한 통치철학이십니다, 육오 경이여!」
「좋게 여겨 주시니 감사합니다, 문왕폐하!」
「참으로 맘에 쏙 드는 것은 '국민이 잘 사는 것이 곧 국가 조직의 관리가 잘 사는 것이고, 또 국민이 못 사는 것은 관리들도 따라서 못 사는 것'이라는 그 관과 민의 일체감에서 우러나오는 동질성입니다. 그 철학과 사상이 너무 좋습니다.」
그렇다. 백성은 도탄에 빠져 있는데 군주와 관리들은 잘 먹고 잘 산다면 그거야말로 폭군이며 가렴주구를 일삼는 탐관오리배들로 가득 차 있는 국가임에 틀림없다. 또 백성이 잘 살고 있는데 군주가 못 산다는 것도 말이 되지 않는다. 국민 속에 군주요, 군주와 함께 백성이기 때문이다.
「육오 경, 우리 일행은 그만 돌아가겠소이다.」
「좀 더 쉬었다 가시지요. 대국의 태황폐하께서 이 소국인 지산겸국을 불원천리로 찾아 주셨는데 그렇게 쉬이 가신다고 하시니 섭섭함을 금할 수 없습니다.」
「아닙니다. 이렇게 만나서 좋은 철학을 얻어들은 것만으로도 최고의 대접을 받은 것입니다. 그럼 안녕히 계십시오.」

"자, 기자공. 우리가 만나고 온 그 지산겸국의 육오 경대부가 가지고 있는 치국 철학담과 그를 만나 본 소감을 간단히 피력해 보십시오."
"예, 폐하! 그 육오 경이 얘기한 것 중에 나쁜 벼슬아치들인 부정 비리배들은 반드시 침벌해서 버릇을 고쳐 놓는다고 하지 않았사옵니까?"
"그랬지요."
"그 얘기를 듣고 나서 그 육오 경은 굉장한 과단성과 용단성의 소유자라고 생각하였사옵니다. 겸손한 관리라고 해서 마냥 용이하고 유하기만 한 것으로 생각할 수도 있는데 사실은 전혀 그렇지 않사옵니다. 국법에 따라 주지 않는 관리나 집단들은 가차없이 쳐서 버릇을 단단히 고쳐 주는 그런 위엄과 겸덕을 갖춘 실세자라고 여겨지옵니다(利用侵伐은 征不服也라)."
"자, 그러면 사편공의 견해를 들어 봅시다."
"예, 폐하! 이 신이 본 그 지산겸국의 육오 경은 이렇사옵니다. 그가 문덕(文德)과 겸덕을 갖춘 것은 기정사실이옵고 거기다가 기민한 민첩성까지 곁들여 갖추고 있사옵니다. 그러니까 문덕·겸덕·위덕(威德), 이 세 가지 덕을 모두 갖춘 훌륭한 경이라고 평가하겠사옵니다. 그의 통치철학 또한 훌륭하였사옵니다, 폐하!"
"그래요. 그 삼덕을 고루 갖춘 경이었어요."
"자, 이번에는 이 지산겸국의 마지막 남은 상육을 초청해서 그에 대한 소견을 한번 들어 봅시다."

"그렇게 하시옵지요, 폐하! 찾아가는 외교가 있는가 하면 초청하는 외교도 있으니까 말씀이옵니다."

"그렇사옵니다. 이 사편의 생각에도 그 방법이 좋을 것 같사옵니다, 폐하!"

"자, 그럼 어디 한번 만나 봅시다."

「오늘 이렇게 귀하를 초청한 이유는 상육께서 그 동안 겪고 실천해 왔던 인생관 내지 정치 철학관을 한번 들어 보고 싶어서입니다. 간단명료하게 피력해 주시면 고맙겠소이다, 상육공!」

「예, 문왕폐하! 저는 이렇게 처신해 왔사옵니다. 첫째, 우리 지산겸국은 겸손한 나라라고 소문이 나 있사옵니다. 그러나 너무 겸손하면 문약(文弱)해져서 상대들이 우습게 여기기 쉬우

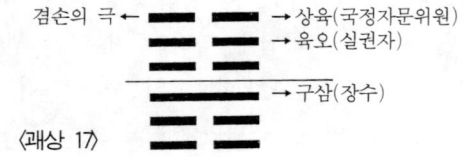

〈괘상 17〉

므로 가끔 한 번씩 위엄을 보여 주옵니다. 그래서 문제가 있는 읍국(邑國)들은 군사를 동원해서 정벌을 하옵지요. 다시 말씀드리옵자면, 우리 지산겸국이 국제사회에 너무 용하고 순하다고 소문이 나 있어서 몇몇 작은 나라들이 버릇없이 굴고 있사옵니다. 이런 경우 이 상육이 육오의 실세 군주에게 청하고, 육오는 다시 구삼의 장수에게 명하여 그들을 혼내 주라고 하옵지요. 그러면 그가 즉각 출동해서 손을 보곤 했사옵니다.」

「참으로 좋은 통치철학이군요. 대체로 상대들은 너무 잘 대

해 주면 물렁하게 보는 것이 통례지요. 그러니 결코 그렇게 물렁하지만은 않다는 것을 보여 줄 필요가 있지요. 듣고 보니 아주 좋은 철학이자 수단이군요.」
「감사하옵니다, 문왕폐하! 이렇게 천하 대국의 문왕폐하께옵서 칭찬해 주시오니 말씀이옵니다.」
「짐이 느낀 대로 말했을 뿐이오.」

 이렇게 두 공의 힘을 빌어 상육과의 대화를 마친 문왕은 기자공을 바라보며 다시 지산겸국의 상육에 대해서 물어보았다.
 "기자공, 우리가 만나 본 그 상육의 됨됨이라든지 철학이 어떠했습니까?"
 "예, 폐하! 이 기자가 본 느낌은 이러했사옵니다. 그 지산겸국이 겸손하다고만 소문이 나는 바람에 반대급부로 뜻을 얻지 못한 바도 많이 있었사옵니다. 때문에 군사를 동원해서 문제가 있는 작은 읍국들을 가차없이 쳐 버리는 그런 강한 인상을 받았사옵니다. 다시 말씀드리옵자면, 겸손한 자일수록 자존심은 더 높고 강한 것이기에 굴욕적인 모욕을 당할 경우에는 그렇게 가차없이 행동으로 보여 주는 그런 과단성이 있어 보였사옵니다."
 "제대로 보셨군요, 기자공. 역시 눈치가 빠르시고 정확하시군요."
 겸손만이 최고의 미덕이거나 상덕(上德)은 아니다. 그리고 반드시 정법과 정의가 최고의 기준도 아니다. 항시 차선책이 더 실질적이고 효과가 있는 것이다. 그래서 통치자들은 때로 무력과 무단(武斷)으로 혼쭐을 내 주는 경우가 있다. 사람이 살아가는 데도 힘을 길러서 자신이 수모를 받는다 생각되면 상대에게 위엄을 과시하며 무력으로 응징하는 것도 필요한 것이다.

"자, 다음엔 우리 사편공께서 마지막 이 지산겸의 상육에 대해 논평해 주십시오."

"예, 폐하! 이 신이 보는 상육은 이렇사옵니다. 음이 사는 육에 또 육의 음이 찾아와서 서로 합성되었으므로 너무 부드럽고 유순해서 세상을 헤쳐 나가는 데 애로 사항이 많겠사옵니다. 그러나 자신의 지인(知人)이자 정응인 구삼이란 건장한 남자가 자기를 지켜 주고 있으므로 든든하옵니다. 만약 저 구삼이 없다면 부드럽기만 한 상육은 항시 어려움이 따르게 되어

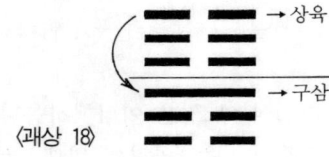

〈괘상 18〉

있사옵니다. 그러나 다행하게도 이렇게 구삼을 자신의 정응으로 두고 있다는 것은 참으로 관계 설정이 좋사옵니다.

다음엔 음양조화의 문제로 말씀드리겠사옵니다. 음이란 부드럽다는 뜻이 있는가 하면 또 차갑다는 뜻도 들어 있어서 양면성과 이중성을 가지고 있사옵니다. 예컨대, 부드러운 어머니와 강하고 차가운 아버지가 바로 음양관계가 아니겠사옵니까? 상육은 음이 음을 만난 이중음이옵기에 너무 부드러울 수도 있고, 또 너무 차가울 수도 있사옵니다. 그리고 맨 막내동이 딸이구요.

너무 부드러운 경우는 만물을 화육(火育)시키는 최고의 힘을 가진 봄기운이라 하겠사옵니다. 바람과 비가 같이 부드러우니 이중의 음이옵니다. 또 너무 찬 경우는 겨울의 얼음을 들겠사옵니다. 얼음이란 음의 물이 다시 더 냉각되어 고체로 변한 것이 아니옵니까? 그러니 이중음이라 하겠사옵니다.

전자의 경우는 만물을 포용하고 길러 주는 힘을 가졌고, 후자의 경우는 만물을 조락시키고 살상시키는 위력을 가졌사옵니다. 이 양자의 경우가 이 세상에는 같이 공존하게 되어 있사옵지요. 여기에서 더 성분학적으로 나누어 보면, 같은 음이지만 봄기운은 양에 해당하고 겨울기운은 음에 해당하옵니다. 이러한 원리가 바로 음양조화의 원리이옵지요. 그러니 음성적 기운이 강한 자들은 자신이 어떤 음기를 더 많이 소유하여 활용할 것인가에 대해 심사숙고하고 연구해 볼 가치가 있다고 하겠사옵니다. 그러기 위해서는 이 지산겸의 상육에서 묘리를 찾아 쓰는 것이 괜찮다고 보옵니다, 폐하!"
　"수고했소, 사편공. 좋은 분석입니다. 삶이 음양조화이고, 만물이 음양조화이고, 그리고 이 주역이 음양조화의 이치를 가장 많이 담고 있는 것 아니겠소?"
　이로써 이 지산겸괘에 대한 강담이 모두 끝났다. 이 괘에서는 유독 많은 변화와 비유를 시도해 보았는데 이 원리 역시 주역의 원리다. 변화무쌍할 때는 그렇게 호들갑을 떨고, 또 무변(無變)으로 흘러갈 때에는 지극히 정적으로 변하는 것이다.
　이런 현상은 흔히 냇물이나 강물에서 볼 수 있다. 이 양자가 변화를 보이면서 결국은 큰 바다로 찾아드는 것이다. 물의 종착지가 바다라면 삶의 종착지는 공무(空無)이며, 주역의 종착지는 변화인 것이다.

뇌지예괘 (雷地豫卦)

—— 환락(歡樂)의 공(功)과 죄(罪)를 나타내는 괘

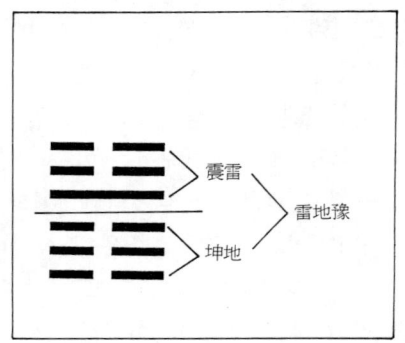

　동짓달도 그믐이 지나고 섣달이 시작되는 첫날이었다. 역시 백설이 분분히 뿌려지고 있었다. 천하와 지상, 그 공간은 온통 눈가루로 가득 메워져 한 길 앞을 분간할 수조차 없을 정도였다. 거리에는 사람의 발길이 끊어져 그야말로 만경인종멸(萬徑人蹤滅)이었다. 사람뿐만 아니라 나는 짐승, 기는 짐승 할 것 없이 자취를 감추었고 세상은 온통 하얀 눈으로 뒤덮여 정지된 듯한 고요함 속에 묻혀 있었다. 움직이는 것이 있다면 그것은 오직 소리없이 내리는 눈뿐이었다. 이러한 위력과 능력은 오직 하늘만이 연출할 수 있는 현현(玄玄)한 장경(壯景)이었다.

　섣달을 여는 초하루부터 이렇게 많은 눈이 내리자 농사를 짓는 사람들은 미리부터 내년 농사의 풍작을 점치며 기대에 부풀어 있었다. 이러한 기대 속에서 사람들은 지루하리만큼 많이 내리는 눈이었지만 귀찮아하는 기색이라곤 전혀 찾아 볼 수 없었다. 그만큼 농경시대에 있어서의 농업이란 소중한 생산이며 삶의 최대 자원이었기 때문이다.

눈은 겨울을 몰고 오는 전령이면서 내년 농사가 흉작이냐 풍작이냐 하는 조짐도 예지시켜 주는 예지자이기에 사람들은 오히려 많이 오기를 은근히 기대한다.

산야가 온통 흰눈으로 뒤덮이자 갖가지 이름 모를 새들과 얼른 알아볼 수 있는 꿩이며 까치며, 비둘기, 까마귀 등의 조금류(鳥禽類)들이 궁전의 처마 밑으로 날아들었다. 눈으로 인해 갑자기 먹을 것을 잃고 배고픔의 한계를 더 이상 감내하기 어려웠기 때문이리라. 이 광경은 바로 생명의 구원을 호소하는 처절하고 절실한 절규였다.

이러한 딱한 사정을 물끄러미 바라보고 있던 문왕은 중얼거렸다.

'저것들이 얼마나 다급했으면 저렇게 사람도 겁내지 않고 이리로 찾아왔을까? 사람이나 짐승이나 할 것 없이 극한 상황에 다다르면 저렇게 생사를 거는 한 판의 모험을 하게 마련이지. 여기에 날아든 녀석들은 얻어 먹을 것이라도 있지만 산에 그대로 남아 있는 녀석들은 꼼짝없이 죽을 수밖에 없을 텐데 어떻게 한다지? 각 지방 관청마다에 파발마를 내려, 민가 주변으로 날아드는 조금류들에게 먹이를 주어 보호하도록 해야겠구나! 산속에 그대로 있는 녀석들을 위해서는 눈 위의 곳곳에다 멍석을 깔고 그 위에 먹이를 얹어 두는 방법도 강구해야겠다.'

문왕은 이렇게 어진 성군답게 하찮은 조금류들에게까지 자비와 인(仁)을 베푸는 특혜를 생각했다. 드디어 그는 아들 무왕에게 지시하고, 무왕은 다시 온 천하의 지방 관리들에게 칙명을 내려 눈 속에 있는 조금류들의 보호에 만전을 기하라고 하였다. 따라서 파발마의 굽소리가 천하 퍼져 갔다.

밤이 엄습해 오자 갑자기 기온이 하강하면서 온 천하가 꽁꽁 얼어 붙었다. 문왕은 일찌감치 석찬을 들고 따뜻한 실내에서 겨울밤의 운치를 만끽하고 있었다. 밖에는 눈빛이 어둠을 희석시키고, 방 안에서는 휘황한 촛불이 자신을 소멸시키며 광촉을 더하고 있었다. 설풍이 으시시하게 지나가면서 그 소리가 귓전에 와 닿았다. 구만리 장천을 날아가는 기러기떼들의 울음 소리가 설풍 소리와 함께 떨어져 내렸다.

겨울밤은 운치도 있지만 외로움과 고독을 동반하기도 한다. 죽향은 갑자기 모자유친의 정이 일어 이를 나누기 위해 내전으로 향하고, 쓸쓸한 방 안에는 문왕이 홀로 앉아 깊어 가는 겨울밤을 사색으로 일관하고 있었다. 밤이 주는 멋과 환상을 최대한 누리며 이런저런 사유(思惟)에 젖어 보았다.

문왕은 죽향이 달여 놓고 간 다관을 앞으로 끌어다가 찻잔에 따랐다. 그리고는 이를 들어올리며 삶의 소중함과 허무감을 동시에 반추하고 반조하였다.

'인생이란 부질없이 우주 공간에 대기나 오염시키다가 결국엔 한 줌의 회토(灰土)가 되어 세상에 공해만 더하고 떠날 뿐인 것을! 청천에 잠시 모였다 흩어지는 구름 뭉치처럼 흔적도 없이 소멸되고 말 것인 것을! 산다는 것은 육신과 정신의 운행이요, 존재한다는 것은 화학적 원소 즉 지수화풍(地水火風)의 조직이 이탈되지 않고 잠시 협조를 하고 있는 것임인저!

그러나 존재의 궁극적 목적은 정화(精華)의 성취다. 이를 가져오기 위해서 사랑, 증오, 탐욕, 무소유, 선과 악, 진선미, 탐진치, 이런저런 방편을 쟁점화하여 불태우기도 하고 또 편승하여 부질없이 흘러가 보는 것이렷다!

죽는다는 것은 뭔가? 이는 존재의 원소, 즉 지수화풍의 사대(四大)가 분산되면서 공과 무로 돌아가는 것이다. 올 적에 공과 무에서 왔듯이 갈 적에도 한 치의 어김없이 왔던 그 방법으로 되돌아가는 것이렷다! 소위 말하는 지옥이란 선과 악의 기준에서 악에 대한 응징이며, 극락이나 천국이란 선의 세계를 실용적으로 바꾸어 활용하는 무대로 볼 수 있지.

　태초의 창세기 이전으로 돌아가 볼 때 모든 것은 무공일 뿐이었다. 선과 악, 극락과 천국, 이런 언어의 장난이 일체 없었다. 무지한 사람들은 창세기 이후만 볼 줄 알았지 그 이전은 보려고도 하지 않는다. 더욱이 그 이상은 생각지도 않는다. 창세기 이후를 〈말장난〉의 시대라고 한다면, 그 이전은 말장난이 없었던 허허실실(虛虛實實)한 세계였었지.

　창세기 이후만을 놓고 종교적인 의미를 부여하는 것은 밤만 알고 낮을 모르는 박쥐의 삶과 같은 것이며, 또 겨울만 알고 여름을 모르는 것은 남극이나 북극에 사는 동물들의 삶과 조금도 다를 바가 없는 것이지. 그러면서도 맹인이 코끼리 다리를 만져 보고 참나무 같다느니 소나무 같다느니 하는 것처럼 사람들은 세 치에 지나지 않는 혀로 잘도 지껄여 댄단 말이야.

　달인의 세계에서는 삶의 이전, 즉 창세기 이전을 보는 투시안을 가지고 있지. 달인은 상식 이전의 세계를 명철하게 알고 있어. 그래서 그 여여(如如)한 실상(實像)과 도도(滔滔)한 허상(虛像)을 관념의 세계가 아니라 실찰(實察)의 안목에서 꿰뚫어 보는 것이지.

　부엉이나 올빼미는 밤눈이 밝고 매나 독수리는 낮눈이 밝아서 그 활동하는 세계가 서로 다르지. 그러나 적자생존(適者生存)의 원리에서 약육강식을 하는 측면으로 볼 때는 서로가 같다. 다시 말하면, 자기보다 더 약한 자를 잡아먹고 사는 무대가 같고, 포획하며 살아가는 그 삶의 방식에 있어서는 동질성을 가지고 있다는 것이야. 마찬가지로 창세기 이전과 이후는 그 존재하는 방법과 사물들의 위치만 다를 뿐 나머지는 모두 같다는 것이다.

　창세기 이후의 세계를 문명 세계라고 할 때 그 이전의 세계를 미명(未明)의 세계라고 할 수 있지. 문명의 세계란 문자로써 사건들을 기록으로 남길 수 있는 시대를 말한다. 이로써 문자의 공해가 생겨나기 시작한 것이지. 말장난과 글장난이 서로 합세해서 세상을 온통 혼란스럽게 하였다. 미명의 세계에서는 그런 언어와 문자의 장난이 있을 수 없다. 그러나 그 미명의 시대에도 그 나름의 상통하는 수단과 기준은 있었다. 허허실실한 그대로 자연의 물결을 따라 이동하고 유동하면서 낙천(樂天 ; 자연을 즐거워함)과 외천(畏天 ; 자연을 두려워함)을 맛보며 살았던 것이다. 기준이 많아 삶이 복잡해질수록 사람들은 거기에 매이고 끌려가게 되어 무명(無明 ; 어둠의 세계)의 세계를 벗어나지 못하는 것이다.

　오늘의 시대를 보라. 이 시대를 대표할 수 있는 권력과 돈, 명예와 애정 등으로 인해 얼마나 많은 사람들이 질곡과 영어에서 벗어나지 못하고 허우적거리고 있는가! 한 세기와 시대가 바뀌게 될 때마다 세상엔 또 다른 미증유(未曾有)의 공해와 찌꺼기가 남게 된다. 이 찌꺼기가 바로 저 권력, 돈, 명예, 애정 따위가 아니런가?

　오늘날, 하늘(天)을 받들고 그 섭리를 따라 살아가는 신앙 생활은 바로 저런 문명이 남긴 찌꺼기를 소각시키자는 데 그 목적이 있는 것이다. 그 찌꺼기들로 인해 세상엔 반목(反目)과 질투, 경쟁과 전투가 끊임없이 일어나고 있는 것이다. 인간적 삶의 기준이 그 찌꺼기들을 소유하는 데 있으면 있을수록 사람들은 사악하고 사특하며 간악하고 교활해진다. 때문에 절대로 삶의 기준이 그런 것들이 되어서는 안 된다.

그렇다면 어떤 것들이 삶의 대표성이며 기준이 되어야 하는가? 인(仁)·의(義)·예(禮)·지(智)·신(信)이어야 한다.
〈인(仁)〉이란 사랑하는 것이다. 사람을 사랑하고 자연을 사랑하고 존엄성을 사랑해야 한다. 애정과 사랑은 다르다. 애정은 고뇌와 번민을 동반하지만 사랑은 즐거움과 희열을 수반한다. 사랑은 무소유를 전제하지만 애정은 집착과 소유를 전제로 한다.
〈의(義)〉란 지키는 것이다. 의리를 지키는 것이다. 그렇다면 의리란 뭔가? 남과의 약속이다. 또 불의로움을 배격하고 정의를 지키는 것이다. 때문에 의리란 지킬 때 성립되며 빛나는 것이다. 그러나 삶의 마땅함을 지킨다는 것은 여간 힘든 것이 아니다. 그러므로 지키는 자는 돋보이며 훌륭해 보이는 것이다.
〈예(禮)〉란 행하는 것이다. 인간의 존엄성을 행하는 것이다. 사람이 금수와 다른 것은 바로 존엄성이 있기 때문이다. 그 존엄성을 살리지 않으면 인간은 무가치한 것이 된다. 어찌 보면 인간은 존엄성과의 한 판 승부다. 여기에서 승리를 쟁취하려면 반드시 예를 행해야 한다.
〈지(智)〉란 무엇인가? 분별하는 것이다. 선악과 시비, 그리고 추미(醜美)를 분별하고, 과거와 현재, 미래, 그리고 음과 양, 색깔과 맛 등을 분별하는 것이다. 이 분별력이 있음으로써 세상은 가닥이 잡히고 혼선이 빚어지지 않는 것이다.
〈신(信)〉이란 무엇인가? 믿는 것이다. 사람이 사람을 믿고, 국민이 조정을 믿어야 한다. 각시와 신랑, 부모와 자식, 형과 아우가 서로 믿어야 한다. 믿지 않으면 관계의 설정이 안 된다. 믿음을 위해 노력하고 연구하고 갈고 닦으면 반드시 거기에는 좋은 공덕이 있다.
이러한 가치 기준은 반드시 한 시대만이 갖는 대표성이 아니다. 창세기 이전에서부터 이후인 지금에 이르기까지, 또 다음의 제 이차 창세기 이후 시대에까지 영속되어 가게 되어 있다. 이 인・의・예・지・신은 유행가 가사처럼 그렇게 가벼운 것이 아니며 일시적 유행물이 아니다.'

문왕은 혼자 침궤에 몸을 기댄 채 이런저런 사색의 늪에 빠져 밤이 깊어 가는 줄을 모르고 있었다.

먼동이 트는 새벽이 되자 문왕은 잠을 걷고 일어나 세수와 세면을 하고 단좌하여 주책을 산책하기 시작했다. 서궤 위에 갖다 놓은 혜란의 향기를 맡으며 하나의 대상괘를 건져 올리기 위해 정성을 기울였다. 괘를 건져 올리는 분위기란 마치 낚시꾼이 강가에서 물고기를 낚을 때처럼 주위가 조용해야 한다. 물고기를 낚을 때 주위가 시끄럽거나 풍랑이 일면 고기가 입질을 삼가하듯이 괘를 뽑을 때 역시 분위기가 산만하면 안 된다. 그래서 괘를 뽑는 시간은 이처럼 새벽녘이 최고이다. 때문에 문왕은 거의 작괘의 시간을 이처럼 새벽으로 잡곤 하였다.

첫 십팔변에서 음효가 나와 초육이 자리를 잡더니 또다시 음효가 나와 육이로서 그 위에 자리를 잡았다. 또 하나의 음효가 가산되면서 곤지가 되어 하부 조직을 이루었다.

십팔변의 산책은 계속 이합집산으로 분열되고 있었다. 이제는 오랜만에 양효가 나와서 구사가 되었다. 다음은 또 음효가 나와 육오가 되고, 마지막으로 또 음효가 나와 상육이 되니 진뢰괘가 되었다. 이렇게 하여 상하를 합쳐 보니 뇌지예로서 괘상이 완성되었다.

문왕은 이마에 맺혀 있는 땀을 걷어 내며 조용히 입을 떼었다.

'아아, 오늘 새벽에 나타난 괘는 우뢰와 땅이 만난 뇌지예괘로구나. 괘의 전체적 분위기를 보건대 아래에는 땅이 있고 위에는 우뢰가 치고 있도다. 예(豫)의 뜻은 안화열락(安和悅樂)의 뜻임인저! 위의 하늘에서는 우뢰가 치고 아래에 있는 땅이 우뢰의 작동에 순응하고 있구나. 이런 형상은 화순(和順)함이니 이것이 바로 기쁨이지.

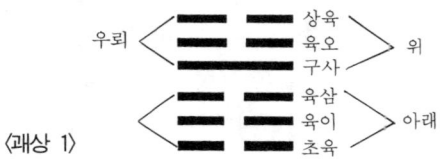

〈괘상 1〉

전체 조직에서 보면, 구사효가 혼자 양으로서 작동의 주장 노릇을 하는데 아래위에 있는 여러 음들이 공동 보조를 맞추어 그에 응해 주고 있구나! 곤(坤)이란, 즉 땅이란 하늘의 우뢰를 이어서 순응해야 하는 법, 이 순응하는 자체가 바로 화예(和豫 ; 조화를 이루며 기뻐함)가 아니던가?

또 이렇게도 볼 수 있겠구나. 하늘에서 뇌성벽력이 일며 아래의 땅으로 내려꽂히고 있구나. 구사의 양이 비로소 땅, 즉 음들 가운데 잠폐(潛閉 ; 잠기고 닫힘)해 있다가 그 작동이 땅에서 나오니 그 소리를 들은 음들이 크게 분발하게 되지. 하늘에서 뇌성벽력이 일 때 지축이 흔들리는 것과 같은 반응이지. 이때 아래의 땅은 통창화예(通暢和豫 ; 통하고 창달되고 조화를 이루고 기뻐함)하니 하나로 집약하여 '기뻐하는 예(豫)'라 불러야겠구나. 다시 말해, 이는 남녀간의 교감 행위와 같은 것임인저! 위

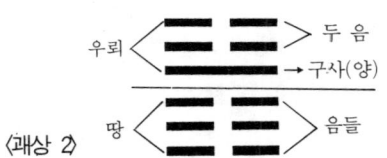

〈괘상 2〉

의 양, 즉 사내가 작동을 하면서 열기를 가할 때 아래에 있는 음, 즉 여자가 순응하며 깜짝깜짝 지진을 일으키고 있는 것과 같도다. 동시에 소리까지 질러 대고 분발하며 통창화예하게 된다. 이러한 음양의 관계를 가지고 있는 것이 바로 이 뇌지예괘로다!'

문왕이 뇌지예괘를 찾아내 놓고 이렇게 그에 대한 의미를 부여하고 있는 동안 어느덧 창호문에 아침 햇살이 부딛쳐 실내까지 침탈해 와 있었다. 문왕은 눈이 부셔 병풍을 둘러 치고 일단 그 빛을 차단시켰다. 야심해서야 잠이 들었다가 또다시 새벽에 일찍 일어나 충분한 잠을 못 잔 까닭에 빛을 바로 받으니 더욱 눈의 피로가 더해졌기 때문이었다.

동산에서는 막 일어난 갖가지 애완 짐승들이 자기 목소리를 뽑느라 요란하였고, 종묘를 짓는 공장에서도 석공과 목공들의 망치 소리가 아침 공기를 가르며 들려 오고 있었다. 궁전의 아침은 온갖 소리들로 생동감이 충만하였다. 이는 주나라 왕실이 천년만년 영속되고 존영(存榮)되어질 생명의 소리들이며 희망의 소리들이었다.

문왕은 하나의 대상괘를 건져내 놓은 이상, 여기에 대한 분석과 토론은 내일로 미루고 오늘은 태공 여상노사를 초치하여 아들 무왕에게 위국치민지학(爲國治民之學)을 가르쳐 주기로 일과를 잡았다.

조반을 들고 난 후 문왕은 경연당으로 갔다. 그곳에는 이미 무왕과 주공, 그리고 국사인 태공 여상노사가 먼저 와서 문왕을 기다리고 있었다. 무왕의 궁녀인 문청도 일찍부터 와서 실내를 정돈해 놓은 뒤에 차를 끓여내기 위해 바삐 움직이고 있었다.

뇌지예괘(雷地豫卦) 121

　초겨울 제철에 핀 혜란들의 향기가 경연당 실내를 가득 메워 그야말로 청향만실(淸香滿室)이었고, 또 대덕가(大德家)들이 임석하여 향기를 뿜어대니 인향만당(人香滿堂)이었다. 이처럼 실내에는 혜향과 덕향이 어우러져 피어나고 있었다.
　"여상노사님, 오늘도 노사님의 고강을 듣고자 합니다. 우리 무왕의 통치술을 익혀 주기 위함이니 잘 부탁드립니다."
　"좋사옵니다, 문왕폐하! 그리고 무왕폐하! 잘 해 드리겠사옵니다. 마침 혜향이 이렇게 실내에 가득하그 하니 갑자기 등선(登仙)이 된 것 같사옵니다, 폐하!"
　"허허허, 그렇습니까? 마침 문청이 차를 준비해 왔으니 그런 기분을 살리면서 차나 한 잔씩 듭시다."
　문왕은 여상의 말을 받으며 차를 권하였다.
　이어 무왕도 무겁게 입을 떼어 간단하게 분위기 설명을 하였다.
　"이러한 분위기는 저 문청소저의 감각으로 이루어진 것입니다, 여상노사님! 그리고 문청의 차 내는 솜씨는 어떠하신지요?"
　"무왕폐하! 문청소저의 차 솜씨가 이렇게 좋은 줄은 미처 몰랐사옵니다. 혜향과 더불어 음미하니 더욱 좋사옵니다. 우리 주나라 왕실에 음악 연주와 묵화에 뛰어난 죽향마마와, 또 차를 내면서 분위기 연출에 능한 문청소저가 있으니 정말 좋사옵니다, 무왕폐하!"
　이 얘기를 저쪽 차청에서 듣고 있던 문청소저의 얼굴에 밝은 미소가 수면의 파문처럼 일었다.
　"그렇습니까, 노사님?"
　무왕도 여상의 칭찬을 듣고 은근히 기분이 좋아 되물어 보았다.

"그렇사옵니다, 무왕폐하!"
이때 문왕이 강의 시간으로 분위기를 전환시켰다.
"오늘 이렇게 우리가 강의 시간을 갖는 것은 국익에 큰 도움이 될 것입니다. 그러니 우리 궁중의 중대지사가 아닐 수 없습니다. 그런 의미에서 질문은 이 노짐이 해 가겠습니다, 여상노사님!"
"그렇게 하시옵소서, 폐하!"
무왕은 먹을 갈고 있는 아우 주공을 향하여 물었다.
"초록할 준비는 다 되어 가는가?"
"그렇사옵니다, 폐하!"
"우리 주공 같은 뛰어난 문필가를 아우로 두고 있으니 이 짐에서 주어진 큰 복이 아니겠습니까?"
"그렇사옵니다, 무왕폐하!"
여상노사가 응대하였다.
"자, 그러면 먼저 이 늙은 짐이 질문하겠습니다. 태공노사님, 나라를 평화스럽게 하려면 군주로서 어떤 노력이 필요합니까?"
"예, 폐하! 그러기 위해선 먼저 재계(齋戒)하는 마음으로 뜻을 정성스럽게 모으시옵소서. 그럼 지금부터 하늘과 땅의 영구불변의 진리, 사계절이 만물을 생성하고 화육(化育)하는 모습, 인자(仁者)와 성자(聖者)의 길, 백성들의 마음속에서 발동하는 진실한 상태 등에 관해 말씀드리겠사옵니다."
"좋습니다, 여상노사님!"
"천도(天道)는 순환해서 봄·여름·가을·겨울 등의 네 계절을 낳고, 땅은 사계절의 운행을 따라 만물을 생성하옵니다. 천하에는 만백성이 있으니 성인이 군주가 되어 백성을 기르고 다스려야 하는데, 이때 군주가 천지의 도리를 벗어나서 백성을 다

뇌지예 괘(雷地豫卦) 123

스려서는 아니 되옵니다.

 봄의 법칙은 물건을 낳는 데 있으니 만물이 발육하는 것이오며

 여름의 법칙은 성장하는 데 있으니 만물이 자라고 무성하는 것이옵니다.

 가을의 법칙은 거두어들이는 데 있으니 오곡백과가 맺고 익어서 가득 차는 것이오며

 겨울의 법칙은 감추는 데 있으니 초목이 시들어 떨어지고 벌레나 짐승은 땅 속으로 숨어 버려 정적(靜寂)으로 돌아가는 것이옵니다.

 만물이 결실해서 가득 차게 되면 땅 속으로 감추어지게 되옵지요. 그러다가 또다시 소생하게 되옵지요. 이러한 원리가 끝날 줄을 모르고 반복하니 어디서부터 시작되어 어디서 끝나는지를 알 수 없사옵지요.

 이처럼 성인들은 천지의 원리와 사계절 변화의 뜻을 본떠서 만백성을 다스리는 정치의 기본으로 삼았던 것이옵니다.

 천하가 평화스럽게 다스려질 때에는 할 일이 없기 때문에 어진 이와 성인이 세상에 나타나지 않다가 세상이 어지러워지게 되면 그런 세상을 다스리기 위해 행동하는 성인의 존재가 나타나옵니다. 군주의 길이란 이와 같은 것이옵니다. 만물이 천지의 주인인 것처럼 성인 또한 만백성의 주인으로서 도를 행하여야 하옵니다.

 천지 사이에서 성인의 존재란 보배와 같은 것이옵니다. 성인이 천지의 상도(常道 ; 떳떳한 도)에 입각하여 천하를 다스릴 때 백성들은 편히 살 수 있는 것이옵지요.

 백성의 마음이 동요되면 욕심이 생기고, 욕심이 움직이게 되면 이해 관계 때문에 백성들은 다투게 되는 것이옵니다. 이때

성인은 두 개의 방편술을 써야 하옵니다. 한편으로는 형벌로써 다툼을 억제하고, 다른 한편으로는 은혜를 베풀어 이를 수습해야 하옵니다. 여기에서 군주가 먼저 창도(唱導)하면 천하의 백성들이 이에 화응(和應)할 것이옵니다.

 모든 사물이란 극도에 이르게 되면 정상적인 상태로 돌아가는 것이옵니다. 그렇기 때문에 분쟁에 말려들거나 분쟁을 일으키는 일이 있어서는 아니 되옵지요. 그러나 분쟁이 일어났을 때, 그것이 해결되기도 전에 물러나서 도피하는 것은 군주의 권위가 땅에 떨어지게 되는 것이옵니다. 지나치게 적극적인 것도 금물이지만 너무 소극적이어서도 아니 되옵지요. 따라서 어디까지나 중정(中正)의 길을 취해야만 할 것이옵니다. 이처럼 마음을 쓴다면 군주의 덕은 천지와 더불어 빛날 것이옵니다."

 "훌륭하신 고강입니다, 여상노사님! 그럼 다시 이 노짐이 묻겠습니다. 왕된 자는 어떤 것을 위로 하고 어떤 것을 아래로 하며 어떤 것을 취하고 어떤 것을 버리며 어떤 것을 금하고 어떤 것을 멈추게 해야 합니까?"

 "예, 문왕폐하! 그 점에 대해서 말씀드리겠사옵니다. 현자(賢者)를 위에 두고 불초자(不肖者 ; 시원찮은 자)는 밑에 두는 것이 마땅하옵니다. 성의가 있고 믿음이 있는 자는 중용(重用)하되 거짓이 많은 자는 추방해야 하옵니다. 법을 두려워하지 않고 질서를 어지럽히는 난동이나 사치 행위는 엄단해야 하옵니다. 군주로서 언제나 제거하는 데 힘써야 할 것들이 있사온데, 그것은 육적(六賊 ; 여섯 가지 나쁜 것)과 칠해(七害 ; 일곱 가지 해로운 것)이옵니다."

 "육적과 칠해라……. 그래, 그 어떤 것들인지 한번 조목조목 들려 주십시오, 노사님."

 "예, 문왕폐하! 이는 이렇사옵니다.

첫째, 광대한 저택(邸宅)과 정원을 만들어 놓고 자주 가무음곡(歌舞音曲)으로 유흥에 빠지는 신하가 있다면 이는 왕의 인덕(仁德)을 손상시키는 것이옵니다.

둘째, 백성으로서 농업이나 공업, 그리고 상업에 종사하지 않고 혈기에 맡겨서 법률이나 금령(禁令)을 파괴하고 벼슬아치들의 지도에 따르지 않는 자가 있다면 이는 왕의 교화(敎化)를 손상시키는 것이 되옵니다.

셋째, 당파를 만들어서 현자와 지자에게 압박을 주고 군주의 총명을 가리우는 신하가 있다면 이는 왕의 권위를 약화시키는 것이 되옵니다.

넷째, 자기의 뜻을 고집해서 윗사람에게 굽힐 줄 모르고 자기의 절의(節義)를 높여서 허세를 부리며 외국의 제후들과 사귀어 자기의 군주를 경멸하는 것 같은 태도를 취하는 신하가 있다면 이는 왕의 권위를 손상시키는 것이 되옵니다.

다섯째, 신하가 군주로부터 받은 작위(爵位)를 가볍게 여기고, 군주를 위해서 위험한 일을 행하는 것에 대해 부끄럽게 여기는 자가 있다면 이는 공신의 공로를 손상시키는 것이 되옵니다.

여섯째, 강대한 호족(豪族 ; 무리가 많은 종족)이 빈약한 백성을 침탈하고 업신여기는 일이 있다면 이는 일반 서인의 생활을 위협하며 산업을 위축시키는 것이 되옵니다."

"그러면 이어서 일곱 가지 해로운 것에 대해서도 하나하나 설명해 주십시오, 노사님."

"그렇게 하겠사옵니다, 문왕폐하! 잠시 차 한 잔만 마시고 나서 계속 이어 가도록 하겠사옵니다."

"좋습니다, 그렇게 하십시오. 아무래도 연세가 들어 가시니까 목도 자주 마르실 것입니다. 속담에 '헌 섬에 곡식 많이 들어간다'고 했지 않습니까? 비슷한 얘기지만 기계도 낡으면 기름이 많이 들어가는 법이지요. 사람도 이와 똑같은 원리라고 봅니다."

"그렇사옵니다, 폐하!"

여상노사는 차를 들어 올려 입에다 털어 붓고는 잠시 눈을 지그시 감고 차 맛을 음미하였다.

"그럼 다시 시작하도록 하겠사옵니다, 폐하! 일곱 가지 해로움이란 다음과 같사옵니다.

첫째, 지략과 권모도 없는 자에게 상을 후하게 주고 높은 벼슬을 주는 것이옵니다. 이같이 한다면, 용맹하여 무모한 전쟁을 감행하는 자가 이익을 얻게 되는 것이옵니다. 군주된 자가 이와 같은 인물을 장수로 쓰는 일이 있어서는 아니 되옵니다.

둘째, 평판은 좋으나 실력이 없고, 들어올 때와 나갈 때의 말이 다르며, 다른 사람의 좋은 장점은 숨겨서 말하지 않고 반대로 약점만을 들춰내기에 힘쓰며 진퇴(進退)를 자기에게 유리하도록 교묘하게 하는 자와는 큰 일을 함께 의논할 수 없는 것이옵니다.

셋째, 몸가짐을 질박(質朴)하게 하고 의복을 극히 검소하게 하며, 말로는 아무것도 바라지 않는 것처럼 하면서 실제론 명예를 구하고, 겉으론 욕심이 없는 것처럼 꾸미면서 속으론 은근히 자신의 이익을 추구하는 인물이라면 이는 위선자이옵니다. 왕이 이와 같은 인물을 가까이해서는 아니 되는 것이옵니다.

넷째, 남다르게 특수한 관(冠)을 쓰고 띠를 두르는 등, 도가 높은 자의 옷차림새를 하며 아는 것이 많은 것처럼 말장난을 잘 하는 자, 공허하고 고원(高遠)한 의논을 늘어놓으면서 밖을 화려하게 꾸미는 자, 또는 궁벽한 곳에 숨어 살면서 시대의 상황을 비평이나 하고 비난이나 하고 다니는 인사들은 간악한 인물이옵니다. 왕으로서 이런 사람을 신임하고 총애하고 사랑해서는 아니 되옵니다.

다섯째, 남의 약점을 헐뜯고 후벼 파는 구차한 수단으로 벼슬을 구하며, 녹봉과 벼슬을 구하는 일이라면 목숨까지도 불사하며, 대사를 도모하지 않고 이익을 구하며, 황당무계한 소리나 하면서 임금을 기쁘게 하는 자에게 나랏일을 시켜서는 아니 되옵니다.

여섯째, 글을 쓰거나 문양 같은 거나 새기는 자, 잔재주나 부리면서 농사일을 게을리하는 자는 가까이하지 말아야 하옵니다.

일곱째, 자신을 위장하면서 이상하게 기교나 부리고 점술이나 좋아하는 자, 바르지 못한 길을 가면서 상서롭지 못한 말이나 지껄여 대며 어진 백성들을 현혹시키는 자와는 왕으로서 가까이하지 말아야 하옵니다.

때문에 백성이 자신의 본업에 힘쓰지 아니하면 내 백성이 아니요, 선비에게 정성과 신의가 없다면 내 선비가 아니요, 신하가 왕에게 충성과 직간(直諫)을 하지 않으면 내 신하가 아니요, 벼슬아치들이 깨끗하여 인민을 사랑하지 않는다면 내 벼슬아치가 아니옵니다. 그리고 또 재상이 나라를 풍요롭게 하지 못하고 군대를 강하게 만들지 못하며, 음양의 이치를 잘 조화시켜 만승(滿乘)의 임금을 편하게 하지 못하며, 여러 신하들을 바르게 하지 못하고, 명예와 실지가 정하여지지 못하며, 상과 벌을 밝히지 못하고 만백성을 즐겁게 해 주지 못한다면 이는 내 재상이 아닌 것이옵니다.

그러니 대저 왕의 도란 용의 머리와 같아서 높은 데서 멀리 보아야 하며, 깊이 보고 또 자세히 들으며, 형상은 나타내나 그 실정은 숨겨서 마치 하늘이 높아서 끝이 안 보이는 것처럼 해야 하고, 못이 깊어서 측량할 수 없는 것처럼 처신해야 하옵니다. 그리고 또 성을 내야 할 때 성을 내지 않는다면 간신들이 득실거리고, 가히 죽일 때에 죽이지 않는다면 큰 도적이 일어나고 군사의 세력이 실행되지 아니하며 적국이 강대해질 것이옵니다."

"좋은 강의였습니다. 오늘의 강의는 아주 장대(長大)했습니다. 너무나 알찬 내용들이 많이 적재돼 있어서 참으로 좋았습니다, 여상노사님!"

문왕이 여상노사에게 아낌없는 찬사를 보내자 무왕도 한 마디 거들었다.

"여상노사님, 우리 주국의 발전을 위해 정말 뜻깊은 강의였습니다."

"태황폐하께옵서 좋은 질문을 해 주셔서 그에 따라 응대해 드리다 보니 그렇게 됐사옵니다, 폐하!"

옆에 묵묵히 앉아서 초록하기에 여념이 없었던 주공이 붓을 놓으며 한 마디 거들었다.

"여상노사님, 참으로 크고 깊으며 넓고 세밀한 강론이셨습니다. 하지만 노사님께선 이 주공에게 잘 보여야 합니다요. 제가 만일 노사님의 말씀을 한 구절이라도 빠뜨리거나 소홀히 초록해 두면 후세 사람들이 노사님을 과소평가할지도 모를 테니까 말입니다, 하하하……."

"허허허, 듣고 보니 정말 그럴 것 같습니다. 이처럼 사실을 기록으로 옮기는 자의 책무는 대단한 것이지요. 그러니 주공께서 잘 좀 봐 주십시오. 저의 강론이 잘 정리되어 후세 사람들에게도 귀감이 되게 말씀입니다. 그래야 제가 칭찬을 들을 게 아니겠습니까, 허허허……."

이렇게 주공과 여상이 농을 주고 받자 분위기가 더욱 환하게 바뀌었다.
 이렇게 하여 이날의 강론이 일단 끝나자 네 대인은 모두 자리에서 일어나 각자의 처소로 돌아갔다.

 바람이 눈을 묻히고 불어 갔다. 쌓였던 눈가루가 바람에 안겨 부드럽게 뿌려졌다. 문왕은 전날 그렇게 많이 내린 눈더미를 내다보며 바람이 일으키는 제 이의 또 다른 설경을 하염없이 바라보고 있었다. 홀연히 한기가 엄습해 와서는 아랫목에 내려앉아 혜란들의 향기를 맡으며 심성을 화감(和甘)하게 하였다.
 문왕은 언제나 소리없이 대화를 건네주는 수석들에게 눈빛을 보내며 자연이 창출해 낸 득의작(得意作)의 진면목을 음미해 보았다.
 '수석은 무생명체이면서도 무한한 영겁을 지내왔건만, 어찌하여 인간은 생명이 있으면서도 어느 시기가 되면 없어져야 하는가? 사람은 어머니의 산도(産道)를 출발하여 흙을 밟고, 또 거기에서 나는 초목과피(草木果彼)들을 뜯어 먹고 살다가 결국 그 속으로 들어가야 하는 냉엄하고 처절하고 명확한 운명이 있다. 어제 뽑아 둔 대상괘의 아랫것이 땅을 의미하는 곤지(坤地)가 아니던가? 모든 사람들은 하나같이 어김없이 이 땅 속으로 돌아갔다. 결국 그곳에 들어가기 위해 무수한 사람들은 생존하고 생활하고, 또 똑같은 묵계를 가지고 깨어나고 있는 것이다.
 일찍 간 자는 흙의 선배요, 뒤에 가는 자는 흙의 후배들이라! 종극에는 흙으로 가고 말 것인데 왜 사람들은 무엇이든 좀더 가지려 하고, 또 조금이라도 더 오래 살려고 발버둥을 치는지. 참으로 우치(愚痴)한 일들이 아닐 수 없구나! 바다가 무수한 강물을 다 받아들여 주듯이 흙도 무수히 살다 가는 인간들을 다 흡수해서 고이 잠재워 준다. 다시 말해, 물의 종착역이 바다라면 사람의 종착역은 흙이 되는 것이지. 흙은 사람을 싣고 키워서 적당한 시기가 되면 다시 잡아먹어 버리지. 능구렁이가 두꺼비를 녹여 삼키듯이 땅도 사람을 빨아먹어 버리지.

이렇게 땅과 사람의 숙명적 만남과 운명적 재통합의 원리를 아는 자는 지인이며 달인이며 현인이다. 따라서 일체의 탐욕과 소유욕, 그리고 지속욕이 끊어져서 나와 남이 하나임을 알고 동체대자혜(同体大慈惠)가 바다처럼 출렁이게 될 것이다. 가진 자는 시혜(施惠)를 아끼지 않을 것이고, 잘난 자도 방만하거나 교만하지 않으리라!

인생에 대해서 지나치게 쓸데없이 여러 말을 할 필요는 없는 법이지. 잠시 왔다가 땅으로 다시 돌아가야 하는 순간적인 존재들이 무슨 할 말이 그렇게도 많으랴! 어차피 인간들은 날 때부터 땅으로 돌아갈 것을 전제한 것이기에 까불거리지 말아야 함은 만고의 진리이지.

이 괘상에서 보는 바와 같이 아무리 무섭고 우렁찬 천둥번개도 땅으로 떨어지면서 파멸되어 버리지. 마찬가지로 사람이 천하없는 것을 다 가지고 누린다 할지라도 결국 어디로 가는가? 땅 속에서 소멸되고 만다.'

문왕은 이런저런 상념의 나래를 펴고 접고 하느라 상당 시간을 정묵(靜默)으로 보냈다. 그러다가 다시 정신을 차려, 요임금의 정치철학이 담겨 있는 요전(堯典)과 순임금과 우임금의 행적을 되새겨 보는 순전(舜典), 그리고 우전(禹典)을 읽어 가며 무료한 오후를 알뜰히 보내었다.

뇌지예괘(雷地豫卦) 131

날이 바뀌고 새 날이 되었다. 문왕은 일찍 일어나 하루의 일과표를 짰다. 조반을 들고 나면 이미 건져 놓은 뇌지예괘를 푸는 것으로 오늘 오전 시간을 할애할 계획이었다.

죽향이 일어나 해장주 상을 봐 가지고 왔다. 공복에 차를 마시는 것은 몸에 이롭지 않으므로 술을 대신 내온 것이었다. 술의 주원료는 소상강 언덕에 자생하는 대나무 열매, 즉 죽실(竹實)이었다. 그래서 그 이름도 죽실주이다. 또한 안주는 서북부 태산인 곤륜산맥에서 자생하는 산삼뿌리였다.

죽향이 마주앉아 황옥잔에 죽실주를 부어 올리자 문왕이 이를 받아 코밑수염을 여덟 팔 자로 가르며 한입에 털어 부었다. 죽향이 산삼 안주를 생청에다 찍어 올리자 문왕은 이를 받아 와작와작 씹어 댔다. 씹을 때마다 긴 턱수염과 안면의 수염이 요동되어 그야말로 생동하는 도골선풍이었다.

아침 햇살이 찾아와 문안인사를 올리고 있었다. 까치가 찬 공기를 찍어 대며 울고, 산새들이 수목들 가지를 이리저리 옮겨 다니며 퍼져 오는 햇살의 이동을 따라 지저귀었.

시녀들이 아침 군불을 지피자 실내가 다시 따뜻해지기 시작했다.

문왕은 조반상을 받아 맛있게 들고 있었다. 조반을 든든하게 들어 놔야 오늘 있을 괘의 토론에 지장이 없는 것이다. 나이가 들고 늙을수록 배가 고프면 안 된다. 배에 밥이 없으면 허리가 구부러지기 때문이다. 그래서 노인일수록 제때에 밥을 찾아 먹어야 하는 것이다. 노인의 삶이란 곧 밥의 힘으로 이어진다. 젊었을 때는 밥 대신 다른 것을 먹어도 견딜 수 있지만 늙으면 그렇지를 못하다.

"죽향이, 조반을 마치면 곧바로 괘 토론에 들어갈 것이니 기자공과 사편공에게 연락을 취해 놓게나."

"그렇게 하겠사옵니다, 폐하! 조반이나 맛있게 드시옵소서, 폐하!"

조반상을 물린 문왕은 소화도 시키고 다리도 펼 겸해서 자리에서 일어나 아침 행보를 시작하였다. 실내의 이곳저곳을 돌아보며 많은 문물들, 그리고 진보들과 무설설(無說說)을 주고받았다. 금동기와 수석들을 어루만지고 쓰다듬으면서 금석(金石)들이 갖는 질감에 매료되기도 하였다. 창틀 앞 난가(蘭架)에 줄줄이 걸려 청아하게 피어 있는 혜란들의 화경(花莖)을 당겨서 몸을 굽혀 코를 갖다 대 보기도 하였다. 그러다가는 난 잎새를 쭈루루 훑어서 먼지를 지워 주기도 하는 등 난에 대한 애착을 보여 주기도 하였다.

이때 죽향이 나비처럼 날아와 아뢰었다.

"폐하! 지금 기자공과 사편공이 입전해 있사옵니다. 서궤 앞으로 오셔서 인사를 받으시옵소서."

"그래, 내 그리로 가겠네."

문왕은 넓은 명덕전 저쪽에 있는 애완품들에 심취돼 있다가 죽향으로부터 두 공이 왔다는 얘기를 전해 듣고 서궤 앞으로 돌아와 두 공으로부터 인사를 받았다.

"폐하! 어젯밤 안녕히 주무셨사옵니까?"

"그렇소이다. 두 공은 어떠셨소이까?"

"예, 성은으로 잘 지냈사옵니다."

"오늘도 괘 하나를 풀어 헤칩시다, 공들!"

"좋사옵니다, 폐하! 종전의 방식대로 진행하시옵소서."

"그렇게 합시다. 오늘 우리들이 풀 괘상은 뇌지예괘입니다. 한번 보십시오."

문왕이 괘상을 그들 앞으로 밀어내 보이자 두 공들은 엉덩이걸음으로 좀더 가까이 다가앉으며 괘상을 자세히 관찰하였다.

잠시 후에 기자공이 먼저 입을 열었다.
"윗것이 진뢰(☲)괘요, 아랫것이 곤지(☷)괘인 뇌지예괘이 옵군요, 폐하! 그런데 예(豫)란 무슨 뜻이옵니까, 폐하?"
"그 뜻은 기쁘고 즐겁다는 뜻이지요. 위의 하늘에서 뇌성이 진동하는 것을 아래에 있는 땅이 즐겁고 너그럽게 받아들이니 그런 것입니다."
"그러니까 폐하, 마치 남자가 여자 위에 올라가서 뇌성벽력처럼 성희(性戱)를 해 대도 아래에 있는 여자가 이를 즐겁고 기쁘게 생각하며 잘 받아들이는 원리가 이 괘상에 들어 있다고 보겠사옵니다, 폐하!"
"바로 그것이오. 그와 흡사하지 않소이까, 기자공? 허허허……."
"실은 이 괘를 보는 순간부터 이 기자도 그것을 알고 있었지만, 바로 노정시켜 말씀드리옵기가 좀 뭣했사옵니다."
"알겠습니다. 이 짐도 그걸 눈치챘지요. 괜히 한번 그렇게 말시비를 걸어 본 것입니다, 기자공!"
사편도 입을 떼서 한 마디 했다.
"폐하, 토론의 진행 차순을 종전대로 하면 좋을 듯하옵니다. 하오니 먼저 지존하신 폐하께옵서 이 뇌지예에 대해서 일성(一聲)을 여시옵소서!"
"그럽시다, 두 공.
이 예괘에서 예가 갖는 조직의 원리는, '천자는 제후(諸侯 ; 천자 밑에 있는 작은 나라의 군주)를 세우고 군사를 일으켜 국방을 튼튼히 해 둠이 이롭다'고 하겠습니다.
왜 이런 판단을 내리느냐 하면, '예'라는 것은 따르면서 움직이는 것이지요. 다시 말해, '하늘에서 뇌성벽력이 치면 땅은 지축을 울리며 그대로 따르지요. 해서, 아래에 있는 곤지, 즉 제후의 군사들이 화순(和順)한즉 만백성이 열복(悅服;기뻐하며 복종함)하여 군대가 일어나게 되지요. 또 중심(衆心;대중의 마음)이 화열(和悅)한즉 순종하여 대공(大功)이 있는고로, 열예(悅豫)의 도란 제후를 세우는 것이 이롭다'고 한 것입니다.

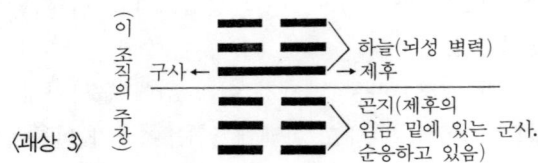

〈괘상 3〉

또한 위에서는 움직이고 아래에서는 순응하고 있으니 마치 제후가 천자를 좇아서 명령에 순응하고 있는 것과 같은 형상이지요. 임금이 만방의 군사를 모을 때 화열을 느끼지 않는다면 능히 복종하지 않는 것 아니겠습니까?

또 이렇게도 볼 수 있습니다. '예'의 뜻이란 화락(和樂)을 의미하지요. 인심이 화락하여 군주인 위의 구사를 따라 주고 있

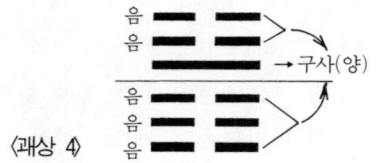

〈괘상 4〉

습니다. 하나의 양(구사)이 군주가 되어 아래위에 있는 음들의 뜻을 받아 주고 있으니 그는 뜻을 얻어 실행하고 있는 것이지요. 또 아래의 곤(坤)이 위의 진(震)을 만나서 순하게 움직이고 있는고로 이 조직이 화락합니다. 따라서 구사를 임금으로 세우고 군사를 씀이 이롭다고 본 것입니다.

좀더 쉽게 풀어 보면 이렇습니다. 〈괘상 4〉에서 〈괘상 5〉로의 이동 상황을 보다시피 전부가 음인데 구사 하나만 양이지

뇌지예괘(雷地豫卦)   135

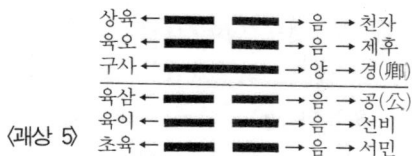

〈괘상 5〉

요. 사실 이 자리는 제후의 자리가 아니지요. 따라서 부득이 이 경(卿)의 자리에 있는 구사를 〈괘상 5〉에서처럼 제후로 내세워서 이 뇌지예 국가를 통솔해 가도록 해야 한다는 뜻이지요."
 기자공은 숙연히 듣고 있다가 입을 열었다.
 "폐하, 그러니 과도기나 혼란기에 뚜렷한 지도자가 없으면, 자격은 좀 미달하지만 부득이 구사를 그 대안자로 삼아야 한다는 뜻이옵지요?"
 "그렇소이다, 기자공!"
 "잘 보셨사옵니다, 폐하! 뇌지예 나라에 저렇게 음들만 득실거리고 이렇다 할 지도자가 없는 판국이니 제후라도 내세우자는 것이 아니겠사옵니까?"
 "그렇소이다, 기자공. 그래서 결국 구사가 실권을 장악하게 된 것이지요!"
 "그러면 폐하, 이 기자가 다시 한 번 이 뇌지예 국가의 조직에 대해 말씀드려 보고 싶사온데 윤허해 주시겠사옵니까?"
 "말씀하십시오, 기자공! 의사를 개진하려면 서로 주거니 받거니 해야 좋은 것 아니겠소이까?"
 "감사하옵니다, 윤허해 주셔서."
 기자공은 턱수염을 까닥거리며 입을 열었다.
 "그럼 시작하겠사옵니다. '예'라는 국가 조직에서 구사의 강한 것이 상하에 있는 음들의 조직으로부터 대응받고 뜻을 얻어 실행하고 있으며, 또 하부 조직의 음들도 이에 순응하며 움직여 주고 있사옵니다. 해서 예라고 보신 것 같사옵니다, 폐하!"

"맞습니다, 기자공! 계속 이어서 말씀하시지요."

"예, 폐하! 이 괘상의 조직을 보면, 기뻐하고 순응하며 움직이고 있사옵니다. 하늘과 땅의 이치도 이와 같거늘 하물며 국가를 관리함에 있어서 제후를 내세우고 군사를 동원하는 일은 어떠하겠사옵니까? 이처럼 하늘과 땅이 순응하며 움직이고 있기에 해와 달이 잘못되지 않고 그 빛을 발하며, 봄·여름·가을·겨울, 이 네 계절이 틀리지 않고 순행하는 것이옵니다.

성인은 이러한 천지의 뜻에 따라 순응하고 움직이며 천하를 통치하옵지요. 성인이 통치하는 천하는 형벌이 맑아서 국민들이 그를 잘 따라 주옵지요. 따라서 이 예의 조직이 갖는 '때'의 뜻이란 참으로 위대한 것이옵니다.

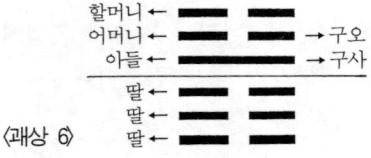

〈괘상 6〉

이런 상황을 〈괘상 6〉과 같이 어떤 한 가정으로 비유해서 말씀드려 보겠사옵니다. 이 가정에는 지금 아버지가 어떤 변고로 인해 세상을 떠나고 없사옵니다. 그래서 어머니인 육오가 아들인 구사를 한 집안의 가장으로 내세워 자기 남편의 권한을 이양받게 하여 가정을 돌보도록 하였사옵니다. 그래도 밑의 딸들은 그를 잘 따라 주며 집안일을 돕고 있사옵니다. 이런 경우가 바로 이 뇌지예 조직이 갖는 뜻이라 하겠사옵니다, 폐하!"

"잘 보시는군요, 기자공께서. 역시 기자공답습니다. 그렇게 한 가정으로 상황을 바꾸어 설명해도 좋군요! 가정만 그런 것이 아니라 사회 조직에도 그런 경우가 허다하지 않습니까, 기자공?"

"물론이옵니다, 폐하!"
"자, 이제 잠시 쉬었다 합시다. 차나 한 잔씩 들면서 휴식을 좀 취합시다. 처음부터 열강을 하다 보니 목이 타는군요."
차청에서 조용히 앉아 수를 놓고 있던 죽향이 이 소리를 듣고 서둘러 일어나 차를 준비해 가지고 들어왔다. 난향과 차향이 죽향의 치마폭이 일으키는 바람을 따라 부동(浮動)하였다.
"자! 공들, 차 듭시다. 그 동안 사편공이 좀 심심했을 텐데 이 차를 들고 나서 한 마디 거들어 주시지요. 사편공이 유연성을 살려 가며 분위기를 한번 바꿔 보시오."
"폐하! 이 신은 기자공의 고강을 듣고 있을 때가 훨씬 더 좋사옵니다. 기자공께선 저보다 인생의 선배이시자 높은 경륜을 가지고 계시기 때문이옵지요."
"그런 점도 있겠습니다만 사편공이 너무 겸손을 떠는 것 같군요. 그렇지 않소이까 기자공? 허허허……."
문왕과 두 공은 차를 한 잔씩 들며 잠시 여담을 나누었다.
"폐하, 바깥 날씨가 차갑다 보니 차 맛이 더욱 좋은 것 같사옵니다!"
기자공이 입맛을 다시며 차 맛을 칭찬하였다. 차를 대접받고도 가만히 있다는 것은 차를 낸 사람에게 대한 예의가 아니라서 기자가 한 마디 추임새를 넣었던 것이다.
사편도 따라서 한 마디 거들었다.
"그렇사옵니다, 폐하! 화롯가에 둘러앉아 차나 마시며 나누는 시간을 노변정담(爐邊情談)이라 하지 않사옵니까? 바로 그런 기분이 나옵니다, 폐하!"
"허허허, 우리 사편공께서 노변정담의 운치를 느끼신다 이 말씀이군요?"
"황공하옵니다. 그냥 한번 드려 본 말씀이옵니다."

"좋소이다. 그렇게 의미를 부여하니 한결 다른 부가가치가 있는 것 같습니다, 사편공!"

"그러면 폐하, 이 사편이 이 뇌지예의 조직과 구성에 대해서 논평을 내려 보겠사옵니다."

"그리하십시오."

사편은 문왕에게 다시 한 번 윤허를 받아 입을 떼기 시작했다.

"'이 뇌지예는 우뢰가 폭발하매 대지가 분발하는 판국과 형상이 〈예〉의 뜻이옵니다. 선왕들은 이 점을 본받아서 〈음악을 작곡하고 덕을 숭상(作樂崇德)〉하여 풍성하게 하느님, 즉 상제(上帝)께 제사지내고 조상에게 제사드리는 형상이라' 하겠사옵니다.

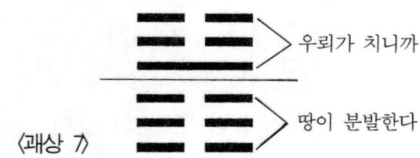

좀더 쉽게 풀어서 말씀드리옵자면, 우뢰가 치는 원리는 양기가 발분해서 음과 부딪침으로써 일어나는 것이 아니겠사옵니까? 이렇게 음양이 만나 소리가 나고 전기가 흐르는 것은 화락(和樂)의 극치라 하겠사옵니다. 여기에서 어진 성군들은 통치철학을 건져냈던 것이옵니다. 군주와 국민이 서로 조화를 이룰 때 국가가 화화롭게 되기 때문이옵지요. 이러한 분위기 속에서만이 국민을 다스리는 음악도 지을 수 있고, 덕을 숭상하여 하늘도 받들고 조상도 섬길 수 있기 때문이옵니다, 폐하!"

"잘 봤습니다, 이 뇌지예의 형상을 말입니다."

"제대로 되었는지 모르겠사옵니다, 폐하!"

뇌지예 괘(雷地豫卦) 139

"그 정도의 분석과 직관력이면 대단하다고 하겠소, 사편공!"

"황공하옵니다, 지존하신 폐하!"

문왕으로부터 찬사를 듣자 사편은 흥분을 감추지 못하고 얼굴이 벌겋게 상기되어 있었다. 이 뇌지예의 총체적 상하 분위기로 보아 설명이 용이치 않을 거라고 생각했었는데, 이렇게 문왕으로부터 칭찬까지 듣고 보니 더욱 그러하였던 것이다.

"자, 다음엔 이 뇌지예 조직의 본 궤도로 들어가십시다. 먼저 초육부터 만나 봅시다.

'화락의 소리가 너무 심하게 울려 퍼지니 흉할 것이라(鳴豫니 凶하니라).'

무슨 뜻이냐 하면, 이 초육이 음유한 체질을 가지고 맨밑자리에 살고 있고, 또 구사는 이 '예' 조직의 주장으로서 초육을 잘 대응해 주고 있습니다. 이 초육을 한번 보십시오. 중정(中正)의 자리에 오지 못한 소인이지 않소이까? 그런데 이 '예'의

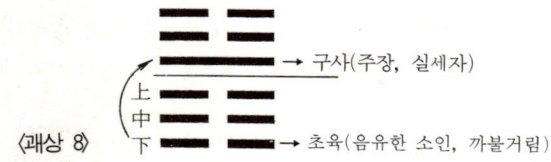

조직에 처해 있으면서 구사로부터 총애를 받고 있어요. 따라서 그 의지의 방만함이 꽉 차 있습니다. 이 초육의 소인은 '예'가 갖는 본의를 감당하지 못하고 노래와 술, 그리고 계집들과 놀아나며 까불거리고 있으니 경천(輕賤; 가볍고 천함)하기가 이를 데 없어요. 허니 결국엔 흉함에 이르게 되는 것이지요."

"잘 보셨사옵니다, 폐하! 세상엔 이런 경우를 당한 자가 많사옵지요. 나이도 젊고, 경륜도 약하고, 덕도 박약한 소인이 갑

자기 특정인의 비호와 총애를 받게 되면 간이 부어 배 밖으로 튀어나와 가지고는 깝죽거리옵지요. 그러다가 나중에 권력의 구조가 바뀌거나 세상이 뒤바뀌게 되면 새로운 실세에게 혼이 나게 되는 흉함을 만나게 되옵지요. 이런 일이 세상엔 종종 있어 오지 않았사옵니까?

 다시 한 번 약간 다르게 말씀드리옵자면, 음유한 소인이 위로부터 강한 지원을 받아 가지고는 당시의 일을 주장하고 있사옵니다. 이렇게 그 직분과 직위를 감당하지 못하여 스스로 분에 넘치는 짓을 해 대다 보니 흉함을 당하는 경우이옵니다, 폐하!"

 기자공의 보충 해석이었다.

 그렇다. 임금의 총애를 받는 자가 권력을 종횡으로 휘두르며 설치고 다니다가 시대가 바뀌게 되면 낭패를 당하게 되는 경우가 우리 주변에는 비일비재하다.

〈우리나라의 근대사를 한번 반추해 보면, 이 뇌지예 조직의 초육처럼 된 당시의 권력자가 얼마나 많은가? 새삼 옛날 성군이「주역」에 설파해 놓은 얘기가 실감나게 다가선다.〉

 "기자공!"
 "예, 폐하!"
 "이왕 입을 떼는 김에 이 초육의 모양새까지 설명해서 마쳤으면 좋겠소이다!"
 "예, 폐하! 하오나 너무 이 기자가 말씀을 많이 드리는 것 같사옵니다."
 "아니오, 그래도 자기 몫이잖소이까?"
 "그러하옵군요, 폐하! 그러면 초육의 모양새와 됨됨이에 관해 말씀드리겠사옵니다.

'초육이 자만심과 교만기가 극에까지 도달하여 분에 넘치게 설쳐 댔기 때문에 흉하게 되었다'고 하겠사옵니다.

다시 말씀올리옵자면, 이런 경우에 처한 자들을 교사치흉(驕肆致凶)이라 하옵지요. 교만하고 방만하여 흉함을 이루게 되었다는 뜻이옵니다."

"그래요, 기자공. 갑자기 권력을 분양받게 되면 저런 경우가 더러 있을 겁니다."

"그렇사옵니다, 폐하! 그래서 처음 이 초육의 인격을 폐하께옵서 그렇게 보신 것이 아니겠사옵니까?"

"자, 그럼 다음엔 우리 사편공의 그 입담을 좀 한번 들어 봅시다."

"예, 폐하! 이 뇌지예 조직의 첫 대면자인 초육에 대해 폐하와 기자공께서 잘 보셔서 적당한 표현을 해 주셨다고 감히 말씀드리겠사옵니다. 해서 이 신은 약간 다른 각도로 개진해 보겠사옵니다."

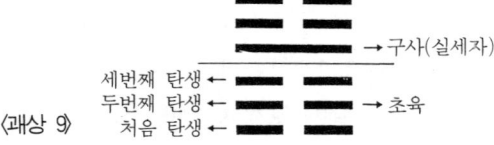

〈괘상 9〉

이 초육은 처음으로 탄생된 자가 아니옵니까? 화락을 뜻하는 '예'를 주장하고, 또 그렇게 되기 위해 분위기를 잡아 가고 있사옵니다. 그런데 이 초육이 갑자기 이런 분위기에 젖다 보니 덜 세련되어서 까불거린 것은 사실이옵니다. 그래서 경박해 보인 것이라 보옵니다. 누구든지 갑자기 옳은 인격과 인품을 갖춘다는 것은 기대하기 어렵사옵지요.

비슷한 얘기로, 갑자기 부자가 된 자를 흔히 졸부(卒富)라고 하지 않사옵니까? 이 졸(卒) 자가 '갑자기 졸' 자라서 그렇게 붙여진 것이옵지요. 졸부들을 보면, 아무리 고대광실에 살고 좋은 여건을 누리고 있다 할지라도 어딘가 어색하고 좀 서툴고 격에 안 맞는 행동을 표출시키옵지요. 마찬가지로 이 초육도 갑자기 자기 집안 사람이 대권을 잡아서 그 덕택으로 실세 자리에 있다가 보니 추하고 흉하게 된 것이라 보옵니다. 참으로 이런 경우를 두고 볼 때, 사람은 겸손하고 양보하고 낮추어서 삶을 경작해 갈 필요가 있다고 보옵니다.

또 이런 말도 있사옵니다. 의세화상수(依勢禍相隨)라고 말씀이옵니다. '세력에 의지하고 편승하다 보면 재앙이 더불어 따른다'는 뜻이옵지요. 이 글귀는 만고불변의 진리며 잠언(箴言; 경계하는 말)이며 사표(師表)가 된다고 하겠사옵니다."

"좋은 글귀군요, 사편공. 사편공은 세상에 있는 좋은 문장이나 말은 다 머리속에 넣어 가지고 다니시는구려!"

"폐하, 옛날 이야기 한자리 깔아 올려도 되겠사옵니까?"

"좋소. 본 논제와 관련이 있는 이야기라면 얼마든지 좋소이다."

"그러면 한자리 깔아 올리겠사옵니다."

"그래요. 어디 한자리 깔아 보세요, 허허허."

"예, 폐하! 예전에 어느 상놈이 열심히 일해서 부자가 되었다고 하옵니다. 그러나 아무리 부자가 되었다 해도 상놈은 상놈이 아니겠사옵니까? 해서 그는 그곳에 계속 머무를 수가 없었사옵지요. 그곳 사람들이 모두 자기가 상놈이란 걸 알고 있었기 때문이옵지요. 그래서 그는 저 먼 곳에 있는 양반 동네로 이사를 가서 자신의 신분을 은닉하고 양반 행세를 하며 살았사옵니다.

뇌지예괘(䨓地豫卦)

그러던 가을의 어느 날, 그가 지붕을 이게 되었다 하옵니다. 본디 그곳의 풍습은 양반이 지붕을 이게 되면 반드시 '오늘은 아무개가 집을 이게 되었노라'고 방을 붙이고 소문을 내야 했다 하옵니다. 왜냐하면, 지붕은 높은 곳이 아니옵니까? 일꾼이 그곳에 올라가 일을 하다 보면 옆집 아녀자들이 뒷간에 들락거리는 모습을 보게 되어 괜히 남의 여자에게 음심을 품게 되기 때문이옵지요. 그런데 이 상놈은 그 양반 동네의 이러한 풍습도 모르고 소문도 내지 않고 곧 바로 지붕에 올라가서 집을 이었다 하옵니다. 그러니 어찌 됐겠사옵니까? 이 사실이 그 동네 촌장에게 보고되어 금방 상놈이라는 사실이 들통나 버린 것이옵지요. 그 상놈은 동네 촌장 앞에 불려가 멍석말이를 당했다 하옵니다. 결국 그날로 그는 양반 동네에서 쫓겨나 본디 자기가 살던 고향으로 다시 돌아왔다는 얘기이옵니다, 폐하!"

"그것 참, 그럴 법한 얘기군요. 그런데 그 멍석말이란 형벌이 어떤 건가요, 사편공?"

"예, 폐하! 이 벌은 부모에게 불효한 자나 동네에서 정해 놓은 규칙을 어긴 자에게 가해지는 것이온데, 죄인을 멍석으로 김밥 말 듯이 말아 가지고는 몽둥이로 뼈가 노골노골하도록 쳐 대는 것을 말하옵니다."

"그러다가 만일 그 속에서 죽게 되면 어쩌지요?"

"설마 죽도록이야 때리겠사옵니까? 때문에 밖에서 몽둥이로 치면 안에서 맞는 대수를 헤아리며 응답하게 되어 있으니 생사를 확인할 수 있지 않겠사옵니까?"

"그렇겠구려. 그냥 막무가내로 내려치지야 않을 테지요."

"그렇사옵니다, 폐하! 그러니까 이 얘기가 담고 있는 뜻은, 상놈이 하루 아침에 갑자기 양반은 될 수 없다는 말이 되겠사옵니다."

"아무튼 그 얘기가 설득력도 있고 또 재미도 있소이다, 하하하……."

문왕은 사편이 깐 이야기 한자리를 듣고 웃음을 터뜨렸다. 어쨌거나 세상만사가 갑자기 이루어질 수는 없는 일이며, 설령 그것이 가능하다손 치더라도 거기엔 문제가 따르게 마련이다. 이것만은 요지부동의 진리인 것이다.

"자, 다음엔 육이를 만나러 떠납시다."

"그렇게 하시지요, 폐하!"

기자의 추임새였다.

"그러면 육이를 분석합니다.

'육이는 돌과 같은 지조가 있는지라, 종일 생각지 않아도 ── 즉 오랫동안 생각하면서 염려하지 않아도 ── 주관이 뚜렷하고 또 길하다(六二는 介于石이라, 不終日이니 貞코 吉하니라)'고 하겠소이다.

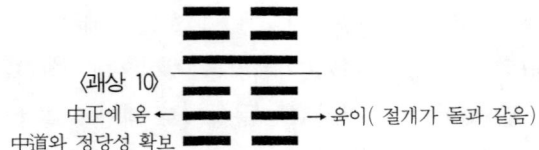

〈괘상 10〉
中正에 옴 ← → 육이(절개가 돌과 같음)
中道와 정당성 확보

이 말이 무슨 뜻이냐 하면, 이 뇌지예의 조직에서 보면 이 육이 혼자만이 중도와 정당성을 확보하고 획득하여 ── 다시 말해 중정을 얻어서 ── 자신을 잘 지켜 가고 있지 않소이까? 가히 특별한 지조라고 할 수 있어요. 이러한 그의 절개는 돌의 견고함과도 같은 것이지요. 대체로 사람이란 예락(豫樂 ; 기쁘고 즐거움)에 젖다 보면 마음이 홍분되어 점점 즐기거나 연애하고픈 마음이 그치지 않게 되어 있지요. 그러나 이 육이는 중정의

도로써 자신을 지켜 그 절개가 가히 돌과 같아요. 좋지 않은 것은 빨리 버려서 하루 해를 넘기지 않지요. 이처럼 그의 주관이 뚜렷하니 길할 수밖에 더 있겠습니까?

사람에게 있어 편안함이 지속되면 좋지 않아요. 오래 지속되면 거기에 젖어서 사람을 버리게 되는 것입니다. 그런데 이 육이는 동작과 눈치가 예민하고 감각이 빨라서 자신을 잘 운영해 가고 있습니다. 군자는 위로 교제함에 있어서 아첨을 떠는 데에 이르지 않고, 아래로 교제하는 데 있어서 모독적인 데에 이르지 않아요. 이것이 낌새를 잘 알아서 처신하는 것이지요. 이는 대단한 지조이자 절개라 하겠어요.

또 이런 염려를 배제할 수 없어요. 이 조직의 주창(主唱)인 '예'의 본의는 즐거움을 추구함에 있으나 거기에는 함정이 있는 법이니, 일단 사람이 거기에 오래 빠지게 되면 도리어 걱정이 따르게 되지요. 그런데 이 뇌지예의 조직에서 이 육이만은 중정을 얻어 가지고 자신을 잘 관리해 가고 있습니다. 그의 덕은 안정(安靜)되어 견확(堅確; 굳고 확실함)한고로 사려(思慮)가 밝고 자세하여 일의 가부를 결정하는 데 하루를 넘기지 않는 민첩성을 가지고 있습니다."

"폐하, 참으로 육이에 대해서 정확하게 보시옵고 그에 대한 변론이 논설적이어서 얼른 공감이 가옵니다."

기자가 추임새를 넣자 사편도 거들었다.

"그렇사옵니다, 폐하! 신의 생각 역시도 동감이옵니다."

"그렇게 봐 주시니 고맙소이다, 두 공."

사람에게 있어서 지조란 제 이의 생명인 것이다. 그래서 사람들은 그를 소중히 생각하고, 또 가능한 한 지켜 보려고 무진 애를 쓰는 것이다. 그러나 그게 그리 쉽게 지켜지는 것이 아니다. 지조를 지키지 않으면 편하고, 수입과 소득도 많이 올릴 수 있어서 사람이 이를 뿌리치기란 정말 힘들기 때문이다.

사람이 물질적으로 풍부하게 살려면 간단하다. 지조만 내팽개쳐 버리면 해결된다. 그러나 결코 인생이 물질에만 치우쳐서는 안 되는 원칙이 확실하므로 지조를 제 이의 생명, 아니 제일의 생명보다도 더 소중한 가치로 보는 것이다. 그래서 지조를 지킨 자들은 상대적으로 돋보이고 위대하여, 역사적으로나 현실적으로나 그가 발산하는 빛은 찬란하고 보배로운 것이다.

지조를 팔아 물질의 풍요를 누리며 사는 것보다 차라리 지조를 지키면서 가난하게 사는 것이 낫다. 이거야말로 만고불변의 진리이다. 이러한 사상이 '선비 사상'이며, 이러한 정신이 '군자 정신'이다. 따라서 의롭지 못한 방법으로 벌어들인 물질로써 풍요를 누리는 것보다는 차라리 가난할지라도 불의를 거부하고 용인하지 않는 것을 우리는 인생의 미덕으로 여겨 왔던 것이다. 고금의 역사 속에 지조를 버리고 정의를 유기하고 불의롭게 부귀공명을 좇다가 패가망신한 자들이 어디 한두 명이었는가?

인간이 금수와 다른 점 가운데 가장 귀한 하나는 '지조'를 생명으로 삼고 있다는 점이다. 이런 점을 강조하고 있는 것이 이 뇌지예의 육이의 정신이다. 육이는 화락하고 예락한 분위기 속에서도 동요됨이 없다. 사람이 지조를 버리게 되는 데는 두 가지 경우가 있다. 하나는 돈과 권력과 명예 때문이고, 또 하나는 주관과 주체성이 박약하기 때문이다. 굳이 변명을 하자면 전자는 탐욕 때문이고, 후자는 사람이 모자라서 그런 것이다.

이 육이는 지금 음울한 입장에 처해 있지만 그 상황을 잘 극복하고 지켜서 사람들의 가슴에 좋은 정신을 고이게 하고 있다 하겠다.

"자, 다음엔 기자공의 고견을 한번 들어 봅시다."
"예, 폐하! 저는 육이의 모양새를 이렇게 보옵니다.
이 육이는 민첩하고 세밀한 분석력을 가지고 있으므로 사리를 분별하여 일처리하는 데 있어 긴 시간을 필요로 하지 않사옵니다. 그래서 정길(貞吉)을 누리게 되는데, 그러한 힘이 솟아나는 것은 육이가 중정의 덕을 가지고 있기 때문이옵니다.
다시 말씀드리옵자면, 이 육이는 중정의 덕을 가지고 있으므로 그 지킴도 견고하고 또 분별력도 빨라서 쓸데없는 것은 빨리 버리옵지요. '예'의 조직에 처해 있는 이 육이의 의미가 이토록 깊으니 우리네 인간들에게 가르쳐 주는 뜻 또한 심장(深長)하다 하겠사옵니다."
"간단히 처리하시면서도 갖출 것은 다 갖추고, 또 할 말은 다 하시는구려!"
"조금 짧게 해서 약간 섭섭하옵니다, 폐하!"
"아, 아니오. 길다고 좋은 것은 아니잖습니까? 간단명료하다는 말도 있지 않소이까, 기자공?"
"폐하! 다음은 이 사편의 차례이오니 곧바로 넘겨받아 진행해 보겠사옵니다."
"좋소이다. 대화의 맥이란 일이관지(一以貫之)로 죽 이어 가야 제 맛이 나는 법이지요, 사편공!"
"예, 폐하! 이 육이는 이의 음에 육의 음이 찾아와서 순음과 겹음이 되었지 않사옵니까? 이것을 두 가지로 나누면, 신체적으로는 순음이고 인격과 심성적으로는 겹음에 해당하옵니다. 순음이란 순수성이 농후한 음을 말하고, 겹음이란 음의 벽이 두터워서 양면성을 가지고 있는 것을 말하옵니다.
또 이렇게도 볼 수 있사옵니다. 순음이 평면적 형상을 이루고 있다면 겹음은 입체적인 형상을 이루고 있다 하겠사옵니다.

때문에 척박하지 않고 깊고 두터우며 그 어떤 충격과 자극도 흡수하는 강한 용인력을 가지고 있사옵니다.

분위기를 이동시켜 말씀드리옵자면, 이 뇌지예는 화락한 가정에 비유할 수 있겠사옵니다. 이 가정에서 육이는 서열상으로 둘째아들에 해당하옵니다. 육이이기 때문에 그러하옵지요. 음인데도 아들로 본 이유는 아직 부모님 밑에 있기 때문에 그런 것이오며, 또 마음이 선량해서 그렇사옵니다. 뿐만 아니라 중정의 덕도 지니고 있으므로 장래가 촉망되는 '집안의 기둥'이 옵니다. 〈괘상 11〉에서처럼 주춧돌 위에 버티고 서 있는 큰 기둥에 해당하옵지요. 때문에 온 집안에서는 이 육이에게 기대를 걸며 그를 도와주고 있사옵니다.

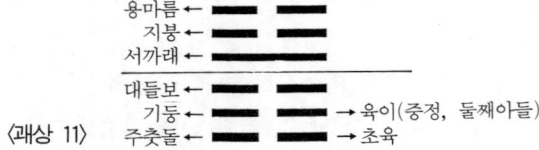

음양학적인 문제로 상황을 변경시켜 설명드리옵자면, 육이는 순음이고 완음(完陰)으로서 중정의 덕을 소유하고 또 이를 발휘하고 있으므로 모든 남자들이 탐을 내는 그런 여자이기도 하옵니다. 순음과 완음이란 본래 정이 많고 눈물이 많으며, 또 모양새까지도 좋사옵니다.

그런데 문제는, 이 뇌지예 조직에서는 남자라고 해 봐야 구사 혼자뿐이어서 짝을 찾기가 거의 불가능하옵니다. 그래서 육이는 답답하기만 하옵지요. 아름다운 꽃이 있으면 벌·나비가 날아들어야 하는데, 남자라고는 구사 하나밖에 없으니 안타까운 일이 아닐 수 없사옵니다. 구사 혼자서 다섯씩이나 되는 여자들을 일일이 봐 주기란 여간 어려운 일이 아니옵니다. 게다가 또 구사는 이미 자기의 정응이자 짝인 초육과 좋은 교감을 가지고 있는 중이라서 다른 여자한테는 좀처럼 눈을 돌리려 하지도 않사옵니다.

그렇다고 해서 육이가 구사를 포기할 수는 없사옵지요. 사랑도 명예도 권력도 한 판의 경쟁을 붙어서 승리하는 자만이 취할 수 있는 것이 아니겠사옵니까? 따라서 육이도 구사에게 계속해서 추파(秋波)를 던져 봐야 하옵지요. 〈괘상 12〉에서처럼 육이가 계속해서 구사에게 추파와 전류를 보내다 보면 그를 자기 것으로 만들 수 있는 확률이 조금은 있사옵니다. 육이가 초육과는 비교도 안 될 만큼 성숙되고 유순하며 잘난 여자이옵기에 그렇사옵니다.

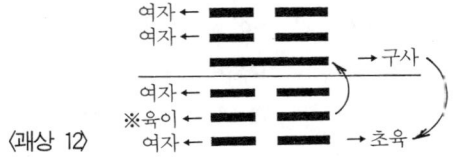

〈괘상 12〉

게다가 육이는 재산과 부덕(婦德)까지도 갖춘 인격체이지 않사옵니까? 그러니 처음에는 구사가 무반응일지 모르나 이에 아랑곳없이 계속해서 던지다 보면 그 유전(流電)의 강도가 높아져서 서로 통할 가능성이 있사옵니다. 전류가 세게 흐르는데 목석이 아닌 이상 무반응으로 일관할 순 없는 일이옵지요.

사실 구사는 초육 없이는 죽고 못 살 정도로 그렇게 푹 빠져 있는 상태는 아니옵지요. 사고(思考)와 환경 내지 분위기에 맞게 유연성을 발휘할 뿐이옵니다. 사람과 사람 사이에 흐르는 정(情)도 대세 쪽으로 합류되는 경우가 많지 않사옵니까? 정이란, 봄·여름에 불어났다가 가을이 되면 다시 줄어들고 겨울이 되면 꽁꽁 얼어붙는 그런 계절에 의한 물의 원리와도 같다고 하겠사옵니다. 이것이 자연의 원리라면, 사람도 자연의 한 편린에 불과할 뿐이온데 어찌 이 엄정한 원리를 벗어나거나 무관하게 지낼 수 있겠사옵니까?

정에도 여러 가지가 있사옵니다. 임시로 주는 정, 영원히 주는 정, 내용이 비어 있는 정, 내용과 모양이 일치되는 정, 은근히 열풍으로 흐르는 정, 강하게 달아오르는 정, 따뜻한 온정, 싸늘한 냉정, 현실적인 실정, 일체를 버리는 무정, 좌우지간 정도 이처럼 가지가지여서 항시 가변성을 내포하고 유동하며 이동하고 편승하여, 흐르기도 하고 끊어지기도 하옵니다. 이렇게 많은 정이라는 상품 가운데서 가장 질과 내용이 좋은 것들만 골라서 사용하게 되는 것이 인생이고, 또 역의 원리이겠사옵니다.

정(情)이란 것을 글자로써 풀이해 보면, 마음심(忄) 변에 푸를 청(靑) 자가 서로 만나서 이루어진 글자가 아니오니까? 즉 마음이 푸르러야 정이 생겨나고 지속된다는 뜻을 담은 회의(會意) 문자라 하겠사옵니다. 그러니까 마음이 싱싱하고 풋풋할 때 정이 샘솟는다는 뜻이옵지요. 마음이 시들고 단풍들고 조락된다면 정을 주고 받을 수 없는 일이 아니겠사옵니까? 다만 거기에는 무정과 냉정만이 감돌 뿐이라 하겠사옵니다.

푸르름과 싱싱함과 풋풋함이 아무리 좋다 해도 그리 오래 지속되는 것은 아니잖사옵니까? 그 분배의 시간이 극히 단막적이고 순간적이옵지요. 특히 남녀간의 정을 두고 춘정(春情)이라 하지 않사옵니까? 이 춘정이란 잠시에 불과하옵지요. 봄이 짧게 지나가듯이 춘정 또한 그와 함께 잠시 찾아왔다가 맛도 들기 전에 금새 지나가 버리게 되옵지요. 그리고 남는 것이라곤 현실로 묶어 놓는 실정(實情)만이 있을 뿐이옵니다.

이 실정은 이상과 현실을 넘나들며 상호 교감을 일으키옵지요. 그러면서 기(氣)로 변하여 사람들에게 추진력과 장진(壯進)력을 발휘케 하옵니다. 이로 인해 사람들은 삶을 추스리며 나아갈 수 있는 것이라 보옵니다. 혹자들은 이 정을 잘못 선택하여 꼼짝달싹 못하고 그 잘못된 정에 의해 견인되어 가는 경우가 많사옵니다, 폐하!"

"사편공, 굉장합니다. 정에 대한 백화점식 논리 전개 방식이 말입니다. 넓고 다양하며, 또 명중률이 아주 좋습니다. 세상에 사는 동안 누구든지 한 번씩은 그러한 경우에 걸려들게 마련 아니겠습니까? 수고했소이다, 사편공!"

"폐하, 이 기자의 견해도 폐하의 생각과 동감이옵니다. 좌우지간 사편은 훌륭한 논객이며 변사임에 틀림없사옵니다. 우리 주나라의 큰 보배이며 천하의 살아 있는 진보(珍寶)이옵니다, 폐하!"

"어찌하다가 보니 그렇게 말이 많았사옵니다. 황공하옵니다, 폐하! 그리고 기자공! 대체로 논리를 전개하려면 어떠한 문제가 발생하거나 그럴 만한 소지가 있어야 하옵지요. 그래야만 그에 대한 말이 만들어져 나온다고 보옵니다. 폐하, 그렇게 볼 때 육이와 구사 사이란 엄격히 말씀드려 불륜적 관계가 될 것이옵니다. 각자는 서로 정음이 아니기 때문이옵지요.

이런 불륜적 문제를 정륜과 합리 쪽으로 미화시키려다 보면 말이 많아지고 논리가 비약되며, 이런저런 비유도 대두시켜 보는 것이 아니겠사옵니까? 그러니까 결론적으로 말씀드리옵자면, 문제가 없이는 발전도 없다고 보옵니다. 서로가 너무 딱딱 잘 맞으면 더 이상 나은 곳으로 가지 않고 그 자리에 안주하기 때문이옵지요. '문제', 이 문제가 문제로 끝나는 것이 아니라 발전을 가져오게 되옵지요. 그리고 이렇게 폐하를 모시고 풀어 가는 이 주역도 세상만사의 문제를 해결하기 위한 것이 아니겠사옵니까?

바꾸어 말씀드리옵자면, 문제가 없으면 주역도 불필요한 것이라 보옵니다. 따라서 주역이란 가장 합리적, 철학적으로 푸는 공식이라 하겠사옵니다. 공식대로 풀면 정답은 나올 수밖에 없으니 말씀이옵니다. 세상의 어려운 일이란 그 푸는 방식을 모르기 때문에 발생하는 것이라고 말씀드릴 수 있사옵니다. 여기에서 중요한 것은, 어떤 문제를 푸는 데 있어서 허물을 최소화하여—가능한 한 허물이 없기를 바라면서—가장 순리적이고 논리적으로 해답을 찾는 것이라 하겠사옵니다, 폐하!"

"어허, 우리 사편공은 운만 떼어 주면 저렇게 청산유수처럼 말이 줄줄 흘러나오는군요. 참으로 대단한 기인입니다, 사편공!"

문왕으로부터 많은 칭찬을 들은 사편은 약간 어깨가 들썩거려지는 듯한 기분이 들었다. 그러나 지존한 문왕 앞에서 어찌 경박하게 우쭐거릴 수 있으랴! 때문에 사편공은 그 체동(體動)을 극히 통제하고 있었다.

"자, 다음엔 육삼을 찾아가 봅시다. 이 육삼은 이렇게 되어 있군요.

'육의 음으로서 삼의 양에 자리를 펴고 앉아 있으니 중도(中道)에 맞지 않을 뿐만 아니라 정당하지도 않도다.'

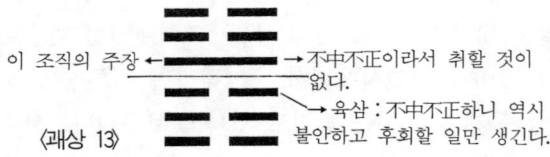

〈괘상 13〉

이러한 자가 환락을 주창하는 이 '예'의 조직에 끼여 있으니 움직였다 하면 후회할 일만 생겨나고 있어요. 위로 구사를 바라보며 어떤 소망을 기대해 보지만 구사 역시 중정(中正)에 있지 않으므로 그를 위해 취할 뭐가 없소이다. 때문에 또 후회할 일이 생겨나는구려!

구사는 이 '예'라는 조직의 주장이지요. 육삼이 이런 구사와 친하게 지내고 있기는 하지만, 계속 그렇게 구차스럽게 굴면서 그와의 관계를 끊지 아니하면 도리어 그로부터 절교를 당하게 되어 역시 후회할 일이 따라붙게 됩니다. 〈괘상 13〉에서 보는 바와 같이 처신함이 부정하므로 진퇴(進退)할 적마다 후회와 허물이 발자국에 묻어 다니지요.

그러면 어떻게 해야 하느냐? 몸가짐을 바르게 가져야지요. 자신의 생활을 도(道)에 젖게 하고 예로써 마음을 자제하면, 자신이 비록 '예'의 분위기에 젖어 있을지라도 중정을 잃지 않게 되어 후회할 일이 생기지 않지요. 다시 말해, 그럴 수 있는 원인 제공과 동기 부여를 하지 않으므로 괜찮은 것이지요!

다시 한 번 추스려 얘기하자면, 이 뇌지예 조직의 구성원인 육삼은 —— 중정에 맞지 아니하므로 —— 어떤 처신을 해도 남이 알아주지 않고 업신여기므로 후회할 일이 그림자처럼 따라다닌다는 뜻이지요. 그러니 스스로 정당하게 행동하지 않으면 안 되지요. 이런 자가 자기보다 조금 나은 자리에 있는 구사에게 도와 달라고 해 봤자, 그 역시 부정한 방법으로 거기에 와 있는지라 곤란함만 당하게 된다는 뜻입니다!"

음이 양의 자리에 와 있음을 이렇게도 볼 수 있다. 여기서 음이란 나쁜 것을 뜻하고 양은 좋은 것을 뜻하므로, 나쁜 자가 좋은 동네에 와서 그곳의 분위기를 흐려 놓고 있는 입장이다. 이런 자가 그 동네에 터 잡고 사는 구사와 함께 무슨 일을 좀 벌여 보려고 갖은 수를 다 써 보지만 좀처럼 먹혀들지를 않는다. 사실 구사 역시 그 동네에서 별로 존경받고 있는 자가 아니기 때문이다. 이렇게 두 사람 모두 그 동네에서 인정받지 못하는 처지가 되다 보니 후회가 등에 붙어 다닐 수밖에 더 있겠는가!"
"자, 다음엔 기자공이 이 육삼의 모양새에 대해 한번 말씀해 보십시오!"
"예, 폐하! 조금 전 폐하께옵서 펴신 그 원론이 너무 적절했사옵니다."
"그렇습니까, 기자공?"
"예, 폐하! 그러면 이 기자의 견해를 말씀드리겠사옵니다. 아까 폐하께옵서 '위의 구사를 바라보며 어떤 소망을 기대해 보지만 별볼일이 없고 도리어 후회가 발자국에 묻어 다닌다'고 하옵신 그 부분을 따라 언급하옵자면, 이 육삼은 한 마디로 현재 그의 자리가 부당한 데 와 있어서 그렇다고 말씀드릴 수 있겠사옵니다. 사람이 부당한 곳에 처하면 중정을 잃게 되므로 진퇴간에 있어서 후회가 따르는 것은 당연지사이옵지요. 때문에 마땅히 갈 곳을 가야 하고, 앉을 곳에 앉아야 하고, 설 곳에 서야 하는 것이 아니겠사옵니까? 똥이 묻을 것인지 허물이 묻을 것인지도 모르고 아무 곳에나 주저앉으면 안 되는 것과 같다 하겠사옵니다, 폐하!"
"그렇소이다, 기자공! 돈이 생기고, 명예를 드날리고, 권세를 손아귀에 쥘 수 있는 곳이라 해도 그 자리가 부중정(不中正)한 곳이라면 가서는 안 되는 것이 현자의 처신이지요!"
"그렇사옵니다, 폐하! 수단과 방법을 가리지 않고 이들 세 가지 가운데 어느 하나를 쟁취하고자 한다면 누구든지 얻을 수 있겠사옵니다만, 장부가 그럴 수는 없는 일이옵지요. 옛말에 '봉황은 오동나무가 아니면 깃들지 않고 대나무 열매가 아니면 먹지를 않는다'고 하지 않았사옵니까? 또 '기러기가 강변에 날아내릴 때에는 반드시 부리에 갈대꽃을 꺾어 물고 내린다'고

하였사옵니다. 그 이유는 강변에 어부들이 쳐 놓은 고물이 있나 없나를 감지하기 위한 하나의 감지 방법이라 하옵니다. 이 기러기처럼 대장부도 근신할 줄 알아야 하겠사옵니다."

"좋은 말씀입니다, 기자공! 옛 사람들의 말은 그른 게 하나도 없다더니 정말 그렇구려!"

"그런 것 같사옵니다, 폐하!"

"자, 다음은 사편공의 차례입니다."

"예, 폐하! 이 신이 보는 육삼의 됨됨이는 이렇사옵니다. 논리의 비약일지는 몰라도, 덕도 없고, 도(道)도 모르고, 나이도 어리고, 경륜도 얕은 자가 자리마저도 자신이 감당해 내기 힘든 과분한 데에 와서 앉아 있는 경우와 같다고 보겠사옵니다. 그러다 보니 직권 남용, 직무를 가차(假借)한 이권 개입 등에 깊숙이 관여되어, 나중에 들통이 나서 수모를 겪게 되는 그런 자의 입장과 똑같다고 하겠사옵니다. 이런 자가 세상에는 흔히 있어 오지 않았사옵니까? 그 돈이 뭐길래, 권세가 뭐길래, 명예가 뭐길래, 계집이 뭐길래, 사내가 뭐길래 그렇게들 난리를 치고 세상을 어지럽히는지 모르겠사옵니다, 폐하!"

"그래요, 사편! 그것들이 뭐길래 참으로 그 난리들인지 알다가도 모를 일이오. 그저 한심할 따름이지요."

"폐하, 이번에는 상황을 변동시켜 육삼의 왼쪽 면을 한번 보도록 하겠사옵니다. 오른쪽이 양이라면 왼쪽은 음이라 할 수 있사옵니다. 이 음지에는 본디 삼(三)의 양이 살고 있었사옵니다. 그런데 어느 날 육(六)의 음이 찾아와서 이름을 육삼이라

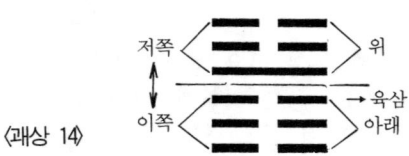

〈괘상 14〉

고 고쳐 부르게 된 것이옵니다. 순차상으로 보면 홀수인 삼이어서 양이고, 모양새를 보면 중간이 떨어진 음이옵지요. 그래서 육삼이옵니다.
　이러한 과정을 거쳐 육삼이 된 그는 뇌지예의 조직에서 중추적인 역할을 하고 있사옵니다. 자리가 자리이니만큼 그 값을 치루어야 하기 때문이옵니다. 한 조직의 중심 인물로서 실로 책임이 막중하옵지요. 아래위를 넘나들면서 외교의 수완을 발휘하고 있는 중이옵니다. 외교관으로서는 이렇게 육삼과 같이 생긴 사람이 최적격이옵지요. 그 이유는 안은 강하면서 밖의 모습은 부드러운 음이므로 우선 남 보기에 유순해 보이기 때문이옵니다. 얼굴 또한 여자처럼 예쁘게 생겨서 대인관계를 잘 풀 수 있는 그런 자이옵지요.
　좌우지간 외교관은 인상이 강하게 보이거나 험악하게 보이면 국익에 도움이 안 되옵니다. 그런데 이 육삼은 겉으로는 유순한 인상을, 그리고 내면적으로는 강한 성질을 가지고 있으므로 국익에 보탬이 되는 그런 외교를 펼칠 수 있는 인물이옵니다, 폐하!"
　"그런 비유도 괜찮군요, 사편공! 육삼의 형질을 그렇게 분석하고 비유시켜 보니 새로운 맛이 나서 좋습니다."
　"폐하, 이 육삼을 '돈'으로 비유할 수도 있사옵니다. 어째서 육삼이 전(錢)이 되느냐 하면, 전은 음물이 아니옵니까? 항시 깊숙한 데, 즉 남이 볼 수 없는 데에 깊이 감추어 두기 때문에 그렇사옵지요. 돈이나 여자의 보지는 노출되면 탐을 내게 되어 있지 않사옵니까? 때문에 음물도 아주 지독한 음물이옵지요.
　양이란 본래 이 음을 보게 되면 양의 기운이 사그라지며 소멸되게 되어 있사옵지요. 돈도 마찬가지이옵니다. 존비귀천을 막론하고 누구든 음물인 이 돈을 보게 되면 마취가 되어 녹아

뇌지예괘(雷地豫卦) 157

떨어져 버리게 되옵지요. 여자에 강한 남자 없고 돈의 유혹에
강한 권력자가 없는 것 아니겠사옵니까? 고급 벼슬아치들이
전부 돈에 녹아 떨어져, 졸지에 직장 잃고 명예 잃고 형무소 신
세를 지는 경우가 얼마나 많사옵니까?
　돈의 위력과 유혹에 약한 권력, 그러니까 권력의 천적은 돈
이옵지요. 개구리의 천적은 뱀이고, 뱀의 천적은 돼지이듯이
말씀이옵니다.
　돈이 꼭 음만은 아니옵지요. 경우에 따라 음일 수도 있고 양
일 수도 있사옵니다. 이 뇌지예의 육삼처럼 말씀이옵니다. 육
이 음이라면 삼은 양이니까 말씀이옵니다. 돈이 숨어서 움직일
때는 음이지만, 그것이 밖으로 드러나 쓰여질 때는—— 위력을
발산하므로—— 양의 기능을 갖게 되옵지요. 그래서 돈 자체는
음이로되 그 힘은 양이 되는 것이옵니다.
　여자의 보지도 마찬가지이옵니다. 보지 그 자체로는 음이지
만 남자에게 맥을 추지 못하게 하는 위력으로 볼 때는 양이옵
지요.
　결론적으로 말씀드리옵자면, 음을 음으로만 보고 양을 양으
로만 보면 곤란한 것이옵지요. 이만 마치겠사옵니다, 폐하!"
　"수고하셨소이다, 사편공! 권력의 천적은 돈이라! 정말 공
감이 가는 말입니다. 그러면 다음엔 구사효를 찾아 올라가 봅
시다."
　"그렇게 하시옵소서, 폐하!"
　"이 구사는 이 뇌지예 조직의 유일한 양으로서 그 기능을 십

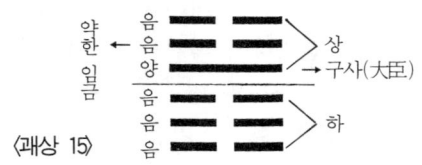

(괘상 15)

분 발휘하고 있어요. 해서 이 구사는 '예(豫), 즉 화락의 도를 말미암고 있는지라, 큰 소득이 있을 것이다. 따라서 의심치 아니하면 벗들이 모여들 것이다'라고 판단하겠소이다.

이게 무슨 소리냐 하면, 상하 조직의 전부가 음들인데 유독 구사만이 양이지 않습니까? 때문에 그 많은 음들이 다 이 구사의 양에게 순응하면서 기뻐하고 있어요. 또 이 구사의 자리가 대신(大臣)의 자리 아닙니까? 그러니 그 신분 또한 대신이지요. 게다가 이 대신을 바로 위에 있는 육오의 임금까지도 따라 주고 있습니다. 양강한 이 구사가 위에 있는 임금의 일을 책임지고 있기 때문에 그렇지요. 이처럼 임금까지 그에게 화락으로 응해 주므로 '예'를 말미암는다고 하는 것이에요.

또 '큰 소득이 있을 것이다'라고 한 것은, 육오의 임금이 그를 신임하고, 또 그 외의 음들(백성)이 그를 따라 주고 있지 않습니까? 이로 말미암아 크게 뜻을 얻어 실행하며 천하의 화락인 예(豫)를 이룰 수 있기 때문에 그런 것입니다.

또 '의심치 아니하면 벗들이 모여들 것이다'라고 한 이유는 이래요. 구사는 대신의 위치에 있으면서 위의 유약한 육오 임금의 뜻을 이어받아 천하 대임을 맡고 있어요. 때문에 자신이 그 일을 해낼지 어떨지 의심하게 되는 것이지요. 유독 위에 있는 임금만이 자신을 신임하여 책임을 이임해 주고 있고, 나머지 아랫사람들은 구사 자신과 같은 덕을 지닌 자가 없으므로 그들로부터 도움을 받을 수가 없지요. 그러니 스스로의 능력을 의심하게 되는 것입니다.
 이런 경우, 마땅히 그 신하된 자의 직분을 정성스럽게 수행하면서 의려(疑慮;의심과 염려)치 않으면 자연히 벗들이 그에게로 모여들게 되어 있습니다. 이 천하 대임과 중임(重任)을 수행해 나가는 데는 오직 지성(至誠)만이 있을 뿐이지요. 진실로 지성을 다해 국사를 처리해 나가는데 무엇 때문에 그 도움이 없음을 걱정하겠소이까?
 결론적으로 마무리짓자면, 매사에 '지성'으로 임하면 모든 것이 동조하게 된다는 뜻이 뇌지예 조직의 구사에 담겨 있다 하겠소이다."
 "폐하, 이 기자가 듣기에 참으로 훌륭하신 판결담으로서 가슴에 와 닿사옵니다. 나이가 어리거나 유약한 임금, 또는 여왕과 같은 나약한 임금을 모시고 있는 신하를 내세워 이 구사에 적용시키심이 아주 적의(適宜;적당하고 마땅함)하옵니다, 폐하!"
 "그렇소이까, 기자공? 이 역을 판단하는 데는 무엇보다도 괘의 분위기를 빨리 읽어서 한 효 한 효가 가지고 있는 성격과 생각, 그리고 그들 각자가 하고자 하는 일들, 즉 그들의 욕망을 얼른얼른 파악해 내야 한다고 봅니다."
 "옳으신 말씀이옵니다, 폐하!"
 그렇다. 세상 일이란 눈치가 빨라야 된다. 눈치란 곧 감각을 뜻하는 것이기에 이것이 무디면 천날만날 남의 뒤에 처질 수밖에 없는 것이다.
 "자, 다음엔 기자공께서 이 구사의 모양새를 설명해 주시지요."
 "예, 폐하! 아까 폐하께옵서 '구사는 이 화락의 도를 말미암고 있으므로 큰 소득이 있을 것이다'라고 하옵신 그 부분에 국한시켜 언급해 드리겠사옵니다. 이는 '뜻을 크게 얻었기에' 그 렇사옵니다!

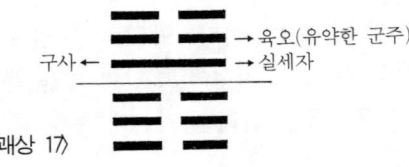

〈괘상 17〉

 다시 풀어서 말씀드리옵자면, 자신의 위치를 지켜 임금을 지성으로 섬기는 구사의 그 태도에 우선 박수를 보낼 필요가 있다고 보옵니다. 그리고 화락한 분위기 속에서도 황당무계하지 않고 자신을 지켜 신임도 얻고 동시에 천하를 얻어서 뜻을 크게 떨침은 가히 장부의 기개라고 하겠사옵니다. 자고로 어린 임금을 도와서 국사를 다스리는 것을 섭정(攝政)이라 하지 않사옵니까? 바로 이 구사와 구오의 관계가 그렇사옵니다. 그러니까 이 구사가 구오 임금에게 그 섭정을 잘 하고 있다 하겠사옵니다, 폐하!"
 "수고했소이다, 기자공! 다음엔 사편공의 입심을 한번 들어봅시다."
 "예, 폐하! 이 뇌지예 조직에 있어서의 구사는 이렇사옵니다. 구는 양이요 사는 음이기에 양과 음, 음과 양의 만남이 아니옵니까? 이것을 상대적 관계로 설정하면 정과 반이 되옵니다. 그래서 정반합일(正反合一)로 이루어진 인격체이옵지요. 다시 말씀드리옵자면, 정과 반이 한데 뭉쳐진 정반귀일(正反歸一)의 존재라 할 수 있사옵니다. 천하만물의 주종 원자인 음과 양을 상황 이동시키면 정(正)과 반(反)이 되지 않사옵니까? 성분으로 볼 때 음과 양이지만, 상호 대립의 관계로 보면 정과 반이라는 뜻이옵니다.

이러한 대립적 관계를 달리 표현하옵자면, 이분법(二分法) 또는 양분법(兩分法)이라고도 할 수 있사옵니다. 이렇게 양분되어 대립하고 있다가 서로의 필요에 의해 통합된 것이 귀일(歸一)이며 합일(合一)이며 통일(統一)이옵지요. 이것이 현재의 이 구사가 아니겠사옵니까? 양자 본디의 명예를 존중하다 보니 부득이 이렇게 연립적이고 복합된 이름이 붙여진 것이옵지요.
　이렇게 양자가 함께 아물어 있다 보니 그 속은 항상 보이지 않는 골이 파여 있고, 그 사이에는 항시 냉기류가 형성되는 전선이 있사옵니다. 이러다가 언제 또 다시 서로가 불필요함에 의해서 분리되게 될지 그것은 아무도 예측할 수 없사옵지요.
　결론을 짓도록 하겠사옵니다. 어떤 유형의 결합이든, 귀일이든, 합일이든, 통일이든지간에 그렇게 됨은 양자의 이분적(二分的) 존립과 이원적(二元的) 상호 관계로 지속되다가 이루어진 결과라 하겠사옵니다.
　이 상황을 이 뇌지예 조직의 분위기에 적용시키옵자면, 현재 이 분위기는 환락과 열락, 그리고 화락의 분위기를 주창하고 있지 않사옵니까? 이러한 분위기가 바뀌어 냉각기가 되면 다시 구는 구대로 사는 사대로, 즉 정은 정대로 반은 반대로 본디의 모습으로 갈라설 수도 있다고 보옵니다. 이러한 원리를 남녀 관계로 압축시키옵자면 사랑과 증오며 결혼과 이혼이라 하겠사옵니다.
　크게 확대하여 천하에 적용시켜 보옵자면, 통일이 되어 하나의 공동체를 이루었다가 다시 불편한 관계로 거북등이나 분청자기의 균열처럼 갈라지는 것과도 같사옵니다. 이러한 제반 관계를 한 마디로 이합집산(離合集散)이라 하옵지요."
　"사편공의 철학적 논리에는 아무도 당해 낼 자가 없을 것입니다. 정반귀일, 정반합일, 이분적 관계, 음양학적 관계, 이원론적 관계를 알아듣기 쉽게 잘 설명했소이다."
 "황공하옵니다. 폐하께옵서 그렇게 극찬해 주시오니 몸 둘 바를 모르겠사옵니다. 말씀드리다 보니 그렇게 되었을 뿐이온데……."
 "본디 명강의란 무계획적이고 무의도적인 데서 나오는 것이 아니겠소이까? 자, 다음엔 육오를 풀어 헤쳐 봅시다.
 이 육오는 '주관은 지키고 있으되 병에 걸려 있도다. 그러나 죽지 않고 떳떳이 살아가고 있도다(貞호되 疾하나 恒不死로다).'
 왜 이런 판결문을 내리느냐 하면, 육의 음이 양인 오에 와 있습니다. 그 자리가 법적으로는 실세이며 존위의 자리이긴 합니다만, 이 육오는 사실 그 권한을 다 누리지 못하고 있습니다. 거기에다 뇌지예 조직에서 주창하는 화락과 화열(和悅)에 빠져 있으므로 능히 자립하지 못하고 있어요. 어디까지나 이 조직에서의 실권자는 육오가 아니고 밑에 있는 구사이지요. 따라서 많은 대중들이 그에게 돌아가 붙고 있어요. 그러니 육오의 마음이 아플 수밖에 더 있겠어요?
 구사가 양강해서 대중의 인기까지 얻고 있는 반면, 정작 실권을 가져야 할 이 육오는 유약한 임금이 되어 저 버릇없는 구사의 실권자를 어떻게 제재하지 못하고 있어요. 이렇게 유약하여 자립하지 못하고 있는 군주이다 보니 신하인 구사에게로부터 오히려 간섭을 받거나 제재를 당하고 있는 형편입니다. 때문에 주관은 지키고 있으나 울화통이 터져 화병에 걸린 것이지

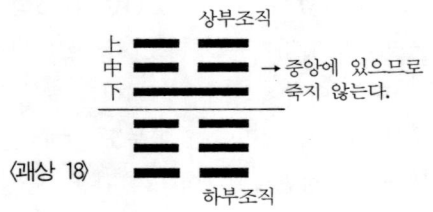

〈괘상 18〉

뇌지예괘(雷地豫卦) 163

요. 그래도 죽지 않고 그 자리에서 버틸 수 있는 것은 상부 조직의 상중하 가운데서 중앙에 위치하고 있기 때문에 그렇습니다. 이〈괘상 19〉와〈괘상 20〉을 살펴보면 이해가 잘 될 것입니다."

 문왕은 참고로 괘상을 그려 가며 두 공의 이해를 도와주었다.

 "폐하께옵서 조직의 구성과 그 분위기를 괘상으로 그려 주시오니 훨씬 이해가 잘 되옵니다, 폐하!"

 "그런가요, 기자공? 아무래도 이해를 돕는 데는 말보다는 문자요, 문자보다는 그림이 아니겠소이까?"

 "폐하, 그러면 이 기자가 육오의 됨됨이를 그려 올리겠사옵니다.

 '육오가 주관을 지키고 있지만 질병에 걸린 이유는 신하인 구사로부터 실권을 빼앗겼기에 그렇사옵니다. 그리고 죽지 않고 떳떳이 살아가고 있음은, 중정은 아니지만 중도(中道)를 지키고 있기에 그렇사옵니다.'

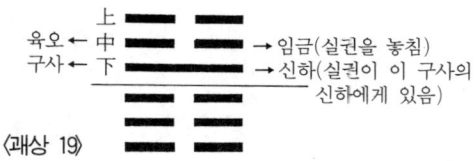

〈괘상 19〉

 육오가 이 지경에 이른 까닭은 그가 화락의 도가니에 빠져 있고, 또 그가 유순하고 힘이 없는 군주이기 때문이옵지요. 그러니 자연히 아래에 있는 강한 신하, 즉 구사에게 실권을 빼앗길 수밖에 없었던 것이옵니다.

 결론적으로, 세상에 이런 군주가 있어서도 안 될 것이지만 이런 신하가 있어서도 안 될 것이옵니다. 또 무엇보다 중요한 것은, 화락과 화열, 그리고 환락을 오래 지속시키면 종극에는 이처럼 망할 수밖에 없다는 사실이옵니다. 다시 한 번 말씀드리옵자면, '화(和)'가 좋은 것이긴 하지만, 좋다고 마냥 그칠 줄 모르고 지속하면 나라건 개인이건간에 망하게 되는 것이옵지요. 따라서 예로써 이를 절제해야 한다고 말씀드릴 수 있겠사옵니다, 폐하!"

"좋은 설명이며 훌륭한 강담입니다. 기자공의 강담은 만고불변의 진리로서 천자(天子)로부터 저 서인(庶人)에 이르기까지 분명 약이 되고 피가 될 것입니다."

"황공하옵니다, 폐하! 그렇게 좋게 의미를 부여해 주시오니 말씀이옵니다."

화락이 좋다는 것은 누구나 알고 있는 사실이지만, 좋다고 해서 마냥 모두 다 좋은 것만은 아니다. 인생의 삶은 모름지기 선우후락(先憂後樂)이어야 한다. 즉 앞서 걱정하고 난 후에 즐거운 일이 생겨나는 것이어야 한다. 즐거움이란 삶의 중간중간에 조금씩 양념처럼 들어가야 좋은 것이다. 만일 양념이 본 나물이나 국보다 더 많이 들어가게 되면 음식 맛을 버리게 되듯이, 인생도 즐거움이 걱정을 덮어 누르거나 넘어서면 종극엔 망하게 되는 것이다.

"자, 다음엔 사편공의 차례요. 그 입심을 한번 들어 보고 싶소이다, 사편공!"

"예, 폐하! 황공하옵니다만 전에는 강의 도중에 차라도 한 잔씩 하사하시며 진행시키시옵더니 요사이는 무척 차 맛을 보기가 어렵사옵니다, 폐하!"

"맞소이다! 그러고 보니 요즈음 강담 도중에 차 먹는 시간을 자주 갖지 못한 것이 사실이군요!"

"폐하! 이 기자의 생각에도 그런 것 같사옵니다."

"그러면 두 공의 뜻이 그렇고 하니 잠시 차담(茶談) 시간을 냅시다. 그런데 죽향이 보이질 않는구려! 내전에 가서 아이들과 놀아 주고 있는 것 같은데, 사편공이 좀 일어나 저쪽으로 가서 내전으로 연결된 노끈을 잡아당겨 보시오. 그러면 금방 이리로 달려올 것이오."

"예, 폐하!"

사편이 일어나 저쪽 차청 옆으로 가서 벽에다 설치해 둔 내전의 연락 끈을 당겨 신호를 보냈다. 그러자 잠시 후에 겨울 궁녀복을 입은 죽향이 달려왔다. 위에는 청옥빛 비단 두루마기를 단정히 걸쳐 입고, 머리는 마치 피는 구름같이 틀어올려 우아하기가 이를 데 없었다. 또한 긴 목선은 막 피어나려고 벙글어 있는 백목련꽃의 몸통처럼 고상우미(高尚優美)해 보였다.

죽향은 손이 시린지 두 손을 모아 손 끝을 비비며 차청으로 들어가더니 잠시 후에 차를 들고 나왔다. 춥고 깊은 겨울에는 그저 따끈해야 제 맛이 나므로 열탕을 해서 그대로 가져온 것이었다. 차향이 미리 코 끝을 치며 구미를 돋구었다.

문왕이 먼저 두 공에게 차를 권하였다.

"자, 두 공! 차를 드시지요. 겨울에는 뭐니뭐니 해도 따근한 한 잔의 차가 최고이지요. 겨울의 운치를 살리는 데도 제일이고요."

"그렇사옵니다, 폐하!"

두 공이 이구동성으로 응대하며 분위기를 돋구었다.

차를 마시기에 앞서 먼저 기자공이 입을 열었다.

"폐하, 겨울의 진미이자 운치는 역시 차인 것 같사옵니다. 손도 마음도 속도 모두 따뜻하니 말씀이옵니다."

사편도 덩달았다.

"그러하옵니다, 폐하! 겨울은 참으로 멋이 있는 계절인 것 같사옵니다. 밖에는 저렇게 백설이 쌓여서 대설원을 이루고 있고, 또 폐하께옵서 주석하시는 이 명덕전 내에서는 이렇게 차향과 인향(人香)과 난향이 어우러져 세상의 이치를 분열하고 있으니 말씀이옵니다."

"정말 그렇군요. 사편공은 같은 말이라도 이처럼 항시 말에다 멋을 넣고 맛을 살려서 하니 한결 더 재미있소이다."

"황공하옵니다, 폐하! 그렇게 좋게 봐 주시오니……."

사편은 약간 몸을 추스려 세우며 겸손의 뜻을 표시하였다.

"자, 차를 들었으니 다시 강담을 시작합시다, 사편공!"

"예, 폐하! 이 신이 보는 육오는 이렇사옵니다. 이 육오는 음과 양이 통합된 이중적 존재가 아니겠사옵니까? 즉 육이 음이고 오가 양이므로 음과 양의 만남이옵니다. 이렇게 만나서 음양귀일이 되었사옵니다. 육의 음이 오의 양을 찾아와서 쌍방간에 합의를 보아 육오라고 부르기로 하였사옵지요.

그러고 나서 이들은 육오라는 상품을 만들어 팔아 제법 재미를 짭짤하게 보고 있사옵니다. 왜냐하면, 이 오의 자리는 양의 기운이 감돌고, 또 분위기가 장사하기 좋은 중앙이기 때문이옵니다. 다시 말씀드려, 상권이 응축된 제일 중심부이기 때문이옵지요. 게다가 상품은 약품이옵니다. 약품이란 대개 불에다 달여 먹는 탕약이거나 둥글게 환(丸)을 지어서 먹는 환약으로 되어 있지 않사옵니까? 약품들이란 본래 음과 양이 합일된 가장 정제된 것들이라 하겠사옵니다.

탕약은 달여서 그 국물을 먹는 것이기에 음이오며, 그것을

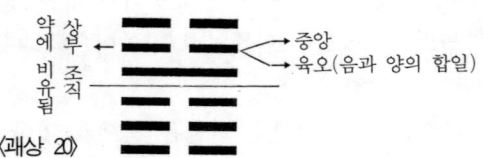

〈괘상 20〉

달이는 것은 불이므로 양이옵지요. 이렇게 볼 때, 육오의 음양 합일의 성격과 일치되는 것이 아니겠사옵니까? 이렇게 하나하나가 모두 음양합일로 이루어져 있으니 사업이 잘 될 수밖에 더 있겠사옵니까? 점포의 위치가 양인 중앙인데, 이 양인 중앙에서 음물인 약을 팔고 있으니 그렇사옵지요.

 둥근 환약의 경우, 둥근 원형 자체는 양이온데, 그 속에 들어 있는 성분은 음이옵지요. 뿐만 아니라 이 음인 약을 음인 입구멍에 집어 넣지 않사옵니까? 이것이 효과로 나타낼 때에는 훌륭한 양이 되옵지요. 그래서 갱년기의 사람들은 양기가 떨어지면 보약을 먹어 양기를 되살리는 것이옵지요. 바로 그 원리가 여기에 있사옵니다.

 그럼 결론을 짓겠사옵니다. 육오는 음과 양, 정과 반의 귀일과 합일, 그리고 통일된 존재로서 그 성분과 분위기에 맞는 약 장사를 시작했으니 그 선택이 참으로 좋았다고 하겠사옵니다. 게다가 자리마저 상부 조직인 저 수도의 한복판에 차려 놓았으니 대단한 사업의 수단꾼이라 하겠사옵니다, 폐하!"

 "비유와 설명이 참 좋소이다, 사편공! 어쩌면 그리 비유가 무궁무진하오? 참으로 신통하구려. 사편공의 그 폭넓은 사고(思考)의 세계가 말입니다."

 "황공하옵니다, 폐하! 과분한 칭찬 같사옵니다."

 "아니오, 무슨 소리요? 사실대로 말했을 따름인데."

 문왕은 분위기를 읽어 신하들의 사기를 돋굴 줄 아는 그런 예민함과 폭넓은 도량을 가지고 있었다. 마치 상덕약곡(上德若谷 ; 큰 덕은 큰 골짜기와 같아서 한없이 안을 수 있다는 뜻)이라 하듯이 말이다.

 〈꼭 서울의 종로통처럼 큰 곳이 아닌 지방 도시라 할지라도 어디든

한 지역의 중앙에서 약업을 하는 자들은 대개가 이 뇌지예의 육오에 해당한다고 볼 수 있다.)

"자, 다음엔 이 뇌지예 조직의 마지막으로 남은 상육을 찾아 가서 물어봅시다. 지산겸괘의 상부 조직에서처럼 이 상육도 직접 만나 대화하는 식으로 엮어 봅시다. 그런 방법으로 진행하면 아무래도 분위기가 쇄신되고 덜 지루할 것 같지 않겠습니까?"
"좋사옵니다, 폐하! 진행은 어디까지나 괘상이나 효가 하는 것이 아니고, 폐하를 모시고 이 기자와 사편공이 하는 것이니 말씀이옵니다, 폐하!"
"그렇사옵니다, 폐하! 이 사편의 생각도 동감이옵니다."
"그러면 시작합시다."

「상육은 뭐 하시오?」
「예, 저는 문왕폐하께옵서 찾아 주시길 기다리고 있었사옵니다.」
「지루했지요? 너무 뒤에 있어서 말이오.」
「지존지덕지고하신 문왕폐하께옵서 기자공과 사편공을 동반해서 오신다기에 설레이는 기분을 눌러 참으며 기다렸사옵니다. 아무튼 잊지 않으시고 이렇게 찾아 주시오니 큰 영광이옵니다.」
「그건 그렇고, 뭐 좀 물어봅시다. 상육, 당신은 어떤 생각과 처신을 가지고 있소이까? 허심탄회하게 말씀해 보시오.」
「예, 폐하! 이 상육은 이렇사옵니다. '예(豫) 즉 환락도 이젠 저물어서 끝나는 지경에 와 있으니 성공함은 있으나 변화를 주어서 조금이라도 허물을 없애기 위해 노력하고 있사옵니다

뇌지예괘(雷地豫卦) *169*

〈괘상 21〉

(冥豫니 成하나 有變면 無咎리라).'
 이것이 저의 바람이며 노력하고 있는 인생 일대사(一大事)이 옵니다, 폐하!」
 「그런데 상육, 얼른 납득이 안 가오. 좀 어렵게 느껴져서 말이오.」
 「그러시오면 다시 쪼개고 파헤쳐서 말씀드리겠사옵니다. 제 입장이 지금 뇌지예 조직에서 제일 뒤이자 맨위에 와 있지 않사옵니까? 그러니 저무는 태양이요, 끝나는 ズ음이옵지요. 그 동안 지나오면서 이래저래 약간의 성공은 했다고 보옵니다. 그렇지만 그것 가지고는 숨에 차지도 않고 해서 늘 찜찜하게 생각하고 있었던 중이옵니다. 그러나 한편 생각해 보면, 이제 와서 물욕을 좇는 것보다는 심리적인 변화와 인식의 전환이 필요하다는 걸 느끼옵니다. 그래서 앞으론 허물을 짓지 않고, 이미 저질러 놓은 허물이 있다면 점점 정화해서 소멸시킬 수 있는 데까지는 소멸시켜 볼 생각이옵니다.」
 「좋은 생각과 훌륭한 뜻을 가지고 있군요, 상육! 그렇게 자신을 노출시켜서까지 폐부와 포부를 드러내 주시니 고맙소이다.」

 상육이 말한 것 가운데서 사람의 마음에 여운을 남기는 것은, 여태까지 탐욕에 찌들어 있던 자신의 사고방식을 지양하고 변환시켜서 한층 승화된 인생, 허물없는 인생과 여생을 맞겠다는 점이다. 사람은 이렇게 돌아가는 것이 순리이다. 죽어서 관 뚜껑이 닫히기 전까지 물욕과 탐욕에 가득 차 있는 자가 부지기수지만 그건 부질없는 짓이다. 올 때에 깨끗하게 왔으니 갈 때에도 그런 자세로 깨끗이 돌아가야 자연에 순응하는 것이며 천의(天意)에 부담을 주지 않는 것이다.

"그러면 이번에는 기자공께서 짐이 만난 상육의 됨됨이에 관해 느끼신 대로 평론을 내려 보십시오."
"예, 폐하!"

「그러면 상육, 미안하지만 폐하의 분부가 계시옵고 하니 이 기자공이 당신의 인격에 대해 논해 볼까 하는데, 괜찮겠지요?」
「좋습니다, 기자공! 존재한다는 것은 비평받는다는 것을 전제로 하는 것이 아니겠습니까, 기자공?」
「하긴 그렇지요, 상육. 그래도 남의 인격을 논한다는 게 좀 그래서 그런 것입니다.」
「평도 여러 가지가 있지 않겠습니까? 혹평, 악평, 호평 등등 여러 가지가 있지요. 그러니 그 가운데서 적당한 것을 골라서 해 주십시오.」
「그러면 용기를 내서 한번 해 보겠습니다. 상육, 당신은 지금 이 뇌지예의 제일 윗자리에 있으면서 그 분위기마저 어둡군요. 그러니까 서산일락(西山日落)처럼 애수(哀愁)를 뿜어내고 있어요. 다만 분위기만은 황혼으로서 주위를 황홀하게 물들이고 있어요. 순간적으로는 참으로 보기 좋습니다. 그러나 그 분위기가 오래 가지 못하는 애측(哀側)이 있소이다.」
「잘 보시고 잘 평해 주셨습니다. 고맙습니다, 기자공. 정평을 내려 주셔서 말씀입니다. 언제 술이라도 한 잔 받아 대접하겠습니다. 기대하십시오. 불원간이 될 겁니다, 기자공!」
「뺨 안 맞기 천만 다행인 줄 아는데 도리어 술까지 한 잔 내시겠다니 비평도 할 만한 직업이군요, 하하하……」

 옆에서 기자공의 일인이역 연기를 지켜보고 있던 문왕이 배를 움켜쥐고 웃으며 말했다.
 "하하하……. 정말 재미나게 잘 엮어내시는군요. 좋았습니다, 아주 잘 하셨어요! 자, 다음엔 마지막 해설가인 사편공께서 마지막 남은 상육에 대해 총체적으로 몇 가지만 짚어 주십시오."
 "예, 폐하, 그럼 시작해 보겠사옵니다."

「역시 당사자인 상육 당신에게 먼저 양해를 구하는 것이 도리이겠지요?」
「염려 마시고 진행하십시오, 사편공! 이미 폐하께옵서 이 상육을 헤쳐 보라는 어명이 계셨지 않습니까? 하니 마음 푹 놓고 진행하도록 하십시오.」
「그러면 시작하겠습니다. 상육, 당신은 음으로서 다시 음에 와 있으니 겹음이군요. 마치 기우는 달과 같습니다. 이렇게 기우는 달로 보는 이유는, 달이란 본래 밤에 떠서 빛을 내는 음물이 아닙니까? 밤은 음이지요. 그리고 또 그를 밝혀 주는 광채마저 열기라곤 하나도 없는 음이지요. 그래서 겹음이며 순음인 것입니다.
 빛을 내는 것으로만 볼 때 태양과 달은 마찬가지이지요. 그러나 태양은 빛에 뜨거운 열기를 섞어서 발산하고, 달은 빛만 발산할 뿐 열기는 내뿜지 않고 있지 않습니까? 따라서 '밤'에

뜨는 '달'이란 '음'이 '음'을 만난 겹음이라고 한 것입니다.

그러나 달의 본체, 다시 말해 밤을 밝히는 황홀한 달빛은 인간에게 서정과 낭만, 풍류와 감흥을 주는 데 그저 그만이 아닙니까? 바로 이 분위기가 이 뇌지예가 주창하고 또 내포하고 있는 화락과 환락, 그리고 열락의 본의와 일치한다 하겠습니다. 그러나 이러한 달밤의 분위기도 날이 밝으면 끝나는 것이지요. 대낮에는 그런 달밤의 분위기가 사라지고 없으니까 말씀입니다. 여기에서 중요한 것은, 낮에는 본업에 충실하라고 하늘이 그러한 감흥적인 분위기를 날 새기가 무섭게 제거해 버린다는 점입니다. 때문에 사람들은 일을 해서 먹고 살아가게 되는 것이지요.

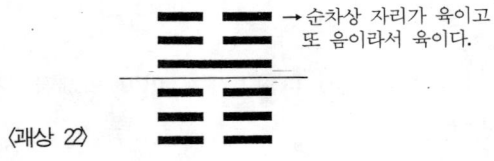

〈괘상 22〉

화제를 다른 각도로 좀 돌려서 말씀드리자면, 상육 당신은 육이 두 번 들어와 있지 않습니까? 사상(四像)에서 볼 때 육은 노음이지요. 노음이란 음으로서는 최후이며 갈 데까지 다 간 그런 입장이 아니겠소이까? 그것도 노음이 두 번 들어서 노겹음이지요. 그러니 음기가 완전히 소멸되기 직전의 그런 입장입니다. 때문에 이 뇌지예를 종식시키는 상육의 이름을 가지고 있게 된 것입니다. 따라서 그 음으로서의 생명력도 오래 가질 않을 것입니다.

또 다른 시야에서 상육 당신을 보면 이렇습니다. 당신은 우리 사람들의 생명을 유지시키는 피(血)에 해당합니다. 피란 피부 속에서 혈맥을 따라 흐르며 생명의 원동력을 공급하고 있지요. 그러니까 피부 속에 숨겨져 있는 것 가운데 가장 소중한 것이지요. 속에 숨어 있는 것이니 이 피를 겸음에 적용시키면 바로 맑고 순수한 순음이기에 건강하고 깨끗한 피라고 할 수 있습니다. 피는 인체가 함유하고 있는 수분 가운데 가장 많은 양을 차지하고 있지요. 그래서 여기에 일단 문제가 생기면 치명타를 받게 되는 것이 아니겠습니까?」

사편공의 일인이역 연기가 끝나자 문왕이 입을 열었다.
"상육을 피에 비유하니 이해가 빨리 되는군요, 사편공! 피는 맑고 깨끗하고 건강한 순음이어야 사람도 건강하고 양강하게 되겠지요. 좀더 연관시켜 말하면 이렇게 볼 수도 있겠습니다. 피는 음이므로, 건강한 음을 가지면 결국 건강한 사람이 된다고 말입니다. 다시 말하면, 건강한 마누라를 두면 남편이 출세할 수 있고, 훌륭한 어머니를 두면 그 자식들과 집안이 잘 되고, 건강한 아랫사람을 두면 그 조직이 빛나는 원리가 그것이겠지요. 그만큼 음의 힘이란 위대한 것이지요, 사편공."
"옳으신 말씀이옵니다, 폐하!"
"자, 두 공! 이 뇌지예를 푸시느라 정말 수고가 많았습니다. 돌아보건대, 이 괘의 풀이는 그런 대로 득의작이라 하겠소이다. 이러한 여운과 득의감을 안고 오늘은 이만 돌아가 쉬도록 합시다."
"예, 폐하! 그럼 옥체보존하시옵소서!"
두 공은 인사를 드리고 나서 자리를 떴다. 밖에는 설풍이 차갑게 불고 있었다.

택뢰수괘 (澤雷隨卦)

―― 어린 여자가 남자를 따라가는 뜻이 담김

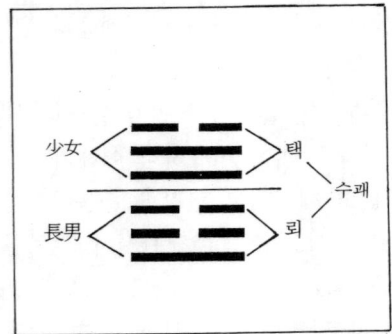

　　동짓달이 지나고 섣달이 되었다. 이 해도 이젠 이 달만 지나면 다 가는 것이다. 문왕이 재위 삼십 년을 마치고 아들 무왕에게 왕권을 넘겨 준 지도 어언 오 년이란 세월이 흘렀다. 그러니까 이 섣달이 가게 되면 한 해가 더 보태어져 육 년째에 접어드는 것이다. 명덕전에 앉아서 주역을 논하고, 한가로이 난석(蘭石)과 진보들을 보고 즐기며 그럭저럭 지나온 세월이었다. 모든 대권을 무왕에게 승계했고 신탁하였으니 그야말로 한유할 뿐이었다. 그러나 주역의 풀이가 앞으로도 삼분의 이 이상이나 남아 있다 보니 그렇게 한가로운 것만은 아니었다. 다만 일선에 나가 정치를 하지 않는다는 것뿐이었다. 앞서도 얘기했지만, 역대 조상을 모시는 종묘공사의 완공과 함께 주역의 육십사괘 분석도 끝내야 하는 자신과의 묵계가 있었기 때문이었다.
　　괘 하나를 건져내어 분해하는 작업이 생각처럼 그렇게 간단하고 쉬운 것만은 아닌 것이다. 어찌 보면 피를 건조시키는 그런 작업이기도 한 것이다. 그렇다고 해서 무위도식하게 되면, 노쇠현상이 더 빨리 오게 되어 토중왕(土中王)이 되는 길을 재촉받게 되는 것이다. 문왕은 이런 원리를 그 누구보다도 익히 알고 있는 터이므로 나름대로의 극로(克老 ; 늙어 가는 것을 극복함) 방법과 피로(避老 ; 늙어 가는 것을 피함)의 묘책을 강구하고 있는 것이다. 주역을 푼다는 것은 불휴지성사(不虧之盛事)도 되거니와 세포가 늙어 가는 것에 제동을 걸어 후퇴시키는 방법도 되기 때문이었다.

　밖에는 겨울비가 음산한 소리를 내며 하염없이 내리고 있었다. 천하를 뒤덮고 있던 눈들이 빗살에 못이겨 차츰차츰 소멸되어 가면서 겨울 산하의 본색이 서서히 드러나고 있었다. 잎이 떨어진 나목과 푸르른 소나무가 서로 제 모습을 과시하며 겨울의 진경을 다시 살려내고 있었다.

　세상의 이치, 자연의 이치란 참으로 묘한 것이다. 눈들이 너무 오래 지상을 덮고 있으면 초목들에게 동해(冬害)를 입힐까봐 이처럼 비를 내려 주어 그를 녹여 주고 있으니 어찌 신기타 아니 하리요! 이런 작업과 행위는 자연만이 할 수 있는 성대한 일이며 특허업인 것이다. 그래서 사람들은 천의(天意)와 천업(天業)에 경배하고 숙연해 하는 것이다.

　문왕은 쪽문을 열고 점점 소멸되어 가는 눈빛과 되살아나는 산색의 대조를 애오라지 바라보며 음미하고 있었다.

　'겨울이 음이고, 눈이 음이고, 비가 음이라! 그런데도 그 음을 또 다른 음이 녹이는 것은 어찌된 일인가? 음에 더 강한 음이 가해지면 더욱 굳어지는 법, 그러나 반대로 이처럼 녹이려면 먼저번의 음보다 나중에 내리는 음이 약간 더 온기가 있는, 즉 좀 강도가 약한 음이어야 하지. 이것이 음양의 이치며, 자연의 이치며, 인생의 이치며, 역의 이치이지.
 상대가 차가우면 따뜻한 상대를 만나야 생성(生成)이 되며 번영을 가져오는 것이지. 따라서 이처럼 눈이 녹는 것은 눈보다 비가 덜 차갑기 때문이지. 만약에 눈보다 비가 더 차갑다면 녹기는커녕 오히려 더 굳어질 것은 뻔한 이치라!
 그렇다면 비는 눈의 천적일 수도 있고, 반면 화융(和融)의 화신일 수도 있는 것이 아닌가.
 사람이 사는 일반 가정에도 마찬가지지. 아이들을 나무랄 때에는 추상(秋霜)같이 나무랐다가 다시 봄비 같은 따스한 후속조치가 있어야 그 가정이 화평하고 가도(家道)가 잡히는 것이지. 가정뿐만이 아니라 천하 국가를 경영하는 데 있어서도 마찬가지로 기강을 바로 잡기 위해서는 엄격한 계엄(戒嚴) 치침이 있어야 하고, 자혜(慈惠)로운 감화의 덕풍을 불어 주어야 하지.'
 문왕은 이처럼 눈과 비의 천적 관계를 하염없이 바라보면서 온갖 공상에 젖고 있었다. 겨울비 내리는 창가에 앉아 있으려니 삼동(三冬)의 정취가 사람의 마음을 공허롭게 침몰시켰던 것이다.
 도닥거리는 낙수 소리가 겨울을 예찬하며 허공으로 흩어졌다. 문왕은 청동화로에 담겨진 불씨를 불손으로 솟아올리며 시린 손 끝을 녹였다. 아무래도 겨울의 정취는 불씨를 보듬고 있는 화롯가에서 만나게 된다. 여기에는 정담과 차담이 있다. 그리고 사색이 있고 운치가 있다.
 겨울과 불, 불과 겨울은 음과 양의 만남이다. 겨울이 음이라면, 불은 양이기에 그렇다. 음과 양의 관계는 서로가 떨어져서는 안 되는 그런 친비(親比)와 친화(親和)의 관계이다.
 화로를 분석해 보면, 불이 담겨지는 둥근 공간은 태극에 해당하면서 동시에 음이고, 그를 받쳐 주는 세 개의 발은 천인지

택뢰수괘(澤雷隨卦) 177

(天人地)의 삼재(三才)에 해당한다. 그리고 거기에 담겨진 불은 양이고, 그 위의 철관 속에서 끓고 있는 물은 음이다.
 이처럼 화로에서도 음양의 구성 내지 기능을 도두 만날 수 있다. 이것이 주역의 이치며 원리다. 이러한 구성 요소, 조화가 바로 사람의 삶에 직결되어 생활을 철학으로 꾸며 주는 것이다.

 다음날 아침, 자리에서 일어난 문왕은 기분이 상쾌하였다. 어젯밤 늦게까지만 해도 겨울비가 대지를 적시고 있었는데 아침에 일어나 보니 언제 그랬느냐 싶게 날이 반짝 들어 있었기 때문이었다.
 조용히 내린 비로 인해 온 산하가 산뜻하게 제 모습을 드러내고 있었다. 가끔씩 산새가 아침 공기를 찍어 날리고, 바람도 나뭇가지를 만나 차가움을 체감케 하는 냉랭한 소리를 흩날리며 지나가고 있었다.
 문왕은 지필묵을 당겨 놓고 황금빛 용문선지 우에 묵죽을 치고 있었다. 오늘 아침엔 점 대신 묵죽을 치기로 했던 것이다. 그 동안 너무 점에만 매달리다 보니 자꾸만 점쟁이가 되는 것 같아 심기의 전환과 생활의 진행에 조율(調律)을 가져오기 위해서였다. 까만 농묵(濃墨)의 먹줄기가 탑처럼 쌓여져 오르더니 거기에서 잔가지가 나오고, 또 그 잔가지에서는 댓잎이 펄럭이며 살아나고 있었다. 세련된 붓 끝에서 묻어 나오는 죽엽들 사이에서 추성(秋聲)이 들려오는 듯하였다. 뒤이어 담묵(淡墨)으로 쳐 올리는 대통에서 다시 솟아나는 곁가지들, 거기에서 열려지는 잎새들이 입체의 효과를 내며 원근의 거리감이 표출되어 가고 있었다.
 먹빛으로 빚어내는 조화, 이것이 바로 음양이며 원근인 것이다. 앞에서 짙은 농묵으로 그어진 것이 양이라면, 나중에 담묵으로 그려진 것은 음이다. 이처럼 대나무 그림에서도 문왕은 음양의 조화를 살려내고 있었다.

그림이나 세상 이치를 막론하고 음과 양의 만남이 없으면 박해서 후해 보이질 않는다.

문왕은 자신이 창시한 묵죽화의 원근기법에서 신통함을 느꼈다. 비록 단순하고 번거롭지 않은 기법으로 쳐져 나오는 묵죽도였지만, 여기에 음과 양이 있고, 원근이 있고, 너와 내가 있고, 현실과 이상이 있음을 저으기 느끼고 있었다.

'그렇다면 이건 그냥 단순한 그림이 아니고 바로 주역이며 삶의 이치가 아니겠는가! 원줄기에서 잔가지가 나옴은 새끼를 치는 것이요, 잔가지에 다시 잎새가 달리는 것은 세상을 만지며 현실에 참여하는 것이라 하겠구나!'

문왕은 몇 점의 묵죽도를 그려서 벽에다 붙여 놓고 차를 기울이며 완상하고 있었다. 고개를 끄덕여 가며 득의작이 나온 흐뭇함과 그것이 담고 있는 음양의 이치에서 주역의 이치와 일치됨을 맛보고 있었다. 그림도 주역의 이치를 떠나서는 안 되는 것이며 음양의 이치를 벗어나서는 되질 않는다는 것을 감득하고 있었다. 또 대밭에서 실물을 그대로 보는 것과 이렇게 종이 위에다 그 일부를 옮겨 놓고 보는 데서 문왕은 주역이 제시하고자 하는 음양원근 논리를 새로이 만나게 된 것이었다.

이렇게 묵죽도를 치는 것은 점을 치는 것과 조금도 다를 바가 없다. 좋은 득의작이 나오면 기분이 좋고 그렇지 않으면 기분이 나쁘게 되어 있다. 이것이 바로 서로 같은 점인 것이다. 그전까지만 해도 문왕은 아무 생각없이 묵죽도를 쳐 왔었던 것이다. 그런데 일순간 자신의 행위에서 주역의 논리와 이치를 적용시키고 찾아낸 것이었다.

이렇게 하여 명실공히 문왕은 묵죽도의 원근음양법을 창시하고, 또 그 묵죽도 치는 행위가 바로 점과 조금도 다를 바 없다는 원리도 찾아냈던 것이다. 실물이 그림으로 바뀌고 옮겨지면서 철학성과 논리성을 띠고, 또 가감(加減)을 통해 그 모습을 다시 찾는다.
　이와 마찬가지로 인생도 이 세상에 태어나 성장해서 현실에 참여함과 더불어 철학과 논리가 있어야 한다. 또 삶의 운용 면에 있어서도 이처럼 가감적 기법이 필요한 것이다. 다시 말해, 새로운 자기 인생의 정립과 연출이 조화를 이루어야 주역에 맞는 삶이 되는 것이다. 주역이란 별게 아니다. 단지 삶의 이치를 육십사괘 속에다 축약해 집어넣어 놓은 것에 불과한 것이다.
　지난밤 내전에서 아이들과 함께 잠을 자고 일어나 명덕전으로 나온 죽향은 문왕이 혼자서 묵란을 쳐서 걸어놓고 감상하는 모습을 보고는 새삼 존경심으로 물들었다. 원래 존경심이란, 경우와 때에 따라서 이동하거나 변할 수 있는 것이다. 가장 존경심을 발휘할 수 있는 순간은 아무래도 상대가 자신의 일에 몰두하고 있을 때의 모습을 보았을 때일 것이다. 그리고 고상한 운치를 연출해 내고 있는 모습을 보았을 때일 경우도 있다. 죽향이 문왕을 존경하지 않았을 때가 한 시라도 있었으랴마는, 이렇게 문왕이 생활의 습관을 반전시켜 오랜만에 묵죽도를 쳐놓고 차를 음미하며 느긋이 감상하는 자태를 보고는 더욱 존경심이 강하게 일었던 것이다.
　"폐하, 오늘은 일찍 일어나셔서 묵죽도를 치셨사옵군요."
　"그래. 사람은 예술의 세계에서 노닐어야 사는 맛이 나는 법이지. 인생에서 예술을 빼고 나면 윤기가 없는 거지. 피부에 윤기가 없으면 거칠고 황량해 보이는 법, 삶도 마찬가지로 예술을 함양하지 않으면 거친 피부와 뭐가 다르리요!"

"옳으신 말씀이옵니다. 그래서 폐하의 어호도 문화와 문덕을 펼치시고 숭상하신다 하여 문왕이라 하지 않으셨사온지요? 그런데 오늘 아침에 치신 묵죽도는 득의작으로서 손색이 없사옵니다. 이 신첩이 보기에 말씀이옵니다!"
"자네가 보기에도 그런가? 이 짐도 그런 기분일세! 예술가가 득의작을 만나기란 그리 쉬운 일이 아니지. 그래서 이를 만나기 위해 무수히 반복 작업을 하며, 또 거기에 고뇌하고 몰두하는 것이지!"
"옳으신 말씀이옵니다, 폐하! 그러면 잠시 이 신첩과 대화를 나누시면서 묵란을 곁들여 쳐 보심이 어떻겠사옵니까? 묵란은 묵란대로 예술성과 철학성을 가지고 있지 않사옵니까?"
"암, 그렇지! 그거야 재론의 여지가 없지. 묵란 치기가 본래 묵죽 치기보다 더 어렵다잖던가? 잘 될지 모르겠군그래."
"폐하, 저기 저 한혜(寒蕙)들의 모양새를 보옵시고 그 기분과 운치를 그대로 옮겨 놓으시면 될 것 같사옵니다."
"허나 그림으로 옮겨질 때에는 그림이 요구하는 방식과 준거(準據)에 맞아야 하는 게 아니겠나?"
"그렇사옵니다. 난이 가지고 있는 기분만 훔쳐 오시면 되지 않을까 싶사옵니다."
"훔쳐 오다니, 그게 무슨 뜻인가?"
"폐하, 난이 말을 못 하니 확답을 들을 수가 없지 않겠사옵니까? 부득이 그의 운치를 훔쳐 올 수밖에 더 있겠사옵니까?"
"허허, 그렇지. 말을 할 줄 알면 허여(許與)를 얻어낼 것인데……. 알았네, 그러면 난의 기분을 훔쳐서 어디 한번 옮겨 보세그려. 잘 되어야 할 터인데……."
이렇게 문왕은 잠시 죽향과 차담을 나누면서 아침 시간을 보냈다. 문왕은 붓에 먹을 먹여 고르더니 선지 위로 가져다가 난

엽을 그어 올려 댔다. 그럴 때마다 봉안(鳳眼)엽이 생기고 파봉안(破鳳眼)엽이 꿰뚫고 지나갔다. 갑조(甲組)와 을조(乙組)가 병렬로 줄을 섰다. 문왕은 난엽이 비어 있는 사이에다 담묵의 붓으로 화경(花莖)을 쳐 내렸다. 멈칫멈칫 마디를 일으키며 내려 그어지는 화경은 골법용필(骨法用筆)이었다. 문왕은 마디마다에 꽃을 달아 가며 내려갔다. 톡톡 튀는 듯한 느낌을 주는 그 화형(花型)들이 마냥 싱그럽기만 하였다. 그러고는 다시 이어서 화경을 그어 내리더니 거기에다가 톡하고 터질 듯이 부풀어 있는 봉오리들을 달아 주었다.

 이렇게 하여 문왕은 화경에 개화된 꽃 다섯 개와 미처 피어나지 못한 꽃봉오리 네 개를 달아 놓았다. 여기에서 다섯 개는 수화금목토(水火金木土) 오행(五行)을 뜻하며, 네 개는 사상(四像; 노음, 소양, 소음, 노양)을 의미했다. 또 세 개로 한 조직을 이룬 난의 잎사귀는 각각 천인지(天人地)와 상중하(上中下)를 뜻했다.

 문왕은 이렇게 음양과 오행, 그리고 사상 원리를 적용시켜 가며 난 몇 점을 그리고 나서 조용히 붓을 놓았다. 그러고는 허리를 펴며 찻잔을 들어 올렸다.

 옆에 있던 죽향이가 다가와 이들을 가져다가 묵죽도가 걸려 있는 옆에다 줄줄이 붙여 놓았다. 문왕이 이를 감상하며 고개를 끄덕거렸다.

 "어떤가, 죽향이?"

 "폐하, 아까 치시었던 묵죽도 못지않은 득의작이옵니다. 대나무에서는 서걱거리는 가을 소리가 나는 듯하오며, 이 난에서는 향기가 풍겨 나오는 듯하옵니다. 참으로 잘 어울리는 한 조(組)이옵니다. 여기에다 의미를 하나 더 부여하옵자면, 대나무는 양강한 기질이 많으니 양에 해당하오며 난은 강유(剛柔)한 정신을 가지고 있으므로 음에 해당한다 하겠사옵니다."
"그래서 이것들도 음양의 조화로 볼 수 있다 이 말이군?"
"그렇사옵니다, 폐하!"
"자네 말대로 이것들에다 음양의 의미를 부여해서 보니 참으로 멋있는 한 쌍이로군그래!"
"폐하, 또 하나 더 음양적 원리를 부여하옵자면, 대나무에서 나는 소리는 귀로 듣는 것이니 음이오며, 난에서 나는 향기는 코로 맡는 것이니 양으로 볼 수 있겠사옵니다. 맡는 것은 양이요, 듣는 것은 음이니 말씀이옵니다."
"허허, 자네도 이젠 역리의 대가가 다 되었구먼! 서당 개 삼 년에 사서삼경을 읽는다더니 말일세! 이젠 자네의 말도 건성으로만 들어서는 아니 되겠네그려!"
"황공하옵니다, 폐하! 아는 체해서 말씀이옵니다."
"아녜요, 아는 체라니? 정말 많이 변했어요, 하하하……."
문왕은 죽향이 귀엽기도 하고 대견스럽기도 하여 한바탕 웃음을 깔아 댔다.
그렇다. 주역의 본토이자 산실에서 죽향이가 머문 지도 어언 십여 년이 지났는데 그 정도도 모를 리가 있겠는가. 특히나 예리하고 민감한 여자가 말이다.
"죽향!"
"예, 폐하!"
"자네가 아까 '듣는 소리는 음이고 맡는 향기는 양이라' 했는데 그 분석은 어떻게 해서 나온 건가?"
"예, 폐하! 그건 이렇사옵니다. 소리나 향기는 모두 형체가 없고 기(氣)만 있다는 점에서는 서로 같사옵지요. 그러나 소리는 기를 타고 음에 해당하는 귓구멍으로 들어오니 음이고, 향기는 얼굴의 양에 해당하는 콧구멍으로 들어가니 양에 해당하옵지요. 모양새로 보아도 코는 솟아 있고 귀는 파여 있지 않사옵니까?"
 "상당히 설득력이 있어요, 죽향! 묵죽란도에다 그렇게 음양의 의미를 부여해 보아도 주역의 이치는 살아나는 법이지."
 "아까 폐하께옵서 '죽과 난을 치는 것이 바로 역점을 치는 것과 같은 원리라'고 말씀하셨사온데 참으로 좋은 말씀이신 것 같사옵니다. 득의작이 나오면 기분이 좋고 그렇지 않으면 그 반대이니 말씀이옵니다."
 "문제는 여기에서 그치지 않아. 그 묵죽란도를 보고 길흉화복을 점칠 수도 있으니까 말일세."
 "어떻게 묵죽란도로써 점을 칠 수 있단 말씀이옵니까?"
 죽향이 눈을 동그랗게 뜨며 문왕을 바라보자 문왕이 입가에 웃음을 가볍게 흘리며 입을 열었다.
 "그거야 간단하지! 괘상을 난으로 그려 놓고 판단하면 되니까 말이야. 양효는 길게 그리고 음효는 짧게 그려서 그 장단으로 음양을 나타내면 되는 거지. 이때 주의해야 할 점은, 음양 표기를 의도적이고 의식적으로 하면 아니 되는 거지. 그냥 아무런 생각 없이 무념 무상 상태에서 표출되고 사출(寫出)되어야 하는 것이지. 그래야 획일성을 피하고 설득력을 가져올 수 있거든. 사람이 아무런 생각 없이 묵란을 치게 되면 백 번 쳐도 백 번 다르게 나오는 거니까 말일세.

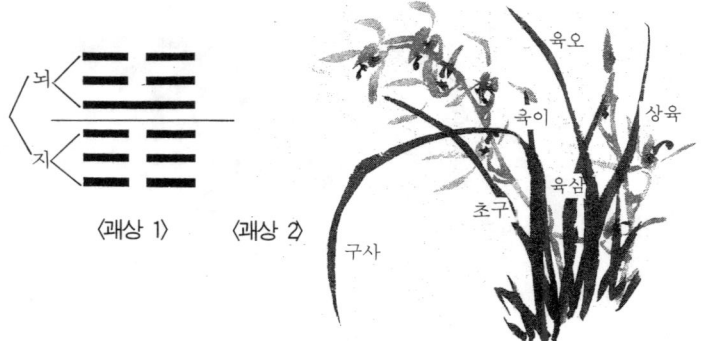

예컨대, 앞전에 풀이했던 뇌지예괘를 난으로 바꿔 표시하면 〈괘상 2〉와 같이 되지. 다시 말해, 〈괘상 1〉을 〈괘상 2〉로 옮겨 놓은 거지. 우연히 그리다 보니 이렇게 〈괘상 2〉와 같이 되었다고 쳤을 때, 여기에 뇌지예괘의 뜻과 효의 의미를 부여하면 되는 것이지."
　"정말 그렇사옵니다, 폐하! 설득력이 있사옵니다. 그러니 이를 일컬어 난잎점이라 명명하면 되겠사옵니다, 폐하!"
　"그래, 난잎점이라 해야 되겠지. 그리고 대나무점도 이런 식으로 치면 되는 거야."
　"좀더 구체적으로 말씀해 보옵소서, 폐하!"
　"예컨대, 그어 올린 마디 수가 다섯 개나 일곱 개가 나오면 양효(─)로 표시하고, 네 개나 여섯 개, 또는 여덟 개가 나오면 음효(--)로 표시하면 되는 게지. 기수가 양이고 우수가 음이니까 말일세. 육효가 나와야 한 괘가 완성되므로 대나무를 여섯 그루 그려야 되겠지? 이렇게 하여 뽑아낸 괘로써 길흉화복을 판단하면 되는 거야. 대나무 마디의 장단 역시 무심코 치게 되면 백 번 쳐도 백 번 다르게 나올 테니까 말일세."

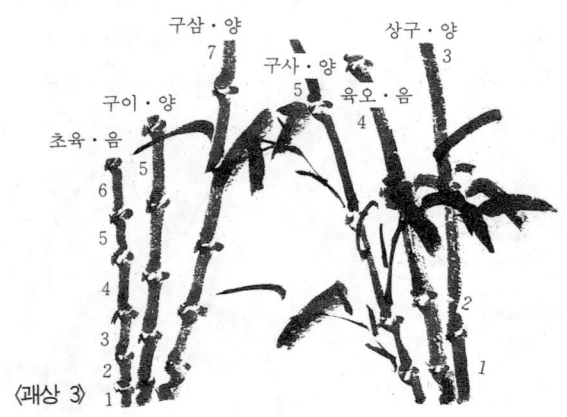

〈괘상 3〉

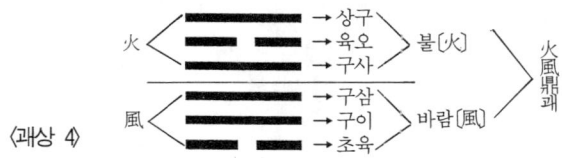

〈괘상 4〉

　대나무로 만든 〈괘상 3〉을 한번 보게나. 이를 다시 육효로 나타내면 〈괘상 4〉와 같이 되지. 이렇게 묵죽을 화풍정괘로 옮겨 정리해 놓고 나서 해석하고 판단하면 되는 거지. 어때, 이해가 가는가?"
　"그렇사옵니다, 폐하! 오늘 아침에 이렇게 묵죽란도를 치시다가 난과 죽으로 점치는 새로운 기법을 창출해 내셨사오니 참으로 위대한 발견이며 발명이라 하겠사옵니다."
　"일단은 그렇다고 봐야지. 그러나 좀더 연구하고 검토하고 나서 사용해야 하겠네. 아직은 보편성과 설득력을 제고하는 데 조금은 미흡한 점도 없지 않아 있으니까 말일세."
　"폐하, 그렇긴 하옵니다. 이제 그만 작업을 마치시고 조반을 드신 후에 다음 계획을 세우시옵소서."
　"그렇게 하세. 너무 애써서 그런지 허기가 오는군그래."
　"좀 물의가 따른 것 같사옵니다, 폐하!"
　"그럼, 어서 조찬상을 들이도록 하게나."
　"예, 폐하!"

　묵죽란도를 감상하며 문왕은 조찬을 마쳤다. 새벽부터 일어나 죽란을 치는 바람에 힘이 소모되었다. 다리가 아파 왔다. 그래서 문왕은 밖으로 나가 맑고 차가운 공기를 쏘이며 행보를 하였다. 눈이 녹고 비가 온 뒤라서 일기가 싸늘하였다. 그렇다고 해서 행보를 그만둘 수는 없었다. 행보의 범위는 원유(園

囿)를 한 바퀴 둘러보고 오는 것이었다. 생각 같아서는 종묘 공사 현장에도 가서 둘러보았으면 좋겠지만 워낙 날씨가 차가워서 생략하기로 하였다.

원유로 가는 길은 비가 오고 눈이 녹은 뒤라서 약간 질척거렸다. 그러나 징검다리 식으로 놓인 돌을 밟으며 행보하는 탓에 진흙이 신에 달라붙지는 않았다.

눈 속에 갇혔던 짐승들이 일제히 나와 찬란한 오전의 햇살을 받으며 몸을 털고 부비며 뛰어다니고 있었다. 조금(鳥禽)류들은 홰를 치고 목을 길게 뽑는다든지, 또 이를 잡느라고 날개 밑으로 부리를 쑤셔 박아 뒤져 대곤 하였다. 문왕은 이러한 광경들을 죽향과 함께 구경하면서 한 걸음씩 다른 곳으로 발길을 옮겨갔다.

짐승들은 사육사가 던져 주는 먹이를 넙죽넙죽 받아 먹으며 그가 움직이는 대로 따라 움직이고 있었다.

이번에는 죽향이가 동산에 피어 있는 겨울의 진객(珍客) 빨간 동백꽃을 한 송이 따서 꽃사슴에게 던져 주었다. 그러자 그 녀석은 이를 날름 삼켜 버리지 않고 그대로 나팔을 불 듯이 입에 문 채 죽향을 쫓아오고 있었다.

모든 짐승들은 성군의 행차를 알아보기라도 하는 듯 촐랑거리며 이들을 반겨 주고 있었다. 비록 말 못 하는 짐승들이었지만 그래도 느낌만은 돈독함을 감지케 하였다. 마치 언어 장애자가 가족 친지들을 반기는 태도처럼.

한동안 이렇게 행보하노라니 짐승들의 배설물 냄새가 가끔씩 찌릿하게 코 끝에 묻어 오곤 하였다. 거기다가 그들의 특유한 체취인 비릿한 냄새도 섞여 흘렀다. 그러나 워낙 기온이 맑고 찬지라 그냥 희석되어 버려 그리 진하게 느껴지진 않았다. 묘한 대조는, 동백꽃의 향기가 사이사이에 묻어 오고 있어서 여

기에서도 음과 양의 공존을 느끼게 하였다. 화향(花香)이 양이
라면 금수에게서 나는 찌릿한 냄새는 음이기에 그렇다. 세상에
는 이처럼 그 무엇이든지간에 좋은 것이 있으면 반대로 좋지
않은 것이 있어서 서로 조화를 이루도록 되어 있다. 이것이 바
로 음양의 조화인 것이다.
　문왕의 긴 콧수염 위로 콧김이 하얀 분말을 일으키며 뿜어져
나오면서 다시 소멸되어 갔다. 일기가 상당히 차가움을 실감케
하였다. 인체 내부에서 더운 화기(火氣) 즉 양기가 배출되면서
음의 기운으로 변하는 콧김, 여기에서도 음양이 공존함을 알
수 있다. 이것이 바로 움직이는 주역의 이치인 것이다.
　어느덧 두 사람은 원유를 한 바퀴 다 돌았다. 이젠 다리 운동
이 모두 끝난 것이다. 두 사람은 서둘러서 방으로 들어가 한기
에 엄습당한 몸을 풀었다. 토시와 장갑을 벗고 화로에 묻혀 있
던 빠알간 불씨를 솟아 올렸다. 그러고는 두 손을 펴서 갖다 대
고 언 손을 비벼 대며 녹였다.
　그 사이에 죽향은 차를 내어와 경상 위에 올려 놓고 문왕에
게 차를 권했다. 문왕은 차를 집어다가 입에다 대고 후루룩 마
셨다. 한기가 물러가고 온난한 기분이 느껴져 문왕은 침궤에
기대었다. 그러자니 졸음이 몰려와 스르르 잠이 들었다.
　죽향은 아침에 묵죽란도를 치다가 어질러 둔 문방사우를 정
돈하고 나서 비파를 가져다가 무릎 위에 올려 놓고 현(絃)들을
건드려 댔다. 청아한 음률이 혜란의 향기를 타고 실내에 흘
렀다. 비파가 내는 음의 소리와 난이 풍기는 양의 내음이 실내
에 가득하였다. 그야말로 음양의 조화를 동시에 듣고 마시고
하는 복된 시간이었다.
　차로의 철관 주둥이에서 새어나오는 송풍회우 소리가 비파의
음률에 가세되어 묘한 교향악을 이루고 있었다. 사람이 빚어내

는 현성(絃聲)과 불과 물의 절충으로 뿜어내는 기성(氣聲)이 일실일당(一室一堂)에서 어우러져 교감을 이루고 있었다. 여기에다 부드러운 혜란의 향기까지 배여서 흐르니 그야말로 감미롭고 감흥적인 순간이었다.

이러한 시간이 얼마쯤이나 흘렀을까, 문왕은 드디어 긴 백미를 움직이며 눈을 떴다. 고희(古稀)가 다 되어 가건만 안광(眼光)은 영롱하기만 하다. 그것은 그만큼 건강이 양강하고 강건하다는 증거이다. 눈이란 본래 사물을 보는 기능을 가지고 있는 것이기도 하지만, 인체 내부의 사정을 내비춰 주는 몫도 하고 있기에 그렇다.

문왕이 잠에서 깨어나자 죽향은 예리하게 건드리고 있던 비파를 벽에 기대 두고 미리 준비해 두었던 차를 내왔다.

문왕이 차를 한 모금 마시고 나서 입을 열었다.

"죽향, 이번 작쾌는 오늘 낮에 한번·시작해 봐야겠네."

"예, 폐하! 뜻대로 하시옵소서. 새벽은 새벽대로 좋고 낮은 낮대로 좋은 것이 아니겠사옵니까?"

"그런데 낮엔 정신이 잘 집중되지 않음도 있잖은가?"

"그것은 폐하, 양과 음의 대결이기에 그런 줄 아옵니다."

"양과 음의 대결이라니, 그게 무슨 소린가?"

"예, 폐하! 낮은 양이며, 사람이 쓰는 정신은 음이라 보옵니다. 왜냐하면, 정신이란 사람의 생각 속에 깊숙이 내재돼 있어서 그렇사옵니다."

"그래서?"

"정리해서 말씀드리옵자면, 우주 자연이 연출해 내는 대낮의 그 양기와 폐하께옵서 성스럽게 간직하고 계신 그 정신, 즉 음기가 서로 대결해서 좋은 괘를 얻을 수 있기에 그렇사옵니다. 다시 말씀드리옵자면, 강자와 싸워서 이기는 것이 삶의 보람이며 쾌감이옵지요. 자연의 대결에서 상대를 물리치고 득의작을 만날 수 있는 것은 오직 사람만이 가능한 일이오며, 특히나 폐하와 같은 성군만이 가능한 줄로 믿사옵니다."
 "그래서 결론적으로 낮에 점을 쳐서 괘를 얻는 것도 좋다 이 말인가?"
 "그렇사옵니다, 폐하!"
 "듣고 접하는 게 주역이다 보니 자네도 이젠 많이 늘었구먼 그려. 그래, 영민한지고!"
 문왕은 죽향의 말대꾸가 귀엽고 대견하여 스르르 끌어안고 볼기짝을 찰싹찰싹 쳐 주었다.
 죽향도 고개를 위로 치켜들고 눈을 깜작거리며 흐뭇해 하였다.
 이렇게 서로 보듬고 안기고 하는 것도 음양 조화의 일면이며, 여기에 또 다른 의미를 부여하자면 묘한 것을 느낄 수 있다. 볼기짝은 두 쪽으로 되어 있는 음이며, 이를 두들겨 주는 손은 다섯 손가락, 즉 양의 수이다. 이 양으로써 음에게 살며시 충격을 가하니 이가 곧 애정의 표시인 것이다. 이런 원리가 있었기에 사랑하는 사람이나 마누라의 볼기를 남자가 쳐 주면 여자는 기분이 좋아지는 것이다.
 따라서 남자는 반드시 마누라의 볼기를 쳐 주어야 한다. 그렇지 않으면 애정의 표시가 결여된다. 그래서 그런지 좌우지간 부지불식간에 많은 남녀들은 철썩철썩 서로 볼기 치는 것이 일이다. 이것 또한 위대한 주역의 이치인 것이다.
 죽향은 향을 피우고 혜란의 분을 서궤 위에 옮겨다 놓아 주어 문왕에게 점칠 수 있는 분위기를 연출해 주었다.
 그리고 하얀 견사도 펴 놓고 빨간 주묵도 문질러서 붓을 적셔 놓았다.

문왕은 단좌하여 줏가락을 쏟아 부었다. 그러가 알몸의 줏가락들이 차르르 하고 주랑을 빠져 나왔다. 문왕은 눈을 대각선으로 줏가락에다 맞추고 발원문을 외었다. 그리고 나서 열심히 분열하기 시작했다. 언제나 그랬듯이 문왕은 십팔변의 작패법을 이용하였다.

첫 삼변에서 양이 나와서 초구로서 맨밑의 첫 자리에다 양효를 그었다. 두 번째 삼변에서는 음효가 나와서 그 위에 육이로서 보태졌다. 세 번째 삼변에서도 역시 음효가 나왔다. 그래서 그 위에 육삼으로 포개졌다. 이렇게 해서 하패이자 내패인 소상패는 진뢰(震雷;☳)가 되어 자리를 굳혔다. 진뢰는 막강한 힘을 가진 패이다.

다음 네 번째의 삼변에서는 양효가 나와서 구사로 더하여졌고, 다섯 번째의 삼변에서도 전과 같이 양효가 나와서 구오가 되었다. 이 자리는 실세와 존위의 자리인 것이다. 마지막 여섯 번째 삼변에서는 음효가 나와서 맨위에 상육으로 보태어졌다. 그러니까 상패이자 외패는 태택(兌澤;☱)이 된 것이었다. 이 태택은 물이 고여 있는 못을 의미한다.

이렇게 해서 얻은 상하의 소상패를 합쳐 보니 택뢰(䷐) 수(隨)가 되었다.

문왕은 조용히 줏가락을 거두어 주랑에 다시 집어넣었다. 그러고 나서 찍혀 있는 패상을 내려다 보며 입을 열었다.

'위에는 기쁨을 상징하는 태(兌)패가 있고, 아래에는 움직임을 나타내는 우뢰의 진(震)패가 있구나! 기쁘면 움직이게 되어 있고 움직이면 기쁘게 되어 있지 않은가? 이것은 서로 따라가 굳히고 하니 그 이름을 수(隨)패라 해야겠구나!

또 다른 의미를 부여하자면, 위에 있는 우뢰가 아래의 못 위에서 치게 되면 못에 있는 물도 따라서 움직이게 되어 있지. 따

택뢰수괘(澤雷隨卦) 191

라서 못이 우뢰에 따르는 형상이렸다?
 또 이렇게도 추리해 볼 수 있지! 본디 대상괘가 비(否)였다고 가상해 볼 때, 맨위에 있는 상구의 양효가 맨밑에 있는 초육 자리로 내려와 서로 자리를 바꾼 셈이지. 그래서 택뢰수(隨)가 된 것이야.

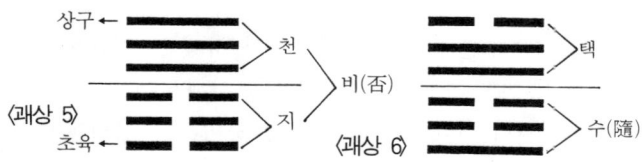

 이런 상황을 분석해 보면, 양이 내려와 음의 밑에 있고 음이 올라가 양의 위에 있으니 기쁘게 되는 것은 천하의 상리(常理)이지.'
 문왕은 이렇게 서너 가지 각도에서 이 택뢰수괘의 됨됨이에 대해 분석해 보았다.
 이 택뢰수괘가 가지고 있는 이치는 '맷돌'에서도 찾아볼 수 있다. 맷돌이란 수놈 즉 양이 아래에 있고, 암놈 즉 음이 위에 얹혀져서 돌게 되어 있다. 이러한 형태가 되어야만 곡식들이 맷돌에 갈려서 죽이나 두부, 또는 국수 따위를 해 먹을 수 있는 것이다. 이렇게 해서 얻어진 것으로 음식을 해 먹게 되면 기쁘고 즐거운 것은 당연한 이치다. 이런 기분으로 일을 하니 매사가 잘 될 수밖에 없다. 남녀간에 이불 속 장난을 함에 있어서도 더러는 남자가 여자의 밑으로 내려가서 여자의 기능을 돋구어 주기도 한다. 완전히 그런 경우가 바로 이 지천태괘이다. 그러니까 맷돌의 원리가 그대로 적용된 셈이라 하겠다.
 여기에서 묘한 삶의 이치를 건져 낼 수 있다. 맷돌에다 갈아서 만드는 음식들이란 거의가 응고시키거나 반죽을 하여 묽게

끓여서 먹는 것들이다. 즉 두부라든지, 죽이라든지, 국수와 수제비라든지, 빈대떡, 부침개 등이 이에 해당하는 것들이다. 이런 음식들은 주식(主食)으로보다는 군것질과 안주로서, 그리고 곤궁할 때나 질병이 걸렸을 때 등에 먹는 일종의 부식류에 속하는 것들이다. 그리고 위안(慰安)적인 기분도 다분히 들어 있다. 궁핍했던 과거사를 집약해 말하자면, '맷돌 문화'는 궁핍했던 과거사를 대변하는 문명의 이기라 하겠다. 이처럼 음이 위로 올라가는 것은 어느 특별한 경우에 한해서만 그럴 수 있는 것이지, 언제나 계속되면 곤궁하고 궁핍하여 삶의 기능이 윤택하지 못하게 되는 것이다.

또 재미있는 것은, 이러한 맷돌 문화와는 정반대로 절구통 문화라는 것이 있다. 절구통이란 푹 파인 나무통이나 돌통으로 되어 있다. 그 파인 구덩이에 곡식을 집어넣고 양의 절구공이로 쾅쾅 찧어 껍질을 벗겨내고 윤활하게 하여서 음식을 만들어 먹는 기구이다.

절구 속에 들어 있는 것은 주로 벼와 보리로서 우리 인생의 주식(主食)이지 부식은 아니다. 그래서 예로부터 절구질하는 소리가 자주 나는 집안은 부잣집으로 알려졌고, 맷돌 돌리는 소리가 자주 나는 집안은 가난이나 우환이 있는 집으로 알려졌던 것이다.

맷돌과 절구통은 서로 하는 일이 다르고 기능도 다르다. 바로 여기에서 삶의 묘리와 이치를 찾아볼 필요가 있다. 절구통

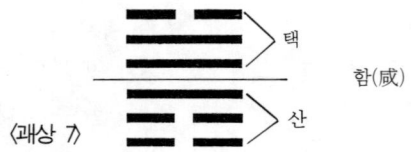

〈괘상 7〉

택뢰수괘(澤雷隨卦) 193

을 의미하는 괘상은 택산함(澤山咸)괘이다. 이는 윗것이 택(澤)이며 아랫것이 산(山)으로 되어 있는데, 이들 둘을 합하면 함(咸)이 된다. 추리 분석해 볼 때, 이 괘상은 본디 천지비였었다. 여기에서 상구의 양이 육삼의 자리로 내려오고 육삼이 상구의 자리로 올라가 자리를 서로 바꾸어 앉으니 택산함이 된

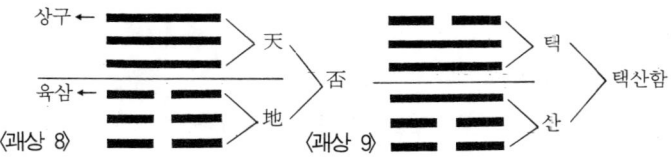

것이다. 그러니까 양이 아래의 음으로 내려와 절구방아를 찧어대는 형상이다. 즉 절구통에 절구공이가 올라갔다 내려갔다 하는 형상이다. 완전한 절구질의 형상을 천지비괘가 나타내고 있다.

이 택산함은 마음을 교류하며 남녀가 서로 연애하여 시집·장가간다는 의미도 들어 있다. 이들 사이에서 자식이 생겨나면서 백성이 점차로 불어나고, 그 중에서 임금이 솟아올라 나라를 다스리게 되는 것이다. 세상이란 이처럼 함께 더불어 사는 곳이다. 이 택산함괘가 바로 그러한 뜻을 담고 있다.

결론을 내리자면, 맷돌의 원리대로 사는 가정은 곤궁하고 어렵지만, 절구통과 절구공이의 원리대로 사는 가정은 괜찮은 가정이다. 나라 역시도 마찬가지다. 이처럼 양이 우선하고 양이 앞서서 이끄는 가정이나 조직 또는 국가는 잘 되지만, 음이 앞서서 설치면 궁함을 면치 못하게 되는 것이다. 이는 일반적 상식이기도 하다.

"이보게, 죽향이! 이제 잠도 깨고 피로도 해소되었으니 기자공과 사편공을 부르도록 하게나, 괘상 토론을 해 보게 말일

세."
"예, 폐하! 그리하겠사옵니다."
 죽향은 두 공의 집무실로 연결된 노끈을 잡아당겨서 입전하라는 연락을 취했다.
 잠시 후 두 공이 같은 시간에 입전하여 문왕 앞에 나아가 머리를 조아렸다.
"폐하, 일기가 심히 차가운데 옥체무고하옵셨는지요?"
"그렇습니다. 두 공들은 어떠셨소이까?"
"하해와 같은 성덕으로 잘 지냈사옵니다."
 두 공과 문왕간에 서로 인사가 오갔다.
 잠시 후에 기자공이 먼저 입을 열어 문왕에게 새로운 소식을 하나 전하였다.
"폐하, 며칠 전에 본디 은나라의 큰 학자이자 신하였던 대가들 몇 분이 우리 주국으로 귀화해 와 무왕폐하께 인사를 드리고 지금은 영빈당(迎賓堂)에서 묵고 있사옵니다."
"그들의 이름이 뭐라고들 합디까?"
"예, 폐하! 대전(大顚)과 굉천(宏天), 산의생(散宜生), 육자(鬻子), 신갑(辛甲)이란 사람들이었사옵니다."
"그분들은 유명한 학자들이자 문신(文臣)들이며 역신(易臣)들이 아니오이까?"
"그렇사옵니다, 폐하! 그들은 특히 은나라의 역(易)인 귀장(歸藏)에 관해 대가들이었사옵니다."
"잘 됐소이다. 이는 필시 우리 주국이 앞으로 점점 잘 되어 갈 조짐일 것이오. 어쨌거나 이렇게 우리 주국에 좋은 인재들이 모여든다는 것은 참으로 반가운 일이 아닐 수 없구려. 그분들도 그 동안 나라를 잃어 괴로워들 했을 겁니다. 그러나 이미 대세와 천명이 우리 주국에게로 넘어왔으니 이를 따르는 것이

천리와 천의에 순응하는 것이라 하겠지요."
 "그렇사옵니다, 폐하! 이제 이왕 몸과 마음이 우리 주국으로 귀화했으니 우리 주국의 조정에 힘을 보탤 것이옵니다."
 "그래야지요."
 "아마 내일쯤엔 폐하를 알현하기 위해 이곳으로 올 것이옵니다. 그때 좋은 말씀을 많이 나누도록 하시옵소서!"
 "일단은 그분들을 한번 만나 보고 나서 다음 일을 연출해 가도록 하고, 오늘은 짐이 건져 놓은 택뢰수괘를 풀면서 토론해 보도록 하십시다."
 "알겠사옵니다, 폐하!"
 "두 공, 이리 바짝 당겨 앉으셔서 괘상을 한번 잘 보십시오."
 "예, 폐하!"
 두 공은 엉덩이걸음으로 약간씩 괘상 앞으로 당겨 앉으며 목을 빼고 유심히 괘상을 살펴보았다.
 잠시 후에 기자공이 먼저 입을 열었다.
 "폐하, 윗괘가 이태택(二兌澤)괘이고 아랫괘가 사진뢰(四震雷)괘로군요. 상하 합해서 수(隨)이옵구요. 이 '수'는 '따른다'는 뜻을 담고 있지 않사옵니까?"
 "그렇소이다. 뭐가 뭐를 따른다는 것인지 한번 기자공께서 구체적으로 설명을 가해 보십시오."
 "예, 폐하! 위의 이태택은 소녀(少女)를 뜻하는 괘이고 아래의 사진뢰는 장남(長男)을 뜻하는 괘이오니, 어린 여자가 내려와 큰 사나이를 따른다는 뜻을 담고 있사옵니다."
 "잘 보셨소이다, 기자공! 그러면 사편공은 어떻게 보시오?"
 "예, 폐하! 이 신은 이렇게 보옵니다. 따르는 것에도 여러 가지가 있겠사옵니다만, 그 중에서도 가장 화끈한 것은 아래에 있는 남자가 위에 있는 어린 여자를 좇아가는 것이라 하겠사옵니다. 아까 기자공께서는 위에 있는 어린 여자가 내려와 아래에 있는 남자를 좇는다고 하셨는데, 이 신은 그와 정반대로 보고 있사옵니다. 그러면 괘상을 그려 놓고 살펴보도록 하겠사옵니다."

사편은 미리 준비되어 있는 붓에 먹물을 듬뿍 찍어 화선지에 힘차게 괘상을 그리고 나서 계속 말을 이었다.

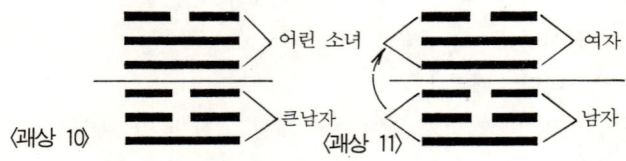

"〈괘상10〉은 기자공의 견해이옵고 〈괘상 11〉은 이 신의 견해이옵니다. 그러니까 괘상에서 보옵시는 바와 같이 기자공께서는 나이 어린 여자가 다 큰 남자를 좇아다니는 것으로 보았고, 이 신은 다 큰 남자가 어린 여자를 좇아가는 것으로 본 것이옵지요. 그러니까 전자는 꽃이 나비를 찾는 경우이고, 후자는 나비가 꽃을 찾아가는 상황이옵니다, 폐하!"

"그런데 전자의 경우처럼 꽃이 나비를 찾는 경우도 있는가요?"

"예, 폐하! 그런 경우는 인위적이고 의도적인 경우이옵니다. 분화(盆花)의 꽃을 가져다가 봉접이 있는 곳으로 옮겨 놓는 경우가 이에 해당하옵지요. 그래서 이런 경우를 인위적인 인(人)이라고 하옵지요. 그러나 이 신이 밝힌 견해는 후자와 같이 자연적인 천(天)이라 보는 것이옵지요."

"거참, 재미있구려. 계속 이어 보시지요."

"예, 폐하! 세상만사는 자연적인 것에 인위적인 것이 가미

되어 공존공영하지 않사옵니까? 어느 것이 더 좋고 어느 것이
덜 좋다고 꼭 집어 판단하기란 힘들지요. 경우에 따라서 비중이
달라지는 것이니까 말씀이옵니다."
"그렇소이다. 그러니까 사람이 이 세상을 움직여 가는 주체
자란 입장에서 볼 때 인위적인 '인'은 양(陽)으로, 그리고 자연
적인 '천'은 음(陰)으로 볼 수 있겠구려?"
"그렇사옵니다, 폐하!"
기자공이 묵묵히 듣고 있다가 입을 떼었다.
"폐하, 이 기자가 본 견해 때문에 처음부터 토론이 과열되고
있는 것 같사옵니다."
"허허, 그런 것 같구려."
문왕도 토론 벽두부터 과열됨을 느껴 너털웃음을 웃어 주
었다.
"자아, 두 공! 모두 훌륭한 견해들이었소이다, 처음부터.
그러면 짐이 먼저 이 택뢰수 조직에 대해 그 개요를 설명하겠
소이다.
'이 수 조직은 크게 형통할 것이니 마음을 곧게 가지면 이로
울 것이니라, 그리고 허물이 없을 것이니라(隨는 元亨하니 利貞
이라, 無咎리라).'"
그러자 기자공이 입을 열어 의문을 제기하였다.
"어떤 연유에서 그러한지 알고저 하옵니다, 폐하!"
"그렇다면 이 짐이 일러드리지요.
'따름이란 크게 형통하기 위해서이지요. 군자가 도를 따름은
대중을 위함이 아니겠소? 자신이 남을 따라감에 있어 그 따를
바를 선택해야 하니 이것이 참으로 따르는 것이지요.'
따름에 있어서 그 도에 맞게 한다면 가히 크게 형통할 것은
명확한 일이지요. 무릇 임금이 선(善)을 따라가고, 신하가 임금

의 명을 받들어 따라가고, 학자가 의리를 따르는 것이 진정으로 참된 따름인 것이지요.

또 따름의 도(道)란 어디까지나 곧은 마음과 바른 태도가 있어야 이로운 것이지요. 따름에 있어서 그 정당성을 얻은 연후에야 능히 대형(大亨)을 이루고 동시에 허물이 없는 것이지요. 바름을 잃고서야 어찌 형통을 이룰 수 있겠소이까? 우선 이 정도로 얘기하겠소이다."

"폐하, 그러니까 따른다고 해서 무조건 따라가서는 아니 된다는 말씀이시지요?"

"그렇소이다, 기자공!"

"폐하, 속담에 '나무꾼 뒤에 개 따라가듯 따라간다'라는 말이 있사옵지요. 그리고 '뒷간에 앉아서 개 부르면 달려오듯이 쫓아온다'는 말도 있지 않사옵니까? 이 두 속담은 주체성, 즉 정정(貞正)이 없이 따라 나설 때 하는 풍자어가 아니겠사옵니까? 이익이 있다면 불의인지 정의인지 안 가리고 그냥 따라 붙다가 덫에 걸려드는 벼슬아치들이 얼마나 많사옵니까?"

"그렇소이다, 기자공!"

〈중용에는 이런 말이 있다.

'도란 가히 잠시도 떠나서는 아니 되는 것, 가히 떠났다면 이미 도가 아니니라. 때문에 군자는 보이지 않는 곳에서도 몸과 마음을 삼가하고 조심하며, 들리지 않는 곳에서도 두려워하고 겁낼 줄 알아야 하느니라.

세상에 도가 행하여지지 않음을 나는 알았도다. 지자(知者)가 법도에 벗어난 행동을 하고 우자(愚者)가 따르려 하지 않도다.

도가 밝아지지 않음을 나는 알았도다. 현자(賢者)는 넘친 짓을 하고 불초한 자는 따라가려고 하지 않도다.

사람들은 먹고 마시지 않는 자가 없건만, 음식의 참맛을 알고 먹는 자는 흔치 않도다.
　사람들은 누구나 '나는 지혜로운 자다'라고 말하지만, 자신이 덫과 함정에 빠져들면서도 이를 알지 못하여 피하려 들지 않도다.
　사람들은 너나 할 것 없이 누구나 자신이 지혜롭다고 말하지만, 중용의 도를 선택하고 나서 이를 채 한 달도 지키지 못하고 넘어나더라.〉

　"폐하, 그러니 땀난 사타구니의 고약처럼 이리 붙었다 저리 붙었다 해서는 못쓰는 것이라 하겠사옵니다."
　"기자공, 이런 풍자어도 있지 않소이까? '간에 붙었다 쓸개에 붙었다 한다'는 속담 말이오."
　"예, 폐하! 이 기자가 대두시킨 풍자어나 폐하께옵서 하신 풍자어는 모두 정정(正貞)성을 잃었을 때 하는 말이옵지요."
　"그렇소이다, 기자공. 송충이가 솔잎을 먹고 살아가듯이 사람은 '의리'를 먹고 살아가야 하는 것이지요!"
　"그렇사옵니다, 폐하!"

　〈요즘같이 문민과 문덕시대를 맞아 개혁의 살충제를 맞고 형틀에 매여 비실거리거나, 또는 용하게도 나뭇잎 밑에 달라붙어 있다가 위기를 모면한 일부 부도덕한 사회 지도층 인사들에게 좋은 교훈이 되는 괘상이 바로 이 택뢰수괘라 하겠다. 이 괘가 전달하는 메시지는 암흑의 밤에 비치는 한 줄기의 찬란한 불빛이라 하겠다.〉

　"폐하, 이 택뢰수 조직의 상황을 자세히 들여다보니 이런 것 같사옵니다. 사편공도 한번 보십시오."
　기자의 건의에 사편도 목을 뽑고 눈빛을 더 열심히 밝혔다.

"예, 기자공! 말씀하십시오."

사편의 청대(請對)였다.

"어서 말씀해 보시오, 기자공!"

"예, 폐하! 이 수의 조직을 이 기자가 그려 볼 것이오니 괘상을 보시옵소서. 참고가 될 것이옵니다."

기자는 붓을 들고 하얀 견사 위에다 열심히 그려 보였다.

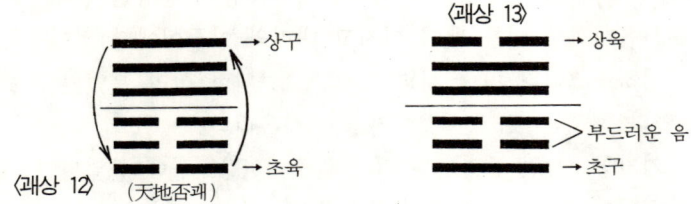

"이렇사옵니다, 폐하! 한번 유념해 보시옵소서. 본디는 〈괘상 12〉처럼 천지비(否)였었는데 여기에 변동이 생겨 가지고 〈괘상 13〉과 같은 택뢰수가 되었사옵지요. 〈괘상 12〉의 상구가 초육으로 내려와 서로 자리바꿈을 한 것이 〈괘상 13〉입지요. 그러니까 상구의 강한 양이 내려와 부드러운 음을 밑에서 받쳐 주고 있지 않사옵니까? 그러다 보니 감동하며 기뻐하고 동시에 따라 주고 있는 것이옵지요.

이 경우를 사람이 살아가는 가옥의 구조에 비유시켜 보옵자면 이렇사옵니다. 가옥에는 ①지붕이 있고 ②천장이 있고 ③방이 있고 ④구들장이 있고 ⑤방고래가 있고 ⑥아궁이가 있지 않사옵니까? 이것을 아래에 있는 것부터 나열해 보면 〈괘상 14〉

와 같사옵지요.
 여기에다 의미를 부여해 보면 이렇사옵니다. 맨밑의 아궁이에다 양기인 불을 넣으면 열기가 방고래를 통과하면서 구들이 과열되옵지요. 그러면 방이 따뜻해지는 것이 아니겠사옵니까? 이처럼 방이 따뜻해지니 그 안에 있는 사람이 온기를 느끼며 살 수 있어서 가정은 더욱 화목해지옵지요. 그러니까 양인 불을 만들어 내는 땔감, 즉 나무는 본디 양의 상징인 산에 있지 않사옵니까? 이를 베어 가지고 내려와 아궁이에다 집어 넣고 불을 붙임으로써 사람이 온기와 온정을 느끼며 살아가는 것이옵지요.
 폐하, 이 원리는 남녀간의 사랑에도 바로 적용이 되옵니다. 황송하옵니다마는 '여자의 하문(下門)과 부엌의 아궁이에는 불을 자주 지펴 주어야 가정이 평화롭고 따뜻하다'고 하였사옵니다. 그러니까 여자의 하문은 자주 쑤셔 주고, 부엌의 아궁이는 재를 자주 쳐 주면서 불을 지펴야 한다는 뜻이 아니겠사옵니까?"
 "어허, 그것 참! 용하고 신통한 말이오. 그야말로 만고의 인생 진리이며 주역의 이치가 아닐 수 없구려. 그렇지 않소, 사편공? 하하하……."
 "그렇사옵니다, 폐하! 이 사편도 웃음을 참아내기가 힘들 지경이옵니다. 하하하……."
 사편도 그만 문왕 앞에서 너털웃음을 토해 내고 말았다.
 죽향도 저쪽 차청에 앉아서 수를 놓고 있다가 나오는 웃음을 삼키느라 곤혹스런 표정을 짓고 있었다.
 "기자공!"
 "예, 폐하!"
 "오늘 우리가 푸는 이 택뢰수 조직은 참으로 인생의 내면적

진면목과 진리를 담고 있는 것이라 하겠소이다."
"그러하옵니다, 폐하! 참으로 좋은 괘라 하겠사옵니다."
"자, 이젠 이 정도에서 그치고 다음으로 넘어갑시다."
문왕이 잔여한 웃음을 머금으며 토론을 진행하였다.
"그러면, 폐하께옵서 아직도 웃음을 참아내지 못하고 계시오니 이 신이 대신해 올리겠사옵니다."
"그렇게 하십시오, 허허허……. 그럼 기자공께서 그 끊어진 화맥(話脈)을 이어 가 보십시오."
"예, 폐하! 그러면 시작하겠사옵니다.
'이 택뢰수의 취지와 본의대로 말씀드리옵자면, 멀지않아 크게 형통할 것이며, 또 주관도 뚜렷하여 허물이 없다 하겠사옵니다. 따라서 천하의 백성들이 모두 따라 줄 것이옵니다.'

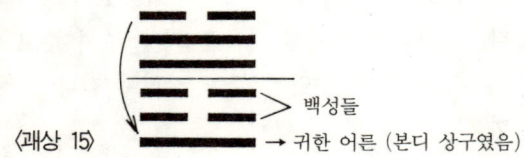

〈괘상 15〉 → 백성들
→ 귀한 어른 (본디 상구였음)

그 이유는 귀한 상구의 양이 저 아래에 있는 백성들의 밑에까지 내려와서 그들을 받들어 주고 있으니 백성들이 그를 존경하며 따를 것은 당연지사가 아니겠사옵니까? 따라서 분명코 형통할 것이옵니다. 그러니 허물이 없을 수밖에 없사옵니다.
대체로 귀한 자가 귀하게만 굴면 결국 망하거나 죽게 되옵지요. 세상엔 백성 없는 군주가 있을 수 없고 군사 없는 장수가 있을 수 없사옵지요. 예로부터 귀한 자는 아래로 파고들어 민심을 얻고자 했었사옵니다. 이 원리를 빨리 간파한 것이옵지요. 천하의 백성들을 귀하게 여길 줄 아는 자만이 모름지기 귀한 신분이라 하겠사옵니다, 폐하!"

"좋은 풀이며 판단입니다, 기자공! 우리 주나라도 바로 이 택뢰수의 정신을 잠시도 잊은 적이 없었지 않소이까?"

"물론이옵니다, 폐하! 때문에 천하를 통일한 것이옵지요. 반대로 이를 실천하지 못했던 은나라는 망하고 말씀이옵니다."

"참으로 이 택뢰수가 품고 있는 뜻은 이처럼 위대한 것이라 하겠어요."

"그렇사옵니다, 폐하! 다음에 이 택뢰수 전체의 분위기를 형상학적인 측면에서 말씀드리옵자면, 못 가운데로 우뢰가 내려쳐서 빠지고 있는 형상이라 하겠사옵니다. 본디 모양인 〈괘상 16〉을 그림으로 옮겨 보면 〈괘상 17〉과 같사옵니다.

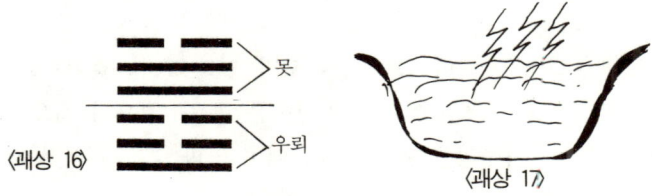

그림과 같이 위로부터 우뢰가 쳐서 아래의 못에 내려꽂히면 못물도 따라서 움직이게 되옵지요. 군자는, 위정자는, 사회 지도자는 이 원리를 본받고 법 삼아서, 어둠이 깔리고 벽력이 치면 들어가서 쉬어야 하옵지요. 다시 말해, 군자는 낮엔 자강불식(自强不息 ; 스스로 강하여 쉬지 않음)하고 밤이 되면 집으로 들어가 쉬면서 몸을 편하게 해 주어야 하는 것이옵지요. 일어나서 일할 때에 일을 하고, 들어가서 쉴 때에 쉴 줄 알아야 하는 것이옵니다.

또 예(禮)의 정의에서 보면, '낮에 안에 들어가 있으면 아니 되고, 밤에 밖에 나가 있어서는 아니 된다(君子는 晝不居內하고 夜不居外라)' 하였사옵니다.

다시 요약·정리해 드리옵자면, '밤이 되거나 우뢰 또는 벼락이 칠 때는 안으로 들어가 쉬어야 한다'는 뜻이 이 괘에 담겨 있다 하겠사옵니다, 폐하!"
 기자공의 강담이 끝나자 사편이 한 마디 거들었다.
 "기자공께서 하신 말씀 중에서 '낮에는 안으로 들어가지 말고, 밤에는 밖으로 나가지 말라'고 하신 그 부분이 퍽 우습습니다. 어찌 들어 보면, 밤이 되면 안방으로 들어가 마누라를 즐겁게 해 주고, 낮이 되면 밖에 나가 일이나 하라는 것 같습니다. 사실은 그게 아니겠지만은, 하하하……."
 "물론 그렇게 들릴 수도 있겠지요. 또 그런 뜻도 배제할 수 없구요. 그러나 이 기자의 본의는 그게 아니에요. 사내가 대낮에 집에 들어박혀 낮잠이나 자고, 또 마누라나 껴안고 있다면 어찌 되겠습니까? 허니 낮엔 들어오지 말라고 한 것이지요. 그리고 또 밤에는 농사일이든 정치일이든 할 수 없으니 집으로 돌아와 쉬든지, 마누라를 봐 주든지, 애들을 봐 주든지 해야 제 가치국(齊家治國)이 잘 된다 이 말이지요, 사편공!"
 "옳으신 말씀입니다. 존경하는 기자공!"
 "허허, 갑자기 사편공께서 저를 그렇게 높여 부르시니 몸 둘 바를 모르겠소이다. 지존하신 어전에서……."
 "괜찮소이다. 좋소이다, 기자공! 두 사람이 그렇게 농을 섞어 가면서 토론하니 얼마나 사람 사는 냄새가 납니까? 좋아요. 괘념치 마십시오, 기자공!"
 "성은이 망극하옵니다, 폐하!"
 "인생이 다 그런 것 아닌가요? 그러면 이제 이 택뢰수 조직의 맨밑에 있는 초구를 찾아가 재판을 해 봅시다. 어떤 인격체인지 말입니다."
 "그러하십시오, 폐하!"
 기자공의 추임새였다.

"이 택뢰수의 초구는 '관직이 변하고 있도다. 주관을 굳게 가지면 길할 것이니 문을 나서서 교제를 하면 공이 있으리라' 하겠소이다."

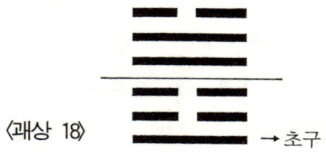

〈괘상 18〉 →초구

이게 무슨 소린고 하면 이런 뜻입니다. 초구가 우뢰를 의미하는 진뢰(震雷) 조직의 일원으로 참여하고 있어요. 뿐만 아니라, 움직이는 진 조직의 주체 세력이기에 동시에 따르는 자도 많아요. 관청이란 본래 나라 지키는 일을 위주로 하는 부서가 아닌가요? 그래서 이미 따르는 무리도 많은 것이지요.

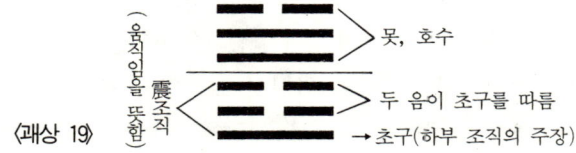

〈괘상 19〉

관청이 하는 일이 주로 나라를 지키는 일이라 하지만 때로는 변역(變易)됨도 있어야 하지요. 그래서 그렇게 말한 것입니다. 관청이라고 해서 시대의 요청에 부응하지 않고 경직되어 있으면 국민 정서에 어긋난다고 봅니다. 때문에 유연하게 시대의 흐름에 대처해야 하지요. 그러나 중요한 것은 주관을 지켜야만 합니다.

'문을 나서서 교제하면 공이 있을 것이다'라고 한 것은 초구가 일(一)의 양에 구(九)의 양이 합성되어 정당성을 가진 번뜻한 인격체이기 때문이지요. 이런 자가 나가서 사교를 하게 되면 인기가 좋아 그를 따라 주는 사람이 많이 생겨나지요. 허니 공이 있을 수밖에 더 있겠소이까?

　결론을 짓자면, 이 초구는 전체 택뢰수 조직의 하부 조직에서 주도권을 잡고 있는 실세이지요. 자신을 잘 지키며 적당한 변화도 주고 있어요. 때문에 길함도 누리고 있습니다. 무엇보다 중요한 것은 그가 교제술이 뛰어나서 공을 세우고 있다는 점입니다. 가히 택뢰수 하부 조직의 주장이라 할 만하다고 하겠어요!"

　"잘 보셨사옵니다, 폐하! 그러면 이어서 이 기자가 초구의 형상적인 면을 언급해 보도록 하겠사옵니다."

　"그렇게 해 보시지요. 아무래도 이야기의 맥을 몰아 가기 위해서는 계속해 나가는 것이 좋겠습니다, 기자공!"

　"예, 폐하! 그럼 말씀드리겠사옵니다.

　'관청 일이란 변화가 있어야 한다'라고 하옵신 그 부분에 대해 언급하옵자면, 어디까지나 '정도를 따라가면 길할 것이다'라고 보겠사옵니다. '문을 나서서 교제하면 공을 거둘 것이다'라고 하옵신 부분에는 사사로운 정에 이끌려서 교제해서는 아니 된다는 뜻도 내포되어 있다고 보옵니다. 만일 사사로운 정에 이끌려서 교제하게 되면 그간의 공덕을 모두 잃게 될 것이라 보겠사옵니다.

　다시 집약해서 말씀드리옵자면, 변화를 가져올 때에는 모름지기 선변(善變)이라야 하고, 정도를 따라가야만 길할 것이옵니다. 사람이 살아감에 있어서 교제와 사교, 그리고 처신은 중요한 것이옵지요. 이러한 교제와 사교와 처신을 함에 있어서 바름을 잃어서는 아니 된다는 뜻이 이 괘에 담겨 있사옵니다."

　"그렇소이다, 기자공! 보충 설명이 아주 좋습니다."

　"황공하옵니다, 폐하!"

"자, 다음엔 우리 사편공의 기담(奇談)을 한번 들어 보도록 하겠습니다. 부탁하겠소이다."

 옆에서 두 사람의 대화를 묵묵히 지켜보고 있던 사편이 상체를 추스려 세우며 입을 떼었다.

 "택뢰수 조직의 하부 조직, 그 가운데에서도 맨밑에 자리 잡고 있는 이 초구를 소신은 이렇게 보옵니다. 일의 양에 구의 양이 와서 겹양이며 중양인 양강한 기질의 사내이옵니다. 이런 사나이가 강한 진동력을 가진 우뢰와 같은 조직에서 주장자와

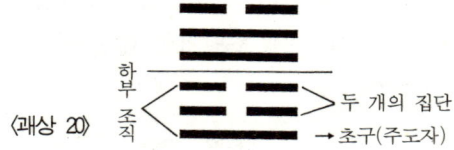

〈괘상 20〉

주도자로서 그의 능력을 유감없이 발휘하고 있사옵니다. 그러니 바로 위에 있는 두 개의 집단이 그에게 호응과 응원을 해 주며 따라 주고 있사옵니다. 이런 자의 성격은 마치 우뢰와도 같아서 무슨 일이든 박진감 넘치게 처리하옵지요. 그야말로 쾌남아이옵니다. 일단 남의 부탁을 들었다 하면 그날을 넘기지 않는 자이옵니다. 폐하! 초구이니만큼 이 효는 여기에서 그치고자 하옵니다."

 "그렇게 하시지요. 처음부터 너무 과열되는 것도 좀 그러하니 서서히 열기를 덥히도록 하십시다."

 "폐하, 이렇게 약간의 여운을 남기고 끊는 것도 괜찮은 듯하옵니다."

 "사편, 그래서 여운(餘韻)이란 말이 생겨난 게 아니겠소이까? 자, 그럼 그 정도에서 그치고, 다음엔 이 택뢰수 조직의 두 번째 효인 육이를 만나 봅시다. 무슨 생각과 어떤 체질을 가

지고 있는지 말입니다."
"그럼, 폐하의 특허품인 효의 원론을 듣도록 하겠사옵니다."
"허허허…… 기자공! 이 짐의 특허품이라니요?"
"그렇지 않사옵니까? 하나라는 연산(連山)이요, 은나라는 귀장(歸藏)이요, 주나라는 주역(周易)이니 이 주역이 바로 폐하의 독특한 창안이 아니고 무엇이겠사옵니까?"
"그러고 보니 과히 듣기 싫은 소리는 아니구려."
"지당하신 생각이시옵니다, 폐하!"
"자, 그러면 육이를 한번 재판해 보도록 하겠소이다.
이 육이는 '소자(小子)에 얽매이면 대장부를 잃게 되리라(係小子면 失丈夫리라).'

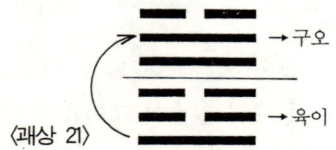

〈괘상 21〉

이게 무슨 뜻인고 하면 이렇소이다. 〈괘상 21〉에서 보시는 바와 같이 육이의 정응(正應)은 저 윗 조직의 구오가 아닙니까? 그런데 만약 육이가 이 구오 대장부를 버리고 가까이에 있는 초구〔小子〕와 관계를 맺고자 한다면 그것은 크나큰 오판이지요. 때문에 경계를 주는 것입니다. 구오는 육이 자신의 짝일 뿐만 아니라 실세이며 존위에 있지 않소이까? 이런 대인을 버리고 소인인 초구를 따른다면 복덩어리를 발로 차내 박살내 버리는 것과 같은 것이지요.
왜 이런 노파심적인 염려를 하느냐 하면, 육이는 본디 이의 음에 육의 음이 합쳐진 순음이자 겹음이며 중음으로서 유약하여 잔정에 끌릴 수도 있기 때문이지요. 그래서 혹시나 하는 생각에서 경고를 주는 것입니다."

"폐하, 그래서 '순간의 선택이 평생을 좌우한다'라는 말이 생겨났다고 보옵니다. 그러나 마음을 놓아도 괜찮다고 보옵니다. 육이가 중정(中正)성을 확보하고 있어서 그렇게 어리석지

〈괘상 22〉 →육이 ; 음의 자리에 음이 와서 정(正)이고, 또 상중하 가운데 중앙에 왔으므로 중(中)이다. 따라서 중정(中正)의 덕을 가지고 있음

는 않을 것 같기 때문이옵니다. 〈괘상 22〉에서 보옵시는 바와 같이 좋은 여건과 조건을 갖추고 있으므로 큰 염려는 안 해도 되지 않을까 싶사옵니다, 폐하!"

"그렇군요. 잘 보셨소, 기자공!"

"홍감하옵니다, 폐하! 그러면 다음은 이 기자의 차례이오니 육이를 형상학적 측면에서 말씀드려 보겠사옵니다.

'만일 초구의 소자(小子)에 얽매이게 되면 두루두루 겸할 수가 없다(係小子면 弗兼與也리라)'라고 하겠사옵니다.

쉬운 말로 풀이하옵자면, '사람이 바름을 얻으면 사특한 것이 멀어지고, 그릇된 것을 좇으면 옳은 것을 잃게 된다(得正則遠邪하고 從非則失是라)'는 뜻이옵지요.

그러니까 한꺼번에 두 가지를 좇아서는 안 된다는 교훈이 들어 있다 하겠사옵니다. 때문에 현재 육이는 소(小)를 버리고 대(大)를 얻기 위해서 두 조건을 다 취할 수 없는 입장이옵니다. 따라서 정당함을 좇아가는 데 전일치지(專一致之)하고 계심일처(繫心一處)해야 함을 뜻한다 하겠사옵니다."

"좋은 표현을 빌어 쓰시는군요, 기자공! 전일치지란 '한 곳으로 오로지 하여 이룬다'는 뜻이고, 계심일쳐란 '마음을 한데

묶어 매고 해 나간다'라는 뜻이지 않습니까? 그 어구가 참으로 마음을 사로잡는군요, 기자공!"
 "예, 폐하! 주관성을 찾는 데 적절한 표현이라 하겠사옵니다."
 "좋소이다. 다음은 사편공의 차례이지요?"
 "예, 폐하! 이 신의 차례이옵니다. 육이는 육의 음이 이의 음에게 올라붙어 있는 그런 상황이옵니다. 비유하옵자면, 물기를 좋아하는 수양버드나무 위에 물고기를 잡아먹고 사는 아름다운 물총새가 올라앉아 있는 격이라고 하올까요, 아니면 물에 뜬 연꽃이라고나 하올까요, 아니면 또 물 속에 잠긴 달이라고나 하올까요? 이런 만남은 본디 음의 물체에 또 음의 뜻을 담은 음이 찾아와 만난 사물의 관계라 하겠사옵니다. 다시 말씀드리옵자면, 물 속에 박힌 달이 물을 만나서 수월상교(水月相交)의 정취를 나타내 주어 아름답고, 연꽃이 물을 벗어나서는 안 되는 특수성 때문에 더 돋보이고, 물새가 하늘거리는 수양버들 가지를 타고 그네를 뛰는 것이 아름다움의 일품이 아니겠사옵니까? 음이 음을 만난 이중음과 겹음이기에 한결 아름답게 보이는 것이옵지요. 바로 이런 아름다움이 담겨져 있는 것이 이 육이라 하겠사옵니다."
 "역시 사편은 사편이오. 아주 기발한 비유요. 마치 한 폭의 비단 같은 구절들이며 한 장의 그림 같은 장면들이라 하겠소이다, 사편공!"
 "그처럼 칭찬하여 주시오니 황송하여 몸 둘 바를 모르겠사옵니다, 폐하! 그런데 폐하! 다음 작괘를 토론할 적에는 이번에 우리 주나라로 완전 귀화한 은나라의 대학자 산의생(散宜生)을 참여시켜 좀더 다양성을 꾀하는 것도 좋지 않을까 싶사옵니다."

"그렇게 해 봅시다. 좋은 것이 좋으니까 말이오. 그러면 이어서 육삼에게 가 봅시다.

이 육삼은 '대장부와 관계를 맺고 소인을 버렸으니 때에 따라 추구하는 바를 얻을 수 있도다. 그러나 모름지기 주관을 지키고 처신해야 이로울 수 있느니라 (係丈夫하고 失小子하니 隨에 有求를 得하나 利居貞하니라.)'

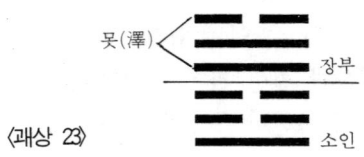

〈괘상 23〉

좀더 분석해서 설명하자면 이렇소이다. 여기에서의 장부는 바로 위에 있는 구사입니다. 〈괘상 23〉에서처럼 말이오. 소인은 역시 초구이구요. 구사가 양으로서 못을 뜻하는 택(澤) 조직의 맨밑에 있으니 장부라고 보는 것입니다. 육삼이 비록 초구와 같은 조직에 있는 동체이긴 하지만 가깝기는 구사가 더 가까운 고로 그 구사와 관계를 좁히는 것입니다. 대저 음유한 육삼은 능히 자립하기가 힘들지요. 때문에 항상 가까이 있는 자에게 기대고 의지하게 돼 있습니다. 위에 있는 구사와 관계를 맺으면서 아래에 있는 초구를 버리고 실용주의 노선을 좇는고로 때를 따라 얻는 것은 마땅하다고 보는 거지요.

혼지수명(昏之隨明)하고
사지종선(事之從善)이라.
(어둘 때 밝음을 따르고 일의 좋은 것을 좇는다.)

이 말은 위를 따르는 좋은 예라 하겠어요.

배시종비(背是從非)하고
사명축암(舍明逐暗)이라.
(옳음을 버리고 그름을 좇는다.)

이는 아래에 있는 잘못된 것을 따르는 행위라 해야지요. 상황을 뒤집어 얘기한다면, 본디 초구이지만 이는 양이므로 성격상 구사와 맞지 않아요. 〈괘상 24〉에서 처럼 말이오. 때문에 부득이 이 육삼을 소홀히 할 수 없는 입장이라 하겠어요. 따라서 이 구사는 육삼과 더불어 친선 관계를 맺고 있으므로 육삼 역시 구사를 따라 주면서 자신이 추구하는 바를 반드시 얻게 되는 겁니다.

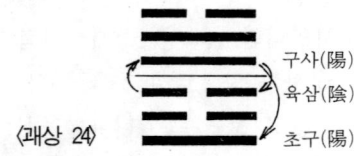

〈괘상 24〉 구사(陽) 육삼(陰) 초구(陽)

이런 경우를 실용주의 노선이라 하지요. 사람이 윗사람과 친선을 유지해야 자신이 구하는 바대로 얻어지는 것이 아니겠소이까? 단지, 비록 그렇다손 쳐도 비리왕도(非理枉道 ; 이치를 어기고 도를 굽힘)로서 윗사람을 따른다든지, 또는 구차하게 애열(愛說)을 부리면서 구하는 것을 얻으려 한다면 소인이 취하는 사첨추리(邪諂搥利 ; 사특과 아첨으로 이익을 찾아 달려감)와 조금도 다를 바 없는 거지요. 때문에 주관을 지키면서 이익을 얻어야 된다고 한 것이지요. 스스로 정당성에 처한즉 구하는 것도 얻게 될 것이니 이것이 곧 정사(正事)이며 군자의 따름이라 하겠소이다.

결론을 맺자면, 육삼의 입장에서 구사는 어디까지나 정응이 아니므로 주관을 지키며 근접하고 친선해서 이익을 얻어야 한다고 경고한 것입니다."
 묵묵히 새김질을 하며 듣고 있던 기자가 입을 떼었다.
 "폐하, 참으로 군자나 대인이 된다는 것은 어려운 것 같사옵니다. 비리에 접근하지 않고, 도(道)도 굽히질 않고, 아첨도 떨지 않고 이익을 얻어야 하니 그렇사옵니다. 이렇게 어려운 일이긴 하지만 만고의 진리라 하겠사옵니다."
 그러자 사편도 한 마디 거들었다.
 "소인의 주특기는 아첨떠는 것이 아니겠사옵니까? 그런 자가 자신의 그 주특기를 안 부린다는 것은 어찌보면 실현 불가능한 일일지도 모르겠사옵니다, 폐하!"
 "그래서 소인과 군자가 나누어져 있고, 그 차이란 천지 차이가 아닌가요, 사편공?"
 "옳으신 말씀이옵니다. 그냥 드려 본 말씀일 따름이옵니다, 폐하!"
 "알고 있소이다, 하하하······."
 문왕은 장난인 줄 알면서 일부러 농을 깔아 본 것이었다.
 "자, 다음은 기자공께서 육삼을 형상학적인 측면에서 조명해 주십시오."
 "예, 폐하! 폐하께옵서 '대장부와 친선관계를 갖는 것이 좋다.'고 하심은 '아랫것들은 버려야 한다'는 뜻으로 받아들이겠사옵니다. 그 이유는 '상(上)'을 따르면 그 뜻이 옳은 것이니 아랫것을 좇지 말라는 뜻이고, 아랫것일랑 버리고 위로 좇아가야 하니 낮은 곳은 버리고 높은 곳을 좇아가라는 뜻이옵지요. 이렇게 함이 따름의 도에 있어서 선(善)이라 할 수 있겠사옵니다."
 "그렇소이다. 장부라면, 현자라면, 자꾸만 나은 곳과 높은 곳을 향해서 가야 하는 것이지요. 그래야 자신은 물론 사회와 나라가 발전하게 되지 않겠소이까?"

"거룩하신 생각이옵니다, 폐하!".

"그러면 기자공의 강담은 이 정도에서 그치는 것인가요?"

"예, 폐하! 길어서 좋을 수도 있겠지만, 또한 이처럼 짧아도 좋은 것이지 않사옵니까? 하오니 이 육삼효의 형상학적 얘기는 여기에서 그치겠사옵니다, 폐하!"

"맞는 말씀이시오. 음악에도 고저장단이 있듯이 대화와 토론에도 똑같은 원리가 적용되는 법이지요, 기자공!"

"폐하, 그러면 이 사편의 책무를 수행하겠사옵니다."

"그렇게 하시오, 사편공. 이번엘랑 사편공께서 장단의 원칙상 조금 길게 늘려서 해 보십시오."

"잘 될지 모르겠사오나 성과 열을 다해 보겠사옵니다. 이 육삼은 본디 삼이라는 양의 자리에 육의 음이 찾아와서 혼합된 인격체라 하겠사옵니다. 그리고 입체적인 인격체도 되옵지요. 삼의 양인 본체에 육의 음이 뒤에서 앞을 감싸 주고 있으니 입체감이 충분히 나타나고 있사옵니다. 그래서 그림을 그리는 화가들은 이 육삼의 원리를 기법으로 사용하고 응용해서 원근(遠近)의 이중적 효과를 나타내고 있사옵니다."

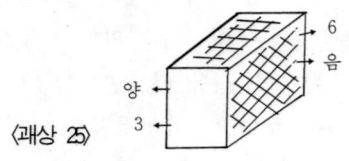

〈괘상 25〉

이런 기법과 원리는 비단 그림에만 국한된 것이 아니옵고 음악에도 적용되오며, 그리고 또 모든 만남의 관계 설정에는 다 적용되고 있사옵지요. 음악에서도 주(主)연주자와 주악기가 있고, 동시에 부(副)연주자와 부악기가 있어서 입체적 음향 효과를 나타내 주지 않사옵니까? 또 만남의 관계 설정에 있어서도 '너'와 '나'라는 주체와 객체가 있사옵지요. 도름지기 이 상호의 설정이 없다면 고장난명(孤掌難鳴 ; 한쪽 손으로 손뼉치기)이라 하겠사옵니다.
 육삼의 이러한 입체적 원리는 삶의 그 어느 분야에든지 광범위하게 적용되고 활용되어서 삶의 형과 질을 두터웁게 해 주고 있사옵니다.
 다시 이 괘의 분위기와 또 제시하고자 하는 뜻과를 부합시켜 말씀드리옵자면, 양의 주체에 음의 객체가 따라 주는 그 필연적인 이치가 들어 있사옵니다, 폐하!"
 "잘 설명이 되었소이다, 사편공! 사편공의 논리에는 그 누구도 추종을 불허하게 되어 있어요. 어쩌면 그렇게 종횡간에 무진한 논조(論調)와 조리(條理)를 가지고 있스이까? 그저 신기할 따름이오!"
 "과분한 칭찬이시옵니다, 폐하! 하오나 사고(思考)의 세계와 논리의 세계란 솟아나는 샘물과 같다고 하겠사옵니다. 다시 말씀드리옵자면, 누구든지 무진장하고 무한정한데 다만 이를 개발하지 않을 뿐이라 생각하옵니다, 폐하!"
 "좋은 말씀이오. 그러면 좋은 감흥을 안고 몰아서 구사효로가 봅시다."
 "예, 폐하!"
 사편공의 응대였다.
 문왕은 항시 입맛에 딱 맞는 강담이 나오면 그 감흥을 족히 느끼느라 얼굴과 입가에 미소가 떠나질 않았다.
 "그러면 시작합니다.
 '이 구사는, 따라감에 있어서 얻어지는 것이 있으면 마음을 곧게 가져도 흉할 것이다. 이런 경우엔 성실하고, 도를 행하고, 밝은 행동을 한다면 무엇을 탓하리요.(隨에, 有獲이면, 貞이라도, 凶하니, 有孚코, 在道코, 以明이면, 何咎리요.)

무슨 뜻을 담고 있느냐 하면, 구사는 양강(陽剛)의 재질을 가지고 신하의 위치인 최극에 와 있지 않습니까? 이런 경우, 임금을 모시고 따름에 있어서 얻음이 있으면 챙기고 비록 그 행위 자체가 바르다 할지라도 흉한 일이 되는 것이지요.

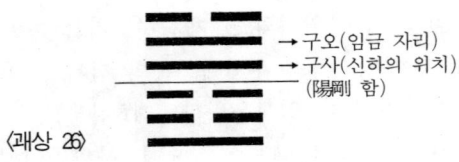
〈괘상 26〉

여기에서 '얻는다'라고 한 것은 천하의 마음을 얻어서 자기에게로 따르게 함을 의미하는 것이지요. 본디 신하의 도란, 은혜와 위엄이 위의 임금에게로부터 나오게끔 도와주는 것이지요. 이렇게 하면 백성들의 마음이 다 임금에게로 따라 주게 되어 있는 것이지요. 그렇지 않고 만약에 백성들의 인심이 신하인 구사에게로 따라 준다면 위의(威疑;위험과 의심)의 도가 되는 것입니다. 때문에 이는 흉할 수밖에 없는 것이지요.

그렇다면 이런 신하의 입장에 처한 자는 어떻게 해야 되겠소이까? 오직 부성(孚誠;믿음과 정성)이 중심에 쌓여서 임금에게 감동을 주어야 하고, 도와 부합되는 행동과 명철한 두뇌로써 신하의 직분에 처해야만 허물이 없는 것이지요."

〈이렇게 신하의 직분을 충실히 행한 자를 예로 들자면, 은나라 왕실의 이윤(伊尹), 주나라 왕실의 주공(周公), 한나라 왕실의 공명(孔明) 등이 있다. 이들은 덕이 백성들에게 미쳐 가도록 함으로써 그들이 따랐다. 그 백성들의 따름을 임금이 공을 이루는 데 보태어 줌으로써 그 나라를 편히 하는 데 공을 세웠다고 전해진다.)

"폐하, 그러니까 폐하의 말씀을 요약하옵자면, 구사는 신하로서의 분수에 넘치는 행동을 해서는 안 된다는 말씀이 되겠사옵군요. 인기가 높아서 자기에게로 민심이 쏠리더라도 우쭐해 하지 말고 그것을 받아 임금에게로 돌림으로써 군신간의 미덕이 살아나고 천하 국가가 평화로워질 수 있도록 해야 한다는 뜻으로 여겨지옵니다."

"바로 그겁니다. 이 짐의 강담 말미를 잘 마무리해 주시는구려, 기자공께서! 그러면 이어서 이 구사의 됨됨이에 관해 설명해 주십시오."

"예, 폐하! 임금을 따르는 신하의 직분으로서 민심을 얻음은 흉함이라 하겠사옵고, 믿음과 도에 맞게 행동하는 것은 밝은 공을 세움이라 하겠사옵니다. 전자에서처럼 신하가 임금 밑에 있으면서 민심을 자기에게로 쏠리게 하는 것은 모반과 찬탈, 그리고 혁명 등의 흉계가 있음을 배제할 수 없는 것이옵지요. 그리고 후자의 경우처럼 자신의 모든 공을 임금에게로 돌리며 정성과 믿음, 그리고 도를 행하는 것은 충신의 직무를 다함을 뜻하는 것이 되겠사옵니다. 다시 집약해서 말씀드리옵자면, 누구든지 자신이 처해 있는 직분과 직무를 벗어나지 말라는 뜻이 이 구사에 내포되어 있다고 하겠사옵니다, 폐하!"

"그렇소이다, 기자공! 모반과 찬탈, 반역과 혁명을 해서는 안된다는 뜻이 이 괘에 들어 있지요."

그렇다. 신하된 자의 직분이란 어디까지나 임금의 수족으로서 그쳐야 하지, 그 이상도 그 이하도 해서는 아니되는 것이다. 역사를 통해 볼 때, 왕을 몰아내고 새 왕조를 세운 자들은 일시적 영달은 꾀했을지 모르나 역사 속에 언제나 죄인으로 기록되어 있다. '따름'이란 어떤 것인가를 이 구사가 잘 대변해 주고 있다 하겠다. 소중한 효사(爻辭)가 아닐 수 없다.

"자, 다음은 사편공의 차례입니다. 공의 그 멋진 입씨를 한번 들어 봅시다."

"예, 폐하! 이 택뢰수 조직의 구사는 사의 음에게 구의 양이 찾아와 물체를 조형하고 있사옵니다. 〈괘상 27〉에서 보옵시는

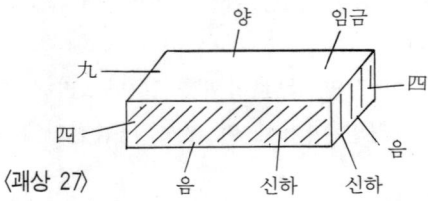

〈괘상 27〉

바와 같이 누워 있는 물체를 입체로 그려 보았사옵니다. 구의 양은 위의 전면이옵고 사의 음은 측면이옵지요. 그러니까 이 측면의 음들이 위의 양을 받쳐 주고 있어서 입체 효과를 잘 살려 주고 있다고 보겠사옵니다. 이 원리가 바로 구사의 원리이옵지요.

　바로 이 원리가 군신간의 이치에 적용되옵니다. 밑에서 받쳐 주는 측면의 음들은 신하들이고 위에 있는 전면의 구는 임금에 비유할 수 있사옵니다. 이 원리가 비단 여기에 국한되는 것이 아니옵지요. 광범위하게 사회 전반의 구조에 적용되오며, 이 적용이 바로 기층(基層)문화를 이루는 데 큰 의미를 담고 있사옵니다. 이러한 기층 구조, 즉 입체적 이중성과 복합성이 없다면 모든 구조는 와해되고 마옵지요. 때문에 성공하는 조직과 사회는 이 구사의 입체적 기층원리를 멋지게 살려서 이룬 공이라 하겠사옵니다, 폐하!"

"설명이 좋소이다, 사편공! 기층문화란, 바로 탑을 쌓는 원리와도 같은 것이지요. 고대문화는 탑을 쌓아 정신을 집약시키고 신앙화하여 국민 정서를 밝혀 주었지요. 그러나 근대의 문화는 그 원리를 높은 누대(樓臺)를 짓는 데 적용시켜 건축 양식의 훌륭한 변화를 가져왔다고 봅니다. 그리고 국가 구조에도 적용되어 국가 질서와 기강이 확립되어 우리 주나라가 이렇게 영화를 누리고 있다고 봅니다, 사편공!"
"폐하의 설명이 더욱 좋사옵니다. 본말이 전도된 것 같사옵니다, 하하하……."
"아, 아니오. 사편공의 말에 약간 살을 보탠 것밖에 없어."
"어쨌거나 좋았사옵니다. 폐하!"
"자, 다음에는 이 택뢰수의 핵심인 구오효를 분석해 봅시다. '이 구오는 아름다움에 성실을 보태니 길하다(九五는 孚于嘉니 吉하니라)'고 하겠소이다."

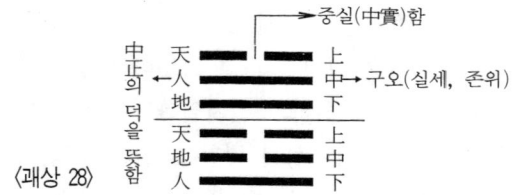

〈괘상 28〉

 무슨 뜻인고 하면, 이 구오는 존위의 자리에 중정의 덕을 갖춘 실세자가 아닌가요? 그리고 중실(中實)한 사고방식에 합리주의를 구사하여 선(善)을 따라 가고 있으니 길(吉)한 것은 뻔한 일이 아니겠소? 천자로부터 일반 서인에 이르기까지 인간이라면 모두가 이 선한 분을 따라가야 하지요. 상하 짝의 관계도 아래 조직의 육이가 중정의 덕을 가지고 있어서 더없이 좋은 여건을 갖춘 존위의 임금이라 하겠소이다."

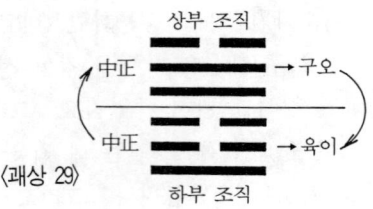
〈괘상 29〉

기자가 입을 열어 응대하였다.
"폐하, 구오는 참으로 복덕(福德)이 구족(具足)한 임금이옵니다. 세상에 저렇게 상하 군신간에 죽이 척척 맞았던 임금들이 있었사옵지요. 요와 순임금, 우임금, 그리고 은나라의 탕임금이 그렇지 않사옵니까? 바로 이 근자엔 문왕폐하이고 말이옵니다."
"이 짐도 그 성군들의 반열에 끼워 주는 겁니까?"
"아이구, 폐하! 무슨 말씀이시옵니까? 목목하옵신 우리 문왕폐하께옵서 그 반열에 들어가시지 않는다면 누가 들어가겠사옵니까? 우리 중국엔 반드시 오백 년 주기로 성군이 출현해 오지 않았사옵니까? 그것은 바로 하늘이 천명을 부여해서라고 생각되옵니다. 자고로 천하가 일치일란(一治一亂)으로 시끄럽게 될 때마다 성군이 나타나셔서 덕화(德化)와 덕정, 그리고 덕풍(德風)으로 세상을 바로 잡아 주곤 하였사옵지요. 바로 폐하께옵서도 어지러운 천하를 바로잡는 데 큰 공을 세우지 않으셨사옵니까?"
"기자공께서 그렇게 좋게 평해 주시니 기분이 나쁘지는 않소이다그려, 허허허."
"당연하신 말씀이옵니다, 폐하!"
문왕은 기자의 찬사에 얼굴에 흐뭇한 감흥을 띠었다.
"자, 그럼 좋은 감흥을 안고 기자공의 형상적 견지의 강담을 한번 들어 보겠소이다."

"예, 폐하! 이 구오의 형상은 이렇사옵니다. 아까 폐하께옵서 말씀하옵신 '아름다움에 성실을 보태고 있어서 길하다'고 하옵신 그 부분에 대해서 주석을 달자면, '구오'의 자리가 정중을 차지하고 있어서 그렇다고 하겠사옵니다. 다시 연역해서 말씀드리옵자면, 이 구오는 정중의 위치에 있으면서 정중의 도를 펴니 믿음과 정성으로 따라 주는 자가 있사옵니다. 그가 바로 저 아래의 중정에 있는 육이가 아니겠사옵니까? 그를 따르는 자들 역시도 중정을 얻게 되어 길하게 되옵지요."

"그런데, 기자공!"

"예, 폐하!"

"지금 강담중에 구오는 정중(正中)이라 하고 육이는 중정(中正)이라 표현하셨는데 거기에는 무슨 차이가 있는가요?"

"아니옵니다. 둘다 차이가 없사옵니다. 보름이나 열닷새나 똑같고 주머니나 쌈지가 같은 말인 것과 같사옵니다. 굳이 차이를 둔다면 정중(正中)하다고 하면 약간 권위와 무게가 더 있어 보이고, 중정(中正)하다고 하면 그 처하고 있는 위치에만 국

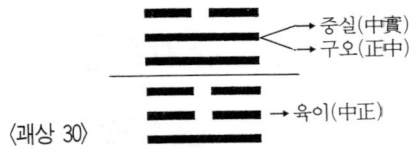

(괘상 30)

한되는 것 같은 느낌이 든다고 하겠사옵니다. 이 경우는 참으로 미묘한 느낌이며 차이라 하겠사옵니다. 이 조직에서 구오와 육이가 동시에 중정을 차지하고 있으므로 그 위치의 차이를 두기 위해 그렇게 해 본 것이옵니다. 설득력이 있을지 모르겠사옵니다만……."

"듣고 보니 그럴 듯하오이다그려!"

문왕은 기자공의 해설을 듣고 수긍이 가는 느낌을 받아 약간 고개를 끄덕여 주었다.
"자, 다음엔 사편공의 견해를 들어 봅시다."
"예, 폐하! 벌써 이 괘도 거의 다 되어 가옵는군요. 열심히 해 올리겠사옵니다. 구오란 본디 최고의 자리가 아니옵니까? 거기다가 복덕을 고루 갖추고 있으며 저 하부 조직에 있는 육이까지도 꽤 괜찮은 인격자이기에 복덕을 두루마기로 입고 있는 군주라 하겠사옵니다.
이 구오는 양에 또 구의 양이 찾아와서 성분학적으로 볼 때 순양이며 겹양이며 중양(重陽)이옵지요. 이렇게 양강하고 강건한 기질과 성품을 가진 자가 존위의 자리에 있으면서 천하를 통치하고 있으니 천하만방의 백성들이 다 따라 주고 있사옵니다.
상황을 옮겨서 다른 면을 분석해 보옵자면, 사람이 죽어서 찾아가는 유택(幽宅)이나 살아서 주거하는 양택(陽宅)을 정할 적에 〈괘상 31〉과 같이 생긴 곳을 잡아야 좋다고 하겠사옵니다.

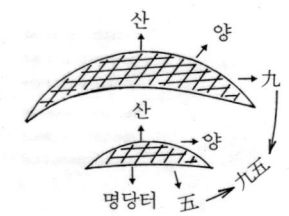

〈괘상 31〉

앞의 작은 구릉(丘陵;언덕)이 양의 오(五)라면, 뒤의 반달형 큰 산은 양의 구(九)에 해당하옵니다. 양에 양이 에워싸고 있으니 얼마나 따뜻하겠사옵니까? 바로 이런 형국이 하늘이 연출한 구오의 명당자리이옵지요. 그야말로 배산임류(背山臨流)의 승당(勝堂)터라 할 수 있겠사옵니다, 폐하!"

"듣고 보니 우리 주나라의 이 궁실 터도 그런 것 같은데요, 사편?"

"그렇사옵니다, 폐하! 우리 주나라의 궁실 또한 바로 저 구오를 형상화한, 〈괘상 31〉과 흡사하옵니다. 바로 이 궁실은 앉은 터가 약간 솟아서 저습하지 않고, 또 저 멀리 후산(後山)이 삼태기처럼 에워치고 있어서 복경(福慶)을 놓치지 않고 쓸어 담아 주고 있지 않사옵니까, 폐하?"

"그래서 우리가 여기로 궁실을 옮겨 짓고부터는 복경의 일들만 생겨나는 것 같소이다, 하하하……."

문왕은 자신의 궁실 터가 이 구오의 논리와 구조에 딱 들어맞자 상당히 흔쾌해 하며 호탕하게 웃어 댔다.

"폐하, 다음엔 마지막으로 상황과 비유의 대상을 바꾸어 말씀드려 보겠사옵니다. 위 조직의 구오와 아래 조직의 육이 관계를 사람의 얼굴 구조에다 비유하면 이렇사옵니다.

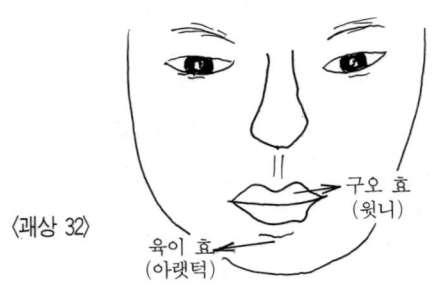

〈괘상 32〉에서처럼 입을 중심으로 해서 구오는 윗니 부분에 해당하고 육이는 아랫턱 부분에 해당하옵니다. 사람이 말을 한다든지 음식물을 씹을 때엔 아랫턱이 움직이지 윗니 부분은 절대로 안 움직이옵지요.

이는 아랫사람이 윗사람을 따라서 움직여야 함을 나타내 주는 대표적인 예라 하겠사옵니다. 속담에 '임금과 큰아들은 하늘이 낸다'고 하지 않았사옵니까? 임금과 큰아들을 신하들과 아우들이 찾아오는 것은 당연하다 하겠사옵니다. 이러한 무섭고 엄격한 원리로써 국가와 사회, 그리고 가정의 질서가 움직여지고 있는 것이옵니다.

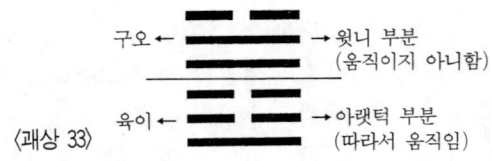

〈괘상 33〉

사람 얼굴의 구조적 질서는 바로 천하 질서의 표본이 되는 것이옵니다. 사람의 얼굴엔 인생의 도덕과 윤리가 함축되어 있고 집약되어 있사옵지요. 인생을 물의없이 순리에 맞게 살면서 성공을 이룬 사람은 이 철학을 먼저 깨달았던 것이옵니다. 이렇게 말씀드리오니 이 택뢰수에 담겨 있는 뜻이 확 통하지 않사옵니까, 폐하?"
 "그렇소이다, 사편공! 참으로 수(隨;따를 수)괘와 부합되는 훌륭한 비유였습니다. 역시 좋은 강담을 들으면 맑은 향기를 맡는 것과 같아서 기분이 향긋하고 흥이 일어요. 이 기분을 안고 상육으로 넘어가 봅시다."
 "그러하시옵소서, 폐하!"
 사편의 추임새였다.
 "이 상육은 '얽어매고 또 쫓아가서 매니 왕이 서쪽 산으로 가서 제사를 지내고 있다'라고 하겠소이다.
 여기서 '얽어매었는데 또 쫓아가서 맨다'란 말은, 상육이 택뢰수 조직의 맨 위에 와서 힘을 발휘하지 못하고 있음을 뜻하는 것이지요. 그러니까 비운의 황제, 몽진(蒙塵;임금이 난리를 피하여 안전한 곳으로 옮겨감)의 임금, 또 파천(播遷)의 군주, 파월(播越)의 제왕이라 할 수 있지요. 비운, 몽진, 파천, 파월, 이 네 가지 여건은 모두 임금이 도성(都城)을 떠나 딴 곳으로 감을 뜻하는 단어들이 아닌가요? 바로 이 상육이 여기에 해당하는 임금이라 하겠습니다. 도망을 가는데도 적들이 계속 추격해 옴을 뜻하지요.

그리고 '왕이 서쪽 산으로 가서 제사를 지낸다'는 말은 이겁니다. 실례를 들자면, 짐의 조부이신 태왕께서 오랑캐들이 쳐들어와 하도 성가시게 굴어 대니까 할 수 없이 정든 빈(豳) 땅을 버리시고 서쪽에 있는 기산(岐山) 밑으로 자리를 옮기셨지 않소이까? 그러자 그곳 빈 땅의 백성들이 그분의 뒤를 마치 장꾼들이 시장에 장 보러 가듯이 따라왔다고 합니다. 그래서 태왕께옵서는 기산 밑에다 임시로 도읍을 정하고 나서 백성들과 함께 나라를 세우시고 그 뜻을 기산의 산천신에게 알리기 위해 제사를 지내셨다 하지 않던가요? 그러고 나서 우리 주나라의 왕업이 일기 시작하여 오늘에 이른 것이지요.

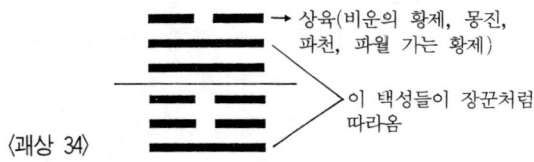

〈괘상 34〉 → 상육(비운의 황제, 몽진, 파천, 파월 가는 황제)
이 백성들이 장꾼처럼 따라옴

다시 말하자면, 넓은 대륙에 살고 있을 때에 적들이 그 땅을 내놓으라고 하면 일부를 떼어 주고 자리를 옮겨 살 필요도 있다는 뜻입니다. 문제는 이런 과정에서 백성들이 어진 임금의 덕화에 감복되어 따라와 주어야 한다는 점입니다. 만약에 백성이 따라 주지 않으면 그것은 아무런 의미가 없는 것이지요. 그래서 따르고 좇아옴을 집약한 이 택뢰수의 마지막 효에다가 이런 의미를 부여해 본 것입니다.
 과감하게 버리고 떠나서 다시 일어섬으로써 오히려 전화위복 격으로 더 잘 되는 이 원리가 바로 우리가 펼쳐 가는 주역의 원리며 세상의 이치이지요. 주고 떠나고, 버리고 떠나고, 무소유로 떠나고, 무집착으로 떠나고, 무애착으로 떠나고, 무구금으로 떠나고, 무관계로 떠나고, 이렇게 새가 둥지를 떠나듯이, 벽계수가 청산 속을 떠나듯이 훨훨 털고 떠날 때, 경우에 따라서는 이렇게 훨씬 더 크게 될 수도 있다 하겠어요."
 "폐하, 참으로 명강담이시옵니다. 인생은 본디 무(無)에서 유(有)를 창조했다가 구경(究竟)에 가서는 모든 것을 버리고 떠나는 것이 아니겠사옵니까?"
 "옳으신 말씀이오, 기자공! 기자공도 본디 동쪽 은나라의 동이인(東夷人)이 아니었던가요? 그러나 과감히 그 은국을 버리고 서쪽에 있는 우리 주국에서 이렇게 주역을 논하며 인생을 향유하는 이것이 얼마나 멋있고 또 큰 대업입니까? 이제 기자공은 역사 속에서 영원한 별이 되어 빛나게 될 겁니다. 그리고, 본 논제는 아닙니다만 먼 훗날 언젠가 또다시 동이 민족이 우리 중화(中華)를 지배할 날이 오게 될지도 모르는 일이지요. 주역의 변환하는 이치에서 볼 때 그렇습니다. 현재는 우리 서쪽에서 동쪽을 통일했지만 말입니다."
 "의미심장한 말씀이시옵니다, 폐하! 음과 양, 동과 서, 남과 북, 정신과 물질, 도덕과 재물은, 항시 어느 시기가 되면 그 비중이 달라지게 되어 서로의 입장이 뒤바뀌게 될 수도 있으니까 말씀이옵니다. 이 원리가 바로 '따라서 움직이는 것'이 아니겠사옵니까?"
 기자는 먼 훗날 동이 민족이 중국을 통치하고 지배하게 될 것이라는 추상적이고 관념적인 문왕의 말에 한 가닥의 희망을 가져 보는 눈빛을 띠었다.
 세상에서 영원한 소유주가 없다면 인생에 있어서 승자도 패자도 있을 수 없는 것이다. 그렇다면 누가 승자며 누가 패자인가를 판단하고 평가하고 의미를 부여하는 것만큼 어리석은 일도 없는 것이다. 패자는 승자를 위해서 있는 것이고 승자 또한 패자를 위해 있는 것이기에 이 관계는 서로 물고 물리는 먹이사슬에 불과할 뿐이다.
 또 이 관계는 존재(有)와 무(無)의 개념과도 같은 것이다. 존재는 무를 돋보이게 하기 위해 존재하는 것이고, 무는 존재를 소멸시키고 삼키기 위해서 있는 것이다.
 세상의 승자라고 자부했던 패권주의자들은 패자들의 세계를 능멸히 굽어보고 방자와 방만, 그리고 교만을 일삼아 왔었다. 그러나 보라! 다 한 줌의 흙으로 돌아갔거나 흔적도 없는 무로 돌아갔지 않았는가!
 승자와 패자와의 심판관은 전지전능한 하늘의 능력도 신(神)도 아니다. 오직 승패를 심판할 수 있는 자는 땅이며 흙이다. 대지는 승자와 패자를 모두 다 삼키고 품에 안고 잠들게 하고 영면케 하기 때문이다.
 대지는 무서운 심판자며 최후의 권력자다. 전지전능, 아니 만지만능이다. 대지는 그 누가 됐던 삼킬 수 있기 때문이다. 영원무궁토록, 유구히, 장구토록 영겁의 세월과 함께 하면서──그것도 무수한 중량을 싣고──심지어 무수한 잡것들의 발길에 밟히고 찢기고 훼손당하면서도 영원히 존재하면서 모든 것을 심판해서 삼키고 함장(含)시켜 버리기 때문이다.
 지구는 우주의 공간에서 태극의 한 구성원으로서 해를 따라 돌면서 그 모든 생명체를 탄생시키고 이들을 키워서 급기야는 야금야금 잡아먹어 버린다. 아, 참으로 무서운 힘이다. 괴력이다. 공포의 존재다.

 땅은 자신을 밟고 잘난 체하고, 있는 체하고, 힘있는 체하는 자들을 내버려 두며 그대로 지켜본다. 그러다가 어느 날 갑자기 두꺼비가 파리를 잡아채 삼키듯이 날름 삼켜 버린다. 땅은 자시(自始) 이래 무수히 많은 잡것들을 삼켰지만 배탈은커녕 오히려 더욱 왕성한 식욕으로 온갖 잡것들을 계속 삼켜 대고 있다. 땅이야말로 진짜 잡식 체질의 극이며 무소불식(無所不食)의 대식가인 것이다.

 사람들은 모두 어리석은 동물들이다. 특히 지자니 현자니 하는 자들은 더욱 어리석다. 밟고 있는 바로 족하(足下)에 자신이 함몰되고 매몰될 줄도 모르고 잘난 체하고 설쳐 대니 말이다.

 "기자공, 이제 이 택뢰수의 마지막 강담의 시간이 되겠습니다. 언제나 단골로 맡고 계신 그 형상적 문제를 제기해서 풀어 주십시오."

 "예, 폐하! 본론에 들어가기 전에 아까 폐하의 화맥(話脈)을 이어서 잠시 몇 마디 부언할까 하옵니다."

 "그러면 그리하십시오."

 "폐하의 조부님이신 태왕께옵서 도읍을 정한 후 맨 처음 산천신께 제사를 드리셨다고 하셨사온데 참으로 그 정신과 정성이 좋으셨다고 감히 말씀드리겠사옵니다. 산천신은 바로 지신(地神)과 맥락을 같이하는 것이 아니옵니까? 산천과 땅을 존중히 여기신 그 정성의 보답으로서 우리 주나라가 이렇게 번영을 구가해 가고 있다고 보옵니다.

 땅이란 우리네 인생이 돌아가야 할 최후의 안식처며 종착역이 아니겠사옵니까? 때문에 이곳 땅을 소중하고 존중히 여길 때 복덕을 받는 것이옵지요. 좀더 현실적으로 말씀드리옵자면, 살아서는 집이고 죽어서는 땅인데 땅을 우습게 여겨 훼상시킨다면 자기가 살고 있는 집을 그렇게 하는 것과 뭐가 다르겠사옵니까? 그런 줄도 모르고 어리석은 범부, 잘난 졸부, 똑똑한 필부들은 멀지않아 자신이 들어가서 거처하고 입어야 할 집과 의복을 마구 버려 대고 있으니 기가 찰 노릇이 아닐 수 없사옵니다. 해서 본론에 들어가기 전에 언급해 보는 것이옵니다."

"정말 좋으신 말씀이오, 모두(冒頭)에 붙인 달씀이."

"황공하옵니다, 폐하! 그러면 이번에는 상육의 형상에 대해 말씀드리겠사옵니다.

상육이 '구금되고 얽매여 있다'고 하심은, 다름이 아니오라 상육이 맨 윗자리에 와서 있기에 그렇게 보옵신 것 같사옵니다. 대체로 맨 윗자리는 끝나는 곳이므로 과거의 잘못이나 현실의 저항에 부딪쳐서 낭패를 당하게 되는 경우가 많사옵지요.

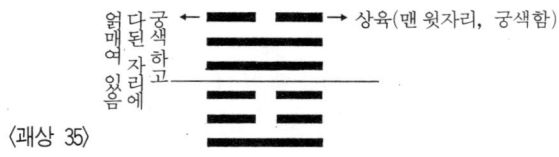

〈괘상 35〉

또 한 가지 더 불리한 조건은 상육의 자리가 음이기 때문이옵니다. 그 때문에 더욱이 맥을 추지 못하고 있사옵니다. 마치 이 빠진 호랑이와 같고 발톱 빠진 독수리와 같으며 무장 해제된 군인과 같사옵니다. 그러니 회한과 통한의 눈물이 앞을 가리는 그런 상황이옵니다.

이런 일을 당하지 않기 위해서 성군들은 권좌에 머물러 힘께나 발휘하고 있을 적에 덕을 닦고 인심을 얻어 놓는 것이옵지요. 그래서 후인들은 그를 성군이라 하며 이 숭앙과 흠모를 하는 것이옵구요, 폐하!"

"만고에 귀감이 되고 사표가 될 만한 강담이셨습니다, 기자공!"
 옛말에 '인생만사 새옹지마'라는 말이 있듯이, 부귀영화는 어떤 경우가 됐든 오래 가질 않는 것이다. 지극히 순간적이며 동시에 허무한 것이다. 이를 일찍 깨닫는 자만이 허물이 적은 인생을 살다 가는 것이다.

 〈이 근자에, 시대의 변환과 개혁의 도검(刀劍)에 얻어 맞아 평생공덕이 하루아침에 수포로 돌아간 자들이 얼마나 많은가? 설사 걸려 들지 않았다 해도 살아 있는 송장이나 다를 바 없는 인생을 살아가고 있는 자들이 얼마나 많은가? 세상이 뒤바뀐 지금, 문민 정부의 살충제 세례를 받고 있는 과거의 벼슬아치들에게 반성이 될 만한 옛 글귀 하나를 소개해 보고자 한다.

> 백년탐물일조진(百年貪物一朝塵)이오
> 삼일수심천재보(三日修心千裁寶)라.
> (백 년 동안 물질을 탐해 모은 것들은
> 하루아침의 먼지 부스러기에 불과하고
> 단 삼 일이라도 마음을 닦아 얻은 것은
> 천여 년의 세월 속에 보배인지라!)〉.

 "자아, 다음엔 사편공이 후미를 멋지게 장식해 주십시오."
 "예, 폐하! 이 신이 보는 상육은 이렇사옵니다.
 택뢰수라고 하는 특수 조직의 마지막 구성원으로서 최후의 심판을 기다리고 있사옵군요. 이런 경우엔 인식의 대전환과 운신(運身)의 대변화를 가져와야 하옵니다. 그래야 조금이라도 허물을 벗고 새로 태어날 수 있사옵지요.
 일례를 들자면, 실세와 대권에 있을 적에 긁어 모았던 불의로운 재물들을 모두 사회와 국가를 위해 내놓아야 하옵니다. 그렇게 하면 면제부를 받을 수 있고, 그나마 인간적인 대우를 받을 수 있다고 보옵니다. 권세의 자리란 부엌의 고래 구멍과도 같아서 그곳만 들어갔다 나오면 시커먼 깜장을 뒤집어 쓰고 나오게 되어 있사옵지요. 이것이 대권과 실세의 단점이며 함정이옵니다. 그래서 그 속에 들어가서도 깜장이 묻어 있지 않거나 덜 묻어 있는 사람을 두고 성군이니 청백리니 하는 귀한 칭호가 걸려지는 것이옵지요."

"역시 사편의 강담 또한 청사(靑史)에 빛날 내용들이로군요. 맑으면서 영양가가 있는 내용이었습니다. 그러니까 좋은 사골 국물처럼 기름기가 없고 단백질이 많은 진국이라 하겠소이다! 마지막 효까지 이렇게 조금도 흐트러짐 없이 시종일관으로 토론에 임해 주시느라 애들 쓰셨소이다, 사편공, 그리고 기자공!"

"황공하옵니다, 폐하!"

기자공과 사편공의 동시 응대였다.

"자, 그러면 입들이 마르실 테니 차나 한 잔씩 하고 자리를 뜹시다."

"예, 폐하!"

문왕과 두 공은 차가 나오는 동안 잠시 안식에 들어갔다. 스쳐가는 바람살 소리가 음산하게 들리는 것을 보니 바깥 날씨가 몹시 추워지는 것 같았다.

잠시 후 차가 나왔다. 죽향이 미리 준비해 두었다가 강담이 끝나자 들고 나온 것이었다. 한 잔의 차로써 갈증을 해소하고 나서 두 공은 자리에서 일어섰다.

밖에 나오니 한풍이 두 공의 얼굴을 스쳐 가며 정신을 명쾌하게 해 주었다.

「주역」 원문 해설편

상경(上經)

편저자 / 李善鍾

편저자의 말

「소설주역」은 여기에서 마친다. 이쯤에서 독자들에게 주역의 원문을 제시해도 되겠다는 생각에서다.
 본래 주역을 소설로 엮게 된 것은 주역을 처음 대하는 독자들에게 그 난해함을 재미있고 쉽게 전달해 주기 위해서였다. 그러나 주역은 상황의 논리요 변화의 철학이기 때문에 소설에서처럼 어느 시대 어느 세상을 한정 지어 말할 수 없다는 것을 독자는 이해해야 할 것이다. 주역이 통할 수 있는 범위란 가히 우주만물을 포함시키고도 남음이 있기 때문이다.
 따라서 여기서 본 소설을 끝내게 된 것도 그러한 이유에서다. 단지 이 책을 소설로서만 끝을 내면 주역에 담긴 심오한 뜻을 잘못 이해하여 왜곡할 소지가 있지 않을까 하는 우려에서다.
 이제 독자들은 「소설주역」으로 말미암아 주역의 기초는 닦은 셈이다. 그렇다면 보다 더 깊이 들어가 원문의 진가를 맛볼 필요가 있다. 「소설주역」을 읽고 주역이 무엇인지를 이해한 독자들이야말로 여기에서 제시하는 「주역원문 해설」을 쉽게 이해할 수 있을 것이다. 본「주역원문 해설」역시 앞의 소설에서 말한 것들과 용어나 푸는 방법 등에 있어서 대동소이하기 때문이다.
　독자들이「주역」원문을 읽을 때 주의할 사항이 있다. 성서가 비유의 책인 것과 마찬가지로 원문이 말하는 바를 글자 그대로만 읽고 해석해서는 곤란하다는 것이다. 소설에서 강조했던 바와 마찬가지로「주역」에 담긴 뜻은 그야말로 무한정하기 때문이다. 무한정을 한정적으로 규정 짓는 것처럼 어리석은 것도 없는 것이다.
　주역은 철학인 동시에 심오한 원리를 내포하는 과학이다. 주역은 매순간마다 발생되는 크고 작은 사건들과 아무런 의미가 없어 보이는 것에까지도 하나하나 그 의미를 부여하고 있다.
　본 장에서 보이는 64괘에는 각 괘마다 서로 다른 상황이 설정되어 있다. 그래서 그때그때 취해야 할 행동지침을 마련해 주고 있다. 미래에 일어날 것을 예시하는 점서이기도 한 주역은 단지 미래에 일어날 일을 예시하는 것만으로 그치지 않는다. 그에 덧붙여, 미래에 닥쳐올 상황에 처신해야 할 바를 합리적이고도 과학적인 시각으로 교시해 주고 있다. 이 점이 바로 다른 점서들과 다르다.

　주역을 읽으면서 이와 같은 옛 성인의 지극한 븐의를 깨닫지 못하고 그저 흥미로서 산가지나 셈하고 동전이나 굴려 미래를 점치는 것으로 그친다면 이는 주역의 참뜻을 모독하는 처사가 아닐 수 없다.

　본서가 세상을 경영하고 인생을 경영하는 데 있어서 더없는 희망을 불어넣어 주는 값된 책이 되리라 믿어 의심치 않는다.

1994년 여름
嶺南山하에서
「글마당」 李善鐘 씀

일러두기

1. 이 책은 조선조에 간행된 內閣版三經의 「周易傳義大全」을 대본으로 하여 「周易」의 經文 上下, 彖傳 上下, 象傳 上下, 文言傳, 繫辭傳 上下, 說卦傳, 雜卦傳, 序卦傳 등을 번역한 것이다.
2. 원문에 한글음을 달아 한글 세대들이 원문을 읽는 데 있어 막힘이 없도록 하였다.
3. 「주역」의 원문과 함께 현대역을 싣고 그에 따른 필자의 주해를 붙임으로써 독자들로 하여금 이해하기 쉽도록 하였다.
4. 주역 원문을 읽고 나서 이를 실생활에 적용시킬 수 있도록 각 괘마다 현대인들의 감각에 맞는 역점괘를 첨부하였다.
5. 먼저 원문과 현대역을 읽어서 그 본뜻을 헤아리고, 다음으로 필자의 주해를 읽어서 원문이 말하고 있는 바가 무엇인지를 이해하고, 마지막으로 역점괘를 읽어서 그 괘를 실생활에 적용하는 방법을 안다면 가히 주역을 안다고 말할 수 있을 것이다.

「주역」원문 해설 / 차 례

1 건(乾) [乾爲天] · *241*
2 곤(坤) [坤爲地] · *264*
3 둔(屯) [水雷屯] · *284*
4 몽(蒙) [山水蒙] · *298*
5 수(需) [水天需] · *310*
6 송(訟) [天水訟] · *322*
7 사(師) [地水師] · *335*
8 비(比) [水地比] · *347*
9 소축(小畜) [風天小畜] · *360*
10 리(履) [天澤履] · *373*
11 태(泰) [地天泰] · *386*
12 비(否) [天地否] · *399*

1. 건(乾) [乾爲天]

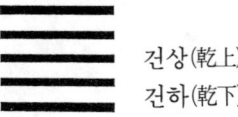
건상(乾上)
건하(乾下)

　건(乾)은 본래 소성괘(小成卦)의 이름으로서 건(健) 즉, 강건함을 뜻한다. 잠시도 쉬지 않고 끊임없이 운행되고 있는 강건하고 충실하고 능동적인 천체의 건전한 작용을 의미한다. 그렇기 때문에 본 괘의 이름을 천(天)이라 하지 않고 건(乾)이라고 한 것이다. 특히 이 괘는 모든 효가 강하고 적극적인 것을 상징하는 양효로써 이루어져 있다. 따라서 사람에 비유하면 장년기, 그리고 사업에 비유하면 최고 전성기라 할 수 있다. 세상 이치란 반드시 성하게 되면 기울게 되는 법이므로 이런 때일수록 자만에 빠져 지나친 행동은 삼가야 한다.
　건의 위대한 창조력, 그 힘을 받아서 만물은 시작된다. 건은 하늘의 도(天道)를 다스리는 근원이다. 구름은 하늘을 흐르고 비는 광활한 대지를 촉촉히 적신다. 이 하늘의 힘을 받아서 세상 만물은 갖가지 형체를 나타내어 하늘과 땅 사이에 사는 것이다. 건의 힘은 실로 그 어떠한 것에 의해서도 방해받음이 없이 장대하게 펼쳐 나가는 것이다. 따라서 이 건괘는 잠복(潛伏)에서부터 비약(飛躍)에 이르기까지 만물의 모든 과정을 밝힌다. 여섯 개의 효(爻)에 의하여 각각의 시점(時點)을 표시하고 그때마다 시의적절하게 여섯 마리의 용 위에 올라타고서 하늘의 도를 자기 것으로 삼고 천하를 다스려 가고 있는 것이다. 건의 도는 때에 응해서 변화하여 만물의 천성(天性)을 개화시키고 하늘과 땅 사이의 거대한 조화를 보전한다. 따라서 건의 움직임은 그야말로 순조롭고도 영원무궁한 것이다. 이러한 도로 말미암아 임금은 만백성 위에 군림하여 천하를 다스려 나갈 수 있는 것이다.

乾 元 亨 利 貞
건은 원코 형코 이코 정코 하니라.

건은 원기가 크게 형통하며 마음을 곧게 써야 이롭느니라.

[解說] 육효(六爻), 다시 말해 여섯 획은 본래 복희씨가 만든 것으로 전해진다. ── 은 기수(奇數)로서 양(陽)에 해당된다. 위에 있는 세 효 즉 상괘는 외괘(外卦)이며 아래에 있는 세 효 즉 하괘는 내괘인데, 복희씨는 위를 올려다보고 아래를 내려다보니 음양에는 기수와 우수가 있으므로 한 기수를 그어 양을 나타내고 한 우수를 그어서 음을 나타낸 것이다.
본래 양의 성품이란 부지런하며, 그 모양이 큰 것은 하늘이 된다. 그래서 이 괘의 이름을 건이라 한 것이다.
이 괘는 여섯 획 모두가 기수이고 상하 모두가 건이므로 양의 순수함이요 건(健)의 지극한 것이 된다. 따라서 건은 하늘을 상징하는 것으로서 모두 바꿀 수 없는 이치다.

　원·형·이·정은 본래 문왕이 만든 효사다. 이 효사로써 한 괘의 길흉을 판단하는 것이다. 이것이 이른바 단사(彖辭)다. 원은 큰 것, 형은 형통한 것, 이는 마땅한 것, 정은 곧고 바른 것이다. 문왕이 건의 도(道)를 이렇게 본 까닭에 점을 침에 있어서 이 괘를 얻으면 크게 형통하여 마음을 곧게 써야 이롭다고 본 것이다.

初九　潛龍　勿用
초구는 잠룡이니 물용이니라.

　초구(初九)는 잠룡(潛龍; 물 속에 잠겨 있는 용)이니 함부로 사용하지 말 것이니라.

　[解說] 구(九)는 양효(陽爻)인 ━을 말하며, 초구라 함은 하단 맨 아래의 양효를 말한다. 초양(初陽)이 아래에 위치해 있으면 사용할 수가 없다. 때문에 이 초구의 형상을 잠룡(潛龍)이라고 한 것이다. 점을 치는 데 있어서 함부로 쓰지 말라고 한 것은, 이 효는 대체로 건(乾)을 만나야만 변하기 때문이다. 여기에서 마땅히 그 형상을 보아 점을 치라는 것이다. 나머지 효 또한 이와 같다.

九二　見龍在田　利見大人
구이는 현룡재전이니 이견대인이니라.

　구이(九二)는 현룡(見龍; 나타난 용)이 밭에 있으니

대인을 만남이 이롭느니라.

[解說] 여기서 '밭'이라 함은 땅 위를 말한다. 점차로 성인이 세상에 출현하는 것을 비유시켜 한 말이다. 이 구이는 비록 올바른 위치는 얻지 못했어도 이미 대인의 덕이 나타나 있다. 따라서 소인으로서는 그를 당해낼 수가 없다. 이 효가 변하게 되면 대인을 보는 것에 그치게 된다. 따라서 이는 대체로 하위에 있는 대인에 불과하다 하겠다.

九三　君子　終日乾乾　夕惕若　厲　无咎
구삼- 군자, 종일건건하야 석척약하면 여하나 무구리라.

구삼(九三)은 군자가 종일 쉬지 않고 부지런히 노력하고
밤이 되어 그날의 일을 반성한다면
위태로우나 허물은 없을 것이니라.

[解說] 구삼은 하괘(下卦)의 맨 끝자리에 위치하여 위태롭기가 그지없는 상이다. 따라서 경계할 필요가 있다. 구의 양효가 삼의 양 자리에 있으니 강(剛)이 거듭된 상태다. 이런 처지에서 중정(中正)함을 얻지 못하고 하괘의 맨 위에 자리 잡고 있으니 위태롭기가 그지없는 땅이다. 그러나 그 성품과 체질이 강건하여 부지런히 일하고 자신이 행한 바를 반성할 줄 알기 때문에 허물이 없다. 비록 위태로운 지경에 처해 있다 할지라도 이처럼 능히 두려워하고 자신의 행한 바를 반성할 줄 알면 결코 허물이 없는 것이다.

九四　或躍在淵　无咎
구사는 혹약재연하면 무구리라.

구사(九四)는 혹 뛰어서 연못 속에 있어도 허물이 없으리라.

[解說]주저하여 아직 앞으로 나아가지 못하고 있는 상이다. 마음을 주도하게 가지면 아무리 위태로운 지경에 처해 있다 하더라도 허물이 없다는 뜻이다. 본문 중에서 혹(或)이라 함은 의심하여 무슨 일을 결정하지 못한다는 말이다. 연못이란 아래는 깊고 위는 텅 비어 있어서 어두워 한 치 앞을 내다볼 수 없는 곳을 말함이다. 용이 이런 곳에 있으니 혹 한 번 펄쩍 뛰기라도 하는 날이면 하늘을 향할 수 있는 것이다. 양인 구와 음인 사가 위아래에 위치해 있으니 나아가고 물러설 것을 결정 짓지 못한 때다. 이런 때는 개혁이 필요하다. 따라서 나아갈 때와 물러설 때를 적시에 결정하면 허물이 없는 것이다.

九五　飛龍在天　利見大人
구오는 비룡재천이니 이견대인이니라.

구오(九五)는 비룡(飛龍；나는 용)이 하늘에 있으니
대인을 만남이 이로우리라.

[解說]구오는 덕있는 성현이 왕노릇을 하고 있는 데 비유된다. 즉 대인이 하늘 위에서 덕을 넓게 베풀고 있으니 천하가 모두 우러러볼 것이다. 강건한 것이 중정을 얻었으니 높은 지위에 있는 형상이다. 마치 성인이 덕을 가지고 있는 것과 같다. 점을 치는 데 있어서는 하괘의 중앙에 위치하고 있는 구이와 같고, 특히 이득을 보는 것은 위에 있는 대인이므로 그 지위에

제대로 있기만 한다면 득이 된다는 것이다.

上九　亢龍　有悔
상구는 항룡이니 유회니라.

상구(上九)는 높이 있는 용이니 뉘우침이 있을 것이니라.

[解說]상(上)이란 맨 위의 효 이름이다. 이처럼 양이 상극(上極)에 위치하게 되면 움직일 때마다 뉘우침이 있는 법이다. 달도 차면 기울고 꽃도 피면 지는 법이니 모든 행동 하나하나를 조심해야 할 때다.

用九　見群龍　无首　吉
용구는 견군룡호대 무수면 길하리라.

용구(用九)는 여러 마리의 용의 머리가
구름 속에 숨어 있는 것을 보더라도
길할 것이니라.

[解說]구(九)는 노양(老陽)의 숫자이고 용(用)은 변통한다는 뜻이다. 여기에서는 양이 변하여 음이 되고 음이 변해 양 속에 음을 감춘다는 뜻이 들어 있다. 용구란, 모든 점을 침에 있어 양효를 얻은 자는 모두 구(九)를 쓰고 칠(七)은 쓰지 않는다. 이 괘는 순양(純陽)으로서 맨 머리에 있기 때문에 성인이 여기에 계사(繫辭)를 달았다. 이 괘를 만나게 되면, 육효가 모두 변하는 것으로서 강한 것이 변하여 유한 것이 되므로 길한 도(道)이다. 「춘추전(春秋傳)」에도 '건(乾)의 곤(坤)에 모든 용이 머

리가 없으면 길하다'고 하였다.

象　曰　大哉　乾元　萬物　資始　乃統天
단에 왈　대재라 건원이여　만물이　자시하나니　내통천이로다.

단(彖)*에 말하였다,
크도다, 건의 원기여!
만물이 여기에 의해서 비롯되니 이에 하늘을 거느렸도다.

[解說] 이 단사는 문왕이 지은 것이다. 이곳에서 오로지 하늘의 도로써 건(乾)의 뜻을 밝히고 원·형·이·정의 뜻을 분석하여 모든 이치를 밝힌 것이다. 그런 가운데서도 이 1절은 원(元)의 뜻을 해석한 것이다. 건원(乾元)은 천덕(天德)의 큰 시초이기 때문에 만물이 모두 여기에서 시작된다는 것이다. 또 원은 사덕(四德) 중에서 가장 머리가 되어 천덕의 처음과 끝을 꿰뚫기 때문에 통천(統天)이라고 한 것이다.

雲行雨施　品物　流形
운행우시하여　품물이　유형하나니라.

구름이 흐르고 비가 오니 만물이 모양을 이루느니라.

[解說] 이곳에서는 건덕(乾德)의 형통함에 대해 말하고 있다.

---

*) 여기서 단(彖)이란 십익(十翼) 가운데서 단전(彖傳)을 말한다. 즉 괘사(卦辭)의 해설이다. 단은 본래 판단한다는 뜻으로서, 즉 한 괘의 길흉을 판단한다는 뜻이다.

大明終始　六位時成　時乘六龍　以御天
대명종시하면 육위시성하나니 시승육룡하여 이어천하나니라.

처음과 나중을 크게 분명히 하면
육효의 위치가 적시에 이루어지나니
때로 여섯 용을 타고 하늘을 다스리느니라.

[解說] 성인의 덕이 크고 형통함을 말하고 있다. 다시 말해 크게 천도의 처음과 끝을 밝히고, 건괘의 육효가 각각 시의(時宜)를 얻어 이뤄지는 것을 보아 그 뜻을 알고, 이로써 건도의 큰 것을 다스려 나간다는 뜻이다.

乾道　變化　各正在命　保合大和　乃利貞
건도 변화에 각정재명하나니 보합대화하여 내이정하나니라.

건의 도가 변화해서 각각 성명(性命)을 바르게 하고
큰 화기를 보존하고 합치하는 것은 곧 이정(利貞)이니라.

[解說] 건도를 형통하게 해서 만물이 각각 성명을 바르게 하고 나아가서 그 도를 온전히 한다는 것이다. 즉 건도의 이정(利貞)함을 해석한 말이다.

首出庶物　萬國　咸寧
수출서물에 만국이 함녕하나니라.

만물 가운데서 제일 먼저 나오니
모든 나라가 다 함께 편안하느니라.

[解說]성인이 위에 있어서 만물보다 높이 뛰어난 것은 곧 건도의 변화다. 모든 나라가 각각 제 위치를 얻어서 편안함은 곧 만물이 각각 성명을 바로잡아서 대화를 보합하는 것이니, 이는 성인의 이롭고 곧은 것을 말하는 것이다.

통합해서 말하건대, 원(元)은 물건이 처음 나는 것이요, 형(亨)은 물건이 무성한 것이며, 이(利)는 결실하는 데로 향하는 것이요, 정(貞)은 이미 결실을 이룬 것을 말한다. 이미 결실이 이루어지고 나면 그 열매는 땅에 떨어지고, 다시 씨를 뿌리게 되는 것이다. 이것이 바로 사덕(四德)이 순환하여 그치지 않는 것이다.

그러나 이 네 가지 사이에는 생기(生氣)가 흘러서 결코 중단됨이 없는 것이다. 바로 이것이 원(元)이 사덕을 포용하여 하늘을 통솔한다는 것이다. 이를 공자와 같은 성인의 뜻으로 말하자면, 이 괘로써 성인이 하늘의 위치를 얻고 하늘의 도를 행해서 태평을 이루는 점괘라 할 수 있다. 비록 그 뜻이 문왕이 말한 것과 다를지는 몰라도 사람들이 저마다의 의사로써 구한다면 모든 이치가 행해져 어긋남이 없을 것이다.

象 曰 天行 建 君子 以 自疆不息
상에 왈 천행이 건하니 군자- 이하여 자강불식하나니

상(象)*에 말하였다,
하늘의 운행은 건실하니 이를 본받아 군자는

---

*) 여기서 '상(象)'이란 십익(十翼) 가운데 하나인「상전(象傳)」이다. 첫 귀절은 괘상을 총론함으로써 군자가 본받아야 할 것을 명시하고 있다. 이를「대상(大象)」이라 한다. 그리고 그 이하는 육효의 순서대로 각 효를 좀더 알기 쉽게 해설한 것이다. 여기서 상(象)이란 본래 상(像)과 통한다.

스스로 굳세고 조금도 쉬임이 없느니라.

[解說]하늘은 건괘의 상이다. 중괘(重卦)는 모두 거듭된 의미를 취했는데 유독 이곳에서만 그렇지 않은 것은 하늘은 하나이기 때문이다. 하루에 한 바퀴 돌고 또 그 이튿날 한 바퀴 도는 하늘의 운행을 본받아 인욕이 그 천덕의 굳셈을 해치지 않으려 한다면, 스스로 굳세어서 잠시도 쉬지 말아야 할 것이다.

潛龍勿用　陽在下也
잠룡물용은　양재하야오.

'잠룡이니 함부로 사용하지 말아야 한다' 함은
양(陽)으로서 아래에 있기 때문이니라.

[解說]여기서 '양(陽)'이라 함은 구(九)를 말하며, '아래'라 함은 잠(潛)을 말한다.

見龍在田　德施普也
현룡재전은　덕시보야오.

'현룡이 밭에 있다' 함은 덕을 널리 편다는 뜻이니라.

[解說]용이 땅 위에 보인다 함은 이미 덕화가 사물에 미침이 넓기 때문이라는 것이다.

終日乾乾　反復道也
종일건건은　반복도야오.

'종일 쉬지 않고 부지런히 노력한다' 함은
도(道)를 반복한다는 뜻이니라.

[解說] 종일 쉬지 않고 부지런히 노력하는 것은 언제나 잠시도 쉬지 않고 도에 대해 반복하여 반성하고 힘쓴다는 뜻이다.

或躍在淵　　進 无咎也
혹약재연은　　진이 무구야오.

'혹 뛰어서 연못 속에 있다' 함은
앞으로 나아가도 허물이 없다는 뜻이니라.

[解說] 앞으로 나아가도 허물이 없을 것이라 함은 곧 앞으로 나아갈 일이 있어도 나아가지 않기 때문이다.

飛龍在天　　大人造也
비룡재천은　　대인조야오.

'비룡이 하늘에 있다' 함은 대인이 된다는 뜻이니라.

[解說] 용이 날아서 하늘로 올라간다 함은, 이는 곧 성인이 하는 것과 같기 때문이다.

亢龍有悔　　盈不可久也
항룡유회는　　영불가구야오.

'높이 있는 용이니 뉘우침이 있을 것이라' 함은

가득 차면 오래 가지 못한다는 뜻이니라.

[解說] 무엇이든 가득 차면 변하고 뉘우침이 있게 마련이라는 뜻이다.

用九　天德　不可爲首也
용구는　천덕이　불가위수야라.

용구는 천덕(天德)이 우두머리가 될 수 없음을
이른 것이니라.

[解說] 양강(陽剛)은 사물의 우두머리가 될 수 없으므로 모두 변해야 길하다는 말이다. 선유(先儒)들이 말하기를 이 상전의 천행(天行) 이하는 대상(大象)이라 하고, 잠룡(潛龍) 이하는 소상(小象)이라고 한다.

文言　曰　元者　善之長也　亨者　嘉之會也　利者
문언에　왈　원자는　선지장야오　형자는　가지회야오　이자는

義之和也　貞者　事之幹也
의지화야오　정자는　사지간야니라.

문언(文言)에 말하였다,
원(元)은 착한 일의 어른이요
형(亨)은 아름다움의 모임이요
이(利)는 의리의 화락함이요
정(貞)은 일에 있어서 줄거리니라.

[解說] 이 「문언전(文言傳)」은 「단전」과 「상전」의 뜻을 더욱 넓게 펼친 것이다. 그럼으로써 건괘와 곤괘에 있는 깊은 뜻을 모두 밝혀내어 이들 두 괘 외에도 다른 62괘에 있는 말까지 연관시켜 알도록 하였다.

건은 원(元)·형(亨)·이(利)·정(貞)이다.

원(元)은 만물의 시작이며 선(善)의 육성이다. 따라서 천지의 덕이 이보다 앞설 수 없다. 계절로 말하자면 봄이요, 사람으로 말하자면 어진 것이 되어 모든 착한 것의 어른이 된다.

형(亨)은 만물이 모두 뻗어서 형통한 것이다. 여기에 이르게 되면 아름답지 않은 것이 없다. 가히 미(美)의 극치라 할 수 있다. 따라서 계절로 말하면 여름이요, 사람으로 달하면 예(禮)가 된다.

이(利)는 생물의 결실이다. 생물이 제각기 그 마땅함을 얻어서 서로 방해치 않는다. 따라서 계절로 치자면 가을이요, 사람으로 말하면 의(義)가 되어 서로의 나눔을 화평케 한다.

정(貞)은 생물이 형성되는 것을 말한다. 실지에 있어서 이치가 구비되고 언제 어디서나 풍족하기 때문에 계절로 말하면 겨울이요, 사람으로 말하자면 지혜가 된다. 따라서 모든 일에 있어서 가장 중요한 사물의 원줄기가 된다.

君子　體人　足以長人
군자는　체인이　족이장인이며

군자는 어진 일을 체득함으로써
모든 사람의 어른이 될 것이며

[解說] 건의 인(仁)을 본받으면 곧 세상 군장(君長)의 도가 되

어 곧 사람들의 어른이 될 수 있는 것이다. 인(仁)을 본받는다는 것은 원(元)을 본받음과 같으니 이를 비교하여 본받는 것이 곧 체(體)인 것이다.

嘉會　足以合禮
가회- 족이합례며

모이는 것이 아름다워서 족히 예(禮)에 합할 것이며

[解說] 모이는 것의 아름다움을 얻어야만 예에 맞는 것이다. 만일 예에 맞지 않으면 이치가 아닐진대 어찌 아름다우며 형통할 수 있겠는가?

利物　足以和義
이물이 족이화의며

만물을 이롭게 함이 족히 의리에 화합할 것이며

[解說] 의리에 화합하면 곧 만물에 이로울 것인데, 어찌 그 마땅함을 얻어 사물을 이롭게 하지 않을 수 있겠는가?

貞固　足以幹事　君子　行此四德者　故　曰乾　元亨利貞
정고- 족이간사니　군자는 행차사덕자라　고로 왈건은 원형이정이니라.

곧게 지키고 굳은 것이 족히 모든 일을 성공적으로 주장할 것이니 군자란 이 네 가지 덕을 모두 행하는 자니라.
그러므로 이르기를 건은 원형이정이라 하니라.

[解說] 군자의 지극한 건실함이 아니면 이를 행할 수 없으므로 건(乾)은 원·형·이·정이라고 하였다. 이는 제 1절로서 「단전」에 있는 말을 설명한 것이다. 따라서 「춘추전」에 실려 있는 목강(穆姜)의 말과 다르지 않다. 추측컨대, 옛날부터 전해 왔던 말을 목강이 말하고 이를 다시 공자가 취했는지도 모른다. 때문에 아래의 글에 따로 '子曰'이라고 표시했는지도 모른다.

初九曰　潛龍勿用　何謂也　者曰　龍　德而隱者也
초구왈　잠룡물용은　하위야오.　자-왈　용은　덕이은자야라

不易乎世　不成乎名　遯世无悶　不見是而无悶　樂而行之
불역호세하며　불성호명하여　둔세무민하면　불견시이무민하여　낙이행지하고

憂則違之　確乎其不可拔　潛龍也
우즉위지하여　확호기불가발이　잠룡야니라.

초구에서 '잠룡이니 함부로 날뛰지 말아야
할 것이라' 함은 무엇을 말함인가?
공자가 말하였다,
용은 덕이 있고 숨어 있는 자니
이는 세상것을 다 준다 해도 바꿀 수 없는 것이며
무엇이라 이름하여 부를 수 없는 것이며
세속에 숨어 살아도 번민이 없으며
어느 누가 옳지 않는다 해서 고민하지 않느니라.
즐거우면 그것을 따라 행하고
근심스러우면 이것을 어기느니라.

이처럼 확고해서 변할 수 없는 것이 바로 잠룡이니라.

[解說] '숨는다'는 것은 아랫자리에 있다는 뜻이다. 건괘의 육효 가운데 「문언전」은 모두가 성인의 일로 밝힌 것이다. 따라서 숨고 나타난다는 것만 있을 뿐 달리 천심(淺深)은 없는 것이다.

九二曰　見龍在田　利見大人　何謂也　子曰　庸德而
구이왈　현룡재전이　이견대인은　하위야.　자—왈　용덕이

正中者也　庸言之信　庸行之謹　閑邪存其誠　善世而不伐
정중자야니　용언지신하며　용행지근하여　한사존기성하며　선세이불벌하며

德薄而化　易曰　見龍在田　利見大人　君德也
덕박이화니　역왈　현룡재전에，　이견대인이라 하니　군덕야니라.

구이에서 '현룡(見龍)이 밭에 있으니
대인을 만나 봄이 이롭다' 함은 무슨 뜻인가?
공자가 말하였다,
용은 덕이 있고 정중(正中)한 자니
일상 쓰는 말을 믿음직스럽게 하며
일상 하는 행동을 삼가느니라.
세상에 대해 선행을 베풀고도 결코 이를 자랑하지 않으며
오히려 덕을 넓혀서 세상을 감화시키느니라.
역(易)에 말한 '견룡이 밭에 있으니
대인을 만나 봄이 이롭다' 함은 바로
임금의 덕을 이름이니라.

[解說] 일상 쓰는 말을 믿음직스럽게 하고 일상 하는 행동을 삼가하는 것이야말로 성덕(盛德)의 지극함이다. 마음속에서 일

어나는 간사함을 막고 정성을 갖는다는 것은 천덕을 거스리지
않는다는 뜻이니, 군덕이란 곧 구이가 대인이 되는 원인인 것
이다.

九三曰　君子　終日乾乾　夕惕若　无咎　何謂也.　子曰
구삼왈　군자-　종일건건　석척약　무구는　하위야오.　자왈

君子　進德修業　忠信　所以進德也　修辭立其誠　所
군자-　진덕수업하나니　충신이　소이진덕야오　수사입기성이　소

以居業也　知至至之　可與幾也　知終終之　可與存義也
이거업야라.　지지지지라　가여기야며　지종종지라　가여존의야니

是故　居上位而不驕　在下位而不憂　故　乾乾　因其
시고로　거상위이불교하며　재하위이불우하나니　고로　건건하여　인기

時而惕　雖危　无咎矣
시이척하면　수위나　무구의라.

구삼에 말한 '군자가 하루종일 쉬지 않고
부지런히 노력하고 밤이 되어 그날의 일을 반성하면
위태로우나 허물이 없을 것이라' 함은 무슨 뜻인가?
공자가 말하였다,
군자는 덕을 높이며 업(業)을 닦나니
마음의 진실함이 덕을 높이는 방법이요
말을 닦고 그 정성을 세움이 업을 닦는 방법이라.
이를 데를 알아서 이르나니
가히 더불어 기미를 말할 수 있을 것이며
마칠 데를 알아서 마치는지라
그와 더불어 의리를 간직할 수 있나니
때문에 이런 자는 윗자리에 있어도 결코 교만하지 않으며

아랫자리에 있다 하여도 고민하지 아니하나니
그러므로 항상 부지런히 일하고 그 때를 만나서 반성한다면
아무리 위태로운 일이 있다 하더라도 허물이 없을 것이라.

[解說] 비록 충신(忠信)한 마음이 있다 하더라도 말을 닦고 정성을 세움이 없다면, 마칠 데를 알아서 덕에 나가는 데 거하지 못하고, 또 마침을 알아서 그 업(業)에 거하지 못하게 된다. 종일토록 쉬지 않고 부지런히 노력하고 밤이 되어 그날의 일을 반성하는 것은 바로 이 때문인 것이다. 위에 처할 줄도, 아래에 처할 줄도 알아서 교만하지 않고 근심하지 않는데 어찌 허물이 있을 수 있겠는가?

九四曰　或躍在淵　无咎　何謂也.　子曰　上下无常이
구사왈　혹약재연에　무구는　하위야오.　자왈　상하무상이

非爲邪也며　進退无恒이　非離群也라.　君子進德修業은　欲及
비위사야며　진퇴무항이　비리군야라.　군자진덕수업은　욕급

時也니　故로　无咎니라.
시야니　고로　무구니라.

구사에서 '혹 뛰어서 연못 속에 있다 할지라도
허물이 없을 것이라' 함은 무슨 뜻인가?
공자가 말하였다,
올라가고 내려옴이 떳떳지 못하다 하여
사악한 일을 행하는 것이 아니요
나아가고 물러남이 한결같지 않다 하여
무리를 떠나는 것이 아니니라.
군자가 덕을 높이고 업(業)을 닦는 것은

때에 미치고자 함이니
그러므로 허물이 없느니라.

[解說] 내괘에서는 덕학(德學)을, 외괘에서는 시위(時位)를 가지고 말한 것이다. 여기에서는 구삼이 진덕(進德)과 수업(修業)으로 갖추어졌으므로 그 때에 맞추어 나가는 것이다.

九五曰　飛龍在天　利見大人　何謂也　子曰　同聲相應
구오왈　비룡재천에　이견대인은　하위야오.　자왈　동성상응하며
同氣相求　水流濕　火就燥　雲從龍　風從虎　聖人 作
동기상구하야　수류습하며　화취조하며　운종룡하며　풍종호라.　성인이 작하여
而萬物　覩　本乎天者　親上　本乎地者　親下
이만물이　도하나니　본호천자는　친상하고　본호지자는　친하하나니
則各從其類也
즉각종기류야니라.

구오에 '비룡이 하늘에 있으니
대인을 만나 봄이 이로울 것이라' 함은 무슨 뜻인가?
공자가 말하였다,
같은 소리는 서로 응하고 같은 기운은 서로 구해서
물은 젖은 데로 흘러가고 불은 마른 데로 타들어 가며
구름은 용을 좇고 바람은 범을 좇는지라
성인이 일어남에 이를 만물이 우러러보도다.
하늘에 근본을 둔 자는 위로 친하고
땅에 근본을 둔 자는 아래로 친하나니
이는 곧 각각 그 종류대로 따르기 때문이니라.

[解說] 하늘에 근본을 둔 자는 동물(動物)이라 하고 땅에 근본을 둔 자는 식물(植物)이라 한다. 만물은 저마다 그 동류끼리 좋아하게 마련이다.

성인은 인류의 우두머리기에 성인이 일어나면 그를 사람들이 우러러보는 것이다.

上九曰 亢龍有悔 何謂也 子曰 貴而无位 高而
상구왈 항룡유회는 하위야오. 자왈 귀이무위하며 고이

无民 賢人 在下位而无輔 是以 動而有悔也
무민하며 현인이 재하위이무보라. 시이로 동이유회야니라.

상구에 '높이 있는 용이니
뉘우침이 있을 것이라' 함은 무슨 뜻인가?
공자가 말하였다,
귀하면서도 지위가 없고
높으면서도 백성이 없고
어진이가 아랫자리에 처해 있는데도 도와주는 자가 없으니
움직이면 뉘우침이 있느니라.

[解說] '어진이가 아랫자리에 처해 있는데도 도와주는 자가 없다' 함은, 구오 이하는 돕는 자가 없는데 상구 역시 높이 떠 있는 용과 같이 지나치게 뜻이 가득 차서 찾아와 도와주지 않는다는 뜻이다.

이 제 2절은 「상전」의 뜻을 설명한 것이다.

―이하 「문언전」 생략―

1. 건(乾) [乾爲天]

*현대인을 위한 역점

　운세／건(乾)이란 굳세고 지칠 줄 모르는 것을 뜻한다. 고로 크게 형통한다. 하늘이 무한대로 넓고 웅장함과 같이 정도(正道)를 걷는 자는 정정당당하게 앞으로 나아갈 수 있다. 그러나 달도 차면 기우는 법, 운이 뻗쳤다고 해서 지나친 언동은 삼가야 한다. 항상 원만성을 가지고 근면하게 정도를 걸어가지 않으면 안 된다. 여섯 효 전부가 양으로 이루어져 있는 이 괘를 두고 「역경(易經)」에서는 여섯 마리의 용이 하늘을 나는 형상이라고 하였다. 항상 건강하고 부지런한 행동을 취함으로써만 비로소 무사히 지낼 수가 있다. 이 운기는 향상되는 방향이면서도 그 실질이 따르지 않을 때를 말한다. 따라서 관념뿐이어서 발바닥이 땅에 닿지 않는 때다.

　사업·교섭·거래·금전／물질적으로는 헛된 뜻이 내포되어 있으므로 실제적인 성적을 올리기가 어렵다. 특히 사업에 있어서는 인재(人材)가 너무 많거나 의견이 분분하여 실행하기가 어려운 때다. 사공이 많으면 배가 산으로 올라간다지 않는가.
　교섭이나 거래는 조급히 하지 말고 서서히 침착하게, 그리고 원만하게 진행시키는 것이 좋다. 서두르면 일을 그르치거나 싸움이 나기 쉽다. 쉬지 말고 부지런히, 그리고 끈기있게 노력하면 짧게는 이삼 일, 길게는 사오 개월 뒤에는 반드시 좋은 결과가 오게 될 것이다.

금전 역시 지금 당장은 생기지 않더라도 실망하지 말고 느긋한 마음으로 기다려 볼 것. 늦어도 사오 일 안에는 좋은 소식이 있을 것이다. 지금 현재는 평소의 용돈을 간신히 장만해 가는 정도다. 특히 사업하는 사람의 경우 금전 융통이 용이치 않은 때다.

연애 및 결혼／남녀 서로의 입장이 비슷하여 서로 고집을 부리거나 너무 바쁘거나 하여 달콤한 연애의 감정을 맛볼 수 없다.

혼담 역시 성사되지 않는 경우가 많다.

남자의 경우 이 괘가 나오면 너무 결혼을 서두르지 말고 우선 자신의 생활을 안정시키는 데 주력해야 한다.

반대로 여성에게 이 괘가 나왔을 경우엔 아주 능력있는 믿음직스런 상대를 만나게 된다.

건강／전염성 및 유행성 질병에 유의할 것. 이 건괘엔 신경과민, 수면부족, 신경통, 류머티즘, 변비, 부종과 같은 뜻도 들어 있기 때문이다. 특히 장기간 병석에 있었던 자나 중환자의 경우 위험할 때니 각별한 주의가 필요하다.

분실물／찾는 것은 거의 불가능하니 미련을 버리고 일찍 단념하는 것이 좋다.

집 나간 사람을 찾고자 할 때는 아주 번잡·번화한 곳을 찾아보는 것이 좋다.

여행 및 이전／여행을 하게 될 경우 비교적 번화한 그룹여행을 하게 될 때다.

이사를 하게 될 경우엔 2개월 또는 5개월 후에 이사갈 곳을 물색해 보는 것이 좋다.

사무실 같으면 곧 적당한 곳을 찾게 된다.

입학／일류 학교를 지망해도 무방하다. 그러나 경쟁자가 많으니 방심은 금물이다.

취직／중앙관서나 구청 등과 같은 공무원 계통이 비교적 순조롭다.

소망／조급해 하지 말고 느긋한 마음으로 좀더 기다리다 보면 좋은 기회가 올 것이다.

날씨／맑음. 여름이라면 가뭄이 있을 때고, 가을이라면 맑게 개일 때다. 그리고 겨울이라면 추위가 심하고 곳에 따라 많은 눈이 내릴 때다.

2. 곤(坤) [坤爲地]

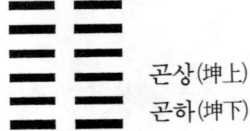

곤상(坤上)
곤하(坤下)

　대지는 두터워서 만물을 싣고 있으니 그 덕은 가히 하늘의 광대함과도 같다. 곤의 진실한 포용력으로 인해 만물은 저마다 번영을 맛볼 수 있는 것이다. 유순하면서도 굳게 지조를 지키는 것, 이것이 곧 곤도(坤道)의 가르침이다. 남보다 앞서고자 하면 반드시 방황하게 되는 법, 남의 뒤를 따라가면 쉽게 목적지에 도달할 수가 있다.
　곤괘는 대지를 상징한다. 대지는 아무런 말이 없지만 실로 무한대의 힘을 간직하고 있다. 모두 양효로만 구성되어 있는 건괘의 강강(剛强)함과 적극성, 그리고 남성적인 데 반하여 이 곤괘는 모두 음효로만 구성되어 있다. 따라서 여성적인 유약(柔弱)과 소극을 의미한다. 건괘와는 정반대인 것 같으나 실은 그에 못지않은 강함이 이 괘에 내포되어 있다. 이 괘의 유약함이 결코 건괘의 강강함에 못지않다. 땅의 유약함이 있을 때 비로소 하늘의 강강함이 힘을 발휘할 수 있기 때문이다. 아무리 강강한 남성의 정기도 유약한 여성이 없이는 새로운 생명을 만들어 낼 수 없는 것이다. 이처럼 음양이 서로 정반대로 대립되어 있으면서도 실은 하나로 통일되어 있는 것이다. 이 곤괘는 소극을 간직함으로써 적극을 참아 나가고, 앞자리를 남에게 양보함으로써 실은 그보다 앞서고, 유약함으로써 강강함을 제어해 나가는 도를 가르쳐 보여 주고 있다.

  곤은 땅의 성능이며 땅은 곤의 형체다. 곤의 형체는 곧 지구요, 지구의 성능은 순종이다. 따라서 곤도는 오직 건도에 대해서만 존재한다. 광막무제한 천체 속에서 하나의 유성으로서 자신의 괘도만을 돌고 있는 지구야말로 천체에 묵묵히 순종할 뿐이다. 지구는 움직이는 가운데서 시간을 형성시키고 곤도는 고요함 속에서 공간인 천체를 형성시킨다. 그 가운데서 비로소 만물이 형성되어 생육한다. 이 만물 중에서 인간은 건곤의 요소가 결합되어 생성된 우주의 대표자. 그 정신은 건인 하늘에서 받았고 그 육체는 곤인 땅에서 받아 형성되었다. 따라서 정신은 건의 강건한 성질이 있으며 육체는 땅의 유순한 성질을 갖고 있다. 모든 정신은 하늘로부터 시작되어 땅에서 생육된다. 때문에 이 곤은 만물의 근원이 되는 것이다.

坤 元 亨 利 牝馬之貞 君子 有攸往
곤은 원코 형코 이코 빈마지정이니 군자 유유왕이니라.

곤은 크게 시작하고 길이 형통하며
암말이 곧아야 이롭느니라.

군자가 갈 곳이 있느니라.

  [解說] 사덕이 모두 같고 정(貞)만 다르다. 건은 강하고 견고함으로써 정을 삼고, 곤은 유순함으로써 정을 삼는다. 암말은 유순하고 건실하게 행하는 자를 말한다. 때문에 그 상을 취해서 '빈마지정(牝馬之貞)'이라고 한 것이다. 군자가 행하는 일이 유순하고 이롭고 또 곧으면 곤덕(坤德)에 합당한 것이다.

先 迷 後 得 主利 西南 得朋
선하면 미하고 후하면 득하리니 주리니라. 서남은 득붕이요

東北 喪朋 安貞 吉
동북은 상붕이니 안정이면 길하리라.

앞서 가면 헤매고 뒤따르면 얻을 것이 있나니
이익을 주장하니라.
서남쪽에서 벗을 얻고 동북쪽에서 벗을 잃을 것이니
마음을 편안히 곧게 지키면 길할 것이니라.

  [解說] 음은 양을 따라야 한다. 먼저 양이 부른 다음에 화답해야 한다. 그렇지 않고 음이 양보다 앞서 가려고 하면 길을 헤매게 된다. 양의 뒤를 따라야만 정상에 무사히 도달할 수 있다.
  여기서 암말이란 유순하고 건실하게 가는 자를 말한다. 때문에 양이 먼저고 음이 나중인 것이다. 양은 의리를 주장하지만 음은 이익을 주장한다. 서남쪽은 음의 방향이고 동북쪽은 양의 방향이다. 그렇기 때문에 서남쪽에 가면 벗을 얻는다고 하였다.
  이 괘를 얻으면 크게 형통하고 이롭다. 유순하고 건실한 마

음으로 나아간다면, 비록 처음에는 머뭇거리게 된다 하더라도 나중에는 얻게 되는 것이다. '서남쪽에 가면 벗을 얻고 동북쪽에 가면 벗을 잃는다' 함은 대개 '마음을 편안히 곧게 지키면 길하다'는 이치에서다.

象曰 至哉 坤元 萬物 資生 乃順承天 坤
단에 왈 지재라 곤원이여 만물이 자생하나니 내순승천이니 곤

厚載物 德合无疆 含弘光大 品物 咸亨
후재물이 덕합무강하며 함홍광대하여 품물이 함형하나니라.

단에 말하였다,
지극하도다, 곤원(坤元)이여!
만물이 모두 여기에서 생성되는 것이니
이에 순응하여 하늘의 뜻을 받들도다.
곤은 두터워서 만물을 실으니 덕은 끝이 없는 데 합하며
포용하고 넓으며 빛나고 커서 만물이 모두 형통하니라.

[解說] 여기서는 땅의 도로써 곤의 뜻을 밝히면서 먼저 원(元)을 말했다. 천지의 기운에 순응하여 그 공을 이루게 되니 곤의 두터운 덕이 만물을 실어서 거의 무강(无疆)한 데 합당하다는 말이다.

牝馬 地類 行地无疆 柔順利貞 君子攸行
빈마는 지류니 행지무강하며 유순이정이 군자유행이라.

암말은 땅에 속하는 유순한 동물이니 한정없이 땅을 걸으며 유순하고 널리 유익하고 바르게 지킴은 군자가 갈 바니라.

[解說] 유순하고 이정(利貞)한 것은 곤의 덕이다. 군자가 갈 바라는 것도 역시 곤의 덕이다. 그 가는 바가 이와 같으면 그 점괘는 아래에서 말하는 것과 같을 것이다.

先 迷 失道 後 順 得常 西南得朋
선하면 미하여 실도하고 후하면 순하여 득상하리니 서남득붕은

乃與類行 東北喪朋 乃終有慶 安正之吉 應地无疆
내여유행이오 동북상붕은 내종유경하리니 안정지길이 응지무 강이니라.

남보다 앞서 가면 헤매어 길을 잃고
뒤따르면 순탄하여 정상(正常)을 얻을 것이니라.
'서남쪽에서 벗을 얻는다' 함은
곧 동류(同類)와 함께 간다는 말이요
'동북쪽에서 벗을 잃는다' 함은
마침내는 경사가 있을 것이라는 말이니라.
'마음을 편안히 곧게 지키면 길할 것이라' 함은
땅의 무한한 덕에 순응해야 하기 때문이니라.

[解說] 양은 크지만 음은 작다. 양은 음을 겸해서 얻을 수 있지만 음은 양을 겸할 수 없다. 그렇기 때문에 곤의 덕은 항상 건의 반(半)으로 감한다.
비록 동북쪽에서는 벗을 잃더라도 서남쪽에서 다시 벗을 얻게 되면 마침내 경사스러운 일이 있게 된다는 말이다.

象 曰 地勢 坤 君子 以 厚德 載物
상에 왈 지세- 곤이니 군자- 이하여 후덕으로 재물하나니라.

상에 말하였다,
땅의 형세가 곤이니
군자는 이를 본받아 두터운 덕으로써 만물을 싣느니라.

[解說] 땅은 곤의 상이다. 그러니 역시 하나일 수밖에 없다. 그런 때문에 소중함을 말하지 않고 그 형세의 순탄함만을 말한 것이다. 땅은 서로 의지하는 힘이 무궁하고 지극히 순탄하며 몹시 두터워서 싣지 않는 것이 없음을 나타내는 말이다.

건괘와는 달리, 이 이후부터는 각 괘마다 효사 밑에「상전」을 나누어 두었다.

初六　履霜　堅冰　至　象　曰　履象堅冰
초육은　이상하면　견빙이　지하나니라.　상에　왈　이상견빙은

陰始凝也　馴致其道　至堅冰也
음시응야니　훈치기도하야　지견빙야하나니라.

초육은 서리를 밟으면 굳은 얼음이 되느니라.
상에 말하였다,
'서리를 밟으면 굳은 얼음이 된다' 함은
음의 기운이 비로소 엉김을 말함이니
그 올바른 도에 익숙해져서 굳은 얼음에 이르느니라.

[解說] 음기가 처음 시작될 때는 그 세력이 별볼일 없지만, 점차로 이것이 쌓이고 다져지게 되면 강성해지니 경계해야 한다는 말이다. 서리는 음의 기운이다. 그것이 서로 굳게 맺혀지면 얼음으로 응고된다. 이 효는 처음으로 음이 아래에서 생기는 것을 상징한다. 처음에는 보잘것없는 서리와 같지만 나중에는

그 형태가 반드시 강대해진다. 때문에 서리를 밟으면 굳은 얼음이 된다고 표현한 것이다.

　이 초육은 음으로서 양의 자리에 와 있으니 부정위다. 그리고 위로 육사가 있지만 서로 불응하니 도움을 청할 수 없다. 그래서 자신과 이웃해 있는 육이에게 도움을 청하려 해도 그 역시 서로 친비 관계가 아니고 보니 외롭게 홀로서기할 수밖에 없는 입장이다. 더욱이 전체 효가 모두 음효로만 이루어져 있으니 모든 역경을 감수하며 자신의 운명을 스스로 개척할 수밖에 없는 형편이다.

　서리가 내리고 있다. 곧 겨울이 찾아와 얼음이 얼 것이니 지금 당장의 사사로운 욕심을 버리고 미래를 내다보는 지혜를 가져야 할 것이다.

六二　　直方大　　不習　　无不利　　象曰　　六二之動
육이는　직방대라　불습이라도　무불리하니라.　상에 왈　육이지동이

直以方也　　不習无不利　　地道　　光也
직이방야니　불습무불리는　　지도-　광야니라.

육이는 곧고 바르고 큰지라
배워 익히지 않아도 이롭지 아니함이 없느니라.
상에 말하였다,
'육이는 곧고 바르고 큰지라 배워 익히지 않아도 이롭지
아니함이 없다' 함은 땅의 도가 빛나기 때문이니라.

　[解說] 육이는 유순하고 중정(中正)한 데다 곤도(坤道)의 순진함을 얻고 있다. 때문에 그 덕이 안은 곧고 밖은 바르며 성대하

기 때문에 '배워 익히지 않아도 이롭지 않은 것이 없다'는 것이다. 하늘의 덕으로써 움직이는고로 곧고 바르고 성대하지 않을 수 없는 것이다. 거기에 땅의 도가 빛나게 될 때 그 공이 순탄하게 이루어질 것이니 어찌 익힌 다음에야 비로소 이롭다고 하겠는가?

　육이의 본질은 비록 음이라 할지라도 하늘의 이치를 따르고 있으니 재생할 수 있는 희망이 엿보인다.

六三　含章可貞　或從王事　无成有終　象　曰
육삼은　함장가정이니　혹종왕사하여　무성유종이니라.　상에　왈

含章可貞　　　以時發也　　或終王事　　知光大也
함장가정이나　　이시발야요　혹종왕사는　　지광대야라.

육삼은 빛을 머금고 마음을 곧고 바르게 지켜야 할지니
혹 왕업(王業)에 종사할지라도 이룸이 없이 끝날 것이니라.
상에 말하였다,
'빛을 머금고 있으니 마음을 곧고 바르게 지켜야 한다' 함은
시기에 맞춰서 일을 시작하라는 뜻이니라.
'혹 왕업에 종사한다' 함은 지혜가 빛나고 크다는 뜻이니라.

　[解說] 양의 자리에 음이 와 있어 부정(不正)하니 위험하기 그지없는 상이다. 따라서 이런 자가 아무리 아름다운 문장과 재능을 가지고 왕업에 종사한다 하여도 성공에 이르지 못하고 오직 그대로 끝을 맺게 된다는 뜻이다. 이같이 허약한 실존으로서 높은 직위에 올랐으니 그에 따른 직무도 제대로 감당해 낼 수가 없다. 어줍잖은 학덕(學德)으로 인생 말년에 이만큼이나 한 직위에 올랐으면 그것으로 족하고 또다른 욕심일랑 아예 생

각조차 말아야 한다. 이러한 난세엔 그저 자기에게 주어진 자리나 지키며 최고 지도자를 섬기는 것으로 족해야 한다. 그러면 그 끝이나마 아름답게 된다는 것이다. 그 외에 더 큰 것을 기대하다가는 그 자리마저 부지하지 못하고 삭탈관직당하기 십상이다.

六四 括囊 无咎 无譽 象 曰 括囊无咎
육사는 괄낭이면 무구며 무예리라. 상에 왈 괄낭무구는

愼不害也
신불해야라.

육사는 주머니를 여미면 허물도 명예도 없을 것이니라.
상에 말하였다,
'주머니를 여미면 허물이 없다' 함은
모든 일에 조심하면 해롭지 않다는 뜻이니라.

　　[解說]음이 음의 자리에 와 있으니 자기의 분수에 맞는 정위(正位)는 되었지만 부중(不中)으로서 아직 때가 이르지 않았으니 하고자 하는 일을 제대로 할 수 없는 입장이다. 이 사(四)는 자리가 임금에게 가까이 있어서 심히 위험스럽고 불안정하다. 때문에 주머니의 입을 여며서 그 속의 물건이 밖으로 새어나오지 못하게 하는 것처럼 오직 자리나 바르게 지키며 경계하고 말을 삼가하면 해로울 것은 없다는 것이다. 육오의 부정한 임금에게 아무리 충언을 간한다 하더라도 부정한 임금의 귀엔 자신을 해하려는 소리로만 들릴 것이며, 아래의 백성에게 나라의 위기를 호소하면 부정한 임금의 꼭두각시라고 비난이 빗발칠 것이다. 이러한 위험한 때를 지혜롭게 넘기면 육오의 자리에도

2. 곤(坤) [坤爲地]

오를 수 있을 것이니 어찌 해롭다 하리요.

六五 黃裳 元吉   象 曰 黃裳元吉 文在
육오는 황상이면 원길이리라. 상에 왈 황상원길은 문재
中也
중야라.

육오는 황색 치마를 입으면 처음엔 크게 길할 것이니라.
상전에 말하였다,
'황색 치마를 입으면 처음엔 크게 길할 것이라' 함은
문재(文才)가 그 안에 있음이라.

[解說] 황색은 색 가운데서 중앙 색이요, 치마는 아래에 두르는 옷이다. '유순하고 겸양한 육오의 군주가 마음속에 덕이 있어서 밖으로 나타내 보이지 않는다'는 말을 황색 치마에 비유한 것이다.
육오는 양의 자리에 음이 와 있으므로 부정위다. 그러나 한 나라의 군주로서 언로를 열고 백성에게서 공론을 찾으며 숨은 인재를 발굴하여 들어 써서 지혜를 모아 현실에 맞게 정치를 펴 나가면 난세가 회복되어 처음부터 끝까지 대길할 것이다.

上六 龍戰于野 其血 玄黃   象 曰 龍戰于
상육은 용전우야하니 기혈이 현황이로다. 상에 왈 용전우
野 其道 窮也
야는 기도 궁야라.

상육은 용이 들판에서 싸우니 그 피가 검고 누르도다.

상에 말하였다,
'용이 들판에서 싸운다' 함은 그 도가 궁함을 말함이니라.

[解說]상육은 괘의 극단이다. 음이 극도로 성하면 양과 싸우게 되어 둘 다 피를 흘리게 된다. 따라서 이 점(占)은 흉하다. 여기서 현(玄)이라 함은 하늘 즉 양을 뜻함이요, 황(黃)이라 함은 땅 즉 음의 빛을 말한다. 용(龍)은 양을 말하며 혈(血)은 음을 말한다. 상육은 음의 극단이므로 노음이다. 따라서 노음이 소양으로 변하는 시기다. 그러나 이 노음인 상육은 스스로 물러나 소양에게 자리를 양보해 주려 하지 않으니 결국엔 소양과의 일전이 불가피하다. 서로의 치열한 공방전이고 보니 이 싸움에서 서로 다칠 것은 불을 보듯 뻔한 일, 그러나 소인이 권좌에서 물러나려 하지 않는 작태가 이러할진대 성인이 어찌 이를 가만 둘 수 있으랴. 무력투쟁을 통한 반정 또는 혁명의 당위성을 밝힌 말이라 하겠다.

用六　利永貞　　象　曰　用六永貞　以大終也
용육은　이영정이라.　상에　왈　용육영정은　이대종야라.

용육(用六)은 영원토록 곧아야 이로우니라.
상에 말하였다,
'육을 사용함에 있어서 영원히 곧아야 이로울 것이라' 함은 큰 것으로써 끝을 마친다는 뜻이니라.

[解說]용하고 유순하면 동요되어서 정상을 지키기가 어렵다. 때문에 영원토록 곧고 바름을 지켜서 끝까지 성대하라고 이른 것이다.

유순한 음의 도를 사용함에는 마지막이 중요하다. 믿음이 없는 난세에서는 오직 일의 결과만을 놓고 그 가치를 판단하게 된다. 그러므로 그 끝을 바르게 지켜 결과가 좋아야만 군중으로부터 지탄을 받지 않는다. 그래야만 군중이 모두 돌아온다. 따라서 마지막 노음의 도를 사용함에 있어서 그 끝을 바르게 하지 않으면 다음에 오는 소양의 도래가 왕성하지 못하다.
건괘와 곤괘에만 이 용육이 있다.

文言　曰　坤　至柔而動也　剛　至靜而德方　後得
문언에　왈　곤은　지유이동야―　강하고　지정이덕방하니　후득

主　而有常　含萬物而化　光　坤道　其順乎
주하여　이유상하며　함만물이화―　광하니　곤도―　기순호인저.

承天而時行
승천이시행하나니라.

문언에 말하였다,
곤은 지극히 부드러우나 그 움직임은 강하고 굳세도다.
그러면서도 지극히 고요하고 덕이 바르니
물러서서 타인을 뒤따르면 주장을 얻어서 떳떳함이 있으며
만물을 포용하여 그 덕화가 빛을 발하느니라.

[解說] 움직이는 것이 강하다는 강(剛)과 덕이 바르다는 방(方)은 암말의 바른 것을 말한 것이다. 「정전(程傳)」에 의하면 '주(主)'자 밑에 '이(利)'자가 있어야 한다고 되어 있다. 여기까지는 「단전」에서 그 뜻을 밝히고 있다.

積善之家　必有餘慶　積不善之家　必有餘殃　臣弑其
적선지가는　필유여경하고　적불선지가는　필유여앙하나니　신시기

君　　子弑其父　非一朝一夕之故　其所由來者　漸
군하며　자시기부-　비일조일석지고라　기소유래자-　점

矣　由辯之不早辯也　易　曰　履霜堅氷至　盖言順也
의니　유변지부조변야니　역에　왈　이상견빙지라 하니　개언순야니라.

선함을 쌓은 집엔 반드시 그 뒤에 경사가 따를 것이요
그러하지 못한 집엔 반드시 재앙이 뒤따를 것인저
신하된 자로서 그 임금을 죽이고
자식된 자로서 그 아비를 죽이는 일은
하루아침이나 하루저녁에 갑자기 생긴 일이 아니요
반드시 그렇게 된 연유가 있느니라.
이를 일찍 분별치 않았기에 이같은 일이 일어난 것이니라.
역(易)에 말하기를,
'서리를 밟으면 굳은 얼음이 생긴다'고 했으니
이는 대개 매사에 신중함을 말함이니라.

[解說] 옛날에는 순(順)과 신(愼)이 함께 통용되었으나 여기서는 마땅히 신(愼)으로 했어야 옳았다.

直　其正也　方　其義也　君子　敬以直內　義以方
직은　기정야요　방은　기의야니　군자-　경이직내하고　의이방

外　敬義立而德不孤　直方大不習无不利　則不疑其
외하여　경의입이덕불고하나니　직방대불습무불리는　즉불의기

所行也
소행야라.

곧음(直)은 곧 바름(正)이요 방정함(方)은 곧 옳음(義)이니라.
따라서 군자는 공경심으로써 안을 곧게 하고
의로써 밖을 바르게 하느니라.
공경과 의가 확립되면 덕이 외롭지 아니하나니
곧고 바르고 광대한지라.
'배워 익히지 않아도 이롭지 아니함이 없다' 함은
그 행한 바를 의심하지 않기 때문이니라.

[解說] 이것은 학문을 가지고 말한 것이다. 여기서 '바름(正)'이란 본체를 말한 것이며, '옳음(義)'이란 억제함을 말한다. '직내방외(直內方外)'에 대해서는 「정전」에 자세히 나와 있다. '외롭지 않다'는 것은 커다란 것이다. 의심함으로 인해 익힌 뒤에 이로운 것이다. 만일 의심함이 없다면 익힐 필요도 없는 것이 아닐까?

陰雖有美 含之   以從王事   弗敢成也 地道也
음수유미나 함지하여 이종왕사하여 불감성야니 지도야며

妻道也 臣道也 地道   无成而代有終也
처도야며 신도야니 지도는 무성이대유종야니라.

음(陰)은 비록 아름다움이 있어도
이로써 왕업에 종사하면 감히 일을 이루지 못할지니
이는 땅의 도며 아내의 도며 신하의 도이기에 그러하니라.
땅의 도는 이룸이 없이 대신하여 끝을 갖는 것이니라.

아무리 자신이 세운 공로가 크다 할지라도 아랫사람은 그 아름다움을 감추고 왕사(王事)에 종사하여 그 끝이 잘 맺어지게 하여야 한다. 그러기 위해서라도 그 공로를 자기가 차지하지 않아야 한다. 이는 마치 지도(地道)가 하늘을 대신하여 물건을 마치고도 성공하면 그 공을 하늘에 돌리는 것과 같다. 처도(妻道) 또한 그러하다.

天地變化　草木　蕃　天地　閉　賢人　隱　易
천지변화하면　초목이　번하고　천지　폐하면　현인이　은하나니　역에

曰　括囊无咎无譽　　　盖言謹也
왈　괄낭무구무예라 하니　　개언근야니라.

천지가 변화하면 초목이 무성하고
천지가 닫히면 어진 사람이 숨어드나니
역(易)에 말하기를
주머니를 여미면 허물도 명예도 없다고 하니
이는 대개 매사에 삼가라는 것을 이름이니라.

[解說] 「정전」에 보면, '천지가 교감하면 만물을 변화시켜서 초목이 무성해지고, 군신이 의사가 소통되어 도가 형통하다. 그러나 천지가 닫히면 만물이 제대로 자리를 잡지 못하고 군신의 도가 끊어져서 어진 자는 숨게 마련이다. 그러므로 이런 때에는 주머니를 여미듯이 몸을 숨기고 삼가하여 스스로 지켜야 한다'고 되어 있다.

君子　黃中通理　　正位居體　　美在其中而暢於四支
군자-　황중통리하여　정위거체하여　미재기중이창어사지하며

發於事業　美之至也
발어사업하나니　미지지야라.

군자는 황색 안에 처함으로써 이치를 통하느니라.
자리를 바로 하여 몸을 갖추느니라.
아름다움이 그 가운데 있어서 네 개의 팔다리에 퍼지고
사업에 나타나나니 이는 아름다움의 지극함이니라.

[解說] '황색 안에 처한다' 함은 덕이 안에 있음을 말한 것이니 이는 황(黃) 자의 뜻을 풀이한 것이요, '정위(正位)…….'는 '비록 높은 자리에 있다 할지라도 몸을 바르게 갖는다'는 말이니 이는 '상(裳)' 자의 뜻을 풀이한 것이다. 그리고 '미재기중(美在其中)'은 거듭 '황중(黃中)'의 뜻을 풀이한 것이며, '창어사지(暢於四支)'는 '거체(居體)'에 대해 다시 풀이한 것이다.

陰疑於陽   必戰   爲其嫌於无陽也   故   稱龍焉
음의어양하면   필전하나니 위기혐어무양야라   고로   칭룡언하고
猶未離其類也   故   稱血焉   夫玄黃者   天地之雜也
유미리기류야라   고로   칭혈언하니 부현황자는   천지지잡야니
天玄而地黃
천현이지황이니라.

음(陰)이 성하여 양(陽)과 동등하게 되면
반드시 싸우게 되나니
이는 그 양이 없는 것을 미워하기 때문인지라
그리하여 용(龍)을 말하고
오히려 그 본질을 떠나지 아니하므로 혈(血)을 말하였으니
대저 현황(玄黃)이란 하늘과 땅이 섞인 빛이니
하늘은 검고 땅은 누르니라.

[解說]곤은 양이 없다고 하지만 양이 아주 없는 것은 아니다. '혈(血)'은 음의 종류이므로 대개 그 기(氣)는 양이고 혈은 음인 것이다.

'현황'은 천지의 바른 빛이니 이것은 음양이 모두 상한 것을 말한다.

이상에서 「단전」의 뜻을 설명했다.

*현대인을 위한 역점

운세/곤은 땅의 진리로서 건 즉 하늘의 상대이다. 따라서 크게 형통한다. 암말처럼 유순하게 나의 도를 지키면 이롭다. 군자가 길을 감에 있어서 남보다 앞서려고 서두르면 방황하여 길을 잃을 것이요, 남의 뒤를 따라가면 쉽게 목적지에 다다를 수 있을 것이다. 서남쪽에서 벗을 얻고 동북쪽에서 벗을 잃을 것이다. 마음을 바르게 가져야 길하다.

곤에는 정숙과 유함, 그리고 복종과 순종의 뜻이 담겨 있다. 때문에 자기 자신의 의지대로 밀고 나가는 적극성보다는 남의 뒤를 따르는 침착성이 요구되는 괘다. 여섯 효 모두가 음효인 이 괘의 형상에서도 알 수 있듯이 암말처럼 순종하는 덕을 지녀야 한다. 모든 행동을 함에 있어서 경솔하게 앞장서서 나서지 말고 여자로서의 본분을 지켜야 길하다.

서남쪽이란 곤의 방향을 말하며 또한 음에 해당한다. 동성(同性)을 뜻한다. 그리고 동북쪽은 간(艮)이며 남성을 뜻한다. 따라서 서남쪽으로 가면 동성의 도움을 얻을 수 있으나 동북쪽으로 가면 친구와 떨어지게 되는 것이다. 오직 남편 한 사람으로서 만족하며 그를 의지하고 정절을 지키는 것으로서 마음의 편안함을 얻게 될 것이다. 다시 말해 여성은 남편을 따름으로써 여성임을 자각해야 한다.

매사에 온화하며 유순하게 처신하라. 무슨 일에 있어서나 앞으로 나서지 말고 남이 시키는 대로 하거나 남이 하는 대로 따르는 것이 좋다. 이 괘는 모두가 음효로 이루어져 있다. 따라서 보살필 이웃이 많다 보니 고생 역시 뒤따를 것은 자명하다.

사업·교섭·거래·금전／서두르지 말고 침착하게 믿을 만한 사람을 골라 의논하면 일이 잘 되어 갈 것이다. 또한 그런 좋은 사람도 쉽게 얻을 수 있다. 사업을 확장 또는 개업하는 그런 적극적인 행동은 삼가할 것. 현상 유지로서 족하게 생각하고 침착 또 침착하게 매사에 임해야 한다.

거래나 교섭에 있어서는 생각처럼 그렇게 쉽게 이루어지지 않는다. 상대가 고개를 갸우뚱거리기도 하지만, 이는 또한 자기 자신의 우유부단함 때문이기도 하다.

금전은 그리 풍족하지도 부족할 정도도 아니다. 현상을 유지해 나가기에 빠듯할 정도다. 그렇다고 교제를 하는 데 있어서 좀스러울 정도로 돈을 아껴서는 안 된다. 얻어먹지 말고 대접해라.

연애 및 결혼／서로의 마음이 결정되지 못하고 있는 형편이다 보니 잘못하면 그대로 끝나 버리기 쉽다. 남자의 입장에서 볼 때 여자측은 그저 그렇게 보이지만, 일단 아내로 맞이하여 곁에 놓고 보면 볼수록 꽤 괜찮은 여자다. 반대의 경우, 남자측은 좀 여성스러운 일면이 있으니 취향에 따르도록.

건강／소화기 계통의 질병에 유의할 것. 특히 이질이나 장티푸스 같은 전염성의 병이나 구토나 설사 등에 유의해야 한다.

보통 때엔 가벼운 과로나 노이로제 증세가 있다. 수면을 취하거나 가벼운 레크레이션 또는 샤워 등으로 피로를 회복시키는 것이 좋다.

분실물/ 집안에서 잃어버렸을 경우, 이불 밑에나 다락 또는 장롱 속, 물건을 많이 쌓아 둔 서쪽 또는 서남쪽을 주로 찾아볼 것. 바깥에서 분실했을 경우엔 좀처럼 찾기가 힘들 것이니 가능한 한 시간 낭비하지 말고 그 시간을 다른 일에 투자하는 것이 낫겠다.

입학/ 여러 학교를 두고 망설이느라 아직 자기가 가야 할 학교를 결정하지 못하고 있을 때다. 이러한 망설임은 별로 도움이 되지 못하니 하루빨리 학교를 선택하여 입시 준비에 들어가도록. 또 부모와의 의견이 일치하지 않을 수도 있으니 현명한 선택을 조속히 내리는 것이 좋다.

취직/ 여러 자리를 놓고 망설일 때다. 혼자 고민하지 말고 선배나 스승을 찾아가 상의해 보도록.
상업 관계의 일이나 토지·부동산 분야면 더욱 좋다.

소망/ 서두른다고 되는 것이 아니니 조급히 굴지 마라. 짧으면 3일에서 3개월, 길게는 3년만 기다리면 좋은 소식이 있을 것이다.

날씨/ 대체로 흐림. 여름이라면 무더위가 극심할 때다.

3. 둔(屯) [水雷屯]

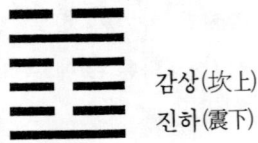
감상(坎上)
진하(震下)

둔(屯)이란 단단하게 막혀서 뚫고 나가기가 힘든 것, 번뇌하는 것을 말한다. 초목의 싹이 단단한 지면을 뚫고 나올 수 없는 상태다. 젊고 패기있는 왕성한 생명력을 갖고 있지만 마음껏 뻗어나갈 수가 없다. 즉 사람으로 말하면 가장 번민이 많은 청년기며, 사업으로 말하면 가장 어려운 시기인 초창기가 이에 해당한다.

상괘(上卦)의 감(坎)은 물이다. 물은 아래로 흐른다. 따라서 아래로 내려가는 것을 말한다. 그리고 하괘(下卦)의 진(震)은 천둥으로서 움직이는 것을 말한다. 그러니 움직이려 하다가 곤경에 빠질 수밖에 없다.

이 괘는 4대 난괘(難卦)인 준(屯)·습감(習坎)·건(蹇)·곤(困) 가운데 하나지만 그렇게 나쁘기만 한 것은 아니다. 어떻게 모든 것이 처음부터 순조로울 수만 있겠는가. 어려운 가운데서도 젊고 싱싱한 생명력만 살아 있다면 언젠가는 밝은 미래가 보장되는 것이다. 지금 당장 겪는 고통은 앞날의 성장을 위한 진통에 다름아닌 것이다. 아픈 만큼 성숙해진다는 유행가 가사도

있지 않은가. 이러한 때를 감내하는 자만이 인생에서 성공할
수 있는 것이다. 때로 말하면 초목이 움트는 새봄에 해당한다.

屯　　元亨　　利貞　　勿用有攸往　　利建侯
둔은　원형코　이정하니　물용유유왕이오　이건후하니라.

둔은 크게 시작하여 형통하고
곧아야 이로우니 갈 곳이 있어도 가지 말고
제후를 세워야 이로울 것이니라.

　[解說]일의 시초에 있어 어려움이 많은 상이다. 이 괘를 만나
면, 때가 차면 반드시 형통하고 편안할 것이나 그렇지 않으면
매사를 삼가야 할 것이요 조급히 서두르는 것은 옳지 못하다.
　이 괘의 주인은 초구다. 양으로서 음의 밑에 있기 때문이다.
이처럼 겸손하고 어진 마음으로 사람을 대접하며, 백성으로서
임금을 섬기는 상이기 때문에 이 괘는 임금을 섬기는 자가 만
나면 길하다.

象　　曰　　屯　　剛柔　　始交而難生　　動乎險中　　大亨
단에　왈　둔은　강유-　시교이난생하며　동호험중하니　대형

貞　　雷雨之動　　滿盈
정은　뇌우지동이　만영일새라.

단에 말하였다,
둔은 굳은 것과 부드러운 것이 처음 사귀어 만남에
어려움이 생기며 위험 속에서 움직이니
크게 형통하고 곧은 것은

우뢰와 비가 움직여 가득 차기 때문이라.

[解說]구름과 우뢰의 두 상(象)으로써 말하자면 강(剛)과 유(柔)가 비로소 교합하는 것이요, 감(坎)과 진(震)의 두 체(體)로써 말하자면 험난한 가운데서 움직이는 것이다. '크게 형통하고 곧다'함은 우뢰와 비가 가득하다는 말이다. 음양이 교합하면 천둥과 비를 이루어 천지간에 가득 차서 생물이 자라나게 된다. 이것이 바로 크게 형통하는 도인 것이다.

天造草昧　　宜建侯　　而不寧　　　象　曰　雲雷　　屯
천조초매에는　의건후요　이불령이니라.　상에　왈　운뢰-　둔이니

君子　　以　　經綸
군자-　이하야　경륜하나니라.

하늘이 처음 개벽하여 어지럽고 어두울 때는
마땅히 제후를 세울 것이요
그렇지 않으면 편안치 못할지니라.
상에 말하였다,
구름과 우뢰는 둔이니 군자는 이로써 일을 경륜하느니라.

[解說]음양이 교합해서 천둥과 비를 이루고, 어지럽고 어두운 기운이 천지간에 가득 차게 되면 천하가 안정되지 않고 명분이 분명치 못하게 되는 것은 당연한 일이다. 이런 암울한 시기에는 마땅히 임금을 세워서 나라를 통치하게 해야 할 것이요, 편안한 때라고 자칭해서는 아니 될 것이다.

3. 둔(屯) [水雷屯]

初九　　磐桓　　利居貞　　利建侯　　象　曰
초구는　반환이니　이거정하며　이건후하니라.　상에　왈

雖磐桓　　志行正也　　以貴下賤　　大得民也
수반환이라도　지행정야며　이귀하천하니　대득민야로다.

초구는 머뭇거리는 모습이니
곧고 바른 데 처하고 제후를 세워야 이롭느니라.
상에 말하였다,
비록 높이 우뚝 서서 머뭇거린다 하더라도
뜻과 행실이 바르고 귀한 것으로
비천한 것의 아래에 있으니 크게 백성을 얻으리로다.

[解說] 초구는 양으로서 양의 자리에 와 있으니 정위이나 부중이므로 아직은 앞으로 나설 때가 아니다. 하지만 괘 전체의 구조상으로 볼 때 초구는 이 괘의 주인이 된다. 위에 있는 네 개의 음이 모두 허약한 데다 하나 있는 양(구오)마저 상하 음 사이에 끼여 헤어나질 못하고 있기 때문이다. 그러니 어쩌겠는가? 이 초구가 부득이 이 어진 세상을 바로잡아야 할 수밖에.

이처럼 어려운 때를 당하여 양으로서 음의 밑에 와 있으니, 즉 귀한 몸으로서 천한 것의 아래에 와 있으니 함부로 혼자 나설 것이 아니라 동지를 얻어 함께 이 난국을 극복해 가는 것이 현명하다. 이럴 때일수록 겸손한 마음으로 사람을 대해야 한다. 그래야만 민심을 얻어 난국을 수습할 수 있다.

六二　　屯如邅如　　乘馬班如　　匪寇　　婚媾　　女子　貞
육이는　둔여전여하며　승마반여하니　비구면　혼구리니　여자-　정하여

不字　　十年　　乃字　　象　曰　　六二之難　　剛也
부자타가　십년에야　내자로다.　상에　왈　육이지난은　강야요

十年乃字　　反常也
십년내자는　반상야라.

육이는 어려운 듯 머뭇거리며 앞으로 나아가지 못하도다.
그러다가 말을 도로 돌려 버리니
이는 도둑이 아니요 혼인을 청함이라.
여자가 몸가짐을 곧게 지켜 시집가지 않았다가
십년 후에야 비로소 혼인을 승낙하도다.
상에 말하였다,
육이의 어려움은 강건함을 타기 때문이요
'십년 후에 시집간다' 함은 정상으로 돌아옴을 말함이라.

[解說] 이 육이는 음유(陰柔)한 중정의 효이다. 따라서 유순한 실존으로서 자신이 처해 있는 험난한 운명을 지혜롭게 헤쳐나가 드디어는 좋은 세상을 맞이하게 된다. 비록 유약하지만 지조가 있고 그때그때 자신의 처한 바에 따라 알맞게 처신할 줄 아는 재능이 있으므로 매사에 신중하고 조심하여 어려움 속에서도 구오의 정응(正應)을 기다리고 있는 것이다.

어려운 때를 당하여 이 유약한 육이가 어려워하고 머뭇거림은 당연한 도(道)다. 이처럼 지금 당장은 갈 길을 몰라 주저주저하지만, 십년(오랜 기간을 뜻함)이 지나면, 어려운 일도 오래되면 반드시 소통되는 것이기 때문에 비로소 그 정상을 얻는다는 것이다.

가까이에 있는 초구의 사내가 치근덕거리며 구혼하지만 유순한 육이는 이에 현혹되지 않고 때를 기다렸다가 상도(常道)로 돌아와서 자신의 올바른 짝과 결합하는 것이다. 유순한 요조숙녀는 어려운 때에 당해서도 자신의 정조를 지키고 도리를 다하며, 학덕있는 선비는 조급히 벼슬길에 나아가지 않는 법이다. 어려운 때를 당하여도 자신의 도를 지키며 때를 기다리라는 교훈이 담겨 있는 효라 하겠다.

六三　　即鹿无虞　　惟入于林中　君子　幾　　不如舍
육삼은　즉록무우라　유입우림중이니　군자　기하야　불여사니

往　　吝　　　象　　曰　　即鹿无虞　　以從禽也　　君子
왕하면　인하리라．상에　왈　즉록무우는　이종금야오　군자-

舍之　　往　　　吝窮也
사지는　왕하면　인궁야라．

육삼은 사슴을 잡으러 갔으나 이를 안내할 사람이 없도다.
오직 숲속으로 들어가나니
군자는 기미를 보아서 이를 그만둠만 못하니라.
그대로 들어간다면 후회가 따를 것이니라.
상에 말하였다,
'사슴을 잡으러 가는데 길을 안내하는 사람이 없다' 함은
오직 짐승만을 좇는 데 열중하는 것을 말함이요
'군자는 기미를 보아서 이를 그만두지 않고
그대로 간다면 후회가 따른다' 함은
궁하게 되기 때문이라.

[解說] 육삼은 부정위로서 부중(不中)·불응(不應)·불비(不比)하니 무지망동의 상이다. 난세를 당하여서는 시대를 자각하고 분수를 지켜 허욕을 버려야 한다. 일이란 자기 욕심대로만 되는 것이 아니다. 난세일수록 망동해서는 위험 속으로 빠져들 수밖에 없게 마련이다. 험한 산중에서 길 안내자도 없이 홀로

사슴을 잡으려는 것은 지나친 욕심에서 오는 무지의 소치다. 목전의 이익만을 생각하고 정말 중요한 것을 생각지 못하는 무지한 행동이다. 사슴을 잡았다 한들 무엇하겠는가. 결국에는 길을 잃어 밖으로 나오지 못하고 산중에서 헤매게 될 것인데. 그때는 잡았던 짐승마저 버리고도 깊은 산중을 헤매야 하는 어려움이 뒤따르게 될 것이다. 그러므로 군자는 기미를 보아서 이를 좇지 말아야 할 것이니, 아무런 생각없이 그대로 사슴만을 바라보고 욕심을 부려 좇아가다가는 반드시 곤궁함을 면치 못하게 될 것임은 불을 보듯 뻔한 일이다.

六四 乘馬班如 求婚媾 往 吉 无不利
육사는 승마반여니 구혼구하여 왕하면 길하여 무불리하리라.

象 曰 求而往 明也
상에 왈 구이왕은 명야라.

육사는 말 위에 올라 머뭇거리니
그 길로 구혼하러 가면
길하여 이롭지 않음이 없으리라.
상에 말하였다,
'구하러 간다' 함은 밝음이라.

[解說] 육사는 음이 음의 자리에 와 있으니 정위이며 부중(不中)이다. 그러나 이와 정응하는 초구가 있고 친비(親比)하는 구오가 이들의 힘을 빌어 위난의 때를 극복할 수 있는 형세다. 이러한 조건이 갖추어져 있으니 능동적으로 난세를 구원할 요건이 갖추어진 것이다. 때문에 능동적으로 혼인을 구하러 가면 길하며 이롭다고 한 것이다.

자기 자신을 알면 구태여 어진 사람으로부터 자문을 구할 필요가 없다. 스스로 자기 몸을 살펴 자신을 철저히 안 뒤에 행동으로 들어간다는 것은 가히 밝은 처사다. 자신이 처할 곳을 알면서도 그곳에 거처하지 못한다면 이는 지극히 어두운 사람이라 아니할 수 없다. 때가 주어졌을 때 곧 이를 깨달아 적시에 실행에 옮기는 자만이 인생에서 성공할 수 있는 것이다. 때가 되고 주위의 여건이 갖추어져 있는데 주저할 필요가 뭐 있겠는가.

六五 屯其膏 小貞 吉 大貞 凶 象曰
육오는 둔기고니 소정이면 길코 대정이면 흉하리라. 상에 왈

屯其膏 施 未光也
둔기고는 시- 미광야라.

구오는 그 은택을 베풀기가 어렵나니
작게 바르면 길할 것이요
크게 바르면 흉할 것이니라.
상에 말하였다,
'그 은택을 베풀기가 어렵다' 함은
그 베푸는 것이 아직 빛나지 못하다는 뜻이니라.

[解說] 전체적으로 볼 때 이 구오는 육이와 정응하고 육사·상육과 친비하고 있다. 게다가 초구가 양으로서 건실하니 그야말로 균형잡힌 조화를 이루고 있다.

그러나 애석하게도 이들과의 관계가 사사로운 정분으로 맺어진 탓에 이 음들과 함께 앞에 가로놓인 난국을 수습하기에는 역부족이다. 구오의 은택이 전체에게 두루 미치지 못하고 자신

의 측근에게만 한정적으로 베푼 때문이다. 따라서 자신의 잘못된 과거를 크게 깨달아 지금이라도 빨리 초구를 들어 써서 어려운 난세를 구제해야 한다. 그렇지 않고 과거의 작은 안정에만 만족하며 그곳에 안주하다가는 난국을 구제할 길이 없다.

작은 것에 안주하여 큰 것의 중요성을 모르는 자만큼 어리석은 자도 없다. 소인배들과 큰 일을 처리하면 무리가 따르게 마련이다. 그러니 어려움을 당하여 이들 소인배들과 함께 큰 일을 무리하게 조급히 처리하려 말고 초구를 들어 써 조금씩 조금씩 서서히 난국을 수습해 지난날의 평정부터 되찾아야 한다. 작은 걸로 거세게 몰아닥친 난국을 성급하게 처리하려다간 무리가 따르는 법이다. 그래서 「통해(通解)」에 보면, '사람이 어려운 일을 당하게 되면 비록 그 지위가 아무리 높다 해도 자신의 일을 제대로 처리해 나갈 수 없다. 그러므로 점차로 정리해서 옛 일로 돌아가는 것부터 구할 것이니 만일 성급하게 갑자기 일을 일으켜 자기 욕심대로 일을 처리하고 보면 그 뜻을 이루기는커녕 반드시 실패를 초래하고야 말 것이다'라고 했다.

上六 乘馬班如 泣血漣如 象 曰 泣血漣如
상륙은 승마반여하여 읍혈연여로다. 상에 왈 읍혈연여어니

何可長也
하가장야리오.

상육은 말 위에 앉아 머뭇거리며
계속해서 피눈물을 줄줄 흘리고 있도다.
상에 말하였다,
피눈물이 이처럼 그칠 줄 모르고
계속해서 줄줄 흘러내리는데

어찌 오래 갈 수 있으리요.

[解說] 어려운 일이 극에 달하여 어찌할지 몰라 이처럼 피눈물까지 흘리게 되는 판국이니 그 상태로 어찌 오래 지탱할 수 있으리요. 대체로 괘는 일(事)이요, 효는 일을 하는 때(時)인 것이다. 모든 이치를 두루 알고 이것을 펴나가서 모든 일에 미치게 한다면 천하의 일이 점차로 모두 끝날 것이다.

*현대인을 위한 역점

　운세／구름이 끼여 천둥이 치고 있으나 아직 비는 내리지 않고 있는 상태다. 따라서 지금 당장으로선 목마른 대지의 갈증을 풀어 줄 수 없다. 혼란과 암흑이 지배하고 있는 때니 성급하게 일에 뛰어들지 말고 적당한 인재(협력자)들을 발굴하여 적재적소에 이들을 배치해야 한다. 지금은 그러한 준비만으로 족하다. 그리고 나서 때가 되기를 기다리는 것이다.
　겨울은 결코 봄을 재촉하지 않는다. 조용히 봄이 오기만을 기다리며 묵묵히 봄 맞을 준비를 하는 것이다. 그러다가 마침내 봄이 되면 준비해 두었던 싹을 틔우고 만물을 성장시킨다.
　이 둔괘는 계절로 치면 초목이 움트는 새봄에 해당한다. 이 때의 새싹이란 연약하기 이를 데 없다. 따라서 이를 보호해 줄 보호자가 절대 필요하다. 아무렇게나 방치해 두어서는 좋은 결실을 보장하기가 힘들다. 사업으로 치자면 이는 그 초창기에 해당한다. 이때는 인재가 절대 필요한 시기다. 절대로 혼자 자만에 빠져 일을 해결하려 들지 말고 협력자를 구해 그와 함께 상의하며 앞날에 대해 신중하게 대비하라. 그렇지 않으면 일을 그르치기가 쉽다.
　이 둔괘는 부모가 자식을 낳아 놓고 기뻐하며 앞으로 그를 어떻게 키울 것인가를 고민하는 것과도 같다. 이는 행복한 고민이다. 옷감을 짤 때 씨줄과 날줄이 필요하듯이 매사를 행함에 있어선 굳건한 조직이 필요함을 염두에 두어야 한다. 자녀를 키움에 있어서 어머니나 아버지 그 어느 한쪽만으로는 부족하듯이, 두 사람의 협력이 있어야 온전하듯이 말이다. 이는 국가나 개인이나 모두 다를 바가 없는 것이다.

이 괘가 나왔을 때는 크게 기뻐하며 당장 어떻게 일을 해결하려고 하기보다는 앞날에 대해 철저한 대비책을 세우는 데 전력을 투자하여야 한다. 아직은 운세가 여물지 않았기 때문이다. 성급하게 뛰어들었다가 실패하여 눈물을 흘리기보다는 이것이 몇 곱절 더 낫지 않겠는가?

어찌됐던 이 괘가 나오면 무엇보다도 인재 등용이 중요하다. 그리고 또 좋은 인재를 구할 수 있는 때이기도 하다.

사업·교섭·거래·금전／사업은 어려움이 많을 때다. 참고 기다릴 줄 아는 인내력이 절실히 요구되는 때다. 용기를 잃지 않고 자숙하며 기다리다 보면 좋은 때가 올 것이다.

교섭이나 거래 역시 쌍방간의 내부적 문제가 있어 잘 이루어지지 않을 때니 자중하는 것이 좋다. 상대쪽에서 먼저 교섭이나 거래를 터 왔다 할지라도 별로 기대할 것이 못된다. 지금 당장의 어설픈 거래보다는 앞날에 대한 철저한 준비를 할 때다.

금전 문제는 빠듯하게 현상을 꾸려나갈 수 있을 정도다. 투자한 금액이 제대로 회수되지 않아서 곤란을 받을 때다.

연애 및 결혼／한 마디로 말해 연애는 정력 소모. 자신과의 생활 환경 등이 달라서 결혼까지 이어지기가 힘든 상태다. 이런저런 이유들로 당신은 지금 심히 갈등에 빠져 있다. 설령 이러한 문제들이 없다손 치더라도 인생고 문제가 해결되지 않아 결혼하기가 여의치 않을 때다. 그렇다고 이러한 것들을 감내하고 밀어붙이기 식으로 결혼식을 올릴 정도로 상대가 썩 좋은 배우자감도 아니다. 좀 아픔이 따르겠지만 헤어지는 편이 낫겠다. 평생을 같이 살 배필을 찾는 데 그 정도의 아픔은 감내해 내야 하지 않겠는가. 그리고 나서 좀더 기다리다 보면 좋은 상대가 나타날 것이다.

건강/소화불량·멘스불순·가슴앓이·구토·심장병·각기(脚氣) 등이 발생되기 쉬울 때다.

분실물/좀처럼 찾기가 용의치 않다. 집안에 있는 물건도 좀처럼 찾기가 쉽지 않을 것이니 밝은 대낮에 찾아볼 것. 당신이 찾는 물건이 다른 사람의 수중에 들어가 있을 수도 있으니 주위 사람도 점검해 보는 것이 좋겠다.

입학/희망한 학교에 들어가기가 힘들 때다. 그러나 포기하지 마라. 언제나 성공은 노력하는 자의 것이기 때문이다. 이번이 아니더라도 다음이 또 있지 않은가? 이 괘가 말하는 철저한 준비 태세를 잊지 말 것.

소망/지금 당장은 이루기가 곤란하다. 참고 기다리는 인내력이 필요한 때다. 막연히 그냥 가만히 앉아서 기다려서는 안 된다. 그때를 위해 준비하며 기다려야 한다. 이 괘는 준비하며 기다리는 괘이기 때문이다.
　소망을 이루는 데엔 역시 협력자가 필요한 때니 혼자서 이루려고 생각해서는 안 된다.

날씨／흐림. 곳에 따라 약간의 비 또는 안개가 끼이겠다. 산악 지방은 낮은 구름으로 인해 한 치 앞을 분간하기가 힘들다.

4. 몽(蒙) [山水蒙]

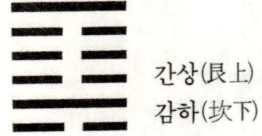

간상(艮上)
감하(坎下)

몽(蒙)은 몽매의 길이다. 몽이란 본래 덩굴풀의 일종으로서 덩굴이 자라 나무를 덮으니 그 아래가 어둡다는 뜻에서 어둡다는 말이 된다. 이 몽괘는 앞의 둔괘를 받아서 무지몽매한 어린이의 상태를 나타내고, 그 지능을 어떻게 계발해 나갈지에 대해 그 계몽의 길을 설명한다. 이 괘에서 말하는 나(我)란 구이로서 스승 자신을 말함이요, 동몽(童蒙;어리고 몽매함)이란 육오의 지도자를 말한다. 스승이란 무엇인가? 무지몽매한 어린이를 바르게 가르치고 어리석은 자를 참되게 일깨워 주는 자다. 따라서 사도의 존엄성은 확립되어야 한다. 공경하여 묻지 않고서는 스승으로부터 가르침을 받을 수가 없는 것이다. 따라서 성실치 못한 학습태도는 엄격히 징계를 받음이 마땅하다.

　여기서 육오는 절대권력을 소유한 나라의 최고 통치자다. 그러나 자신에게 모르는 것이 있을 땐 언제든지 어린아이의 모습으로 겸손하게 구이의 스승에게 물어야 한다. 이때 육오의 자세는 스승을 공경하는 마음으로 겸손하고 진지하여야만 한다. 또한 이러한 질문을 받은 육오는 지도자에 대한 예우를 다하여 자신이 알고 있는 바를 숨김없이 진실하게 가르쳐 주어야 한다. 그래야만 한 나라가 올바로 설 수 있는 것이다. 그런데 배우려는 자가 스승을 의심하여 물은 바를 자꾸 되물으면서 재차 확인하려 든다면 이는 스승을 모독하는 처사다. 이것은 배우려는 자의 자세가 아닌 것이다.

　이 몽괘에서 상괘의 간(艮)은 산을, 하괘의 감(坎)은 물을 표시한다. 여기에는 산기슭에서 솟아나오는 샘물의 형체가 있다. 산에서 흘러내리는 샘물의 형체란 초라하기가 이를 데 없다. 그러나 그러한 모습은 머지않아 대하가 될 가능성이 있다.

　어린아이 또한 이와 같다. 무한한 진취의 가능성을 가지고 있다. 그러나 그 가능성을 실현시키기 위해선 솔직한 마음씨를 가지고 좋은 스승을 좇지 않으면 불가능하다. 몽의 도에 의해서 바른 덕을 기르는 것이야말로 장차 성인에 도달할 길인 것이다.

蒙 亨 匪我 求童蒙 童蒙 求我 初筮
몽은 형하니 비아- 구동몽이라. 동몽이 구아니 초서어든

告 再三 瀆 瀆則不告 利貞 象 曰
곡하고 재삼이면 독이라. 독즉불곡이니 이정하니라. 단에 왈

蒙 山下有險 險而止 蒙
몽은 산하유험하고 험이지- 몽이라.

몽(蒙)은 형통하니라.
내가 어린아이(童蒙)에게 가르침을 구하는 것이 아니고
어린아이가 나에게 가르침을 구하는 것이니
처음으로 진실하게 물을 때에는 바른 대로 말해 주고
두 번 세 번 물으면 모독하는 것이니
모독하면 바른 대로 일러주지 아니하나니
바르게 지킴이 이로울 것이니라.
단에 말하였다,
몽은 산(艮) 아래에 험한 것(坎)이 있고
험하고 그치는 것이 곧 몽이니라.

[解說] 괘상으로 말하면, 마치 물이 흘러가다 산을 만나 갈 곳을 모르는 격이다. 여기서 '나'는 일깨워 줄 지위에 있는 사람인 구이를 말한다. 그리고 '동몽'은 육오를 말하는 것으로서, 아무리 존귀한 자리에 있다 하더라도 반드시 스스로 스승될 사람을 찾아가 가르침을 받아야 한다는 뜻이다.
이 괘에서 구이는 내괘(內卦)의 주인이 된다. 강(剛)으로서 중(中)에 거하여 능히 사람의 어두운 점을 깨우쳐 주고, 육오와 함께 음양이 서로 응하기 때문에 이 괘를 만난 사람은 형통하는 도가 있다는 것이다.

蒙亨	以亨行	時中也	匪我求童蒙	童蒙求我	志應
몽형은	이형행이니	시중야오	비아구동몽	동몽구아는	지응

也	初筮告	以剛中也	再三瀆瀆則不告	瀆蒙
야오	초서곡은	이강중야오	재삼독독즉불곡은	독몽야일새니

蒙以養正	聖功也	象	曰	山下出泉	蒙	君子
몽이양정이	성공야라.	상에	왈	산하출천이	몽이니	군자-

4. 몽(蒙) [山水蒙]

以　　果行　　育德
이하야　과행하며　육덕하나니라.

몽이 형통한 것은 형통함으로써 행해서
때에 맞기 때문이니라.
'내가 어린아이에게 가르침을 구하는 것이 아니고
어린아이가 나에게 가르침을 구한다' 함은
뜻이 서로 응하기 때문이요
'처음으로 진실하게 물으면 바른 대로 말해 준다' 함은
강중(剛中)하기 때문이요
'두 번 세 번 물으면 모독하는 것이니
모독하면 바른 대로 일러주지 않는다' 함은
몽을 더럽히기 때문이니
몽으로 바르게 길러 줌이 성스러운 공덕이라.
상에 말하였다,
산(艮) 아래에 샘물이 나는 것이 몽이니
군자는 이를 본받아 행동을 결정하여 덕을 기르니라.

[解說]샘물이 산 밑에 있어서 나아갈 바를 모르는 무지몽매한 상이다. 군자는 이 괘를 보고, 물의 흘러내리는 성품과 산의 정지하는 성품을 본받아 행동을 과단성있게 결정하여 덕을 길러야 한다는 뜻이다.
　'뜻이 서로 응하는 자'는 강명(剛明)한 이(二)와 유암(柔暗)한 오(五)다. 때문에 이가 오에게 구하지 않고 오가 이에게 구하므로 그 뜻이 서로 응하는 것이다. 몽은 바른 것을 길러야만 성스러운 공을 이루는 것이다. 때문에 이것으로 이정(利貞)의 뜻을 해석한 것이다.

샘물이 처음 나오면 반드시 앞으로 점점 크게 흘러가게 된다.

初六　發蒙　利用刑人　用說桎梏　以往　吝
초육은　발몽호대　이용형인하여　용설질곡이니　이왕이면　인하리라.

象　曰　利用刑人　以正法也
상에　왈　이용형인은　이정법야라.

초육은 몽매한 사람을 일깨우는 데엔
그에게 형벌을 주는 것이 유리하니
질곡(桎梏)을 베풀어야 하느니라.
그대로 넘어가면 좋지 못하니라.
상에 말하였다,
'사람에게 형벌을 주는 것이 유리하다'함은
이로써 법을 바르게 하기 때문이니라.

[解說]초육은 부정부중하고 불응하니 무지하기가 그지없는 자다. 만일 스승이 이런 자를 보았다면 마땅히 그 몽매함을 일깨워 주어야 한다. 그러나 아무리 주위를 살펴보아도 친비해 있는 구이 외에는 이 초육을 깨우쳐 줄 만한 이렇다 할 스승이 없다.

스승은 제자에게 그가 지켜야 할 엄격한 지침을 제시해 주고 그로 하여금 이를 지키도록 하여야 한다. 그리고 그의 무지몽매함을 일깨워 주어 앞으로 나아가야 할 길을 올바로 제시해 주어야 한다. 그러기 위해서는 일정한 형벌을 정해 놓고 그 지침을 어길 시엔 체벌도 불사해야만 이롭다는 것이다.

九二	包蒙	吉	納婦	吉	子	克家
구이는	포몽이면	길하고	납부면	길하리니	자-	극가로다.

象	曰	子克家	剛柔	接也
상에	왈	자극가는	강유-	접야라.

구이는 몽매한 자를 포용함이니 길하고
며느리를 맞아도 길하여 아들이 집안을 잘 다스림이로다.
상에 말하였다,
아들이 집안을 잘 다스림은
강(剛)과 유(柔)가 서로 만남이라.

[解說]구이는 양강(剛)으로서 중(中)에 거하여 강한 의지력과 해박한 지식을 두루 갖추고 있는 내괘(內卦)의 주인이다. 따라서 여러 음을 통치해서 계몽해 줄 책임이 있다. 아래에 있는 초육을 깨우쳐 주고, 위에 있는 육삼과도 친비하여 이를 보살펴 주고 있다. 그리고 또 육오의 지도자와도 서로 응하여 이를 교육하며, 정위한 육삼까지도 용납해 주고 있다. 그야말로 이 어두운 시대를 밝혀 줄 민중의 횃불인 것이다.

이처럼 능히 사람의 몽매함을 일깨워 주고 육오와 화응하기 때문에 이 괘를 만난 자는 형통하는 도가 있다는 것이다. 여기서 '나'는 이 구이를 말함이요, '동몽'이란 구오의 지도자를 말함이다. 가르치는 자가 밝으면 사람들이 마땅히 내게 구하므로 그 형통함은 남에게 있지만, 가르치는 자가 어두우면 내가 마땅히 남에게 구하게 되므로 결국 그 형통함은 나에게 있는 것이다.

六三　勿用取女　見金夫　不用躬　无攸利
육삼은　물용취녀니　견금부하고　부용궁하니　무유리하니라.

象曰　勿用取女　行　不順也
상에　왈　물용취녀는　행이　불순야라.

육삼은 여자를 취하지 말지니
돈 있는 사내를 보고 올바로 제 몸을 간수하지 못할 것이니
이로울 것이 없느니라.
상에 말하였다,
'여자를 취하지 말라' 함은
행실이 순탄하지 못하기 때문이라.

[解說]육삼은 음유부중정하니 나약하고 몽매하기가 이를 데 없는 여자다. 그러니 마땅히 자신과 응하는 위에 있는 상구에게 배워서 그 몽매함으로부터 벗어나야 한다. 이런 여자가 돈 많은 남자를 보게 되면 눈이 멀어 자기 몸을 제대로 가누지 못하게 된다. 그래서 점치는 자가 이 괘를 만나거나 장가드는 자가 이런 여자를 색시로 맞게 되면 이롭지 않다고 경계한 것이다.

六四　困蒙　吝　　象曰　困蒙之吝　獨遠實也
육사는　곤몽이니　인토다.　상에　왈　곤몽지인은　독원실야라.

육사는 몽매함으로 인해 곤란을 겪으니 안타깝도다.
상에 말하였다,
'몽매함으로 인해 곤란을 겪는다' 함은
홀로 그 성실을 멀리하기 때문이라.

[解說] 육사는 음유부중하고 양강한 구이와 멀리 떨어져 있으며 정응도 없어서 자신의 무지몽매함을 깨우쳐 줄 이렇다 할 스승이 없다. 꼭 큰일을 치루고 나서야 자신의 몽매함을 깨닫게 되니 답답하기 이를 데 없다. 혼자 독학하여 그 몽매함으로부터 벗어나려고 하지만 의지 또한 나약하니 그저 안타까울 따름이다. 점치는 자가 이 괘를 만나면 부끄러운 일이다. 그러나 뜻을 굳게 세워 두루 찾아 나서면 독학으로서도 몽매로부터 벗어날 수 있다.

六五. 童蒙　　吉　　象　曰　童蒙之吉　順以巽也
육오는　동몽이니　길하니라.　상에　왈　동몽지길은　순이손야일세라.

육오는 동몽이니 길하니라.
상에 말하였다,
'동몽이 길하다' 함은 신중하고도 겸손하기 때문이라.

[解說] 육오 자신은 비록 허약한 실체이나 양강한 구이로부터 도움을 받을 수 있으니 길한 상이다. 아무리 몽매한 자라도 자신을 낮추고 남에게 순종하면 길하다는 뜻이 담겨 있다. 본괘의 지도자인 이 육오는 든든한 보호자가 있는 몽매한 어린아이와도 같은 입장이다. 주위에는 자신이 궁금한 것을 물어볼 수 있는 자문위원이 있으니 길하지 않을 수 없는 것이다. 지도자가 자신을 낮추고 스승에게 물을 수 있을 때 비로소 바른 정치를 행할 수 있으며 사도가 확립되는 것이다. 자기를 버리고 남을 따르는 것이 순종이요, 자기 뜻을 낮추어 남에게 구하는 것은 비손(卑巽)이다. 이렇게만 할 수 있다면 능히 천하에서 부족함 없이 살아 갈 수 있다.

上九　　擊蒙　　不利爲寇　　利禦寇
상구는　격몽이니　불리위구요　이어구하니라.

象　曰　利用　禦寇　上下　順也
상에　왈　이용　어구는　상하-　순야라:

상구는 몽매한 자를 일깨울지니
그를 도적으로 여기면 이롭지 못하고
그 도적을 막는 것이 이롭느니라.
상에 말하였다,
'도적을 막는 것이 이롭다' 함은 상하가 순응하기 때문이라.

[解說] 상구는 강명한 실존이나 부정하니 동몽이 극에 달해 있다. 동몽을 깨우쳐 줌에 있어서 지나치게 강(剛)하게 한 까닭에 격몽(擊蒙)의 상이 되었다. 이처럼 지나치게 혹독한 방법으로 동몽을 깨우치려 한다면 도리어 역효과를 가져와서 동몽의 원수가 될 수도 있으므로 이는 옳은 방법이라 할 수 없다. 다만 동몽의 적이요 폐단인 외적 유혹을 막아서 순진한 것을 온전히 한다면 마땅함을 얻을 것이다.

4. 몽(蒙) [山水蒙] 307

*현대인을 위한 역점

운세/몽에는 무지, 무능, 어린아이 등과 같은 뜻이 있다. 다시 말해 안개 속에서 한 치 앞을 분간할 수 없는 오리무중의 상태가 곧 몽이다. 그러니 현재로선 자신의 앞날을 스스로 예측할 수 없다. 이럴 땐 제자가 스승에게 가르침을 받듯이 선배나 웃어른들에게 자신이 나아갈 길에 대해 정중히 물어야 한다. 아니면 실력있는 자를 찾아가 그와 힘을 합해 자신이 하고자 하는 일을 해 나가야 한다. 자기 혼자만의 힘으로는 절대 불가능한 게 이 몽패이다. 다시 말해 무슨 일을 하고자 할 때는 반드시 자기보다 실력있는 사람의 도움이 필요한 패다. 당신은 지금 하고자 하는 일에 대한 확실한 계획이 없거나 그 전망이 불투명한 입장에 처해 있으니 그 방면에 조예가 깊은 실력자를 찾아가 자문해 보아야 이롭다.

사업·교섭·거래·금전/사업 계획을 세울 때는 반드시 그 방면에 대한 당신의 선배를 찾아가서 자문을 구하는 것이 좋다. 모든 계획을 혼자서 세웠다가는 실패할 우려가 있다. 동업을 하고자 할 때는 당신보다 상대쪽에서 먼저 적극적으로 나오지만 당신에게 곤란한 문제가 있다거나 아직 마음이 여물지 못해 망설이는 상태다. 좀더 신중한 자세가 요구되는 때다.

교섭이나 거래 역시 자신이 직접 나서는 것보다 유능한 대리인을 내세우는 편이 오히려 성공율이 높다. 매사를 주위에 있는 선배들과 의논하여 신중하게 처리하라. 그렇지 않고 일을 혼자 계획하고 결정하려다간 돈은 돈대로 들고 거래도 제대로 이루어지지 않는다.

밖으로 드러나지 않는 지출이 심할 때다. 다시 말해 용도가 분명치 않은 돈이 자신도 모르는 사이에 솔솔 나가는 때다. 그러니 지금은 우선 수입보다 쓸데없는 지출을 줄이는 데 신경을 쏟을 때다.

연애 및 결혼／상대에 대해 제대로 알지 못하여 망설이고 있는 때다. 혹 상대에 대해 잘 안다고 할지라도 피치못할 이유로 인해 지금 당장 결혼할 처지도 못된다. 형편이 이러하니 상대가 아무리 적극적으로 다가온다 하더라도 결혼까지 성사되기란 하늘에서 별 따기다. 좀더 시간을 두고 윗사람과 상의한 뒤에 결정하는 것이 좋다.

건강／신경성 등과 같이 증세가 확실치 않은 병이 많을 때다. 또한 식중독·습성늑막염·월경불순·소화불량·기억상실·치매증·귀앓이 등이 나타날 때니 유의할 것.

분실물／대체로 집안에서 잃은 것들이지만, 둔 곳이 기억나지 않아서 못 찾는 경우가 많다. 무조건하고 집안을 뒤질 것이 아니라 기억을 더듬으며 차근차근 찾아볼 것.

여행 및 이전／지금 여행을 하면 교통사고 등과 같은 예기치 못한 사고가 일어날 수도 있으니 뒤로 미루는 것이 좋다.

이사 또한 여러 가지로 안 좋은 것들이 따를 수 있으니 연기하는 것이 좋다.

입학／유치원, 국민학교, 중학교와 같은 하급학교의 경우엔 좋은 때지만 고등학교 이상 상급학교의 경우엔 여러 가지로 안 좋은 일이 일어날 때니 유의할 것.

취직／혼자의 힘으로는 좀처럼 취직하기 어려운 때니 선배 등과 같은 윗사람의 도움을 받는 것이 좋다.

소망／지금 당장은 이루어지지 않는다. 우선 목표가 무엇인지부터 결정해야 할 때다. 아직 자신의 소망이 무엇인지조차 제대로 알 수 없는 상태에서 소망이 이루어지기를 기대한다는 것은 어불성설이다. 먼저 자신의 진정한 소망이 무엇이며 그 소망을 이루는 데에 필요한 것이 무엇인가부터 생각하라. 그리고 난 뒤에 그 소망을 이루기 위해 윗사람과 상의하라. 혼자만의 힘으론 절대 불가능한 것이 이 몽괘이기 때문이다. 어린아이에게 보호자가 필요하듯이 몽괘를 얻은 자에게도 보호자가 필요한 것이다.

날씨／기분 나쁠 정도로 혼미하게 흐려 있는 상태다. 몽괘의 분위기를 알면 가히 날씨의 흐린 정도를 짐작할 수 있겠다.

5. 수(需) [水天需]

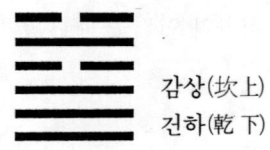
감상(坎上)
건하(乾下)

　수(需)란 기다리는 것이다. 하괘인 건은 강건하고, 상괘인 감은 위험한 내(川)를 의미하기 때문에 건실한 자가 위험한 가운데서 때가 오기만을 기다리고 있는 상이다. 심신이 강건하면서도 눈앞에 닥칠 위험을 생각하여 은인자중하고 있는 형태인 것이다. 이처럼 인생에서는 기회가 올 때까지 은인자중하며 기다리지 않으면 안 되는 일이 많다.
　때를 기다린다 함은 무위도식과도 같은 것이다. 무위도식하면서까지 기다릴 수 있는 것은 전체적인 구조가 거의 안정되어 있어서 앞날에 대한 희망을 점칠 수 있기 때문이다. 따라서 굳이 성급하게 위험에 뛰어들어 무모한 모험을 할 필요가 없는 것이다.
　앞의 몽괘가 배움의 도라면 이 수괘는 기다림의 도다. 교육으로 말미암아 동몽으로부터 벗어났다 할지라도 성급하게 함부로 나서서는 아니된다. 때가 이르기를 기다려야만 한다. 그렇기에 이 수괘가 몽괘의 다음에 위치한 것이다.
　기다리는 이유는 사람마다 다를 수 있겠지만, 그 모두가 움직이면 위험하기 때문이다. 이 수괘의 앞날엔 예측하기 어려운 그 어떤 위험이 도사리고 있다. 때문에 기다리지 않으면 안 되는 것이다. 무위도식하면서도 초조함이 없이 때가 도래하기를 기다릴 수 있는 것이야말로 진정한 용기가 아닐 수 없다. 예기(銳氣)를 기르면서 묵묵히 시기를 기다리면 반드시 좋은 시절이 도래할 것이다. 이때 힘차게 뛰어들면 반드시 큰 성공이 뒤따라 그 동안의 기다린 보람이 있을 것이다.

需　　有孚　　光亨　　貞吉　　利涉大川　　彖　曰
수는　유부하여　광형코　정길하니　이섭대천하니라.　단에　왈

需　　須也　　險　　在前也　　剛建而不陷　　其義　　不
수는　수야니　험이　재전야니　강건이불함하니　기의－　불

不困窮矣
불곤궁의라.

수(需)는 성실함이 있어 크게 형통하고 곧아서 길하니
큰 시내를 건넘이 이로우리라.
단에 말하였다,
수는 기다림이니 위험(坎)이 앞에 있으나
강건해서 그곳에 빠지지 않으니 그 의리가 곤궁하지 않도다.

　[解說]괘덕(卦德)이 건실하고 어려운 데 빠지지 않는 것을 취한다.

괘사(卦辭)는 이 괘의 주장인 구오에 대해서 말한다. 구오는 강건중정(剛健中正)하고 성실한 것이 마음속에 가득 차 있다. 그러므로 이 괘를 만나면 크게 형통하고 곧고 바르게 지키면 길한 것이다. 결단력있게 큰일을 행해도 좋다는 뜻이다.

需有孚光亨貞吉　位乎天位　以正中也　利涉大川　往有功
수유부광형정길은　위호천위하여　이정중야오　이섭대천은　왕유공
也　象　曰　雲上於天　需　君子　以　飮食宴樂
야라　상에　왈　운상어천이　수니　군자-　이하여　음식연락하나니라.

'수는 성실함이 있어 크게 형통하고 곧아서 길하다'함은
하늘 자리(九五)에 올라 정중(正中)하기 때문이요
'큰 시내를 건넘이 이롭다'함은
앞으로 나아가면 성공이 있음이라.
상에 말하였다,
구름이 하늘로 올라가는 것이 수이니 군자는 이를 본받아
음식을 먹고 즐겁게 노느니라.

[解說] 구오가 양강한 실체로서 중(中)에 거하고 있으니 성실함이 있는 상이다. 그곳에서 기다리고 있으면 성실한 의리가 있어 건강(乾剛)함을 가지고 지성을 다하기 때문에 그 덕이 광명하고 형통하며 곧음을 얻어 길한 것이다.
　하늘에 구름이 끼여 있으나 아직 음양이 서로 화합해서 비가 내리지 않는 모습이 곧 수대(需待)의 뜻이다. 때문에 군자는 이를 본받아 유유자적하게 때가 오기를 기다린다는 것이다.

初九　需于郊　利用恒　无咎　上　曰　需于郊
초구는　수우교라　이용항이니　무구니라.　상에　왈　수우교는

不犯難行也　利用恒无咎　未失常也
불범난행야오　이용항무구는　미실상야라.

초구는 들판에서 기다림이니
항구한 마음을 가짐이 이롭고 허물이 없으리라.
상에 말하였다,
'들판에서 기다린다' 함은
어려움을 무릅쓰고 앞으로 나아가 행동하지 않음이요
'항구한 마음을 가짐이 이롭다' 함은
떳떳한 도를 잃지 않음이라.

　　[解說]이 효는 정상(正常)을 지키며 경거망동하지 말라는 교훈이 담겨 있다. 여기서 들판이라 함은 야외로서 상괘의 감험(坎險)보다도 더욱 멀리 떨어져 있는 것에 비유한 말이다. 먼 곳에 있다 함은 험하고 어려운 것을 말한다. 현자는 이처럼 멀고 험한 것에 무모하게 뛰어들지 않는다. 양이란 본래 강건하여 위로 뻗어 갈 수 있는 힘이 있다. 그러나 이 초구는 강건을 타고난 양이면서도 섣불리 그 위험에 도전하지 않고 지금 저 멀리 교외의 외곽지대에서 때가 이르기만을 기다리며 평상시와 같은 생활을 즐기고 있는 것이다. 그도 그럴 것이 정위를 차지하고 있어 지금 당장 자리바꿈을 할 필요가 없는 데다가 육사와는 정응관계이고, 상육이 좀 위험스럽기는 하지만 그 역시 거리상으로 멀리 떨어져 있고 보니 그다지 신경쓸 일이 못 된다. 그러니 조급히 변화하려 하지 않고 평상의 생활을 그대로 유지한다면 허물이 없고 이로울 것임은 당연하다. 이러한 마음이 항구불변일 때 마침내 길하게 된다는 말이다.

九二　需于沙　小有言　終吉　　象 曰　需于沙
구이는　수우사라　소유언하나　종길하리라.　상에 왈　수우사는

衍　　在中也　雖小有言　以吉　終也
연으로　재중야니　수소유언하나　이길로　종야리라.

구이는 모래밭에서 기다림이라.
조금은 말썽이 있지만 마침내는 길하리라.
상에 말하였다,
'모래밭에서 기다린다' 함은
너그러운 마음이 가슴 한가운데에 있음이니
비록 조금은 말썽이 있지만 드디어는
길하게 된다는 말이니라.

[解說] 모래밭이란 시냇물 속보다는 덜 험하지만 그것에 가까운 곳이다. 양강함이 중앙에 위치하고 있으니 식견과 자제력이 만만치 않다. 또한 용기백배하여 위험 앞에서도 결코 물러설 줄을 모른다. 모래밭이라서 위험과는 직접적인 관련이 없지만, 너무 자신의 재능만을 믿고 위험에 근접한 곳에서 기다리고 있기 때문에 약간의 말썽은 좀 있지만 곧 반성할 수 있는 자제력이 있기 때문에 마침내는 길하게 된다는 것이다. 비난의 소리를 듣고도 반성하여 자제하지 못하는 사람처럼 우매한 자도 없는 것이다.

九三　需于泥　致寇至　　象 曰　需于泥　災在外也
구삼은　수우니이니　치구지리라.　상에 왈　수우니는　재재외야라.

自我致寇　敬愼　不敗也
자아치구하나　경신이면　불패야리라.

5. 수(需) [水天需]

구삼은 진흙탕 속에서 기다리니 도둑이 이르리라.
상에 말하였다,
'진흙탕 속에서 기다린다' 함은
재앙이 밖에 있다는 말이니라.
내가 도둑을 이르게 하지만
공경하고 삼가면 실패하지 아니하리라.

[解說] 진흙탕이란 모래밭보다 험한 곳이다. 구삼은 비록 정위이나 지나치게 강한 것이 흠이다. 그리고 부중(不中)하고, 위로 육사와 친비하고, 상육과 정응관계에 있으니 음의 위험과 제일 가까운 곳에 위치해 있다. 따라서 이러한 상이 되는 것이다. 아래서는 혈기왕성한 두 양이 엉덩이를 밀어붙이고 위에서는 늙은 암코양이처럼 두 노음이 사납게 두 눈에 쌍불을 켜고 노려보고 있다. 그야말로 이럴 수도 저럴 수도 없는 진퇴양난에 빠져 있다. 때를 기다릴 줄 모르는 자신의 조급하고 경솔한 성미 때문에 이런 험한 곳에 빠졌으니 그 누구를 원망하리요. 진흙탕 속에 빠져 옴쭉달싹할 수 없게 되었으니 앞으로 나아갈래야 나아갈 수도 없어서 더 이상 위험한 곳에 빠지지도 않겠지만, 그 화가 밖에서부터 들어오니 이를 어쩌면 좋으랴! 그것은 다름아닌 사람을 해치는 자 가운데서 가장 큰 자인 도둑이 아닌가! 이럴 땐 그저 도둑 앞에서 두 손 싹싹 빌며 '아이고 선생님 살려줍쇼' 하고 그를 공경하는 것이 더이상의 화를 막을 수 있는 최상의 방법이다.

六四 需于血 出自穴   象曰 需于穴 順以聽也
육사는 수우혈이니 출자혈이로다.   상에 왈 수우혈은 순이청야라.

육사는 피밭에서 기다리니
순종하면 구멍에서 빠져 나올 수 있으리로다.
상에 말하였다,
'피밭에서 기다린다' 함은
순리대로 운명에 순응하기 때문이라.

[解說]여기서 피(血)란 살상을 뜻하고, 구멍이란 험난한 곳을 뜻한다. 피투성이된 몸으로 험한 곳에 처해 있으니 올 데까지 다 온 셈이다. 음이 음의 자리에 와 있어서 정위하였지만, 아래의 양강한 구삼이 다그치고 위에서 구오가 짓눌러 대니 온몸에 피투성이뿐이다. 다급한 김에 자신과의 정응인 초구에게 도움을 청해 보려고도 생각해 보지만 해결사로서는 그가 너무도 어리다. 그러니 어찌하랴, 눈물을 머금고 보따리를 싸 가지고 음의 본거지를 탈출할 수밖에!
　대개 음유(陰柔)란 때로 더불어 다투지 못하는 것이니 물러가서 순종하여 남의 말을 들어야만 더 이상의 흉한 데에 이르지 않는다는 것을 말해 주고 있다.

九五　需于酒食　貞吉　象曰　酒食貞吉
구오는　수우주식이니　정코 길하나라.　상에 왈　주식정길은

以中正也
이중정야라.

구오는 주식(酒食) 속에서 기다리니 곧으면 길하리라.
상에 말하였다,
'주식 속에서 기다리니 곧으면 길하다' 함은
마음이 중정(中正)하기 때문이니라.

5. 수(需) [水天需]

[解說]구오는 양강중정하니 위험을 물리칠 막강한 힘과 재능이 있지만 때가 더욱 여물기를 기다리고 있으니 어찌 신중타 아니하리요. 주식(酒食)이란 잔치하고 노는 데 쓰이는 것이다. 즉 이처럼 편안한 마음으로 기다린다는 뜻이다. 높은 지위에서 기다리기 때문에 그 상(象)이 이와 같은 것이니, 이 괘를 얻은 자가 곧고 굳으면 길함을 얻을 것이다.

上六　入于穴　有不速之客三人　來　敬之　終吉
상륙은　입우혈이니　유불속지객삼인이　내하리니　경지면　종길하리라.

象　曰　不速之客　來敬之終吉　雖不當位　未大失也
상에　왈　불속지객　내경지종길은　수불당위나　미대실야라.

상육은 궁한 구멍으로 들어감이라.
청하지 않은 손님 셋이 오리니
이들을 공경하면 마침내 길하리라.
상에 말하였다,
'청하지 않은 손님 셋이 오리니
이들을 공경하면 마침내 길할 것이다' 함은
비록 그 자리를 감당해 내지는 못할지라도 큰 실수는
없다는 말이니라.

[解說]상육은 기다림의 끝이다. 음유한 것이 극에 거하매 허약한 자가 어려움을 이기지 못하고 지쳐 쓰러지는 험한 상이다. 여기서 구멍(穴)이라 함은 최대의 위기상황을 말한다. 따라서 더 이상 기다릴래야 기다릴 수도 없는 처지다. 그리고 '초대하지 않은 세 사람'이란 하괘의 세 양을 말한다. 이 괘를 만난 사람은, 기다림이 다하여 마침내는 쓰러지는 한이 있더라도

용기를 잃지 않고 기다리다 보면 뜻밖의 사람이 나타나게 되는데, 이때 그들을 공경하여 융숭히 대접하면 구멍 즉 험한 곳으로부터 벗어날 수 있다는 뜻이다. 위기에 처해 쓰러져 가는 자가 손님을 대접하면 얼마나 대접하겠는가. 자기의 도리를 다해 지성으로써 공경히 대접하면 이에 감복하여 그에 대한 보답이 따르게 마련인 것이다.

5. 수(需) [水天需] *319*

＊현대인을 위한 역점

운세／수(需)는 풍족한 가운데서 기다린다는 뜻이다. 지금은 특별한 어려움이 없기 때문에 조급히 생각지 말고 평상시처럼 생활하면서 때가 이르기를 기다려야 한다. 지금 안정된 생활을 하고 있는데 때도 차지 않은 상태에서 굳이 위험에 뛰어들어 모험할 필요가 뭐 있겠는가? 따라서 무위도식하는 느긋한 마음으로 때가 차기를 기다려야 한다. 무위도식하는 마음가짐이란, 그처럼 편안한 마음으로 앞날에 대한 대비책을 강구하며 기다리라는 말이다. 허욕을 채우기 위해 무모하게 일을 크게 벌렸다가는 깡통 차기 십상이다. 쓸데없는 허욕 때문에 괜히 일을 벌려 늪에 빠지는 것보다는 무위도식하면서 힘을 축적하여 때가 차기를 기다리는 것이 훨씬 낫다.

아직 때가 차지 않았으니 기다려야 한다. 대기만성이란 말도 있잖은가.

사업·교섭·거래·금전／사업의 장래성은 좋다. 그러나 지금 시작하기엔 때가 이르니 좀더 기다리며 준비해야 한다.

교섭이나 거래를 함에 있어서 지금 당장은 좋은 것을 기대하기가 힘들다. 여건상 상대방이 선뜻 당신의 제의에 응해 줄 수 없는 입장에 있으니 좀더 참고 기다려야 할 때다. 상대방에게 그 어떤 계략이 숨어 있을 수도 있으니 성급하게 트려고 하지 마라. 괜히 성급히 굴었다가는 거래도 제대로 이루어지지 않을 뿐더러 잘못했다간 소송에 휘말릴 수도 있음을 명심하라.

연애 및 결혼／결혼을 점쳤을 때 이 괘가 나오면 쉽게 결혼할 수 없다. 상대가 당신과 함께 몇 년 동안 고생을 각오한 몸이라면 괜찮겠으나 그렇지 않다면 다른 상대를 물색해 보는 편이 낫다. 이 괘는 생활이나 직업 등에 비중이 크기 때문에 우선 그 기반부터 다져야 한다. 반대로 당신이 결혼을 서두른다 할지라도 상대 쪽에서도 당신의 요구를 채워 줄 입장이 못된다. 직장 등과 같은 생활상의 문제가 있기 때문이다. 몇 년 더 기다리면서 자신의 기반을 굳히고 나면 좋은 배필이 나타날 것이다.

건강／각종 질병이 많은 때다.
특히 소화불량, 변비, 복부팽만, 고혈압, 복막염, 중독, 습성 늑막염, 각혈, 임질, 간장경화, 술독 등에 유의할 것.

분실물／좀처럼 찾기 힘든 곳에 숨어 있으니 그런 곳을 면밀히 찾아 볼 것. 잃어버린 곳이 집안이라면 시간이 지나면 자연히 나올 수도 있겠으나 밖에서 잃은 물건이라면 이미 다른 사람의 수중에 들어가 있을 수도 있다.

여행 및 이전／사업차 떠나는 여행이라면 별로 좋은 결과를 얻지 못할 때다. 그냥 단순히 놀러 가는 여행이라 할지라도 며칠 시간을 늦추는 것이 좋다. 지금 떠나면 눈이나 비가 와서 모처럼의 여행 분위기를 흐려 놓거나 길을 잘못 들어 헤맬 수도 있다.

집을 이사할 것이라면 날짜를 뒤로 연기하는 게 낫다.
집을 살 경우라면 성급하게 당장 결정하지 말고 좀더 느긋하게 기다리는 것이 좋다. 당장 계약하게 되면 후회할 일이 따르게 된다.

입학/실력에 맞으면 몰라도 그렇지 않으면 아예 입학을 포기하는 것이 낫다. 괜히 실력도 없이 돈 싸 들고 보결로 들어가려다가는 후회할 일이 따를 것이다. 이는 일종의 거래이기 때문이다. 거래는 역시 훗날로 미루는 것이 좋다.

취직/절대 성급하게 판단하여 아무 데나 들어가지 말고 보다 좋은 곳을 찾아보라. 분명 좋은 직장이 기다리고 있을 것이다.
직장에서의 부서전환 등은 서두르지 말고 좀더 신중을 기한 뒤에 실행에 옮기도록 하라. 지금 서둘러 움직였다간 아니 옮김만 못하다.

소망/지금 당장 이루고자 한다면 그것은 무리다. 반대로 좀더 시간이 걸리는 것이라면 좋은 결과를 얻을 때다.

날씨/하늘에 비구름이 끼여 있지만 비는 내리지 않는다.
곳에 따라 약간의 비가 온다.
가뭄 끝이라면 이를 해갈시킬 정도는 못된다. 대지를 약간 적실 정도다.

6. 송(訟) [天水訟]

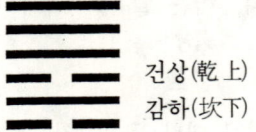

건상(乾上)
감하(坎下)

송(訟)이란 소송(訴訟) 즉 재판을 말한다. 먹고 사는 문제로 인해 송사가 따르므로 수괘 다음에 이 괘를 놓은 것이다. 사람이 세상을 살아가다 보면 전혀 싸움이 없을 수 없다. 그래서 개인과 개인, 단체와 단체, 국가와 국가 사이의 분쟁은 지구상에서 끊일 날이 없는 것이다.

이 괘는 상괘의 건(乾)이 하늘(天)이니 위로 올라가고 하괘의 감(坎)이 물(水)이니 아래로 흐른다. 따라서 서로 통함이 없이 반대 극을 달리고 있으니 각기 서로 다른 의견을 주장하는 상이다. 이러한 때에 한 치의 양보도 없이 끝까지 자기 주장만 내세우다가는 그 대립이 더욱 격렬해져 불리한 결과를 초래하게 된다.

이 괘는 지금 쇠퇴일로에 접어들고 있다. 따라서 자기 주장만을 내세우지 말고 한 발 뒤로 물러서는 양보의 자세가 필요하다. '어디 끝까지 한번 해 보자'식이면 오히려 자신에게 해

6. 송(訟) [天水訟]

로운 결과를 초래하게 된다. 만일 송사를 했다면 재판관의 판결에 맡겨야 한다. 아무리 명재판관의 명판결이라 할지라도 어느 한쪽의 불만은 있게 마련이다. 자기의 권익을 찾느냐 잃느냐 하는 기로에 처해 있기 때문이다. 그러나 이쯤에서 싸움을 멈추고 화해의 길을 걸어가야 서로에게 이롭다. 그렇지 않고 이에 불복하여 자꾸 항고만을 일삼는다면 싸움은 더욱 격렬해질 수밖에 없다. 싸움이 격렬해질수록 감정 또한 격렬해지는 법이니 그 반동작용 역시 그만큼 크다는 것을 알아야 한다.

자신에겐 성실한 마음이 있지만 타인으로부터 그 어떤 피해를 당해서 끊임없이 다투는 상태가 이 송이다. 아무리 그렇다고 하더라도 송사를 하면서까지 다툰다면 그것은 결코 바람직한 것이 못된다. 사리를 헤아리고 자신이 먼저 한 발 뒤로 물러서면 길할 것이로되, 누가 이기나 보자 식으로 끝까지 분쟁을 몰고 간다면 흉할 것이다. 이때는 구오와 같은 강건중정한 자에게 판결을 맡겨야 한다. 그리하여 그 어질고 덕망있는 자를 문제의 중재인으로 삼아야 이롭다. 대하(大河)를 건너가는 위험을 범하면서까지 자기의 주장을 관철시키려든다면 오히려 자신에게 큰 화가 따르게 되는 것이다.

訟 有孚 窒 惕 中 吉 終 凶 利見大
송은 유부나 질하여 척하니 중은 길코 종은 흉하니 이견대

人 不利涉大川 象 曰 訟 上剛下險 險而建
인 불리섭대천하니라. 단에 왈 송 상강하험하여 험이건이

訟
송이라.

송(訟)은 자신이 있으나 막히는 일도 있나니
두려워하여 중도를 얻으면 길하나 마침내는 흉하도다.
대인을 만남이 이롭고 큰 내를 건넘은 이롭지 않느니라.
단에 말하였다,
송은 위는 강건하고 아래는 험난하여
위태로우면서도 씩씩한 것이 곧 송사니라.

[解說] 위는 강건해서 아랫사람을 다스리고 아래는 험난해서 윗사람을 대하면 반드시 쟁송(爭訟)이 생기는 상이다.
 송이란 중심에 성의가 있으면서도 망령된 자의 방해를 받아서 일어나는 것이다. 그러므로 능히 두려워하여 중도를 지켜 중지해야 길한 것이다. 그러나 송사를 끝내고 나서 기어코 남을 이겨 이익을 챙기려고 한다면 흉하다. 따라서 시비의 판단은 구오와 같은 강건중정한 대인에게 보여서 이를 결정하라는 뜻이다.

訟　　　有孚窒惕中吉　　剛來而得中也　　終凶　　訟不可成也
송이　　유부질척중길은　　강래이득중야오　　종흉은　　송불가성야오

利見大人　　尚中正也　　不利涉大川　　入于淵也　　象　　曰
이견대인은　　상중정야오　　불리섭대천은　　입우연야라　　상에　　왈

天與水　　違行　　訟　　君子　　以　　作事謀始
천여수－　　위행이　　송이니　　군자－　　이하야　　작사모시하나니라.

송사는 자신이 있으나 막히는 일도 있나니
'두려워하여 중도를 얻으면 길하다' 함은
강건함이 와서 중도를 얻었기 때문이요
'마침내는 흉하다' 함은

6. 송(訟) [天水訟]

송사란 끝까지 해서는 안 된다는 말이요
'대인을 만남이 이롭다' 함은
중정(中正)을 숭상하기 때문이요
'큰 내를 건넘은 이롭지 않다' 한 것은
못 속으로 빠져 들어가게 되기 때문이니라.
상에 말하였다,
하늘(乾)과 물(坎)이 서로 어그러지는 것이 송이니
군자는 일을 착수함에 있어 그 시작을 잘하느니라.

[解說] 하늘기운은 위로 올라가고 물기운은 아래로 흐르니 가는 길이 서로 같지 않다. 이처럼 가는 길이 서로 어긋나니 송사가 생기는 상이다. 그러나 군자는 이를 보고 근신해서 후일에 쟁송의 실마리가 없도록 한다는 것이다. 송사란 결코 좋은 것이 아니다. 부득이해서 하는 게 송사다. 그런데 어찌 그 일을 그만두지 못하고 끝까지 계속한단 말인가? 만일 끝까지 자기 주장대로 밀고 나가려 한다면 흉하게 마련이니 한사코 해서는 안 된다고 한 것이다.

初六	不永所事	小有言	終吉	象 曰	不永
초육은	불영소사면	소유언하나	종길이리라.	상에 왈	불영
所事	訟不可長也	雖小有言		其變	明也
소사는	송불가장야니	수소유언이나		기변이	명야라.

초육은 일을 오래 끌지 아니하나니
비록 말썽은 좀 있으나 마침내는 길하게 될 것이니라.
상에 말하였다,
'일을 오래 끌지 않는다' 함은

송사를 오랫동안 하지 않음이니
비록 말썽은 좀 있으나 그 분별함이 명백할 것이니라.

[解說]초육은 송괘의 맨 아래에 있는 유약한 실체다. 이런 자가 강건중정한 구오와 같은 윗사람과 송사를 벌인다는 것은 무리한 처사가 아닐 수 없다. 그런데도 이 유약한 초육은 자신과의 화응인 부정한 구사와, 친비하는 강중한 구이의 힘을 믿고 그런 구오와 맞붙어 송사를 벌이지만 그것이 얼마나 무모한 짓인가를 재빨리 깨닫고 즉각 이를 철회한다. 그러나 비록 이 역시 송사는 송사인 것이다. 때문에 자신의 분수를 모른 데서 오는 조그만 재앙, 즉 약간의 말썽이 따르게 된다는 것이다. 설령, 자신의 주장이 아무리 옳다고 생각되더라도 송사를 오래 끌어서는 안 된다는 것을 경계한 것이다. 그 일을 오래 끌지 않더라도 그 위에는 또 강양(剛陽)의 바른 것이 있어서 변리를 밝게 하기 때문에 마침내는 그 길함을 얻게 된다는 것이다.

九二 不克訟 歸而逋 其邑人 三百戶 無眚
구이는 불극송이니 귀이포하여 기읍인이 삼백호면 무생하리라.

象曰 不克訟 歸而逋竄也 自下訟上 患至
상에 왈 불극송하라 귀이포찬야니 자하송상이 환지-

掇也
철야니라.

구이는 송사에 이기지 못하여 돌아가서 숨나니
그 고을에 집이 삼백 호면 아무 재앙이 없을 것이니라.
상에 말하였다,
송사에 이기지 못하여 돌아가서 숨나니

6. 송(訟) [天水訟] 327

아랫사람(九二)이 윗사람(九五)과 송사를 벌이면
환란이 올 것임은 뻔한 일이니라.

[解說]구이는 강건하고 득중해 있는 까닭에 비록 험난한 곳에
처해 있다 할지라도 초육이나 육삼보다는 비교적 안전한 곳에
위치해 있다. 이런 자가 소송을 한다는 것은 어떠한 의미에서
든 명분이 서지 않는다. 이웃들의 안타까운 처지를 동정하여
그들을 선동하여 함께 송사를 벌인다 하더라도 결국에 가선 자
기 자신만 손해보게 되어 있다. 초육은 자신의 짝인 구사의 권
고로, 육삼은 자신의 짝인 상육의 명으로 떨어져 나가게 될 것
이니 결국엔 그 송사에 아무런 명분도 없는 구이 자신만 남게
되어 있다. 그러니 그 송사에서 질 수밖에 없는 것이다. 자신의
문제가 아닌 남의 문제로 군중을 선동하여 구오를 대적하여 송
사를 벌였으니 그 구오로부터 미움을 받게 될 것은 뻔한 이
치다. 이럴 때는 그저 삼백 호쯤 되는 작은 고을에 들어가 숨어
살면 구오로부터 더이상의 추궁은 받지 않게 된다는 것이다.

六三　　食舊德　　貞　　厲　　終吉　　或從王事
육삼은　식구덕하여　정하면　여하나　종길이리니　혹종왕사하여

无成　　　　象　　曰　　食舊德　　終上　　吉也
무성이로다.　상에　왈　식구덕하니　종상이라도　길야리라.

육삼은 옛 은덕을 입고 바르게 지키면
비록 위태로울 때가 있어도 마침내는 길하리라.
혹 왕업(王業)을 따를지라도 이루는 일이 없으리라.
상에 말하였다,
'옛 은덕을 입는다' 함은

위(上九)를 따르면 길하다는 뜻이니라.

[解說]육삼은 음유부정(陰柔不正)하므로 오직 상구를 따라야만 길한 상이다. 또한 허약한 실존이므로 능히 송사할 만한 위인도 못된다. 그런데 구이의 사탕발림에 넘어가 구사 등과 함께 구오 지도자를 상대로 집단소송을 벌이게 된다면, 그 소송을 끝까지 감당해 내지 못하여 중도에서 탈락해 버릴 뿐만 아니라 상대측인 구오 지도자로부터 신임만 잃게 되어 예전과 같은 좋은 관계를 유지시킬 수도 없게 된다. 때문에 옛것을 지켜 바른 것에 거하면 비록 위태로울지라도 마침내는 길하게 된다는 것이다. 이 점괘를 얻은 자는 정상을 지키되 진일보하기 위해 욕심을 부려 송사하지 않아야 그 동안에 닦았던 공덕을 깨지 않아 길하다.

九四　不克訟　復即命　渝　安貞　吉
구사는　불극송이라　복즉명하여　유하여　안정하면　길하리라.

象　曰　復即命渝安貞　不失也
상에　왈　복즉명유안정은　불실야라.

구사는 송사에 이길 수 없나니 돌아와서 천명에 따르고
마음을 곧고 편안하게 가지면 길하리라.
상에 말하였다,
'돌아와서 천명에 따르고 마음을 곧고 편안하게 가지라'
함은 잃지 말라는 뜻이니라.

[解說]구사는 부중부정하여 쉽게 송사를 일으키는 상이다. 평소 좋은 관계를 유지하던 초육(정응)과 육삼(친비)에게 얄팍한

은혜를 베풀다가 그들에게 물려 오히려 송사를 당하게 되는 상이다. 이에 구사는 그 배신감을 이기지 못하고 격분하여 그들과 맞서 보지만 자기 자리가 유약한 음의 자리이고 보니 그 송사에서 이기지도 못한다. 이럴 땐 마음을 고쳐먹고 그들을 포용하여 설득하고 화해하면 길하다는 것이다. 어려운 일에 처했을 때 솟구치는 감정을 억누르고 이성을 찾아 자신을 반성할 줄 아는 자가 참으로 용기있는 자요 현명한 자인 것이다.

九五　訟　元吉　象　曰　訟元吉　以中正也
구오는　송에　원길이라.　상에　왈　송원길은　이중정야라.

구오는 송사를 하면 처음엔 크게 길하리라.
상에 말하였다,
'송사를 하면 처음엔 크게 길할 것이다' 함은
중정(中正)함을 얻었기 때문이니라.

[解說] 구오는 양강중정한 높은 지위에 있기 때문에 송사 같은 건 아예 모르고 살 지도자지만, 일단 민중들이 제기해 오는 송사를 들으면 이를 법과 양심에 따라 공평하게 처리할 수 있는 자다. 따라서 처음엔 크게 길하다. 한 나라의 지도자라 함은 한낱 송사를 공평하게 심판하는 것만으로 만족해 해서는 아니된다. 송사가 일어나는 그 근원적인 것을 치료해야 올바른 지도자다. 그렇지 않고서는 마침내 흉한 결과를 초래하게 된다. 점치는 자가 이 괘를 얻으면 반드시 자기 뜻을 펼칠 수 있게 된다.

上九　或錫之鞶帶　終朝三褫之
상구는　혹석지공대라도　종조삼치지리라.

象　曰　以訟受服　亦不足敬也
상에　왈　이송수복이　역부족경야라.

상구는 혹 큰 가죽띠를 선물로 받을지라도
아침에 세 번 옷을 빼앗길 것이니라.
상에 말하였다,
송사로 인해 옷이나 가죽띠를 받음은 역시
공경할 만한 일이 못되느니라.

[解說]상구는 부중부정한 강(剛)으로서 송사에 임하면 능히 이길 수 있는 상이다. 따라서 임금으로부터 큰 띠를 얻게 되지만, 그러나 송사로 인해 얻어진 것이 어찌 오래 갈 수 있으리요? 송사도 정정당당한 송사가 아니요, 교활한 방법으로 이긴 송사고 보니 어찌 진 자들이 그 재판의 결과에 승복하려 들겠는가? 때문에 마침내는 하루아침에 세 번 빼앗기는 상이 되고 마는 것이다. 이 괘는, 무리하게 송사를 하면 혹 이겨 자신의 권익을 찾게 될는지 모르지만 마침내는 반드시 그 몇 배 이상 더 잃게 되고 만다는 성인의 깊은 뜻이 이 괘에 담겨 있다.

6. 송(訟) [天水訟]

*현대인을 위한 역점

운세/송은 송사 즉 재판한다는 뜻이다. 이 괘가 나왔을 때는 자신의 행한 바가 아무리 정당하다고 느껴진다 할지라도 송사와 같은 방법으로 자기 주장을 너무 강하게 밀고 나가서는 역효과가 난다. 처음엔 자신의 단순한 권리를 주장키 위해 했던 송사가 결국엔 격한 감정싸움으로까지 치닫게 될 것이기 때문이다. 이렇게 되면 설령 자신이 그 재판에서 승소하여 권리를 찾았다손 치더라도 주위에서 바라보는 남들의 시선 등을 고려해 볼 때 결코 승리했다고 볼 수 없는 것이다.
 이런 것을 생각해 볼 때 자기측이 떳떳할수록 상대방을 포용하고 설득할 일이다. 개도 도망갈 구멍을 보고 쫓으라는 말이 있듯이, 상대에게 자기가 저지른 일에 대해 반성할 수 있는 시간적 감정적 여유를 주면서 자기의 권리를 찾는 것이야말로 서로의 피해를 극소화할 수 있는 현명한 방법인 것이다.
 자신이 정말 하늘 우러러 한 점 부끄러움이 없다면 자기 뜻을 알아 줄 때까지 상대를 너그러운 마음으로 보듬어 주며 그를 화해의 장으로 끌어들여야 할 것이다. 그러면 그 역시 당신의 진심을 알고 감격하게 될 것이니, 그렇게 되면 일은 예상보다 쉽게 해결될 수 있는 것이다. 이때 만일 혼자의 힘으로 해결하기가 힘들다고 느껴지면 사리에 밝은 덕있는 자의 의견을 들어서 그대로 따르는 것도 현명한 방법이라 하겠다.
　이처럼 송이란 자신과 상대의 의견이 현저히 달라서 극에 치달을 위기에 처한 때다. 이쪽에서 아무리 달래며 호소해도 상대는 끄떡도 하지 않으니 그야말로 환장할 지경이다. 이런 때 자신의 반대주장까지 겹친다면 그야말로 큰 일이 벌어지게 되는 것이다. 이때는 자기 자신의 감정이나 태도를 백팔십도로 일변시킬 필요가 있다. 상대를 공박하기보단 오히려 상대의 입장을 동조해 주는 편에서 그를 설득하는 것이 더욱 효과적이다.
　보통 이 송괘가 나왔을 때에는 내부적으로 심한 갈등 상태에 있거나 이미 싸움이 일어나 송사로 치닫고 있을 때다. 자기 자신의 의견을 끝까지 관철시키고자 한다면 논리정연한 설명이 필요할 것이니 이때는 전문가를 대리인으로 내세우는 것이 좋다. 어쨌든 송사는 번거로운 것, 매사에 세심한 주의가 필요한 때다.

　사업·교섭·거래·금전／분수에 맞는 사업이라면 성공할 것이나 분에 넘치는 사업이라면 실패할 것이니 하루빨리 포기하는 것이 낫겠다. 전부터 사업을 해 오던 자라면 계약서, 영수증 등과 같은 중요 서류로 인해 말썽의 소지가 있을 때니 다시 한 번 세심한 검토를 해 볼 것.
　교섭이나 거래를 함에 있어서 너무 자기측의 주장만 내세우게 되면 실패할 확률이 높으니 적정한 선에서 타협을 볼 것. 욕심대로 어느 한계선을 그어 놓고 그것만을 고집하게 되면 일의 실패는 물론 관계마저 악화될 우려가 있으니 손해보지 않는 선에서 상대에게 적당히 양보하는 것이 좋다.
　자신이 바라는 만큼 돈이 벌리지 않아 여러 가지 금전상의 차질이 생길 때다.

연애 및 결혼／상대와의 대립이 발생되는 때니 자제가 필요한 때다. 사랑하는 자의 대립된 의견을 웃으며 받아 줄 수 있는 아량이야말로 진정 아름다운 사랑인 것이다. 함께 격론하지 말고 사랑하는 사람의 반대의견을 받아주라. 그러면 상대 또한 그러는 당신의 마음을 헤아릴 것이다. 굳이 싸워 이길 필요가 없는 것이라면 상대를 위해 한 발 뒤로 물러서는 것도 필요한 것이다.

건강／가슴이 답답하다거나 손발이 차고 머리에 열이 나는 때가 많다. 그리고 치질·성병·월경과다·소화불량 등이 많은 때다. 의사의 오진이 있을 수도 있으니 전문의를 찾아가 치료하는 것이 좋다.

분실물／도둑에 의한 것일 수도 있으니 값나가는 물건이라면 빨리 경찰에 신고할 것.
집안이나 사무실에서 잃어버린 경우라면 책상·장롱 등과 같은 큰 물건 속이나 그 밑을 찾아볼 것.

여행 및 이전／날씨가 좋지 않다거나 여행자간의 다툼 등으로 인해 기분 잡칠 일이 예상된다.
이사는 뒤로 미루는 것이 좋다.

입학／당신이 생각한 학교는 무리다. 실력을 재평가하고 실력에 맞는 학교를 택할 것.

취직／자기 주장이 강하고 남의 말을 들을 줄 몰라 좋은 직장도 놓치게 될 때다.
　변호사, 의사 등과 같은 특수한 직종을 원하는 사람에게는 좋은 괘다.

소망／지금은 불가능하니 좀더 시간을 두고 기다리라.
　당신의 희망이 허무맹랑한 것일 수도 있으니 재검토해 볼 것.

날씨／오늘은 비가 온 뒤에 맑음.
　장마가 지는 곳도 있다.
　겨울이라면 심한 눈보라가 있을 괘다.

7. 사(師) [地水師]

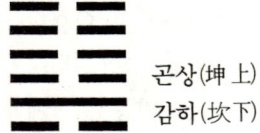

곤상(坤上)
감하(坎下)

사(師)는 다수의 집단 즉 군사를 말한다. 하감상곤(下坎上坤)이니 물이 땅 속으로 모이는 상이다. 이는 험난한 가운데서 순리대로 운명을 개척하는 것을 의미한다. 그런 까닭에 민중과 호흡을 같이하는 역량이 있다. 악법이 판을 쳐 송사만으로는 도저히 어려움에 처한 민중을 구제할 길이 없다고 느껴질 때 전쟁은 부득이한 것이다. 따라서 송괘 다음에 이 사괘가 놓인 것이다.

어느 집단에나 지도자는 반드시 필요한 것이다. 한 집단의 운명을 좌우할 수 있는 위치에 서 있는 것이 곧 이 지도자이기 때문이다. 지도자의 자리란 그만큼 막중한 책임과 의무가 따른다. 전장에서 다수의 병사들을 거느리고 적과 싸워 이기려면 어떻게 해야 되는가? 이것은 또한 현대의 지도자가 풀어야 할 과제이기도 하다.

이 사괘는 집단이나 군대의 지도자가 걸어가야 할 도(道)에 관해 말하고 있다. 군사를 일으키는 것은 국가의 주권을 위난으로부터 지키기 위함이다. 따라서 전쟁에서는 반드시 이겨야만 한다. 이기지 않고서는 국가의 주권을 찾기는커녕 고귀한 민중의 생명조차 보장할 수 없기 때문이다. 전쟁이란 천하의 대의로써 천하의 불의를 치는 것을 말한다. 따라서 그 원칙은 정정(貞正)함, 바로 그것이어야만 한다.

  사(師)를 움직이려면 무엇보다도 정의를 행하지 않으면 안된다. 다수를 거느리고 천하에 정의를 행할 수 있으면 천하의 왕자가 될 수 있는 것이다. 지도자가 바른 도의 길을 걸을 때 아무리 험난한 살상의 전장이라 할지라도 민중은 그에게 순종하는 것이다. 이처럼 민중이 대장군을 따름은 정의를 택하여 불의를 미워하기 때문이요, 포악함을 몰아내고 자유와 평화를 찾기 위함이다. 병사들의 사기가 이쯤에 이르렀을 때에야 비로소 전쟁에서 승리할 수 있는 것이다. 이렇게 하면 비록 일시적으론 천하를 괴롭힐지 모르지만 백성들은 반드시 심복(心服)할 것이다. 싸움에 승리하여 길하니 어찌 허물이 있을 수 있겠는가.

師 貞 丈人 吉 无咎 象曰 師
사는 정이니 장인이라야 길코 무구하리라. 단에 왈 사는

衆也 貞 正也 能以衆正 可以王矣
중야오 정은 정야니 능이중정이면 가이왕의리라.

  사(師)는 바르게 지킴이니
  어른(丈人)이라야만 길하고 허물이 없으리라.

7. 사(師) [天水師]

단에 말하였다,
사는 무리요 정(貞)은 바르게 함이니
능히 무리를 거느리고 바르게 할 수 있으면
임금이 될 수 있으리라.

[解說] 물이 땅 속에 모이는 상이다.
 군사를 일으키는 것은 흉하고 위태로운 일이다. 따라서 결코 경솔히 행해서는 안 된다. 그런 때문에 정정(貞正)으로 주장을 삼은 것이다.

剛中而應　行險而順　以此毒天下　而民　從之　吉
강중이응하고　행험이순하니　이차독천하에　이민이　종지하니　길코

又何咎矣　象　曰　地中有水　師　君子　以
우하구의리오.　상에　왈　지중유수-　사니　군자-　이하여

容民畜衆
용민축중하나니라.

강중(九二)하여 모든 일에 응하고
험한 곳에서도 순종하게 되나니
이로써 천하를 괴롭게 할지라도 백성이 따르니
길할 것인데 다시 무슨 허물이 있으리요.
상에 말하였다,
땅(坤) 속에 물(坎)이 있음이 사괘이니
군자는 이를 본받아 백성을 포용하고
대중을 기르느니라.

[解說] 군사를 일으키면 천하에 해독을 끼치지만 이와 같은 재

덕(才德)을 지닌 자라면 백성들이 기뻐하므로 여기에 따른다.
　군사는 백성과 무관하지 않다. 그렇기 때문에 능히 군사를 기르면 자연히 민중을 얻게 된다. 땅 속에 있는 물은 땅 밖으로 나가지 않는 법이다. 이를 본받아 군자는 백성을 포용하고 대중을 길러야 한다는 것이다.

初六　師出以律　否　臧　凶　　象　曰
초육은　사출이율이니　비면　장이라도　흉하니라.　상에　왈

師出以律　　失律　　凶也
사출이율이니　실률하면　흉야니라.

초육은 군사를 출동시킴에 있어 군률로써 하나니
그렇지 않으면 싸워 이길지라도 흉하게 될 것이니라.
상에 말하였다,
'군사를 출동시킴에 있어 군률로써 한다' 함은
군률을 잃으면 흉해진다는 말이니라.

　[解說]초육은 부중·부정·불응하여 허약하기가 이를 데 없다. 군대로 말하면 출사의 선봉에 선 장졸에 해당한다. 이런 나약한 장졸들을 이끌고 전장으로 나가 싸워 이기자면 무엇보다도 철저한 정신무장이 필요하다. 투철한 애국애족 정신이 필요하다. 그러자면 왜 우리가 전쟁에 참여해야 하는지 그 당위성을 먼저 제시해 주어야 한다. 자신이 왜 싸워야 하는지도 모르는 상황에선 자신의 하나밖에 없는 소중한 목숨을 바쳐 가면서까지 전장에 뛰어들 자가 없을 것이기 때문이다. 그러므로 이들에게 인간의 의리와 국가의 대의명분을 밝힘으로써 스스로 포악한 무리들을 향하여 두 눈 부릅뜨고 당차게 나아갈 수 있

는 용기가 샘솟도록 해 주어야 한다.
 군대를 통솔함에 있어선 엄정한 군률이 뒤따라야 한다. 그래야만 전략목표를 차질없이 달성할 수 있는 것이다. 그러자면 철저한 위계질서가 따라야 한다. 그렇지 않고 자신의 전공을 세우는 데에만 급급한 나머지 전체의 지휘 계통을 따르지 않는다면 혹 자신의 작은 국지전에서는 승리할지 모르나 전군의 승리가 아닌 까닭에 결국에 가선 자신도 패할 수밖에 없는 쓰디쓴 아픔을 맛볼 수밖에 없는 것이다.

九二　在師　中　吉　无咎　王三錫命
구이는　재사하여　중할새　길코　무구하니　왕삼석명이로다.

象　曰　在師中吉　乘天寵也　王三錫命　懷萬邦也
상에　왈　재사중길은　승천총야오　왕삼석명은　회만방야라.

구이는 군사를 출동시킴에 있어 중도(中道)를 지키면
길하고 허물이 없을 것이니라.
때문에 임금이 명령을 세 번 내리도다.
상에 말하였다,
'군사를 출동시킴에 있어서 중도를 지키면 길하다' 함은
임금의 신임을 받기 때문이요
'임금이 명령을 세 번 내린다' 함은
만방(萬邦)을 보호하기 때문이라.

 [解說] 구이는 양강거중(陽剛居中)하니 통수(統帥)의 상이다. 또한 위로 구오와 정응인 까닭에 임금인 구오로부터의 신임이 두텁다. 따라서 임금으로부터 전군을 통수할 수 있는 통수권이 주어지니 어찌 길하지 아니하리요. 게다가 이 구이는 임전무퇴

하고 백전백승하는 천하무적의 대장군이다. 그런 까닭에 구오의 임금으로부터 번번히 세 번씩이나 상을 받게 되는 것이다.

六三　師或輿尸　凶　　象曰　師或輿尸　大无功也
육삼은　사혹여시면　흉하리라.　상에 왈　사혹여시면　대무공야리라.

육삼은 간혹 군대가 시체를 싣고 돌아오나니 흉하니라.
상에 말하였다,
'간혹 군대가 시체를 싣고 돌아온다' 함은
크게 공이 없다는 말이니라.

[解說] 육삼은 음유부중정(陰柔不中正)한 흉한 상이다. 허약한 음으로서 강한 양의 자리에 거하여 인화를 이루지 못하는 가운데 지방군을 지휘하는 소인이다. 또한 부중불응하여 천시(天時)에도 지리에도 밝지 못하면서 오직 승강(乘剛)하여 구이와 세력을 다투며 공명이나 탐하는 장수다. 구이가 큰 공을 세울 때마다 이를 시기하고, 눈앞에 적군이 보이면 이를 과소평가하여 독자적으로 나서서 전공을 세우기 위해 어설픈 전략을 펴 보지만 자기 마음대로 그렇게 적군이 호락호락 넘어가 주질 않는다. 다급해진 육삼이 지원군을 찾기 위해 주위를 둘러보지만 평소 인화와는 담을 쌓고 살아온 그를 지원해 줄 군대는 하나도 없다. 재주는 없고 욕심은 많아서 백 번 싸워도 이렇다 할 전공을 세우지 못하니 어찌 전공을 세우지 못하는 것으로 끝나리오. 이대로 가다가는 대패할 날이 오리라.

7. 사.師) [天水師]

| 六四 | 師左次 | 无咎 | 象曰 | 左次无咎 | 未失常也 |
| 육사는 | 사좌차니 | 무구로다. | 상에 왈 | 좌차무구는 | 미실상야라. |

육사는 군대가 물러나서 쉬니 허물이 없을 것이로다.
상에 말하였다,
'물러나서 쉬니 허물이 없을 것이라' 함은
그 정상을 잃지 않음이라.

[解說] 육사는 부중·불응·불비하여 전세를 살필 능력도, 지원군도, 의지할 데도 없다. 유순한 음이 음의 자리에 와서 그 바른 자리를 얻었으니 대장군의 명령에 절대 복종하는 장수의 상이다. 외곽지대로 출전했다가 강적을 만나 승산이 없음을 깨닫고 일단 군대를 안전한 곳으로 후퇴시켜 놓고 나서 대장군의 지시를 기다리니 공은 없지만 허물 또한 없는 것이다. 군사를 온전히 데리고 물러왔으니 이는 작전상의 후퇴일 따름이다. 이처럼 어려운 것을 알고 퇴병(退兵)한다는 것은 군사를 부리는 정상(正常)인 것이다.

六五	田有禽	利執言	无咎	長子	師師
육오는	전유금이어던	이집언하니	무구리라.	장자-	사사니
弟子	輿尸	貞	凶	象曰	長子師師
제자-	여시면	정이라도	흉하리라.	상에	왈	장자사사는
以中行也	弟子輿尸	使不當也
이중행야오	제자여시는	사부당야라.

육오는 밭에 새가 있으면 말로 밝혀 따짐이 이로울 것이니
허물이 없으리라.
큰아들에게 군사를 거느리도록 할 것이요

작은아들에게 시키면 시체를 수레에 싣고 올 것이니
바르게 지켜도 흉하리라.
상에 말하였다,
'큰아들에게 군사를 거느리도록 하라' 함은
중도를 행하라는 말이요
'작은아들에게 시키면 시체를 수레에 싣고 온다' 함은
시킴이 적당치 못함이라.

[解說] 원래 이 육오는 사괘의 주장으로서 유순하고 중(中)에 있어 군사를 일으키지 않는다. 오직 적이 쳐들어왔기 때문에 부득이 이에 맞설 뿐이다. 때문에 밭에 새가 와서 곡식을 쪼아먹고 있는 상인 것이다. 밭에 새가 와서 곡식을 해치면 일단 훠이훠이 소리를 질러 쫓고, 그래도 별 반응이 없이 계속해서 곡식을 해치면 비로소 이를 잡는 것과 마찬가지로, 도적이나 역적이 쳐들어오면 우선 이를 국내외에 밝혀 그에 대한 철저한 대비책을 강구한 뒤에 그들의 부당성에 대해 엄중히 항의하여야 한다. 만일 이때 그들이 물러간다면 다행이겠지만, 그렇지 않고 계속해서 죄 없는 양민을 해친다면 이에 맞서 군사를 출사해야 한다는 뜻이다.

여기서 큰아들이라 함은 구이를 말하며, 작은아들이란 육삼의 소인을 말한다. 국토를 수호해야 할 의무가 있는 최고 지도자인 구오가 만일 구이 대장군을 불신임하여 소인에 불과한 육삼에게 일부 군권을 나눠주고 구이를 감시토록 한다거나 하면 정도에 벗어나는 일이기 때문에 군심(軍心)이 분열하여 흉함을 면치 못한다는 것이다.

上六　大君　有命　開國承家　小人勿用　　象曰
상륙은　대군이　유명이니　개국승가에　소인물용이니라.　상에　왈

大君有命　　以正功也　　小人勿用　　必亂邦也
대군유명은　　이정공야오　　소인물용은　　필난방야일새니라.

상육은 대군(大君)의 명이 있어 나라를 세우고
집을 계승시키리니 여기에 소인을 쓰지 말라.
상에 말하였다,
'대군의 명이 있다' 함은
그 공훈을 바르게 평가한 때문이요
'소인을 쓰지 말라' 함은
소인은 반드시 나라를 어지럽히기 때문이라.

[解說] 상육은 전쟁이 끝난 논공행상의 때다. 전쟁이 끝났으면 최고 지도자는 마땅히 전공을 세운 자에게 상을 내려야 한다. 상벌이란 나라의 기강을 바로세우는 권능이기 때문이다. 전공을 세운 자에게 상을 내림에 있어서는 주의가 따른다. 아무리 혁혁한 전공을 세운 자라 하더라도 그에게 맡는 상을 내려야지 분에 넘치는 벼슬을 줌으로써 그 일을 감당해 낼 수 없게 한다면 그것은 잘못된 것이다.

「정전(程傳)」에 보면, '소인이란 평소에도 쉽게 교만을 부리는 법인데 더구나 그 공을 이루었을 때이겠느냐. 때문에 소인이 공이 있을 때는 더욱 쓰지 말아야 한다'고 했다. 그러니 소인은 비록 공이 있어도 높은 관직을 상으로 내려서는 안 되고, 오직 후하게 금백(金帛)이나 상으로 주라는 것이다.

*현대인을 위한 역점

운세/사(師)는 군대길이며 군사의 법도다. 따라서 전시상태를 나타내는 괘다. 대단한 노력이 없이는 이런 험한 상태에서 리더가 되기 어렵다. 설령 리더가 된다 하더라도 지(知)·인(仁)·용(勇)이 없이는 그 자리에서 배겨날 수 없다.

또 이 괘는 땅 속에 물이 고여 있는 상태, 즉 지하수라 할 수 있다. 그 지하수를 땅 위로 끌어올려야만 비로소 물로서의 구실을 할 수 있는 것이다. 땅 속의 물을 밖으로 끌어올리기까지의 시간과 노동을 생각해 보라. 대단한 시간적 투자와 노력이 없이는 불가능한 것이다.

이 괘가 나오면 사람들이 많이 모이는 때라서 경쟁이 치열하다든가 사람들과 싸움이 일어날 소지가 높다. 싸움이 일어나게 되면 재판이나 소송으로까지 번질 수도 있으므로 대단한 지모와 노력이 없이는 이 어려운 시기를 극복해 내기가 힘들다. 이때는 단기간에 걸쳐 일을 해결하려 들지 말고 장기간에 걸친 공사를 벌이는 셈 치고 실력있는 지원자를 찾아나서야 한다. 고민거리가 있을 때에는 그 원인에 대해 매스를 가해 대수술을 단행할 때다.

사업·교섭·거래·금전/처음 규약이 중요한 때다. 처음을 소홀히 하면 뒤늦게 중도에서 다시 시작해야 하는 번거로움과 그만큼의 시간과 금전적인 손해가 따르게 된다. 이 괘가 나오면 가정이나 회사에서 내부적 풍파가 있는 때다. 서로의 이해관계가 상반되기 때문이다.

상대와 교섭이나 거래를 시작하기 전에 나부터 먼저 마음가짐을 가다듬어야 한다. 상대가 소극적으로 나오면 이쪽에서는 적극성을 띠어야 한다. 그렇지 않고 상대가 하는 대로 내버려두면 손해보는 건 이쪽뿐이다.

돈을 무리하게 사용해서는 오히려 손해를 볼 수 있다. 따라서 자기의 분수에 맞는 지출이 필요하다. 사적인 금전관계보다 공적인 금전관계에 신경을 쏟을 때다.

연애 및 결혼/순수나 진실이 통하지 않을 때니 맡은 바 일에나 충실할 것.
결혼 역시 상대와 마찰이 생기거나 구설수가 있을 수 있다.

건강/만성병 내지는 고질병이 생길 때다. 대체로 암 계통의 병이나 신장병, 결석, 식중독, 이질, 티푸스, 소화불량, 역리와 같은 병이 있는 때다. 또 통증이 심한 병과 갑작스럽게 발발하는 병이 있는 때다. 장기간 병석에 누워 있는 사람은 특별한 주의를 요할 때다.

여행 및 이전/즐기기 위한 여행은 없는 때다. 군인의 경우엔 훈련을 위한 이동이 있는 때고, 운동선수 같으면 팀의 합숙훈련 등이 있는 때다.
집 문제로 고민이 있는 때다. 그렇다고 그냥 안주할 수도 없는 형편이다. 이사를 가려 해도 돈 문제로 이사 갈 형편도 되지 못한다.

입학／응시자가 많아 경쟁률 또한 치열할 것이니 더욱 분발이 필요한 때다.
이과(理科) 계통이 좋다.
법률 계통이나 경찰학교도 좋다.

취직／경쟁자가 많을 때이므로 피나는 노력이 요구되는 때다. 그러나 유감스럽게도 중도에서 탈락될 우려가 높다.

소망／지금 당장은 이루어지기 힘들다. 당장의 성취욕에 앞서 부단한 노력이 요청되는 때다. 노력한 만큼의 보상이 따르는 때다.

날씨／흐리고 곳에 따라 약간의 비.
여름에는 무더운 날씨.
장마철 같으면 많은 비가 있다.

8. 비(比) [水地比]

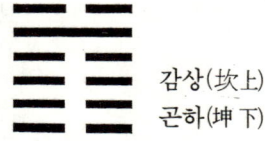
감상(坎上)
곤하(坤下)

　비(比)는 화친의 길이다. 괘 전체의 구조로 볼 때 다섯 음(허약한 실체들로 구성된 집단)이 하나의 구오 양(건실한 지도자)에게 귀의하고 있다. 오랜 전쟁이 끝나면 사람들은 서로 친해지게 되어 있다. 그래서 이 비괘를 사괘 다음에 놓은 것이다.
　이 비괘는 사람들이 나란히 서 있는 모양으로서 서로 친비하고 도와주는 형상이다. 곤(坤 ; 땅)이 아래에 있고 감(坎 ; 물)이 위에 있으니 땅 위에 물이 밀착되어 있는 형상이다. 이러한 친화에 의하여 만물은 생육번식하는 것이다.
　일단 잔학무도한 무리를 제거하고 전쟁을 끝냈으면 그 나라의 주민들로 하여금 새로운 지도자를 뽑아 자치케 하고 즉시 군대를 본국으로 귀환시켜야 한다. 그렇지 않고 승리감에 도취되어 그 지역에 계속 군대를 주둔시켜 놓고 사사건건 내정을 간섭한다거나 양민을 학살하고 유부녀를 겁탈하는 등의 온갖 불법을 감행한다면 그것은 전쟁이 아니라 잔학한 폭행이므로

서로간의 화친은커녕 영원한 적대관계로서 냉전이 계속될 것이
니 싸움이 끝났다고 볼 수 없는 것이다.
  또 천자의 자리를 상징하는 구오에게 많은 음이 모여들어 서
로 친비하는 모양이니 이는 지도자의 주위에 사람들이 구름같
이 따라붙는 것을 뜻한다. 관용으로써 사람을 상대해 나가다
보면 처음에는 많은 어려움이 따르겠지만 장차는 이처럼 많은
사람의 협력을 얻어서 대사업을 완성시킬 수 있는 것이다.
  이는 또 한 남성이 뭇여성을 매혹시키는 것으로 보아도
좋다. 따라서 여자 쪽에서 보면 실로 용이치 않은 상태가 되는
것이다.
  요컨대 비(比)는 길(吉)이다. 무슨 일이든지 친화의 마음을
가지고 행하면 많은 사람이 구름같이 따라붙는다. 본시 인간이
란 유순하고 약한 자에게 온정을 느끼고 억세고 강한 자에겐
미움을 느끼게 되어 있다. 하지만 친밀한 관계를 유지시키기
위해선 이를 자제하고 골고루에게 차별없이 온정을 베풀어 주
어야 한다. 누구는 좋게 대하고 누구는 밉게 대한다면 분열이
생겨 아무리 막강한 구오 지도자라 할지라도 붕괴되는 것은 시
간문제인 것이다. 미움을 당한 자는 그로부터 하나하나 떨어져
나갈 것이기 때문이다. 한결같이 모두를 사랑으로 대할 때만이
친비할 수 있고 친교할 수 있는 것이다. 그렇게 하면 평소에 온
당치 못한 방향으로 나아가던 자도 장차는 따라오게 되는 것
이다.

8. 비(比) [水地比]

比　　吉　　原筮　　元永貞.　　无咎　　不寧　　方來
비는　길하니　원서호대　원영정이면　무구리라.　불녕이어야　방래니

後　　夫　　凶　　象　　曰　　比　　吉也　　比
후면　부라도　흉하리라.　단에　왈　비는　길야며　비는

輔也　下　順從也　原筮元永貞吉无咎　以剛中也　不寧
보야니　하-　순종야라.　원서원영정길무구는　이강중야오　불녕

方來　上下　應也　後夫凶　其道　窮也　象　曰
방래는　상하-　응야오　후부흉은　기도-　궁야라.　상에　왈

地上有水　比　先王　以　建萬國　親諸侯
지상유수-　비니　선왕이　이하야　건만국하고　친제후니라.

비(比 ; 친함)는 길하되 근원을 찾아 점쳐서
크고 길고 곧아야 허물이 없으리라.
편안치 못해야 비로소 올 것이니
뒤지는 자(上六)는 흉할 것이니라.
단에 말하였다,
비는 길하며 비는 서로 돕는 것이니
아랫사람이 순종하는 것이니라.
'근원을 찾아 점쳐서 크고 길고 곧아야 허물이 없다' 함은
강중(九五)하기 때문이요
'편안치 못해야 비로소 올 것이다' 함은
위와 아래가 서로 응하기 때문이요
'뒤지는 자는 흉할 것이다' 함은
그 도(道)가 궁색하기 때문이라.
상에 말하였다,
땅 위에 물이 있는 것이 비괘이니
선왕(先王)은 이를 본받아
만국을 세우고 제후를 친하게 했느니라.

[解說] 양강(陽剛)한 구오가 상(上)의 중(中)에 있어서 그 바른 것을 얻었고, 이를 상하에 있는 다섯 음이 친하여 따르고 있다. 만방을 다스리고 사해(四海)를 어루만지니 천하의 백성이 모두 우러러보는 상이다. 때문에 이 괘를 얻은 자는 반드시 사람들이 따라붙어 친절하게 도와서 이롭게 해 줄 것이다. 그렇다고 해서 여기에 만족하여 안주할 일이 아니다. 다시 점을 쳐서 자신을 살핀 뒤에 마음을 가다듬고 옳은 일을 하여 덕을 굳게 한 뒤에라야 끝내 아무런 허물이 없는 것이다.

初六　有孚比之　无咎　有孚　盈缶　終　來有
초육은　유부비지라야　무구리니　유부-　영부면　종에　내유

他吉　　象　曰　比之初六　有他吉也
타길하리라.　상에　왈　비지초육은　유타길야니라.

초육은 성의있게 가까이 대해야 허물이 없으리니
성의있게 물이 그릇에 가득 차듯이 하면
마침내 다른 길함도 찾아옴이 있으리라.
상에 말하였다, 비괘의 초육은 다른 길함이 있으리라.

[解說] 초육은 친비의 시초다. 허약한 실체로서 부중부정하니 혼자 자립할 수도 없고, 불응불비하니 고독하기가 이를 데 없다. 이러한 때에 그에게 신의마저 없다면 언제까지나 외로이 홀로서기할 수밖에 없다. 신의가 없이는 사람을 만난다 하더라도 친분을 나눌 수 없기 때문이다.
　처음 만난 사람을 친하게 사귈 수 있는 최선의 방법은 상대에게 믿음을 심어 주는 것이다. 처음에 상대에게 불신을 심어 주면, 다시 말해 상대에게 좋지 않은 첫인상을 심어 주면 나중

에 아무리 좋은 인상을 보여 준다 하더라도 처음의 좋지 않았던 이미지에서 좀처럼 벗어나기가 힘든 법이다. 그만큼 첫인상은 중요하다. 본문의 '물이 그릇에 가득 차듯이'라는 말은 성실함이 중심에 가득 차서 외식을 차리지 않는다는 뜻이다. 이처럼 처음에 만나 능히 성의가 있으면 마침내는 생각 밖의 길한 일이 있게 되고, 반대로 그 시초에 있어 성의가 없으면 길함은 기대할 수 없는 것이다.

六二　比之自內　貞　吉　象　曰　比之自內
육이는　비지자내니　정하야　길토다　상에　왈　비지자내는

不自失也
불자실야라.

육이는 친함이 안으로부터 함이니 곧게 지켜 길하도다.
상에 말하였다,
'친함이 안으로부터 한다' 함은 자신을 잃지 아니함이니라.

[解說] 육이는 유순중정(柔順中正)하고 위로 구오에 응하고 있으니 아무 직위도 없는 성인이 훌륭한 지도자를 찾는 상이다. 성인이 훌륭한 지도자를 찾아감에 있어 어찌 분수를 저버리고 예의를 잃을소냐. 안으로부터 밖으로 친해서 그 곧고 길함을 얻는 상이다. 따라서 이 점괘를 얻으면 바르고 길한 것이다.

六三　比之匪人　象　曰　比之匪人　不亦傷乎
육삼은　비지비인이라　상에　왈　비지비인이　불역상호아.

육삼은 친하고자 해도 사귈 만한 자가 못되니라.

상에 말하였다,
친하고자 해도 사귈 만한 자가 못되니
어찌 마음이 아프지 아니하리으.

[解說]육삼은 허약한 음으로서 부정·부중·불응·불비한
데다 때가 지난 뒤에야 친하고자 찾아오니 음흉하기가 이를 데
없고, 자신의 이익을 위해서라면 수단과 방법을 가리지 않는
교활한 자니 어찌 이런 자와 친하게 지낼 수 있으리요. 사람이
서로 친하고자 함은 편안하고 길한 것을 구하기 위함이다. 그
런데 이처럼 교활하기가 이를 데 없는 사람과 친하면 편안하고
길한 것을 찾기는커녕 도리어 후회할 일만 따를 것이니 어찌
마음 아플 일이 아니겠는가? 사람을 사귀고자 할 때는 깊이
경계해서 사귀어야 한다는 교훈을 심어 주고 있는 괘다.

六四　外比之　貞　吉　象　曰　外比於賢
육사는　외비지하니　정하야　길로다.　상에　왈　외비어현은

比從上也
비종상야라.

육사는 밖으로 찾아가 친하게 지내니
바르게 지켜 길하도다.
상에 말하였다,
'밖으로 찾아가 어진 사람과 친한다' 함은
위(九五)를 따름으로써니라.

[解說]육사는 유순한 음으로서 분수에 맞게 음의 자리에 와
있다. 따라서 유약한 자신의 분수를 지켜 밖으로 강명(剛明)한

구오와 친하고 있으니 바르고 길한 도(道)를 얻은 것이라 할 수 있다. 따라서 점치는 자가 이 괘를 얻으면 자연 바르고 길한 것이다. 여기서 구오란 중정(中正)한 어진이를 말한다.

九五　　顯比　　王用三驅　　失前禽　　邑人不誡　　吉
구오는　현비니　왕용삼구에　실전금하며　읍인불계니　길로다.

象　曰　顯比之吉　　位正中也　　舍逆取順　　失前禽也
상에 왈　현비지길은　위정중야오　사역취순이　실전금야오

邑人不誡　　上使　　中也
읍인불계는　상사-　중야일새라.

구오는 친함을 나타내니라.
임금이 사냥함에 있어 세 곳에서 몰아가니
앞에 있는 짐승을 놓치며
고을 사람들도 경계치 아니하니 길하도다.
상에 말하였다,
'친함을 나타내니 길하다' 함은
지위가 정중(正中)하기 때문이요
역(逆)을 버리고 순(順)을 취하는 것이
곧 앞에 있는 짐승을 잃음이요
'고을 사람들이 경계하지 않는다' 함은
윗사람의 행동이 중도(中道)를 지키기 때문이니라.

[解說] '친함을 나타내는 것이 길하다' 함은 이 구오가 정중응 비의 완전한 구조에 있는 나라의 최고 지도자이기 때문이다. 국가의 지도자는 공인이다. 그러므로 친밀한 사귐을 공개적으로 갖지 않으면 안 된다. 친분관계란 쌍방의 뜻이 맞아야 한다.

어느 일방의 강제적인 수단에 의해서는 결코 맺어질 수 없는 것이다. 따라서 사냥할 때에 세 곳에 그물을 쳐 놓고 한쪽은 터 주듯이 상대에게 선택의 여지를 줘야 하는 것이다.

자고로 위대한 지도자는 자신을 거스르는 자는 버리고 자신을 따르는 자만을 친애하지 않는다. 그래야만 언젠가는 그 거스르는 자도 자신에게로 돌아와 길한 것이다. 구오가 정중한 지위에 있는 것은 정중한 길을 밟았기 때문이다. 친하게 하는 것을 편벽되게 하지 않고 옳게 했기 때문에 정중이라고 한다. 대체로 정중이라고 하는 것은 그가 처해 있는 곳이 곧 정(正)이요 중(中)이기 때문이다.

上六　比之无首　凶　　象　曰　比之无首　无所
상륙은　비지무수니　흉하니라.　상에　왈　비지무수-　무소

終也
종야니라.

상육은 남에게 친하게 해도
우두머리가 없으니 흉할 것이니라.
상에 말하였다,
'남과 친하게 해도 우두머리가 없다' 함은
끝나는 바가 없다는 말이니라.

[解說] 상육은 음이 음의 자리에 왔으니 정위이나 부중불응하여 친비관계인 구오 외엔 마땅히 친분을 맺을 데가 없다. 그래서 친비의 끝으로서 아래의 구오 지도자에게 거만하고 무례하게 친비하려 하니 어찌 흉하지 않을소냐? 서로 신의로써 사귀고자 함이 아니요, 심심풀이로 사귀고자 함이니 피차 굳이 사

귀어야 할 의리도 없다.
 이런 관계로 만났으니 서로 친해질래야 친해질 수도 없을뿐더러 설령 서로 가까워졌다 하더라도 진정한 마음을 주고 받을 수 없는 관계이고 보니 결국엔 흐지부지한 관계로 끝나 버리게 될 것은 뻔한 일이다.
 상하의 상으로 말하면 우두머리가 없는 것이요, 종시(終始)의 상으로써 말하자면 끝이 없는 것이 된다. 우두머리가 없으면 자연 끝이 없게 마련이다. 음유로서 맨위에 있고 아랫사람과 친할 수 없다는 것은 흉함이니 점괘 또한 흉하지 않을 수 없다.

＊현대인을 위한 역점

　운세／비(比)는 화친의 길이다. 인생을 살아 가면서 좋은 사람과 관계를 맺는다는 것만큼 좋은 것도 없을 것이다. 사람을 잘 만나느냐 못 만나느냐에 따라 인생의 무대가 바뀔 수도 있는 것이라 생각할 때 더욱 그러하다.
　화친의 길은 길하다. 그러나 아무하고나 친해서는 오히려 흉할 수도 있다. 따라서 자신과 뜻을 같이하고 바른 길을 걸을 수 있는 자를 택해 그와 친분 관계를 맺어야 한다. 지금이야말로 바로 그 좋은 시기다. 만일 이때를 놓치고 우물쭈물하다가는 좋은 기회를 잃게 된다.
　흔히들 사람들은 세상엔 믿을 만한 사람이 없다고들 말한다. 그러나 사실은 자기 자신이 먼저 상대에게 신뢰감을 심어 주지 못한 결과다. 윗사람과 친분을 맺고자 할 때는 자기를 낮추어 그를 윗사람으로서 깍듯이 존경하고, 친구관계를 맺으려 하면 내 자신이 먼저 상대에게 좋은 친구가 되어 줄 때만이 가능한 것이다. 자신이 해야 할 바는 뒤로 미루고 상대가 먼저 나에게 좋은 친구가 되어 주기만을 바란다면 결코 좋은 결과를 기대할 수 없는 것이다. 내가 먼저 상대에게 좋은 것을 주고자 할 때 그 역시도 나에게 무엇인가를 주고자 노력하는 법이다. 따라서 자신에게 좋은 친구가 있느냐 없느냐는 결코 다른 어느 누구의

8. 比(比) [水地比]

책임도 아닌 바로 자기 자신의 책임인 것이다. 나의 숨김없는 진실한 모습을 상대에게 내보여 줄 때만이 비로소 화친의 관계는 가능한 것이다.

이 패가 나오면 한 가지 목적을 이루고자 할 때 사람들이 많이 몰려들어 경쟁이 심하다. 그러므로 혼자 그 치열한 경쟁에 도전하려 하지 말고 한시바삐 당신이 가장 신뢰하는 사람을 찾아가 협력을 구해야 한다. 그러면 반드시 좋은 결과를 얻게 될 것이다.

반대로 당신 쪽에서 남을 도와줄 때이기도 하다. 도움을 받을 때보다는 남에게 도움을 베풀 때가 그야말로 세상 사는 보람을 느낄 수 있는 것이다. 좋은 사람으로부터 어려울 때 도움을 받을 수 있다거나 좋은 사람에게 도움을 주어 은혜를 베풀 수 있다는 것은 어쨌든 길한 것이다.

사업·교섭·거래·금전／당신이 하고자 하는 사업에 다른 사람들도 촉각을 모으고 있으니 혼자 그 경쟁을 뚫으려 하지 말고 주위의 좋은 사람을 찾아가 도움을 청하도록 하라. 그가 당신을 도우리니 좋은 결과를 갖게 될 것이다. 당장은 이윤이 좀 박하더라도 전망이 좋으니 지금 곧 개시하도록 하라.

교섭이나 거래를 함에 있어서는 남보다 먼저 뛰어들어야 한다. 그러한 기백만 있으면 일은 잘 된다. 이 역시 경쟁이 치열하므로 좀 이익을 덜 보고 남보다 유리한 조건을 상대에게 제시하라. 그래도 성사되지 않는 것보다는 낫기 때문이다. 교섭차 지방출장도 있을 때니 그곳의 실력자의 도움을 받으면 일은 생각보다 수월하게 풀릴 것이다.

돈이 없다고 낙담하지 말고 도전하라. 당신에게 투자할 물주가 있기 때문이다. 이는 당신이 그 동안 좋은 친분을 쌓아온 결과다. 반드시 투자한 만큼의 소득이 따를 것이다.

연애 및 결혼/남자의 경우 여자 상대가 많이 생기는 때다. 그 중엔 가까운 곳에 사는 여자도 있고, 평소에 아주 친하게 지내던 사람도 있으며, 친구나 펜팔 등으로 사귀고 있는 멀리 떨어진 여자도 있다. 당신이 진실한 사람이라면 그 어느 쪽도 당신의 결혼 상대자로서 부족함이 없다.

그리고 그 외에도 주위로부터 혼담이 많이 들어올 때다. 그야말로 지금 당신은 여자 풍년이 들었다. 그러나 이 모든 여자를 다 데리고 살 수는 없는 법, 그러니 그 중 한 여자를 고르자니 선뜻 마음을 결정하지 못하거나, 결정을 내렸다 하더라도 까다로운 성격 탓에 일이 수월하게 진행되지 못한다. 혹 성사된다 할지라도 시일이 좀 걸릴 것이다.

경쟁은 잔인한 것이다. 하물며 자신과 동고동락할 배필을 차지하기 위한 경쟁은 그야말로 피튀기는 혈투의 한마당인 것이다. 여자의 경우, 상대측의 남자에게 당신 말고도 많은 여자가 있을 때니 상대에게 호감을 느낀다면 적극적인 자세로 임해야 그를 차지할 수 있다.

건강/만성병이 많은 때다.
흉부나 늑막에 병이 있거나 소화기가 쇠약할 때다. 특히 늑막염일 경우엔 물이 괴어 있을 수 있다.
만성적인 병을 앓고 있을 경우는 특별한 주의가 따른다. 탈진에 빠지지 않도록 주의할 때다.

분실물/집안에서 물건을 잃었을 경우엔 다락 등과 같은 어두컴컴한 곳을 주로 찾아볼 것. 그러나 좀처럼 찾기가 힘들 것이다. 어쩌면 도둑을 맞았을 수도 있으니 그 동안에 있었던 주위의 상황을 기억에 떠올려 정리해 볼 것. 길에서 잃은 경우라면 다시 돌아올 수도 있다.

여행 및 이전/여행은 가까운 곳에 가는 피크닉 정도가 좋다. 돈을 적게 들이고도 갈 수 있는 단체여행 정도라면 무방하다. 지금은 이사할 때가 아니니 이사할 마음이 간절하더라도 살던 집에서 잠시만 더 견뎌 보는 것이 좋다.
그러나 시골에 내려가서 땅을 사서 집을 짓는다거나 친척집을 얻어서 사는 것 정도는 무방하겠다.

입학/지망한 학교는 경쟁자가 많을 것이니 만반의 준비를 갖출 것. 문민시대가 도래했으니 실력자의 힘을 빌을 때는 지났다. 그러나 아직 학교를 지망하지 않은 상태라면 선배나 선생님들의 자문이 필요할 때다. 그래서 자기 실력에 맞는 학교를 택하는 것만이 성공의 지름길이다.

취직/역시 경쟁자가 많다. 그러나 자신의 특기를 잘 활용하면 가능하다. 평소에 잘 아는 사람을 찾아가 도움을 청하면 생각보다 쉽게 입사에 성공할 수 있다.

소망/혼자의 힘으론 불가능하다. 누군가의 도움이 필요할 때니 그 소망을 이루는 데 적당한 사람을 찾아가 도움을 청하도록 하라. 그러면 예상했던 것보다 쉽게 이루어질 수 있다.

날씨/비가 부슬부슬 내리는 음산한 날씨.

9. 소축(小畜) [風天小畜]

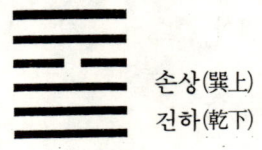

손상(巽上)
건하(乾下)

축(畜)이란 '저축, 양육, 정지시킴'의 도다. 이 괘는 전체적으로 볼 때 하나의 작은 음이 다섯 개의 큰 양들을 정지시키려 하고 있다. 따라서 조금밖에 정지시킬 수 없다. 이는 아내나 신하가 상도(常道)에 벗어난 행동을 하는 남편이나 군주를 정지시키려 하는 것과 같다. 이처럼 작고 허약한 것이 크고 강한 것을 정지시키고자 할 때는 그 나름대로의 방법이 없어서는 안 된다. 아무런 대책도 없이 무턱대고 무리하게 앞을 가로막으면 집안이나 국가가 파멸을 면치 못한다. 음이란 본래 약한 것이다. 이 약한 것이 함부로 나서서 강한 것을 억제시키고자 한다면 큰 화를 면키 어려우니 조급히 굴지 말아야 한다.
　대축이 정신적인 축적을 말하는 반면 소축은 물질적인 축적을 말한다. 많은 사람이 모여 서로 힘을 합하고 친비하게 되면 물질을 모을 수 있게 되므로 이 괘가 비괘 다음에 놓인 것이다. 물질을 절약하여 모은다는 것은 좋은 일이다. 하지만 오로지 모으기만 하고 꼭 써야 할 때 쓰지 못한다면 이처럼 또 우매할 수도 없는 것이다.

  전체 구조상으로 볼 때, 내괘는 강건한 건(乾)의 힘을 가졌고 외괘는 유순한 손(巽)을 잃지 않았다. 아직은 구름만 뭉게뭉게 피어 오를 뿐 비는 내리지 않고 있는 상태다. 따라서 만물의 갈증을 해소시키지는 못하고 있다. 이는 큰 뜻(다섯 양)이 작은 것(한 음)으로부터 방해를 받아서 정체하고 있기 때문이다.

  손은 저축의 도다. 하나의 음이 두 양의 아래에 누워 있는 까닭에 그 덕은 손(巽)이 되고 불(火)이 되며, 그 상은 바람이 되고 나무가 된다. 여기서 소축(小畜)의 '소'는 음을 말하며 '축'이란 정지시킨다는 뜻이다. 상손하건(上巽下乾)은 음으로서 양을 저축하는 것이기 때문에 소축이 되는 것이다.

  또 본문에서 '뭉게구름에 비가 내리지 않는다' 함은 땅의 기운은 위로 올라갔으나 이를 하늘이 응해 주지 않기 때문이며, '구름이 우리 서쪽 들로부터 온다' 함은 음기는 발동했건만 양기가 이에 화합해 주지 않는 까닭이다. 이를 우리의 인간사에 비유하자면, 아내가 뜻을 가정에 두고 가정사를 논하려 하나 남편이 이를 받아 주지 않는 것과 같으며, 신하가 뜻을 국가에 두고 간언하나 임금이 이를 받아 주지 않는 것과 같다. 따라서 이 소축괘는 하나하나의 개체가 모두 건실하여 현실적으로는 매우 안정적인 구조를 취하고 있으나 한 음의 육사가 정위함을 좋아하므로 대외적으로 적극적인 활동을 펴지 못하고 있는 상황이다.

小畜 亨　密雲不雨　自我西郊　　象　曰　小畜
소축은 형하니 밀운불우는　자아서교일새니라.　단에　왈　소축은

柔　得位而上下　應之　　曰　小畜　　建而巽
유-　득위이상하-　응지할새　왈　소축이라.　건이손하며

剛中而志行　乃亨　　密雲不雨　尙往也
강중이지행하야　내형하니라.　밀운불우는　상왕야오

自我西郊　施未行也　　象　曰　風行天上
자아서교는　시미행야라.　상에　왈　풍행천상이

小畜　　君子　以　　懿文德
소축이니　군자-　이하야　의문덕하나니라.

재물을 모음은 형통하니
뭉게구름에 비가 내리지 않느니라.
우리 서쪽 들에서부터 시작하리라.
단에 말하였다,
유순한 것이 제자리를 얻어서
위아래가 응하는 것을 소축이라고 하느니라.
건실(乾)하고 유순(巽)하며
강중(二五)하여 뜻이 행하므로 이에 형통하니라.
'뭉게구름에는 비가 내리지 않는다' 함은
가는 것을 숭상한다는 말이오
'우리 서쪽 들에서부터 시작한다' 함은
베푸는 것을 행하지 못함이라.
바람(巽)이 하늘(乾) 위로 올라가는 것이 소축이니
군자는 이를 본받아 문덕(文德)을 아름답게 하느니라.

[解說] 하나의 음이 두 개의 양 밑에 있으니 그 덕은 손(巽)이 되고 불이 되며 그 상은 바람이 되고 나무가 된다. 소축의 '소

(小)'는 음을 말하고 '축(畜)'은 그치게 한다는 뜻이다. 상손하건(上巽下乾)은 음으로서 양을 저축하는 것이기 대문에 소축이 되는 것이다.

또 '뭉게구름에 비가 내리지 않는다' 한 것은 위로 올라간 땅 기운을 하늘기운이 응해 주지 않기 때문이요, '구름이 우리 서쪽 들에서부터 시작한다' 함은 음은 발동을 했는데 이를 양이 화합해 주지 않기 때문이다. 이러한 소축의 괘를 사람의 일에 비유하자면, 신하가 그 뜻을 국가에 두었건만 이를 임금이 화합해 주지 않는 것과 같다.

初九　復　自道　何其咎　吉
초구는　복이　자도이니　하기구리오　길하니라.

象　曰　復自道　其義　吉也
상에　왈　복자도는　기의－　길야라.

초구는 돌아오는 것이 정도(正道)에 따르거늘
어찌 허물하랴, 자연 길할 것이니라.
상에 말하였다,
'돌아오는 것이 정도에 따른다' 함은
그 뜻이 길한 때문이라.

[解說]초구는 소축의 처음이자 양의 기운이 싹트는 그 시작이다. 비록 육사와 정응이 된다 할지라도 아직은 물질 축적을 위해 노동에 뛰어들 때가 아니다. 자기 연마도 제대로 되어 있지 않은 상태에서의 노동이란 아무런 보탬도 될 수 없기 때문이다.

사람에 비유하면 이 초구는 아직 어린아이'에 불과하다. 어린아이는 무엇보다도 보호자의 안정된 보호 아래 열심히 학업을 닦아 자기 구원을 함이 급선무다. 아무것도 모르는 어린아이에게 첨단기계를 다루게 한다면 무슨 소득이 있겠는가? 소득은커녕 오히려 일을 망쳐놓고 말 것이다. 이처럼 길러내지 않은 상태에서 쓰려고 하면 무리가 따른다. 자기 몸도 추스릴 줄 모르는 자가 남을 위해 무슨 일을 할 수 있단 말인가? 이는 분수 밖의 일이다.

초구는 아직 때가 오지 않았으므로 마땅히 자기 역량을 축적하는 데 온힘을 기울여야 한다. 물질 축적에 눈을 돌려서는 자기 분수에 벗어나는 일이다.

九二　牽復　吉　　象曰　牽復　在中
구이는　견복이니　길하니라.　상에　왈　견복은　재중이라

亦不自失也
역불자실야라.

구이는 뜻이 같은 자를 이끌고 돌아오니 길하도다.
상에 말하였다,
뜻이 같은 자를 이끌고 돌아오는 것은
중도(中道)에 있기 때문이라.
또한 스스로 잃지 않는 것이라.

[解說] 구이는 강중하여 위로 구오에게 나아가 물질에 초연하도록 직언하고 아래로 초구를 이끌어 교육하니 길하다. 강중한 재주를 가지고도 아래에 처해 있으면 착한 사람들로부터 도움을 받을 것이니 어찌 길하지 아니하리요.

9. 소축(小畜) [風天小畜]

九三　　輿說輻　　夫妻反目　　象　曰　　夫妻反目은
구삼은　　여설복이며　부처반목이로다.　상에　왈　　부처반목은

不能正室也
불능정실야라.

구삼은 수레바퀴살이 빠지며 부부간에 서로 눈을 흘기도다.
상에 말하였다,
'부부간에 서로 눈을 흘긴다' 함은
능히 그 가정을 바르게 하지 못함이라.

[解說]구삼은 과강부중(過剛不中)하여 때가 이미 지났는데도 향상만을 위해 앞으로 매진하려다가 육사로부터 저지를 받아서 더 이상 나아갈 수 없는 상이다. 그래서 아내(육사)와 남편(구삼)이 서로 눈을 흘기고 있는 것이다. '수레바퀴에 살이 빠져나간다' 함은 더 이상 앞으로 나갈 수 없음을 비유해서 한 말이다. 수레바퀴에서 살이 빠져 나가고 부부간에 서로 노여운 눈으로 노려보고 있는데 어찌 집안이 평안할 수 있으리요. 그러니 더 이상 앞으로 나아가지도 못하고 다투는 일만 생길 것은 뻔한 일이 아니겠는가?

六四　　有孚　　血去　　惕出　　无咎　　象　曰
육사는　　유부면　　혈거고　척출하여　무구리라.　상에　왈

有孚惕出　　　上合志也
유부척출은　　　상합지야라.

육사는 성실함이 있으면 다치지 아니하고
두려운 곳에서 빠져나오게 되니 허물이 없으리라.

상에 말하였다,
'성실함이 있으면 두려운 곳에서 빠져나온다' 함은
위(九五)와 뜻이 합해지기 때문이라.

[解說] 육사는 물질 축적의 주인공이다. 그러나 음이 음의 자리에 와 있으니 정위하여 초구와 정응하고 구오와 친비하고 있어 물질을 홀로 착복하지 않는 상이다. 하나의 나약한 음으로서 여러 양의 행동을 제지하고 있으니 본래부터 해를 받고 두려움이 있는 것이다. 그러나 성실함이 있으면 유순함이 바름을 얻어 두 양이 와서 돕기 때문에 위험한 일이 멀어지고 두려운 곳에서 빠져나오게 된다는 것이다.

九五　　有孚　　攣如　　富以其隣　　象　曰　　有孚
구오는　　유부라　　연여하여　　부이기린이로다.　　상에　왈　　유부

攣如　　不獨富也
연여는　　부독부야라.

구오는 성실함을 가지고 이끄나니
부유함을 그 이웃(六四)과 함께 하니라.
상에 말하였다,
'성실함을 가지고 이끈다' 함은
혼자만 부자가 되지 않는다는 말이니라.

[解說] 구오는 강건중정한 자질로 임금이라는 최고의 지도자 자리에 올랐으니 성실함으로써 신하를 이끌어야 하고, 부자는 혼자서만 물질을 축적하기 위해 남에게 해를 입히지 않고 신의로써 이웃사람과 사귀어야 함을 가르치는 말이다. 군자는 어려

운 일을 당하면 오직 지극한 정정을 가지고 일을 처리하기 때문에 많은 사람으로부터 도움을 받아서 결국 그들까지도 구제하는 것이다.
 이 구오는 유순한 육사가 정위를 얻어 자기의 지시대로 따라 재물을 관리·축적하고, 강중한 구이가 스스럼없이 충언을 직고하니 넉넉히 축적된 재물로써 민생을 배불리고 국가를 더욱 살찌우며 나아가 정의를 밝혀 세계평화에 이바지할 확고한 의지가 있다.

上九　　旣雨旣處　　尙德　　載　　婦　　貞　　厲
상구는　기우기처는　상덕하여　재니　부ㅡ　정이면　여하리라.

月幾望　　君子　　征　　凶　　象　　曰　　旣雨旣處
월기망이니　군자ㅡ　정이면　흉하리라.　상에　왈　기우기처는

德　　積載也　　君子征凶　　有所疑也
덕이　적재야오　군자정흉은　유소의야니라.

상구는 이미 비가 내려 땅에 물이 고이니
이는 도덕을 숭상하여 실음이니
아내는 마음이 곧아도 위태로울 것이니라.
달이 거의 가득 찼으니 군자가 이익을 좇으면 흉하리라.
상에 말하였다,
'이미 비가 내려 땅에 물이 고인다' 함은
덕을 쌓아서 싣는 것이요
'군자가 이익을 좇으면 흉할 것이다' 함은
의심나는 바가 있기 때문이라.

 [解說]상구는 물질 축적의 종극이다. 달도 차면 기울고 과실

의 열매도 익으면 땅에 떨어지는 법이니 많은 재물을 축적했으면 이를 독점하려 하지 말고 다시 사회에 환원함이 마땅하다. 군자는 때를 알고 자신의 분수를 알아 멈추어야 할 곳에서 멈추어 스스로 만족할 줄 알고 도덕을 숭상하며 주어진 운명에 순응하는 까닭에 절대 물질에 빠지지 않고 황금 보기를 돌같이 한다.

그러나 소인은 어떠한가? 일단 돈 맛을 보면 사족을 못 쓰고 수단과 방법 안 가리고 오로지 돈 버는 데만 혈안이 된다. 멈춰야 될 곳에서 멈출 줄을 모르니 그 추구함이 끝없고 절대 만족을 모르고 산다. 따라서 축적된 물질을 가지고도 반드시 써야 할 곳에 쓰지 못하고 오직 자신의 사욕만 채우기 위해 까불대고 다니니 위태롭기가 그지없는 것이다.

비록 강건한 상구라 할지라도 부정·부중·불응·불비하므로 군자는 물질만능 시대에 휘말려 말년의 지조를 더럽혀 파멸의 길로 전락할 위험이 있으니 상도를 지켜야 함을 경계한 말이다.

9. 소축(小畜) [風天小畜]

*현대인을 위한 역점

운세/잔뜩 흐려 있지만 기다리는 비는 오지 않는다. 한 줄기 비라도 내리면 만물이 윤택해질 텐데 비는 좀처럼 내리지 않는다. 이는 땅의 음기가 올라가서 구름을 형성하긴 했으나 하늘의 양기가 이를 받아들이지 않기 때문이다. 다시 말해 음양이 화합하지 않는 까닭이다. 그러니 하고자 하는 일이 뜻대로 될 리 없다. 이러한 정체 상태 속에선 서둘지 않는 것이 좋다. 서두른다고 해서 비가 내리는 것이 아니기 때문이다. 그렇다고 전망이 나쁜 것은 아니다. 다만 어떤 이유로 인해 일의 매듭이 잘 풀리지 않을 뿐이다.

이 괘가 나왔을 적엔 침착하게 때가 도래하기를 기다리며 자신의 뜻한 바를 이루기 위해 부단히 노력해야 할 때다. 그러다 보면 좋은 날을 맞이하게 된다. 당신이 직장인이라면 회사측에선 급료를 올려 주고 싶지만 형편이 따라주지 않아서 못 올려 주고 있는 상태다. 일단 회사측의 이러한 마음이 있으니 형편만 따라 준다면 급료가 오를 것이니 이를 위해 당신의 노력이 필요한 때다.

또한 이 괘는 자기 자신에게 근심이 있어도 상대의 눈치만 보며 끙끙 앓고 있는 상태다. 그리고 무리한 행동을 하다가 결국엔 실패하게 되는 때니 매사에 신중을 기하는 것이 좋다.

사업·교섭·거래·금전／물질운이 풍부하여 현재 하고 있는 일을 계속 하면 좋다. 장사를 하면 많은 이득이 오를 때다. 그러나 사업을 확장한다거나 새로운 사업에 손을 대고자 하면 위험하니 당분간 유보하는 것이 좋다. 그리고 여러 가지로 성가신 일로 인해 마음먹은 대로 일이 잘 안 될 때다.

교섭이나 거래를 함에 있어 좀 늦어지는 경향이 있다. 그때 그때마다 일이 제대로 성사되지 않아서 곧잘 싸움이 일 때다. 가능하면 상대방이 먼저 교섭해 올 때까지 이쪽에서 나서지 않는 것이 좋다.

생활하는 데 있어 금전적으로 조금도 부족함이 없다.

노력하는 자에겐 돈이 따라 붙어 자금을 축적할 수 있는 때다.

연애 및 결혼／일이 딱딱 들어맞지 않아서 서로가 애탈 때다. 상대쪽에서 이쪽을 만나러 올 경우에 있어서도 중간에 누구를 만나게 되는 등, 어쨌든 마가 끼여서 서로의 약속이 제대로 이루어지지 않을 때다.

또 정식 혼담이 오고 갈 때에도 상대측의 모친이나 친척이 중간에 있어서 일이 뜻대로 성사되기 힘들 때다. 좀더 시간을 두고 기다리는 것이 좋겠다. 만일 지금 당장 일이 성사되어 결혼에 이른다 해도 물질적인 부자유는 없겠으나 뭔가 찜찜한 여운이 따라붙겠다.

건강／만병의 근원인 감기로 인해 여러 가지 질병이 발생하는 때다. 그리고 매사가 제대로 풀리지 않는 데서 오는 히스테리 증세가 있는 때다. 심한 불만에서 올 수 있는 신경쇠약·호흡기쇠약·혈행불순(血行不順)·우울증·변비·식도암·식욕부진

등, 이러한 것들은 시간을 오래 끌면 끌수록 회복되기 어려운 것들이니 어려운 때일수록 마음을 편하게 갖고 매사에 임하는 것이 좋다.

분실물/물건과 물건 사이, 다락이나 창문 가까운 곳을 중점적으로 찾아볼 것. 여자가 치웠을 수도 있으니 찾기 전에 집안의 여자에게 먼저 물어보는 것이 좋겠다.

여행 및 이전/사업차 떠나는 여행이라면 좋다. 그러나 현지에 도착하여 싸움이 일어날 수도 있으니 주의할 것. 정사(情事) 여행일 경우 가정풍파가 예상되니 웬만하면 여행을 포기하고 가정으로 돌아가는 것이 좋다. 한때를 즐기려다 평생 후회할 일이 생겨도 좋다고 생각하면 떠나도 좋다.
  현재 살고 있는 집이 마음에 차지 않아도 지금 당장 이사하는 것은 무리가 따르는 일이니 서두르지 않는 것이 좋다.

입학/지금 들어가고자 하는 학교는 실력이 좀 부치니 지방에 있는 학교를 골라 지원해 보는 것이 좋겠다.

취직/여성의 경우 다방이나 작은 개인 사무실, 식당 등에 취직이 될 괘다.
  남성의 경우엔 개인이 운영하는 상점이나 임시고용직에 취직이 예상된다.

소망/지금 당장 바라는 것이 아니라면, 즉 좀 시간을 요하는 것이라면 이루어진다. 이때는 참을성이 필요하니 마음을 좀 느긋하게 먹는 것이 좋다.

허무맹랑한 소망이라든가 자의가 아닌 타의에 의한 것이라면 기대하지 않는 것이 좋다.

날씨／울적한 마음이 들 정도로 잔뜩 흐린 날씨.
한 차례 비가 오고 나면 다시 맑아지겠다.

10. 리(履) [天澤履]

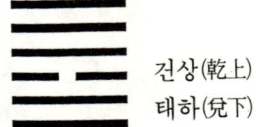

건상(乾上)
태하(兌下)

 리(履)는 예절의 법도다. 이 괘는 유순한 하괘의 태가 강강(剛強)과 유위(柔爲)인 상괘의 건을 바싹 따라올라가고 있다. 마치 유순한 양이 사나운 범에게 다가가 그 꼬리를 밟고 있는 형상과 같다. 이런 위험한 곳에서 어떻게 해야 몸을 온전히 보전할 수 있겠는가?
 리괘는 건상태하(乾上兌下)이니 위에 하늘이 있고 아래에 연못이 있어 만물이 제각기 분수를 지키고 있는 모습이다. 따라서 유순한 하괘가 강강한 상괘를 따름에 있어 평소 겸손하게 예의를 갖춰 자기의 본분을 다하니 아무리 사나운 호랑이라 한들 한 번의 실수로 자신의 꼬리를 밟았다 하여 유순한 어린 양을 물어 해할 수 있으리요.
 이처럼 사람이란 모름지기 자기보다 윗사람이나 경험이 많은 선배들 앞에서 겸손하게 순종할 줄 아는 마음가짐이 필요하다. 세상은 그런 자를 용납하고 포용하며 이끌어 주게 되어 있다.

그렇지 않고 괜히 건방지게 저돌적으로 밀어붙이다가는 반드시 호랑이에게 물리는 꼴이 되고 마는 것이다. 말 한 마디로 천냥 빚을 갚는다는 말이 있듯이 매사에 있어서 윗사람을 공경하고 사양하며 감사하는 예절로써 대처해 나간다면 아무리 사나운 호랑이의 꼬리를 밟는 중대한 실수를 저질렀다 할지라도 그 위험으로부터 쉽게 벗어날 수 있는 것이다.

履虎尾　不咥人　亨　　象　曰　履　柔履剛也
이호미라도　불질인이라　형하니라.　단에 왈　이는　유이강야니

說而應乎乾　　是以　　履虎尾不咥人亨　　剛中正
열이응호건이라　시이로　이호미불질인형이라　강중정으로

履帝位　而不疚　光明也　　象　曰　上天下澤　履
이제위하여　이불구면　광명야라.　상에 왈　상천하택이　이니

君子　以　辨上下　定民志
군자-　이하여　변상하여　정민지하나니라.

범의 꼬리를 밟을지라도 사람을 물지 않으니 형통하니라.
단에 말하였다,
리(履)는 유순함(兌)이 강건함(乾)을 밟으며 따라감이라.
즐거이 건에 응함이라.
때문에 범의 꼬리를 밟아도
사람을 물지 않을 것이니 형통하니라.
강(九五)하고 중정해서 제위(帝位)에 올라도
병들지 아니하니 광명(光明)할 것이니라.
상에 말하였다,

위는 건(하늘)이요 아래는 태(연못)가 곧 리(履)이니
군자는 이를 본받아 상하를 분별하여 백성의 뜻을 정하나라.

[解說] 상하의 분별이 분명한 뒤에라야 백성들의 뜻이 안정되고, 백성들의 뜻이 안정된 뒤에라야 비로소 다스린다는 말을 할 수가 있는 것이다.

옛날에는 공경대부(公卿大夫)로부터 말단 지위에 있는 모든 사람에 이르기까지 그 덕을 숭상하여 한 사람도 자기의 위치에서 벗어나는 사람이 없었다. 농·공·상의 구별이 있어 저마다의 맡은 바 일에 충실하였기 때문에 사람마다 안정된 뜻을 가져서 천하를 하나로 뭉칠 수 있었고, 천하 사람의 마음을 한 곳으로 정할 수 있었다.

그러나 후세에 와서는 어떠한가? 저 말단 공무원에서부터 나라의 요직에 있는 사람들에 이르기까지 날마다 자기의 존영(尊榮)만을 생각하고, 농·공·상들은 저마다 자신들의 잇속을 챙기기에만 여념이 없으니 어떻게 백성이 하나로 뭉쳐질 수 있겠는가?

그런 때문에 군자는 이 리괘(履卦)의 상을 보아서 상하를 분별하여 각자의 분수를 찾도록 함으로써 백성들의 마음을 안정시켜야 한다는 것이다.

初九　　素履　　往　　无咎　　象　曰　　素履之往
초구는　소리로　왕하면　무구리라.　상에　왈　소리지왕은

獨行願也
독행원야.

초구는 소박한 예로 찾아가도 허물이 없을 것이니라.
상에 말하였다,
'소박한 예로 찾아간다' 함은
오로지 원하는 바를 행함이라.

[解說]예의 시초이자 처음 만남인 이 초구는 양이 양의 자리에 와서 정위하였고 리괘의 처음에 왔으니 문식(文飾 ; 실속없이 겉만 번드르하게 꾸미는 것)을 하지 않고 혼자서 정직하게 바른 길을 걸어나가는 자다. 가난하고 천하게 살아가는 자로서 아직은 정식으로 예를 갖추면서까지 남과 교제할 능력이 없는 자다. 때문에 그저 자기의 마음에서 우러나는 대로 소박한 예로써 상대와 교제하니 허물이 없는 것이다.

이렇게 문식이 없이 소박한 예로써 찾아가는 자는 상대에게 구차한 이익을 바라지 않는다. 그러므로 오로지 자신이 원하는 바를 행하는 것이다. 만일 귀하게 되고자 하는 마음과 도를 행하고자 하는 마음이 서로 가슴속에서 싸운다면 어떻게 정직하게 바른 길을 걸어갈 수 있겠는가? 만일 이러한 빈천한 자가 분수에 넘치는 예로써 교제하려 한다면 이는 실상을 가장한 문식이 되므로 오히려 허물이 되는 것이다.

九二 履道 坦坦 幽人 貞 吉
구이는 이도- 탄탄하니 유인이라야 정코 길하리라.

象 曰 幽人貞吉 中不自亂也
상에 왈 유인정길은 중불자란야라.

구이는 예절의 도가 평탄하니 그윽히 겸손한 사람이라야 마음을 곧게 지키고 길할 것이니라.

상에 말하였다,
'그윽히 겸손한 사람이라야 마음을 곧게 지키고
길할 것이라' 함은 중심이 스스로 어지럽지 않기 때문이라.

[解說] 구이는 강중무응(剛中無應)하니 탄탄하고도 유정하여 홀로서 곧고 바른 것을 밟아 행하는 자다. 다시 말해, 성실하고 사리에 밝아서 두루 예를 갖추어 교제하므로 만남을 아름답게 꾸밀 수 있는 능력이 있는 자다. 그러나 이 구이는 구오와 불응하고 초구와 불비하여 자신이 먼저 그들을 찾아가 교제를 터야 할 의리도 없으므로 처지와 분수를 알고 그저 침착하게 가만히 있다가 자신을 찾아오는 자나 겸허히 기쁜 마음으로 받아들이면 길할 것이다.

리도(履道)는 안정(安靜)한 데 있는 것이다. 따라서 그 마음이 바르면 신은 것도 안유(安裕)하겠지만, 만일 마음이 조급히 움직인다면 어떻게 그 신은 것이 편안할 수 있겠는가? 그런 때문에 그윽히 겸손한 자라야 능히 마음을 견고히 가져서 길하다는 것이다. 이것은 대개 그 중심이 안정하여 이욕(利慾)으로 인해 스스로 어지럽지 않기 때문이다.

六三　眇能視　跛能履　履虎尾　咥人　凶
육삼은　묘능시며　파능리라　이호미하여　질인이　흉하고

武人　爲于大君　　象　曰　眇能視　不足以有明也
무인이　위우대군이로다.　상　왈　묘능시는　부족이유명야오

跛能履　不足以與行也　咥人之凶　位不當也　武人爲于大君
파능리는　부족이여행야오　질인지흉은　위부당야오　무인위우대군은

志剛也
지강야라.

육삼은 어찌 애꾸눈이 물건을 볼 수 있고
절름발이가 걸을 수 있으리요.
범의 꼬리를 밟으면 사람을 물 것이니 흉하고
무인(武人)이 대군(大君)이 됨과 같으니라.
상에 말하였다,
'애꾸눈이 물건을 볼 수 없다' 함은
족히 물건을 볼 만한 밝음이 없고
'절름발이가 걷지 못한다' 함은
함께 걸을 만한 것이 못되기 때문이라.
'사람을 물 것이니 흉하다' 함은
그 자리를 감당치 못하기 때문이요
'무인이 대군이 됨과 같다' 함은
뜻이 강하기 때문이라.

　[解說]육삼은 음의 허약한 것이 주제도 모르고 강건한 양의 자리에 위치해 있고, 부중하여 때도 파악지 못하면서 상육과 응하고 구이·구사와 친비하여 무례하게 교제를 일삼고 있으니 그야말로 방자하기 이를 데 없는 자다. 소인된 몸으로서 허례 허식으로 자신을 과장하여 무례로써 교제하니 어찌 그 사귐이 오래 갈 수 있으리요. 이런 자와 교제를 오래 갖다 보면 나중엔 자신을 깔고 뭉갤 텐데 어느 누가 이러한 소인을 용납하고 포용하겠는가? 그러니 화를 입는 것은 당연할 수밖에 없다.
　또 이 육삼을 무인(武人)으로 비유한 것은, 허약한 것(음)이 주제도 모르고 강건한 자리(양)에 처해서 재주는 약하고 뜻만 강하기 때문이다. 재주도 없는 자가 뜻만 강하고 보면 올바른 법도대로 행동하지 못하고 경거망동하게 되므로 마치 무인이 대군(大君)이 된 것과 같다는 것이다. 이런 자는 질서와 절차를 무시하고 오로지 목적 달성만을 위해 밀어붙이기 식 정권 탈취에 이를 것이니, 그렇게 되면 얼마 못 가서 마치 호랑이의 꼬리를 밟은 것처럼, 그대로 밟고 있자니 힘에 부치고 놓자니 물리게 되는 어려운 처지에 빠지게 되는 것이다.

九四· 履虎尾 愬愬 終吉 象 曰 愬愬終吉
구사는 이호미니 소소면 종길이리라. 상에 왈 소소종길은

志行也
지행야라.

구사는 범의 꼬리를 밟았으니
두려워하는 마음을 가지면 마침내 길할 것이니라.
상에 말하였다,
'두려워하는 마음을 가지면 마침내 길할 것이다' 함은
뜻이 행해지려 한다는 말이니라.

[解說] 구사는 강건한 것(양)이 유순한 자리(음)에 처해 있으니 부정위며, 부중·불응하고, 육삼과 친비하고 있으니 충분히 예를 갖출 수 있는 능력이 있으면서도 그러한 형식과 절차가 귀찮아서 예를 생략하는 자이다.
　이처럼 형식과 절차를 무시한 채 구오 임금과 교제하고자 하니 '범의 꼬리를 밟았다'고 비유한 것이고, 이는 윗사람을 모독한 처사이니 이를 두려워하여 사과하면 길하다는 것이다. 예를 거행할 능력이 있으면서도 형식과 절차를 생략하는 것은 참된 예가 아님을 밝힌 것이다.

九五　夬履　貞　厲　象　曰　夬履貞厲
구오는　쾌리니　정이라도　여하리라.　상에　왈　쾌리정려는

位正當也
위정당야라.

구오는 결단코 이행하면 마음이 곧아도 위태로울 것이니라.
상에 말하였다,
'결단코 이행하면 마음이 곧아도 위태롭다' 함은
그 자리가 정히 마땅한 때문이라.

[解說]구오는 강건한 양으로서 중정한 자리에 위치하고 있어 엄격하고 분명하게 예법을 실천하는 임금이다. 한 나라를 이끄는 임금으로서 지나치게 사소한 예법에만 얽매이게 된다면 공론을 겸허하게 포용하고 화합할 수 없어서 매사를 아무리 바르게 지킨다 해도 위태로움을 면하기가 어렵다. 아무리 영명한 지도자라 할지라도 여론을 수렴하지 않고 독단적인 생각만으로 나라를 이끌어 갈 수는 없다. 나라 안의 여론이야말로 무엇보다도 공정한 것이기 때문이다. 때문에 옛 성왕(聖王)은 널리 여러 사람의 착한 일을 본받아서 자신의 지혜를 넓혔던 것이다. 만일 한 사람의 강명(剛明)한 것에 일임해서 일사천리로 국정을 이끌어 나가고도 다시 반성하지 않는다면 어찌 폐단이 없겠는가.

上九　視履　考祥　其旋　元吉　象　曰
상구는　시리하여　고상호대　기선이면　원길이리라.　상에　왈

元吉在上　大有慶也
원길재상이　대유경야라.

상구는 과거에 한 일을 돌이켜보고 상서로운 것을 상고하되 그것을 잘 주선하면 시작이 크게 길할 것이니라.
상에 말하였다,
'시작이 크게 길하고 위에 있다' 함은
크게 경사스러움이 있다는 말이니라.

[解說] 상구는 예식을 마치는 자리다. 예식을 모두 마쳤으면, 빠지고 잘못된 것은 없었는지 잘 고찰해야 한다. 만일 잘못된 것이 있었다면 그것을 반성하고 바로잡아서 잘 주선하면 크게 길할 것이다.

＊현대인을 위한 역점

운세／범의 꼬리를 밟아도 예를 다하면 물리지 아니하리라.
　자신에게 아무리 좋은 여건이 주어졌다 할지라도 때에 따라 예법을 따르지 않으면 결코 성공할 수 없다. 아무리 윗사람에게 범의 꼬리를 밟는 것과 같은 중대한 실수를 저질렀다 하더라도 황송한 마음으로 깍듯하게 예의를 갖추어 사과하면 화를 면할 수 있는 것이다. 반대로 중대한 실수를 하고서도 정중한 사과는커녕 오히려 턱을 쳐들고 윗사람에게 대들었다가는 화를 면할 길이 없는 것이다. 그랬다가는 자신이 저지른 그 실수에 대해 톡톡한 대가를 치를 수밖에 없게 되는 것이다. 그러지 않기 위해서라도 예절 바르게 올바른 길을 가야 할 것이다. 그러면 길할 것이다.
　리(履)는 밟는다는 뜻이다. 따라서 이 괘가 나왔을 때는 자신보다 사회 경험이 많은 선배 등과 같은 윗사람의 뒤를 조심스럽게 겸손한 마음으로 따라가면 실패하지 않는다. 그렇지 않고 혼자 고집하여 일사천리로 밀고 나간다면 일의 중간중간에 위험을 겪게 된다. 앞이 캄캄한 지경에 이를 수도 있다.
　지금은 당신이 감당하기에 벅찬 일이 생길 때다. 이를 슬기롭게 극복하지 않으면 돌이킬 수 없는 후회할 일이 따를 것이니 인내심이 절실히 요구된다.

또 이 괘가 나왔을 때는 자신의 하는 일에 그 어떤 실수가 없는지 면밀히 검토해 보아야 한다. 혹시 중대한 실수가 발견되었다 할지라도 이를 수습하여 잘만 처리하면 크게 성공할 수 있는 괘다. 이때 역시도 윗사람의 도움을 받아야 길할 수 있다.

그리고 대인관계를 맺을 때에는 능동적인 자세보다는 수동적인 자세가 필요한 때다. 다시 말해 남을 이끌어 가기보다는 남의 뒤를 조심조심 따라가는 것이 득이 될 때다. 그렇게 앞으로 반 년만 더 기다리다 보면 좋은 결과가 있을 것이다. 지금부터 약 4개월 후면 서서히 그 서광이 보일 것이니 희망을 가져도 좋다.

사업·교섭·거래·금전／사업이 상당히 위험한 처지에 빠져 있는 때다. 이는 모두 지난날 당신이 저질렀던 것에 대한 대가다. 상하 유대관계를 잘못 가졌다거나 자기의 분수에 넘치는 일을 한 데서 온 결과다. 이런 때는 싸울 일이 있어도 싸워서는 본전도 못 찾게 된다. 아니, 어쩌면 당신이 크게 불리할 수도 있다. 상대방을 화해의 장으로 불러들여 화해로써 그 일을 해결하도록 하라. 만일 그가 먼저 당신에게 화해를 청해 오면 그보다 더 좋은 기회는 없으니 더 이상 버티지 말고 즉각 화해에 응하라.

지금부터 서서히 바빠질 때니 부지런히 일하라.

교섭이나 거래에 있어선 신중함이 필요한 때다. 상대방은 상당히 능수능란한 자니 처음부터 계약을 철저히 해야 한다. 그렇지 않으면 나중에 큰코 다치게 된다. 매사에 신중히 임하면 지금은 좀 어렵더라도 앞으로 성공할 괘다.

금전은 부자유하지만 노력하면 돈을 벌 수 있는 때다.

연애 및 결혼／이 패는 젊은 여성이 유부남을 만나 바람 피울 때 잘 나오는 패다. 그러나 오래 지속되지는 않는다.

　결혼하기엔 좋은 패가 못된다. 그러나 여성으로서 재산을 상속받는 상속자일 경우—예컨대, 외동딸일 경우—이 패가 나오면 양자를 맞아들일 패다.

건강／호흡기장애 또는 감기 같은 병이 발생할 때다. 열이 좀 높지만 곧 치료될 수 있다.

　그리고 성병에 걸릴 수도 있는 때니 특히 주의할 때다.

분실물／물건과 물건 사이, 다락방, 선반 위 등을 주로 찾아보면 찾을 수 있다.

여행 및 이전／여행지에서 어려운 일을 당할 때다.

　이사 역시 안 좋을 때니 좀더 기다렸다 하는 것이 좋다.

입학／실력이 모자라 좀 위험하다.

취직／지금 당장 혼자의 힘으론 안 된다. 그러나 윗사람의 힘을 빌면 가능하다.

소망／이 또한 지금 당장은 좀 힘들다. 그러나 끈기있게 노력하면 좋은 결과를 가져올 수 있다. 도중에 몇 번 어려운 일을 만날 것이나 좌절하지 말고 끈기있게 용기와 희망을 가지고 계속 노력하면 성공할 수 있다.

날씨／구름이 끼였지만 비는 오지 않는다.

여름의 경우엔 평소보다 좀 무덥고, 가을의 경우엔 유난히도 쾌청한 날씨. 그리고 겨울엔 서릿발이 서는 날씨.

11. 태(泰) [地天泰]

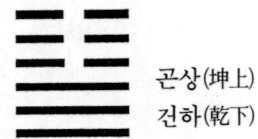

곤상(坤上)
건하(乾下)

　태(泰)는 서로 왕래하는 교통의 도다. 예로써 만나게 되면 서로 안전하게 교통 왕래할 수 있으므로 리괘의 다음에 이 괘가 놓인 것이다. 이 태괘는 하늘을 뜻하는 건(乾)이 아래에 있고 땅을 뜻하는 곤(坤)이 위에 자리 잡고 있다. 즉 상하의 위치가 서로 거꾸로 되어 있다.
　본래 하늘의 기운이란 위로 솟구쳐 올라가고 땅의 기운은 아래로 내려가게 되어 있다. 그러니 아래에서 천기(天氣)가 힘차게 치솟아 오르고 위에서 지기(地氣)가 은은하게 내리부어지는 형상이다. 이렇게 하늘(양)과 땅(음)의 기운이 서로 만나 화합을 이루니 그 사이에서 만물이 태동하고 생장하게 되는 것이다. 이것이 바로 대립되는 물건의 통일을 동적(動的)으로 포착하는 역리의 이상적인 면인 것이다.
　이는 향상 발전할 수 있는 좋은 형세다. 만일 반대로 하늘이 위에 있고 땅이 아래에 있다면 어떠하겠는가? 하늘의 기운은 위로 올라가고 땅의 기운은 아래로 내려가려는 속성이 있기 때문에 서로 멀어지게 될 것이니, 다시 말해 천지간에 있어 음양이 서로 화합하지 않으니 여기에서 만물이 생장할 수 없을 것은 자명한 일이다.

인간관계에 있어서도 마찬가지다. 상사와 부하, 남편과 아내, 부모와 자식, 강자와 약자, 친구와 친구간에 서로 예로써 만나 화합을 이룰 때만이 만사를 순조롭게 운행해 나갈 수 있는 것이다. 서로가 만나 화합하려 들지 않고 각자의 길만을 고집한다면 점차로 멀어질 수밖에 없는 것이다. 서로의 의사가 좁혀지지 않는 판국에 무슨 일을 어떻게 해나갈 수 있겠는가? 이 태괘가 보여 주는 바와 같이 상의(上意)가 하달되고 하의가 상달될 때만이 서로간에 있어서 정분이 생겨 화합을 이룰 수 있는 것이다.

태(泰)란 '편안하다, 태평하다'란 뜻이다. 또 괘의 형태를 보더라도 강건한 세 양들이 들어와서 내괘에 머물고 유순한 음들이 나가서 외괘에 머물고 있으니 마치 튼튼한 반석(양) 위에 아름다운 건축물(음)이 편안하게 들어서 있는 것처럼 보인다.

이같은 괘의 형태가 말해 주듯이 이 괘는 크게 안정되고 번영할 수 있는 괘다. 하지만 크게 길한 일이 있는 곳엔 반드시 흉한 일이 따르게 되는 법이므로 너무 방심해서는 아니 된다.

泰	小	往	大	來	吉	亨	彖	曰
태는	소-	왕코	대-	내하니	길하여	형하니라.	단에	왈

泰小往大來吉亨	則是天地	交而萬勿	通也	上下
태소왕대래길형은	즉시천지-	교이만물이	통야며	상하-

交而其志　同也　內陽而外陰　內建而外順　內君子
교이기지-　동야라.　내양이외음하며　내건이외순하며　내군자

而外小人　君子道　長　小人道　消也　象
이외소인하니　군자도-　장하고　소인도-　소야라.　상에

曰　天地交泰　后以　財成天地之道　輔相天地之宜
왈　천지교태니　후이하여　재성천지지도하며　보상천지지의하여

以左右民
이좌우민하나니라.

태(泰)는 작은 것(음)이 가고 큰 것(양)이 오니
길하고 형통하리라.
단에 말하였다,
'태(泰)는 작은 것이 가고 큰 것이 오니
길하고 형통하다' 함은
곧 천지(乾坤)가 서로 교합하여 만물이 통하고
상하가 사귀어 그 뜻이 같다는 말이니라.
안에는 양이 오고 밖엔 음이 가며
안은 건실하고 밖은 순하며
안은 군자요 밖은 소인이니
군자의 도는 길고 소인의 도는 사라짐이라.
상에 말하였다,
천지가 교합하는 것이 태니 이를 본받아 나라의 임금은
천지의 도를 재단하여 이룩하고
천지의 일을 북돋아 이루어서 백성을 돕느니라.

[解說]이 괘는 음의 기운이 위로 올라가고 양의 기운이 아래로 내려와서 서로 교화(交和)하는 상이다. 음기는 무거워서 아래로 내려가려 하고 양기는 가벼워서 위로 올라가려 한다. 그

러니 서로 밀착되어 있는 상이다. 상하의 뜻이 이와 같거늘 어찌 안태(安泰)하지 아니하랴.

初九	拔茅茹	以其彙	征	吉	象 曰	拔茅
초구는	발모여라	이기휘로	정이니	길하니라.	상에 왈	발모

征吉	志在外也
정길은	지재외야라.

초구는 잔디를 뽑음이라.
그 동류들과 나아가 정벌하면 길하리라.
상에 말하였다,
'잔디를 뽑고 그 동류들과 나가 정벌하면 긴하다' 함은
뜻이 밖에 있음이라.

[解說] 초구는 교제의 시초다. 따라서 단독으로 나서서 대결할 수 있는 능력이 없으니 집단교제부터 시작해야 한다.

잔디란 본래 뿌리가 서로 얽혀 있는 잡초다. 여기서 잔디뿌리라 함은 세 개의 양이 서로 한 덩어리가 되는 것에 비유한 말이다. 그러므로 구이·구삼과 함께 연합하여 집단적으로 위로 올라가야 길한 것이다.

비천한 서민이 단독적으로 나서서 세상에 자기 뜻을 펼치고자 한다면 그것은 실로 우매하기 짝이 없는 짓이다. 때를 만나 어진 사람을 따라나서고 동지를 모아 세상에 나아가지 않으면 그것은 절대 불가능한 것이다. 때가 장차 안태(安泰)하려면 모든 어진이들이 위로 올라가려 한다. 세 양의 뜻 또한 그러하다. 그런 때문에 잔디를 뽑고 동류들과 나아가 정벌하는 상이 되는 것이다.

九二 包荒 用馮河 不遐遺 朋亡 得尙于中行
구이는 포황하며 용빙하며 불하유하며 붕망하면 득상우중행하리라.

象 曰 包荒得尙于中行 以光大也
상에 왈 포황득상우중행은 이광대야라.

구이는 오랑캐를 포용하고 용감하게 황하를 건너가며
사람을 버리지 아니하고 벗끼리만 함이 없으면
중용의 행실로 그를 얻으리라.
상에 말하였다,
'오랑캐를 포용하고 중용의 행실로 얻는다' 함은
빛나고 크기 때문이라.

[解說]강중한 구이가 육오와 응이 되었으므로 그를 포용하여 강력히 운수를 돌이키는 일을 주도해야 한다. 지인용(知仁勇) 모두를 갖춘 이런 강중의 어진 신하(구이)가 오랑캐까지도 포용하는 도량을 가지고 용감하게 행동하면 소원(疎遠; 육사·상육)한 자들까지도 잃는 일이 없는 것이다. 또 이웃인 초구·구삼의 소인들과 함께 작당하여 위에 있는 세 음을 적대시하는 일이 없으면 전후좌우·상하내외가 모두 균형을 이룸으로써 중용의 도에 합당할 것이다.

九三 无平不陂 无往不復 艱貞 无咎 勿恤
구삼은 무평불피며 무왕불복이니 간정이면 무구하여 물휼이라도

其孚 于食 有福 象 曰 无往不復 天地際也
기부라 우식에 유복하리라. 상에 왈 무왕불복은 천지제야라.

구삼은 평평하여 기울지 아니함이 없으며
가서 돌아오지 않는 것이 없고

어려움 가운데 바르게 지키면 허물이 없고
걱정하지 않아도 정성만 있으면
먹고 사는 데 복이 있을 것이니라.
상에 말하였다,
'가서 돌아오지 않는 것이 없다' 함은
하늘과 땅이 서로 만나기 때문이라.

[解說] 구삼은 양의 강건함이 양의 자리에 있으니 정위하였으나 과강부중함으로써 이미 시절이 지났는데도 계속해서 안일하게 평안함만을 찾으려는 사람이다. 내괘의 세 양 가운데 가장 안전한 맨 윗자리에 있고, 위로 세 음이 있어 통하지 않는 것이 없기 때문에 이렇게 보는 것이다. 그러나 평안한 때가 지나고 나면 반드시 어려운 때가 도래하는 법, 따라서 현재의 자기 직분에 충실하고 어려운 때에 대비해야 한다.

여기서 구삼의 직분이란 아래로 세 양의 발전을 도모하고 위로 세 음의 안녕을 도모하는 일이다. 그러나 이 일은 결코 쉬운 일이 아니다. 이런 어려움 가운데서 구이를 도와 자신의 분수를 바르게 지키면 허물이 없고, 그 구이의 유능함을 믿어 의심치 않고 그를 끝까지 밀어 주면 드디어는 먹고 사는 데 있어 걱정이 없게 된다. 평안한 때에 어려운 때를 생각하여 대비치 못하고, 험난한 곳에서 안녕을 위해 대비치 못하는 자처럼 어리석은 사람도 없는 것이다.

六四　翩翩　不富以其隣　不戒以孚　象曰　翩翩
육사는　편편히　불부이기린하여　불계이부로다.　상에　왈　편편

不富　皆失實也　不戒以孚　中心願也
불부는　개실실야오　불계이부는　중심원야라.

육사는 뻔질나게 부유하지도 않으면서
그 이웃으로 하여 경계함도 없이 믿음이로다.
상에 말하였다,
'뻔질나게 부유하지도 않다' 함은
모두 성실성을 잃기 때문이요
'경계함도 없이 믿는다' 함은
마음에 바라는 바가 있기 때문이라.

[解說] 육사는 중간이 지났으니 이제 이 태괘도 극단에 이르고 있는 셈이다. 허약한 음으로서 유약한 음의 자리에 와 있으니 주관도 없고 재질도 경박하기 이를 데 없으며, 게다가 그 위치마저 부중하고 보니 때를 분간하지 못하는 사람이다.
　이런 자가 초구와 정응하고 구삼과 친비하여 아무런 실리도 없이 뻔질나게 자주 교통왕래하면서 그 이웃에게 자신의 평안함을 자랑하는 상이다. 상의를 하달하고 하의를 상달케 해야 하는 육오를 보필하는 자리에 있음에도 불구하고 여기저기 뻔질나게 교통왕래만 자주 하면서 헛소리나 늘어놓고 다니는 사람이다. 어진이를 천거하여 그에게 자리를 이양하여 발전을 도모해야 함에도 불구하고 그 자리를 고수하며 자신의 속셈만 채우고 있는 것이다.

六五　帝乙歸妹　以祉　元吉　　象　曰　以祉元吉
육오는　제을귀매니　이지며　원길이리라.　상에　왈　이지원길은

中以行願也
중이행원야라.

육오는 제을(帝乙)이 누이동생을 시집 보냄이니

이로써 행복이 있고 크게 길할 것이니라.
상에 말하였다,
'행복이 있고 크게 길할 것이라' 함은
중심이 원하는 바를 실행함이라.

[解說] 육오는 음으로서 높은 데 거했으니 태괘의 주장이 된다. 여기 본문에서 '제을이 누이동생을 시집 보낸다' 함은 은나라의 왕 제을이 자기의 누이동생을 어진 사람에게 낮추어 시집 보낸 고사에 비유한 말이다. 아무리 높은 위치에 있는 일국의 공주라 할지라도 일단 훌륭하고 어진 사람을 만나 혼인하였으면 남편의 뜻을 공경하고 따라야만 행복할 수 있는 것이다.

그러자면 무엇보다도 먼저 어진이와 교제하는 것이 우선이다. 이와 같이 육오가 사람을 만나 사귈 때에는 육사나 상육과 같은 소인배를 멀리하고 구이와 같은 어진이와 예로써 가까이 교제하여서 마치 부부 사이처럼 그를 믿고 따라야만 한다. 그래야만 행복하고 크게 길한 것이다.

이 육오는 유(柔)한 중에도 자신의 몸을 낮추어 구이에 응하고 있으니 길한 도다. 여기에서 '행복이 있고 크게 길하다' 한 것은 중도에 맞추어 그 뜻에 원하는 바를 행하기 때문이다.

上六 城復于隍 勿用師 自邑告命 貞
상륙은 성복우황이라 물용사요 자읍고명이니 정이라도

吝 象曰 城復于隍 其命 亂也
인하니라. 상에 왈 성복우황은 기명이 난야라.

상육은 성벽이 무너져서 마른 도랑으로 무너져 내리는지라 군사를 쓰지 말고 고을로부터 명령을 받아 마음을 바르게 지켜도 어지러울 것이니라.
상에 말하였다,
'성벽이 무너져서 마른 도랑으로 무너져 내린다' 함은
그 명령이 어지럽다는 말이니라.

[解說] 상육은 태의 종극이다. 긴 태평성대로 말미암아 손을 보지 않은 성벽이 무너져 성 아래의 메마른 연못에 메워지는 상, 즉 아무런 대비책도 없이 안일에 찌들어 허송세월을 보내다가 갑자기 곤경에 처하게 되는 상이다. 이러한 위급한 상황에서는 군대를 출동시킨다 하더라도 이미 민심이 흩어져 그 군대마저 뿔뿔이 흩어져 버릴 것인즉, 정면으로 군대를 출동시켜 그 액운을 막으려 하다가는 스스로 비운을 초래하는 꼴이 된다. 따라서 이러한 위급을 당한 때에는 나아가 힘써 싸우려 하지 말고 초야에 묻혀 있는 어진이를 불러다가 그에게 중책을 맡겨 난국을 수습케 해야 할 것이나 그 역시 중책을 맡아 아무리 바르게 지킨다 해도 이미 기울어진 국운을 어찌지 못하고 함께 멸하게 될 것이니 이 어찌 안타깝지 않으리요. 마치 주나라가 쇠할 때처럼 예악(禮樂)과 정벌(征伐)이 제후나 대부에게서 나오는 것이 바로 이것이기 때문에 '자읍고명(自邑告命)'이라고 한 것이다.

11. 태(泰) [地天泰]

*현대인을 위한 역점

운세/ 이 태괘는 천지의 조화가 화합을 이루고 있다. 아래에서 천기가 힘차게 솟구치고 위에서 지기가 은은하게 내려부어져, 다시 말해 천기와 지기가 만나 화합을 이뤄 천지간에 만물을 생장시키고 있다.

태는 편안하다는 뜻이다. 모든 일이 정비되어 안태하다는 뜻이다. 괘의 형상에서 보듯이 외유내강하니 모든 일에 있어 순조로울 괘다. 향상 발전할 수 있는 좋은 괘다. 즉 태는 모든 일에 있어서 원만한 상태를 말한다. 이 상태를 끝까지 잃지 않고 향상 발전할 수 있도록 더욱 분발해야 할 때다. 분발하면 만사가 순조롭게 이루어진다.

현재는 자기 자신으로 보나 주위 여건으로 보나 모든 것이 순조롭다. 이때 새로운 계획을 세워 일을 시작하면 매사가 순조롭게 이루어진다. 따라서 매사에 부족함이 없는 때다.

자신이 소속되어 있는 회사나 단체의 분위기도 매우 화기애애하여 정말 일할 맛이 나는 때다. 가정 또한 그러하니 정말 인생 사는 맛을 느끼는 때다. 만사가 이러하니 어찌 길하다 아니하리요?

그러나 방심은 절대 금물이다. 이런 때일수록 마음을 가다듬고 더욱 열심히 분발해야 좋은 괘를 얻은 효과를 볼 수 있는 것이다. 좋은 패를 얻고도 일에 있어 실패한다면 이는 방심한 데서 온 결과라 아니 할 수 없다.

사업·교섭·거래·금전／사업을 함에 있어서 자본 관계의 어려움은 따르지 않는 때다. 그리고 일단 자본을 투자했으면 거기에서 기대한 만큼의 소득을 얻을 수 있다. 조금만 노력해도 그 결과는 역시 만족 그것이다. 이때야말로 분발하여 사업을 키울 때다.

교섭이나 거래를 함에 있어서도 역시 매우 순조롭게 이루어진다. 적어도 노력한 만큼은 이루어진다. 이런 때일수록 매사에 적극성과 결단이 요구된다. 대체적으로 제삼자의 도움을 얻으면 그로 인해 교섭이나 거래가 성사되는 경우가 많다.

금전 역시 풍족을 누릴 때다. 수입이 불어나며 사 두었던 주식이나 부동산 등의 값이 올라 크게 이익을 보는 때다. 투자한 곳마다 돈이 두둑이 붙어 들어오니 이때 더욱 분발하면 일확천금을 꿈꿀 수도 있는 때다.

연애 및 결혼／가까운 친지로부터 좋은 상대를 소개받을 때다.

만일 현재 연애를 하고 있는 상태라면 단꿈에 빠져 있을 때다. 주위 사람들로부터 부러움을 살 만한 만족한 연애를 하고 있는 때다. 그러니 결혼까지 가는 것은 시간문제다. 좋은 연분이다.

두 사람이 결혼하게 되면 풍부한 생활을 누릴 수 있다. 그리고 성격 또한 원만하여 화목한 가정을 이룰 수 있겠다. 다시 말해 두 사람은 속궁합과 겉궁합이 모두 잘 맞으니 천생연분이라 하겠다.

대체적으로 남성의 경우엔 도량이 아주 너그러우며, 여성의
경우 남성을 밀고 끌어 줄 수 있는 현명한 사람이 많다.

건강／이 괘는 대체적으로 건강이 양호한 상태를 나타낸다.
그러나 병이 있다면 대개 흉통(胸痛)·위통·두통, 변비로부터
오는 병 등이 많은 때다. 알맞은 식사와 전신운동이 필요한
때다.

분실물／대체적으로 집안에서 잃은 경우가 많으니 집안 구석
구석을 잘 찾아볼 것. 당신보다 연배인 사람에게 물어보라. 그
러면 의외로 쉽게 찾을 수도 있다.
 밖에서 잃은 경우라면 이미 망가졌거나 다른 사람이 주워갔
을 수도 있다.

여행 및 이전／회사나 친목단체 또는 가족나들이, 신혼여행
등과 같은 소규모의 여행은 좋은 때다.
 그리고 사업차 떠나는 여행이라면 좋은 소득을 얻을 때다.
이때 당신이 작은 것을 희생하면 큰 것을 얻을 수가 있다.
 이 괘는 현재의 안정 상태를 말하므로 지금 당장은 이사를
가지 않는 것이 좋다.
 주택공사 등에 주택을 신청했을 경우 곧 좋은 소식이 있을
때다. 위치도 좋다.
 아파트의 경우 가까운 친지에게 부탁해 두면 좋은 곳이 나타
날 때다. 대체적으로 서쪽 또는 서북쪽에서 좋은 물건이 나타
날 것이다.
 그리고 합숙훈련 등과 같은 이유로 잠시 주거를 옮기는 일도
있겠다.

입학／고등학교는 무난하지만 대학은 좀 어렵다. 목표를 좀 낮춰 잡는 것이 좋겠다.

취직／너무 좋은 곳만 선택하려 하면 힘들다. 약간만 목표를 낮춰라.
취직할 때는 자신을 낮추고 부드럽게 임하라. 그러면 좀 시간이 걸리더라도 성사된다.
친구나 아는 사람의 도움을 받으면 일이 쉽게 성사된다.

소망／현재 당신은 불만족이 없는 때다. 이런 최고의 컨디션으로 적극성을 띠면 단기간을 필요로 하는 소망은 곧 이루어질 수 있다.

날씨／화창하다가 점차로 흐려져 가는 날씨.

12. 비(否) [天地否]

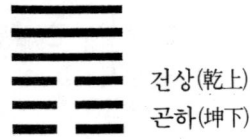
건상(乾上)
곤하(坤下)

　비(否)는 앞의 태(泰)와 정반대다. 하늘의 기운은 위로 올라가고 땅의 기운은 자꾸만 아래로 내려가니 서로 결별하여 다시는 만날 수 없는 구조요, 내괘는 약하고 외괘는 강하니 그 본질이 소인이며, 아래로 백성은 허약하고 위로 중앙정부 관료직들은 강건하니 나라 안엔 불평의 소리가 끊이지 않는 상이다. 하늘과 땅이 서로 교통하여 음양의 조화가 이루어지지 않으면 그 사이에서 만물이 생성되고 사람이 사람답게 살아갈 수 없는 법이다. 한 나라를 이끌어 가는 중앙정부 관료들이 백성들을 보살피기에 앞서 앞다투어 자신의 사리사욕을 채우기에만 급급하니 민심은 흉흉하기만 하다.
　상하가 서로 교통하여 음양의 조화를 이루지 못하면 국가의 기강이 바로 서지 못하여 군자의 의리정신이 사라지고 소인들의 생존경쟁만 격심해지게 된다. 나라의 예법이 어그러지고 백성들은 고통을 하소연할 곳이 없으며 상하가 서로 분열되는 곳에 무슨 영광을 기대할 수 있으며, 천지의 대도가 분열하여 백성들이 먹고 살기에도 힘든 판에 어찌 나라가 온전하기를 기대할 수 있으리요? 따라서 시간이 지날수록 빈부의 격차가 더욱 극심해져 백성들의 불만이 언제 폭발할지 모르는 급박한 상황이다.

　패의 모양을 보더라도 약하디 약한 기반 위에 웅장한 건축물이 들어서 있는 상이다. 그러니 언제 쓰러질지 모르는 사상누각과도 같다. 이런 한 시간도 지체할 수 없는 급박한 상황을 타개해 나가자면 오로지 진실하게 현실에 바로 서 있어야 한다.

否之匪人　不利君子貞　大往小來　彖曰　否祉
비지비인이니　불리군자정하니　대왕소래니라.　단에 왈　비지

匪人不利君子貞大往小來　則是天地不交而萬物　不通也
비인 불리군자정대왕소래는　즉시천지불교이만물이　불통야며

上下　不交而天下　无邦也　內陰而外陽　內柔而外剛
상하　불교이천하-　무방야라　내음이외양하며　내유이외강하며

內小人而外君子　小人道　長　君子道　消也
내소인이외군자하니　소인도　장하고　군자도　소야라.

彖曰　天地不交否　君子以　儉德辟難　不可榮以祿
상에 왈　천지불교비니　군자이하여　검덕피난하여　불가영이록이니라.

비(否)는 사람의 길이 아니니
군자가 마음을 곧게 지킴에 이롭지 않으니
큰 것이 가고 작은 것이 오니라.
단에 말하였다,
'비는 사람의 길이 아니니 군자가 마음을 곧게 지킴에

이롭지 않으니 큰 것이 가고 작은 것이 온다' 함은
곧 천지가 교화하지 못하여 만물이 서로 통하지 아니하며
상하가 교화하지 못하여 천하에 나라가 없음이라.
음이 안에 있고 양이 밖에 있으며
부드러운 것이 안에 있고 강한 것이 밖에 있으며
소인이 안에 있고 군자가 밖에 있으니
소인의 도는 길고 군자의 도는 멸한다는 말이니라.
상에 말하였다,
천지가 교화하지 않는 것이 비(否)이니
군자는 이를 본받아 덕을 아껴서 난을 물리치고
국록(國祿)을 가지고 영화롭게 여기지 아니하리라.

[解說] 비(否)는 '막힌다'는 뜻이다. 위에 있는 양기가 아래로 내려오지 않고, 아래에 있는 음기가 위로 올라가지 않는다. 이처럼 두 기운은 교화하지 못하고 서로 반대방향으로 치닫고 있기 때문에 '비'라고 한다. 이것은 전체의 상이 태(泰)와 정반대다. 지천태(地天泰)는 길하지만 천지비(天地否)는 흉한 괘상이니 역(易)을 해석하는 법이 자연스러움을 알 수 있다.

初六 拔茅茹   以其彙   貞   吉   亨   象 曰
초육은 발모여라 이기휘로 정이니 길하여 형하니라. 상에 왈

拔茅貞吉   志在君也
발모정길은 지재군야라.

초육은 잔디뿌리를 뽑음이라
그 동류와 더불어 마음이 곧으면 길하고 형통하리라.
상에 말하였다,

'잔디뿌리를 뽑음이라 그 동류와 더불어 마음이 곧으면
형통하다' 함은 뜻이 임금에게 있음이라.

[解說] 초육은 비색(否塞)의 시초다. 유약한 음이 강건한 양의
자리에 왔으니 재질은 허약하지만 그 뜻은 확고하여 임금을 믿
고 그에게 매달리는 상이다. 음유한 실존이 비색한 때를 만났
으니 독단적으로 나서서 어려움을 해결하려 해서는 아니 된다.
반드시 동류들인 육이·육삼과 연합하여 그 뒤를 따르고, 자신
과 응의 관계인 육사를 믿고 따르면서 그를 통하여 임금(구오)
에게 진정하면 곧고 굳어서 정당한 도를 지키면 길하고 형통하
는 것이다. 초효에는 소인의 도가 길어지는 때이기 때문에 군
자는 독단적으로 나서서는 아니 된다.

六二　包承　小人　吉　大人　否　亨
육이는　포승이니　소인은　길코　대인은　비나　형이라.

象　曰　大人否亨　不亂群也
상에　왈　대인비형은　불난군야라.

육이는 무리를 포용하여 임금을 받드니 소인은 길하고
대인은 막히지만 마침내는 형통하리라.
상에 말하였다,
'대인은 막히지만 마침내는 형통하리라' 함은
무리를 어지럽히지 아니함이라.

[解說] 육이는 유순한 실존으로서 중정하고 구오와 정응이고
보니 개인적으로 볼 때 결코 비색한 운명이 아니다. 이때 소인
은 이웃에 있는 초육과 육삼을 포용하고 자신과의 정응인 구오

와 교통하여 유리한 형세를 구축하여 길하다. 그리고 대인의 경우―자신을 돌보지 아니하고 민중을 감싸고 사랑하는 까닭에 ―기울어져 가는 나라의 운명을 상부로 고해도 이를 받아들여 주지 않고, 아래로 비색한 운명을 고쳐시키려 해도 전혀 먹혀 들지 않지만, 자신의 덕을 감추고 바르게 지조를 지키면 마침 내는 형통하게 된다.

　대인군자는 민중의 희망으로서 아무리 비색한 때를 당한다 하더라도 소인들의 무리에 휩쓸려 어지러워지지 않는다. 그러 므로 대인이 이 괘를 얻게 되면 마땅히 자신의 몸을 지킨 뒤에 라야 도가 형통해지는 것이다. 이처럼 대인이 난세 가운데서도 끝까지 도(道)와 지조를 지키며 살면 민중들도 이에 희망을 얻 어 난동을 부리지 않게 되는 것이다.

六三　包羞　　象　曰　包羞　位不當也
육삼은　포수로다.　상에　왈　포수는　위부당야라.

　육삼은 포용됨을 부끄럽게 여김이로다.
　상에 말하였다,
　'포용됨을 부끄럽게 여긴다' 함은
　그 자리가 바르지 않기 때문이라.

　[解說]이 효는 허약한 실존으로 부중부정하여 비색한 운명에 정면으로 나서서 도전하려 하지만 동지를 규합하지 못하는 상 이다. 그리고 자신과의 정응인 상구에게로 가서 손을 내밀어 도움을 청해 보지만 무력한 그로부터 아무런 도움을 받을 수가 없다. 비색한 운명에서 벗어나 보고자 수단과 방법 안 가리고 별의별 짓을 다 하며 날파리처럼 날뛰다가 오히려 스스로 비운

을 재촉하게 되었으니 어찌 부끄러운 일이 아니리요? 비색한 시대에 궁색하게 살아가는 것은 당연한 일이건만 혼자만 그로부터 탈출하려고 무리하게 날뛰다가 그 지경이 되고 말았으니 누구를 원망하겠는가? 이는 사람의 도가 아닌 것이다.

九四 有命 无咎 疇 離祉 象 曰
구사는 유명이면 무구하여 주- 이지리라. 상에 왈

有命无咎 志行也
유명무구는 지행야라.

구사는 임금의 명(命)이 있으면 허물이 없으며
동료들이 행복을 나누리라.
상에 말하였다,
'임금의 명이 있으면 허물이 없다'함은
자기의 뜻이 행해지기 때문이라.

[解說]이제 비(否)도 그 중간을 넘어섰으니 장차 구제될 때가 되었다. 구사는 강건한 양으로서 유순한 음의 자리에 와 있다. 그러니 비색한 운명 앞에서도 여유가 있어서 안전하다. 그러나 아래로 초육과 응하고 부중부정하다. 따라서 비색한 시대에 자신의 안녕함을 남들에게 자랑할 우려가 있다. 그래서는 그 또한 비색한 운명에 휩쓸릴 수밖에 없다. 구오 임금을 보필하는 위치에 있는 이 구사는 자기 자신보다는 백성을 먼저 생각해야 한다. 그리고 임금을 돕는 데 전력투구해야 한다. 그러면 그 동료들과 더불어 행복을 누리게 되는 것이다.
　양강의 덕이 있어 임금을 보필하는 자리에 있는 그가 임금의 명령에 따라 행동하면 허물이 없고, 세 양과 함께 연합하여 크

게 일하면 행복을 누릴 수 있다.

九五　休否　大人　吉　　其亡其亡　繫于包桑
구오는　휴구라　대인의　길이니　기망기망이라야　계우포상이리라.

象　曰　大人之吉　位　正當也
상에　왈　대인지길은　위-　정당야일새라.

구오는 막히는 것을 터놓는지라 대인의 길함이니
그 망할까 그 망할까 하여야 뽕나무뿌리로 얽어매리라.
상에 말하였다,
'대인이 길하다' 함은 그 자리를 바르지 감당하기 때문이라.

[解說] 구오는 양강중정하여 천하의 비색함을 구제할 덕이 있다. 또한 아래로 육이와 정응하여 비석한 가운데서 널리 민중과 더불어 의사소통할 수 있는 도량이 있으니 비색한 운명을 개척하여 발전을 이룰 수 있는 역량이 있다. 이처럼 구오는 대인의 덕이 있어서 지존한 바른 위치를 얻었기 때문에 능히 천하의 비색한 것을 막아내어 길한 것을 얻을 수 있다. 그러나 비색한 국면 앞에서는 자기 몸이 마치 뽕나무뿌리에 얽어매여 있는 것처럼 항상 두려운 마음을 가지고 조심스럽게 행동해야 한다는 것이다.

上九　傾否　先否　後喜　　象　曰　否終則傾
상구는　경부니　선부코　후희로다.　상에　왈　비종즉경하나니

何可長也
하가장야리오.

상구는 막혀 있는 것을 기울이니
처음은 막히고 후엔 기쁠 것이로다.
상에 말하였다,
막히는 것이 끝나면 기울어지나니 무엇이 그리 오래 가리요.

[解說]상구는 비색의 종말이며 통태의 시초다. 비색한 국면에서도 상구가 이처럼 끝까지 버틸 수 있었던 것은 강건한 실체로서 유순하게 대처했기 때문이다. 이제야말로 암울하고 답답했던 시절이 물러가고 시원하게 뚫린 고속도로를 질주하는 듯한 교통왕래의 새시대가 다가오고 있다. 어둠이 걷히면 아침이 밝아오는 법, 비가 그 극에 달했으니 어찌 비색함이 오래 갈 수 있으리요? 무엇이든 그 극에 달하면 반드시 새로운 것이 돌아오는 것은 이치의 정당한 것이다. 그러나 위태로운 것을 돌이켜서 편안하게 하고 어지러운 것을 바꾸어 잘 다스려지게 하는데는 반드시 강양(剛陽)의 재주가 있어야만 되는 것이다. 그런 때문에 비괘의 상구는 능히 막혀 있는 것(否)을 기울일 수가 있다는 것이다.

12. 비(否) [天地否]

＊현대인을 위한 역점

운세／비(否)는 '막히다, 부정하다'는 뜻이다. 아랫사람의 의견이 위로 통하지 아니하고 윗사람의 뜻 또한 아래로 먹혀들어가지 않는 상태다. 다시 말해, 마음이 서로 떨어져 있는 상태를 말한다.

이 괘가 나오면 지금 당장은 험난한 길을 걷는다 하더라도 앞으로 점점 나아지는 때다. 사계절의 순환처럼 사람의 운명 역시 돌고 도는 것이기 때문이다. 약 6개월만 참으면 운은 호전될 것이니 희망을 버리지 말고 열심히 노력하라.

지금은 마치 수렁에 빠진 사람처럼 꼼짝할 수 없지만 그곳을 빠져나올 날도 머지않았다. 최악의 경우 실직 또는 사업의 실패와도 같은 것이 따라서 자칫 잘못하면 자포자기하기 쉬운 때다.

또 이론이나 겉보기에는 자신이 상대방을 이기고 있는 것처럼 보일지라도 사실에 있어선 패배한 것이 되고 마는 때다. 예를 들자면, 당신이 상대방에게 주먹을 한 방 날렸다고 치자. 그러면 상대방은 무력감을 느껴 지금 당장은 당신의 주먹 앞에 무릎을 꿇을지도 모른다. 그러나 그 뒤에 당신이 치루어야 할 응분의 대가를 생각할 때 결코 이긴 것이라 할 수 없다. 따라서 이런 때일수록 매사에 신중을 기해야 한다. 어쩌면 당신의 협력자에게 배반당할지도 모르니 방심하지 말아야 한다.

사업·교섭·거래·금전/사업을 벌일 때가 아니다. 또한 확장할 때도 못된다. 아무리 큰 투자를 했다거나 계약을 했다손 쳐도 지금 당장은 현금이 들어오지 않는다. 돈 줄 사람의 형편이 여의치 않으니 조용히 기다리는 수밖에 별다른 도리가 없다. 회사 안에 유능한 사람이 없는 데도 그 원인이 있다.

교섭이나 거래를 함에 있어 상대방에 비해 이쪽이 더 불리한 때다. 장기적인 시간을 요하는 것이라면 조용히 때를 기다리는 것이 좋다.

금전상으로도 매우 궁핍할 때다. 가진 것은 적고 쓸 데는 많으니 이를 극복할 수 있는 것은 절약이 최선의 방법이다.

또 돈 문제로 인해 싸움이 일어나기 쉬운 때다. 일시적인 동결로 인한 것이라면 겨울에서 봄 사이에 해결될 수 있다.

연애 및 결혼/연애 역시 순탄하게 진행되지 않을 때다. 그 동안 아옹다옹 다투던 상대들은 이제 떨칠 때가 되었다. 그리고 현재 깊게 사귀는 사람이 있다면, 현재로선 무슨 타협점을 찾기가 힘들 것이니 얼마간 상대방이 당신의 말을 수긍하고 돌아올 때까지 기다리는 것이 좋다.

결혼 역시 지금 당장은 곤란하다. 좀더 시간이 지나면 성사된다. 그러나 어느 일방이 별로 마음내켜 하지 않을 수도 있다. 이미 육체관계를 맺은 사이라 할지라도 결혼까지 가기엔 어려움이 많이 따를 때다.

건강/식욕부진·정력감퇴·성병·암 종류의 병·혈행(血行) 불순·두통·정사로 인한 병 등이 유발되기 쉬울 때다.

> 판 권
> 본 사
> 소 유

소설 주역 3

1994년 7월 10일 초판인쇄
1994년 7월 20일 초판발행
1998년 8월 20일 중판발행

지은이 / 김화수
이선종
펴낸이 / 김영길
펴낸곳 / 도서출판 선영사
본사 / 부산시 중구 중앙동 4가 37-11
전화 / (051)247-8806
서울사무소 / 서울시 마포구 서교동 485-14 영진빌딩 1층
전화 / (02)338-8231,
(02)338-8232
팩시밀리 / (02)338-8233
등록 / 1983년 6월29일 제 카1-51호

ⓒ Korea Sun-Young Publishing Co., 1994
잘못된 책은 바꾸어 드립니다.

ISBN 89-7558-084-9   04820

도서출판 Sun Young Publishing Co.